강호화

단글

감로화 3(완결)

초판 1쇄 인쇄 2016년 7월 20일
초판 1쇄 발행 2016년 8월 9일

지은이 나르얀
발행인 오영배
기획 박성인
책임편집 김규영
표지·본문 디자인 권지연
일러스트 pepper
제작 조하늬

펴낸 곳 (주)삼양출판사 · 단글
주소 서울시 강북구 도봉로 173
대표 전화 02-980-2112 **팩스** / 02-983-0660
편집부 전화 02-980-2116 **팩스** / 02-983-8201
블로그 blog.naver.com/dan_gul
출판등록 1999년 3월 11일 제9-00046호

ISBN 979-11-313-0639-0 (04810) / 979-11-313-0636-9 (세트)

+ 이 도서의 국립중앙도서관 출판시도서목록(CIP)은 서지정보유통지원시스템홈페이지(http://seoji.nl.go.kr)와 국가자료공동목록시스템(http://www.nl.go.kr/kolisnet)에서 이용하실 수 있습니다. (CIP제어번호: 2016017492)

3
나르얀 장편소설
단글

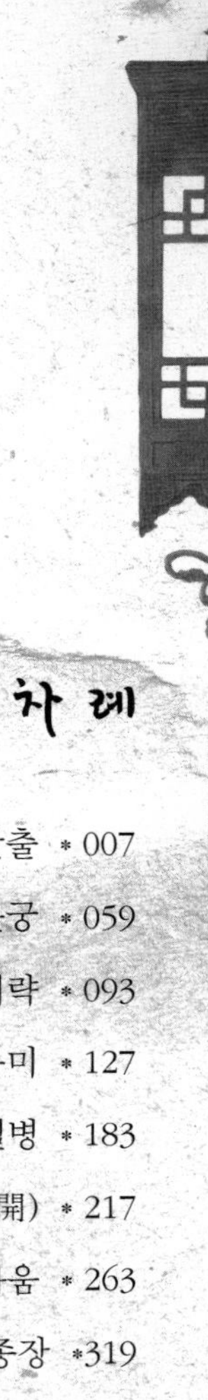

차 례

十八花
심해 탈출

하제는 깃털을 잔뜩 세웠다.

푸른 파도 위를 한참 날아가던 하제가 가만 주변을 살폈다. 숨초를 두 뿌리째 씹어 삼켰다. 바닷속에 들어온 하제는 삽시간에 체온이 떨어지는 것을 느꼈다.

목구멍으로 넘긴 숨초 덕분에 이윽고 호흡이 자유로워졌다. 체온을 조절하며 아래로, 더욱 아래로 깊이 헤엄쳐 들어갔다. 물속에 있는지라 은소의 체향을 맡고 찾아내는 것은 거의 불가능한 일이었다.

심장이 저리거나 통증 또한 느껴지지 않았다. 허면 은소가 무사하다는 뜻이다.

그렇다면 가능한 것은 전언뿐이었다. 심장으로 연결된 상대였기에 자연히 그녀를 찾아낼 수 있을 것이라 안일하게 믿었다. 그리고 자신은 항상 그녀를 찾아내었다. 그러니 은소에게 전언이라는 개념에 대해서 단 한 번도 알려준 적이 없었다.

착잡한 심정으로 하제는 바위 틈새에 들어가 머릿속에 은소를 떠올렸다. 그리고 찬찬히 바닷속을 둘러보면서 은소에게 전언을 보냈다.

[은소. 내 목소리가 들리는 것은 이상한 것이 아니다.]

[이것은 전언이라고 한다. 같은 환수 일족끼리는 상대와 의사소통을 나눌 수 있는데, 일종의 생각을 나누는 것이라 생각하면 된다. 멀리 떨어져 있어도 곁에서 대화를 하는 것처럼 생각을 나눌 수 있지.]

[전언을 보내는 방법은, 일단 머릿속을 비우고 상대에게 전할 말을 집중해 생각하는 것이다.]

하제는 그 내용을 반복해서 전달했다. 돌아오는 것은 묵묵부답의 침묵뿐이었지만, 바닷속을 헤쳐가면서 틈이 날 때마다 전언을 보냈다.

은소는 분명 살아 있을 것이다. 그리 되뇌며 하제는 힘겹게 더욱더 깊은 곳으로 헤엄쳐 들어갔다.

해초 더미를 지날 때였다. 어린 소녀로 보이는 인어 하나가 해초를 캐고 있는 것이 보였다. 절호의 기회였다. 하제는 다가가 물었다.

"해랑궁이 어디냐?"

그러나 인어는 고개를 흔들며 모른다고 했다. 잔뜩 겁을 먹은 얼굴의 소녀 인어가 이윽고 쏜살같이 달아나더니 소리를 질렀다.

"제길."

곧 하제는 인어 사내들 사이에서 포박되었다. 인어들은 날카로운 무기로 하제의 목을 겨누었다. 불안하고 두려운 눈으로 인어들이 하제를 주시하고 있었다. 그중에서 덩치 큰 사내가 하제에게 물었다.

"누구냐! 인간은 아닌 거 같은데."

"그렇다."

"이 자식, 정체가 뭐야?"

다른 사내가 다가오더니 말했다. 칼을 들고 있는 사내였다.

"나는 너희들에게 원한이 없다."

"거짓말. 묻는 말에나 대답해라!"

"이놈에게서 기분 나쁜 냄새가 나지 않소?"

"멀리 쫓아버립시다."

"자, 잠깐만."

하제가 말을 하기도 전에 주먹과 꼬리가 날아왔다. 그러나 아무리 물속이라고 해도, 환수 일족인 하제에게는 치명상을 입힐 수 없었다. 흠씬 두들겨 줬다고 생각했는지 인어들은 곧 사라졌다.

하제는 포박당한 채로 바위틈에 버려졌다. 실소가 절로 나왔다. 어처구니없는 상황이었다.

숨초의 효과가 거의 끝이 났는지 더 이상 목구멍으로 공기가 들어오지 않았다. 숨을 참기 위해 안간힘을 썼다. 더 이상은 버티기 어려웠다. 손이 포박되어 있어서 주머니에 든 숨초를 삼킬 수가 없었다. 환장할 노릇이었다.

그러나 혼미해지는 의식을 뚫고, 하제의 얼굴에 무언가 축축한 것이 닿았다. 선계에서만 볼 수 있던 하늘을 노니는 물고기, 무지개치였다.

'이 녀석은 선계에서 온 무지개치다.'

하제가 꽃 감찰사이던 시절, 옥황이 해왕에게 선물한 물고기였다. 목소리를 전달해주는 역할을 하는 물고기, 무지개치. 이 녀석이 왜 나타났을까.

'설마 은소를 향해 전언을 보내던 것을 듣고서?'

하제가 감기려 하는 눈을 억지로 떴다. 그때 머릿속에 울리는 목소리가 생생하게 느껴졌다.

[하제…… 하제가 시키는 대로 하고 있어. 제대로 가고 있는 건지 모르겠어. 나는 해랑궁에 있어.]

분명히 들리는 목소리는 은소였다. 하제는 혼미해지는 정신을 또렷이 붙잡았다. 은소를 만나기 전에는 돌아가지 않을 것이다.

당장에 숨을 참기 힘들었으나, 무지개치가 공기방울을 커다랗게 만들어 내고 있었다. 무지개치는 계속해서 있는 힘을 다하여 공기방울을 자아냈다. 하제가 입을 벌려 그것을 삼켰다. 하제는 온몸에 기운을 뻗쳤다. 그러자 밧줄이 투둑 끊어지기 시작했다.

곧장 주머니를 뒤져 숨초를 입안에 넣고 우물우물 삼켰다. 무지개치는 하제 곁을 빙빙 돌며 계속해서 공기방울을 뱉었다. 하제는 그만 됐다는 듯이 무지개치의 몸을 살며시 어루만졌다.

"고맙다. 네 덕분에 살았군."

그러자 무지개치가 꼬리를 살랑살랑 흔들며 어디론가 헤엄치기 시작했다. 하제도 무지개치의 뒤를 따라갔다.

'해랑궁으로 돌아가려는 모양이다. 이 녀석을 따라가야겠군.'

하제는 은소에게 답신을 보냈다.

[은소, 해랑궁을 향해 갈 것이다. 오늘밤 몰래 만나자. 장소를 알려줘.]

* * *

스산한 바람이 몸을 감쌌다.

말이 걸음을 멈추자 갈매는 고개를 들었다. 오랜만에 돌아온 아라궁의 모습은 변함이 없었다. 고즈넉한 아름다움이 곳곳에 깃든 그리운 고향. 제가 태어나고 자란 곳. 떠났다가 다시 걸음 한 사이에 몇 계절이 지나 있었다.

앙상해진 나뭇가지를 바라보며 새삼 갈매는 시간이 너무도 많이 흘렀음을 느꼈다. 은소 누님이 없는 아라궁은 더욱이 처연하고 추운 곳인 것만 같았다. 갈매는 마중 나온 상덕을 향해서 밝은 미소를 지어 보였다. 남해 도사로서 훌륭히 임무를 다하던 어린 소년은 여전히 아이의 얼굴을 하고 있었지만, 그 눈빛만은 왕족 특유의 고결함과 의연함, 늠름함을 두루 갖추고 있었다. 상덕은 갈매를 따스하게 맞아주었다.

"먼 길 오시느라 수고가 많으셨사옵니다. 도사."

상덕의 사람 좋은 눈매도 하제 전하에 대한 걱정은 감추지 못하고 있었다.

"오랜만입니다. 상덕."

"그렇습니다. 늘 전언으로만 대화하다가 이리 낯을 직접 보니 좋습니다. 그나저나 전하께서는 어찌 되셨사옵니까?"

"전하께옵서 직접 바다로 들어가시는 것은 보지 못했으나 가져온 숨초는 잘 전해드렸습니다."

"그렇사옵니까. 참으로 걱정입니다. 심해라니, 저로서는 보고 들은 적도 없는 다른 세상인지라."

상덕의 얼굴에 그림자가 기울자, 갈매가 밝게 웃으며 말했다.

"전하는 반드시 돌아오십니다. 누구보다 강한 분이 아니십니까. 전하를 믿지 않으십니까?"

"물론 전하를 믿습니다만, 걱정을 아니 할 수는 없는 노릇이지요."

"그도 그렇지요. 헌데, 전하께옵서 왜 저를 아라궁으로 가서 대기하라 하셨는지 모르겠습니다."

그러자 상덕이 씁쓸한 얼굴로 말했다.

"그런 말씀을 하신 연유가 다 있사옵니다. 제게 임시로 이것을 맡기고 가셨사옵니다."

상덕이 갈매에게 검은 비단 천으로 장식된 비단 두루마리를 내밀었다.

"이것이 무엇입니까?"

갈매의 까만 눈동자가 반짝이며 물었다.

"풀어 보십시오."

갈매가 그것을 천천히 받아서 풀어보자, 안에는 하제 전하가 직접 작성하신 위임장이 적혀 있었다. 그 성격을 대변하는 힘 있고 거침없이 써내려간 필체로 보아, 단숨에 일필휘지(一筆揮之)로 적으신 듯했다.

연갈매 이하 대소신료들은 들으라. 시급한 용무가 있어 잠시 왕후와 함께 요수국으로 출두할 것이다. 따라서 내가 돌아오는 날까지 남해 도사 연갈매에게 이 나라 정사를 대리 위임할 것을 밝히는 바이다.

마지막에는 옥쇄로 임금의 서명이 찍혀 있었고, 이윽고 상덕이 고이 싸여진 비단함을 내밀었다. 당황한 얼굴로 말을 잇지 못하던 갈매에게 상덕이 말했다.

"받으시지요."

"하, 하지만 제가 어찌 받을 수 있겠습니까."

"전하의 뜻이십니다. 워낙 긴박한 터라 어쩔 수 없으셨을 것입니다."

"그래도 제가 받을 자격은."

"받으셔야 합니다."

"차라리 가막 대사께서 받으시는 편이 옳지 않은지요."

"호시탐탐 권력을 노리는 자에게 아주 잠시라도 옥쇄를 맡기고 싶지 않으셨을 겁니다. 도사께서도 까마귀들의 속성을 잘 알고 있지 않습니까?"

상덕의 노골적인 말에 갈매도 입술을 다물고는, 건네주는 비단함을 받았다. 묵직한 무게가 느껴졌다. 본래라면, 제 아버지 연제비의 것을 물려받아서 제가 지녔을 수도 있는 물건.

허나 갈매는 그 자리가 그리 욕심나지는 않았다. 하제 임금의 치세는 칭찬해주고 싶을 정도였다. 민심은 안정되어 있는 편이었고, 백성들 입장에서는 눈엣가시 같은 가막의 부조리한 수탈도 비교적 잘 막아주고 있는 편이었다.

비록 자신의 가문은 쇠퇴했지만 작지만 아름다운 나라, 아라연을 잘 이끌어준 것은 하제 임금의 공이 컸다. 갈매는 손안에 든 비단함을 매만지며 입술을 열었다.

"허면 전하께서 돌아오실 때까지 잘 맡아두겠습니다."

상덕이 그제야 갈매를 대견한 듯 바라보며 고개를 끄덕였다.

* * *

조심스럽게 침대 위에 은소를 내려놓은 해미르는 짙은 한숨을 내쉬었다. 자연스럽게 닿은 시선의 끄트머리에는 빛살을 내뿜는 여인, 은소가 얌전히 누워 있었다. 해미르는 손등으로 은소의 뺨을 살며시 쓸어내렸다. 도무지 조금 전 상황을 믿을 수가 없었다. 아니, 납득하기가 어려웠다. 자신과 은소를 짝 지어주려던 형님께서, 스스로 그녀를 취하려 했다.

평상시 아무리 색을 밝히는 성정이라 하여도 약조를 깨는 행위는 하지 않는 분이었는데, 이걸로 사촌형제 간의 우애는 산산조각으로 깨져버렸다.

"당신은, 누구라도 홀릴 수밖에 없는 여인입니까?"

생각해보니 참으로 가여운 운명이었다. 원하든, 원치 않든 숱한 자들에게 탐해지는 감로화라는 운명의 굴레. 해미르의 미간이 찌푸려졌다. 자신이 그 굴레를 벗겨줄 것이다. 해미르는 생각에 잠겼다.

'그래, 멀리 북해로 가야 한다. 그 누구도 은소를 괴롭힐 수 없게.'

해저동굴에 있는 해룡족의 수정궁으로 그녀를 데려가서 자유롭게 살게 해줄 것이다. 해룡 환수 일족의 수정궁은 환술로 휩싸여 있어, 해룡 일족이 아니면 찾을 수도 머무를 수도 없는 곳이다. 하여 아직도 개중에는 그것이 실존하는 것인지조차 모르는 자들이 많았다.

해미르는 은소의 입술에 제 입술을 살짝 겹쳤다. 자신만이 그녀를 보살필 것이다. 하제와의 얽히고설킨 인연의 고리도 끊어줄 것이다. 은소를 구원해줄 수 있는 것은 오로지 자신뿐이다.

* * *

찐득하게 달라붙은 시선, 그의 입술이 몹시 불편했다. 기절한 척을 하느라 참고 있었다. 자신을 품 안에 넣은 해미르는 분노한 기색이 역력했다. 은소는 옅은 신음을 쏟으면서 정신이 든 척을 했다.

"으음."

그제야 해미르가 은소를 살펴보면서 말했다.

"괜찮으십니까. 무척 놀라셨지요? 저도 형님이 그런 마음을 품으신 줄은 미처 몰랐습니다."

"대체, 어떻게 된 거죠?"

"드릴 말씀이 없습니다."

해미르는 바짝 마른 입술을 혀로 핥았다. 그러나 은소는 몸을 일으키며 말했다.

"아니, 저는 괜찮아요. 해왕님께서 저를 탐냈다고 해서 그분을 탓하진 않을 것이에요. 늘 많았는걸요. 감로화, 단내를 뿌리는 불사의 영약이라고 하죠."

은소는 남의 이야기를 하는 듯 건조하고 낮은 목소리로 말했다. 그 목소리마저 매혹적인 속삭임처럼 들렸다. 해미르의 귓가에 울려 퍼지는 그 목소리는 어떤 악기의 음보다도 아름다웠다.

"당신에게도 그렇지 않나요? 해미르."

은소가 웃었다. 조금은 슬프기도, 담담하기도 한 웃음이었다. 해미르가 은소의 손을 붙잡았다. 곱고 여리고 따스한 작은 손. 제 사촌형님마저도 탐내게 만든 꽃이라는 여인. 이 가녀린 여인은 어째서 감로화라는 커다란 운명을 지고 살아가야 하는 것인가.

해미르는 은소의 눈을 똑바로 마주하곤 마음에 담아둔 뜻을 그녀에게 전했다. 해미르의 목소리는 일말의 흔들림이 없었다.

"나와 함께 북해로 갑시다."

간절한 해미르의 말에 은소는 조금 다른 것을 생각하는 표정을 지어 보였다. 아직 채 듣지 못한 것이 있었다.

"잠깐만. 아직 당신에게 들을 것이 있어요. 해왕님께서 당신에게 무엇을 명령했나요?"

은소가 날카롭게 묻자 해미르가 머뭇거리다가 입술을 열었다.

"그건…… 하기사 이제 와서 숨기는 것도 우습군요. 맞습니다. 해왕님께서 제게 당신이 하제와 나눈 일족의 계약을 해지하라고 명하셨습니다."

"계약 해지라구요?"

"당신과 내가 일족의 계약을 나누기 위해서, 즉 감로화인 당신을 우리 심해가 소유하기 위해서였습니다."

"나를 속였군요."

"하지만 지금은 마음이 달라졌습니다. 나는 당신을 데리고 북해로 가고자 합니다. 아무도 당신을 노릴 수 없는 곳으로 가서 평화롭게 살게 해주고 싶어요."

해미르의 말을 들은 은소가 실소를 머금었다.

"그게 가능한 일일까요."

그러자 해미르의 녹안에 파문이 일면서 결연한 얼굴로 말했다.

"제가 그렇게 만들 것입니다."

"그래요?"

"그전에 물어볼 것이 있습니다."

"뭐죠?"

"하제와의 계약 해지, 하실 수 있겠습니까? 그를 온전히 잊을 수 있겠습니까?"

해미르의 눈빛이 은소를 꿰뚫을 듯했다. 은소는 애써 담담한 표정을 지었다.

하제와 환수 일족의 계약을 해지하고, 하제를 온전히 잊는다, 말로만 들어도 가슴이 저리고 하늘이 무너지는 것만 같았다.

"대답하시기 어렵습니까? 하지만 나와 떠나기 전에 확실히 해두고 싶었습니다. 다시 한 번 묻겠습니다. 그를 잊겠습니까?"

은소는 현실을 부정하듯 눈을 꾹 감아버렸다.

'의심 받지 않으려면, 지금 마음을 단단히 먹고 속여야 해. 거짓말을 해야 해. 김은소.'

"네. 당신 말대로 이제 하제와 만나기는 어려우니까요."

그러자 해미르의 얼굴에 환한 미소가 어렸다. 은소를 확 끌어

당겨 안은 해미르가 은소의 목덜미 깊숙하게 입을 맞추며 말했다.

"잘 생각하셨습니다. 하제의 심장을 찌르면, 당신은 더 이상 그의 짝이 아닙니다."

그러자 은소의 얼굴이 자신도 모르게 일그러졌다.

"뭐, 라구요?"

"그것이 일족의 계약 해지 방법입니다. 어차피 하제는 불사의 몸, 결코 죽지는 않을 것입니다."

해미르의 싸늘한 말투에 은소는 온몸이 떨렸다. 계약 해지라는 것은 참으로 잔혹한 행위였다. 사랑했던 사람의 심장을 직접 찌르는 것이었다니, 하제가 불사의 몸이라고는 해도 그것은 살인 행위나 다름이 없는 것이었다. 은소는 충격에 휩싸였다.

게다가 이어진 해미르의 말에 은소는 더욱 깜짝 놀랐다.

"하제는 당신을 찾으러 오겠지요. 그때 계약의 해지를 하면 되겠습니다. 이제 기다리는 일뿐입니다."

경악으로 물든 은소의 낯빛이 감춰지지 않았다. 해미르가 물었다.

"왜 그러십니까?"

은소는 조용히 고개를 절레절레 흔들고는 입술을 꼭 다물었다.

'하제를 해랑궁 가까이로 오지 못하게 해야 해…….'

"아무것도 아니에요."

"안색이 좋지 않습니다. 마음이 평온해지는 연주를 들려드리지요."

해미르가 피리를 꺼내 연주하려 했으나, 은소가 그를 제지했다.

"아니요, 조금 더 쉬고 싶어요."

"알겠습니다. 허면, 쉬시지요."

해미르의 그림자가 사라지자마자 은소는 초조한 얼굴로 방문에 천을 길게 드리웠다. 하제에게 전언을 날려야 했다. 해랑궁 가까이로 온다면 하제가 위험할 터였다.

은소는 쿵쿵거리는 심장을 손바닥으로 쓸어내리곤, 곧장 하제에게 전언을 보내는 일에 집중했다.

[하제, 그들이 환수 일족의 계약을 해지시키기 위해서 당신을 기다릴 거래. 해랑궁에 오지 마. 오면 안 돼. 빠져나갈 방법은 내가 찾아볼 테니까. 그러니까, 뭍으로 돌아가서 다시 기다려.]

단숨에 긴 내용을 전달하려니 조금 버거웠다. 곧 답신이 왔다. 하제였다.

[걱정 마라. 그전에 널 구할 것이다.]

[하지만, 물속이라 당신이 불리할 거야. 해왕과 해미르 둘 다 상대할 수는 없잖아.]

[날 믿어라. 은소, 결코 너를 눈앞에 두고 당하지는 않을 테니까.]

그 말에 뜨거운 눈물이 은소의 뺨을 적셨다. 더할 나위 없이 힘이 되는 말이었다.

그래, 하제를 믿어야 한다. 그는 누구보다도 강하다. 하지만 그가 다치는 것은 싫었다. 불로불사의 두루미일지라도 자신 때문에 더 이상, 하제가 상처 입는 것은 보고 싶지 않았다.

[믿을게.]

[나도 너를 믿는다.]

단단한 매듭이 하제와 자신의 사이를 이어주고 있는 것만 같았다. 그 커다란 만족감에 은소는 불안감을 조금 밀어낸 채, 해미르와 자신의 상황에 대해서 설명했다.

[해미르는 나에게 빠져 있어. 나도 뭍으로 돌아가는 것을 단념한 척 연기를 하고 있고.]

[잘하고 있다. 은소. 그리하지 않았으면, 강제로라도 너를 어찌했을지도 모르지.]

[그리고 어쩌다 보니 해왕이 나를 취하려 했다는 오해를 해서, 해미르는 나를 데리고 북해의 수정궁으로 가겠대. 당신이 나를 구하러 오면 계약 해지를 시킬 심산이었다고 솔직히 말했어.]

[그걸 전부 너에게 털어놓았다는 말인가?]

[해미르는 나를 신뢰하는 것 같아.]

[신뢰할 여지를 많이 주었나 보군.]

어쩐지 질투기가 가득한 말이었다.

[어쩔 수 없었어.]

[다른 남자와의 신체 접촉은 용납하지 않는다는 것, 기억하고

있겠지?]

이런 상황에서까지 질투라니, 슬며시 웃음이 나려했다.

[지금 그게 중요한 게 아니잖아.]

[나에게는 무엇보다 중요하다.]

[가벼운 접촉만 있었어. 정말이야.]

[가벼운지 무거운지는 추후에 따져 묻지. 그놈은 환술을 쓴다고 했지. 네게 그리 계획을 다 말해 준 것을 보면, 속없는 놈이거나 네게 다른 계략을 사용할 심산인 것 같다. 놈은 해룡 환수 일족이라고 들었다.]

[실체는 나도 본 적이 없어. 해미르는 피리를 불면서 환술을 사용해. 성가신 상대일 거야.]

[알겠다. 일단 해랑궁을 향해서 가겠다. 무슨 일이 생기면 곧장 알려줘.]

[그래, 조심해.]

하제와의 전언을 마치자 마음이 한결 나아진 것 같았다. 방 밖에서 기척이 느껴지자 은소는 이불을 폭 뒤집어쓰고 누웠다. 금세 궁녀 아름이 간식 상을 가지고 들어오는 소리가 들렸다.

'굳이 자는 사람에게 간식 상을 줄 필요는 없을 텐데. 감시를 더 하는 거구나.'

아름이 다시 방을 나가자, 은소는 몸을 일으켰다.

'해랑궁을 몰래 빠져나갈 수 없을까?'

은소는 기지개를 길게 켜면서 방을 빠져나왔다. 대기하고 있던 아름이 곧장 달라붙었다.

"혹, 필요하신 것이 있사옵니까? 은소 마마?"

"아, 아무것도 아니에요. 그보다 저기 저 별궁은 무엇인가요?"

은소는 드넓게 펼쳐진 해랑궁에서 둥근 원형의 서쪽 별궁을 발견하곤 물었다. 별궁의 개수가 구십여 개가 넘어가는 터라 일일이 다 둘러보지는 못했다. 이 넓은 터 어딘가에 몰래 빠져나갈 곳이 있지는 않을까 시찰을 하고 싶었다. 사실 사방팔방 위아래도 뚫려 있긴 했으나, 곳곳에는 험상궂은 인상의 호위병 물고기가 삼엄하게 지키고 있었다.

"아, 그곳은 어린 궁인들이 교육을 받는 곳이옵니다. 귀여운 치어들도 있지요."

아름이 소상히 말해주자, 은소가 치어들을 구경하고 싶다며 그곳으로 헤엄쳐 가려는 순간이었다.

그때 검은 그림자가 살살 헤엄을 치면서 다가왔다.

"잠시 헤엄을 멈추시오! 해왕님께서 모셔오라는 분부를 내리셨사옵니다."

* * *

"커흠……!"

해왕은 연신 기침을 해댔다. 들이붓다시피 마시고 또 마셨다. 달달하게 넘긴 술이 새삼스럽게도 이제와 목구멍에서 쓴맛으로 살금살금 기어 올라왔다. 벌겋게 달아오른 얼굴로 곰곰이 생각에 잠겼다. 취중이었으나 그 찝찝한 기분에 술이 확 깨어버렸다.

"허허, 그것 참. 귀신이 곡할 노릇이란 말이야."

분명 제게 요사를 떨어댄 것은 고 계집이 먼저였다. 자신은 그저 궁녀들과 즐거운 놀이를 누리고 있었던 터. 은소를 부른 적도 없는데, 그 자리에 갑자기 왜 있던 것일까. 궁녀들도 입을 싹 다 물어버려 아무 증거도 없는 억울한 상황이었다.

실상 바다의 주인인 제가 은소를 취하려 했다고 해도 아무런 죄가 되지 않지만, 해미르에게 신의를 저버린 악덕한 형이자 왕이 되고 마는 것이다. 해왕은 도리질을 쳤다.

'내가 감로화를 취하려 했다고?? 이건 필시 무슨 음모가 있느니라.'

하여, 해왕은 혹여 감로화가 자신을 속이고 기만한 것이 아닌지 따져 물을 심산이었다. 곧 병사들이 은소를 데리고 왔다.

해왕은 감히 빳빳이 고개를 들고 걸어오는 은소를 보며 혀를 찼다.

"허허, 저 괘씸한 것. 아무리 귀하다, 중하다 여기는 감로화일지라도 어느 안전이라고 그리 오만을 떠는 것이더냐?"

옆에 있던 병사가 은소의 무릎을 억지로 꿇리게 하자, 은소는 병사의 손을 뿌리쳤다. 그러곤 해왕을 향해 말했다.

"저 역시 해왕님께 드릴 말씀이 있습니다."

"어허, 참으로 당돌하기 그지없구나. 내가 먼저 너를 불렀느니라."

"허면 먼저 말씀하시지요."

"크흠, 여하간 나는 너를 희롱하고 추문한 적이 전혀 없다. 내 눈이 가려진 틈을 타서 네가 혼자 들어와서 꾸민 일이 아니더냐? 나는 분명 궁녀들과 연회를 즐기고 있었을 뿐이니라."

그러자 은소가 고개를 돌려 좌중을 살폈다. 궁녀들과 병사는 물론, 해마 대신과 사장군도 조용히 이를 지켜보고 있었다. 궁지에 몰린 상황이었다. 그때 전각에 있던 인어들의 얼굴도 몇 보였다. 인어들이 자신의 거짓말을 덮어줄 이유는 딱히 없을 것이다. 설상가상 해미르도 모습을 드러냈다. 누군가 부른 것 같았다.

'어쩔 수 없다. 그 힘을 다시 써야 해. 위기를 모면하기 위해서는 매혹의 힘을 써야 했다. 진짜 해왕이 나를 노렸다고 생각하게 하면 돼.'

은소는 힘겨운 일을 이야기하려는 듯 잠시 눈을 감았다. 곧 해왕이 재촉했다.

"어서 고하라."

해마 대신도 고개를 갸웃거리며 말했다.

"왜 말씀이 없으시옵니까? 해왕님께서 대답을 듣기를 원하시지 않습니까?"

이윽고 은소는 해왕을 향해 한 발자국 더 걸어가서 입술을 열었다. 마음속으로 집중을 하고, 시선을 고정했다. 순간적으로 유혹적인 도발의 기운을 드러내며 매혹의 인을 펼쳤다.

진홍빛의 또렷한 눈동자가 아름답게 빛나며 해왕의 망막에 새겨졌다.

"읏……."

'……허허, 이게 다 무엇이냐? 저 계집의 상큼한 내음 때문에 정신을 차릴 수가 없도다. 아니, 내가 지금 이래서는 아니 되는데…… 차, 차, 참아야 한다. 큭, 헌데 자꾸만 눈을 뗄 수 없고 심장이 뛴다. 에라, 모르겠다.'

해왕이 가진 강한 기운 때문에 완전히 넋이 나가거나 하지는 않았지만 어느 정도 영향력은 있는 것 같았다. 은소는 긴장한 얼굴로 해왕을 지켜보았다. 해왕은 갑자기 나른해진 얼굴로 중얼거렸다. 멍청한 표정으로 은소의 전신을 노골적인 눈빛으로 훑어보던 해왕은 궁녀에게 명령했다.

"크흣, 술을 더 가져오너라."

궁녀 하나가 술을 가져오자, 해왕은 그것을 통째로 들이마셨다.

"히끅! 너, 이리 가까이 와 보거라."

해왕이 잔뜩 벌게진 얼굴로 은소를 향해 말했다. 은소가 싸늘한 표정으로 모두에게 보란 듯이 대답했다.

"싫습니다."

금세 열이 오른 해왕은 천지분간이 되지 않는지 그만 벌떡 일어서서 삿대질을 하고야 말았다.

"뭣이라? 앙탈을 부리는 것이냐? 내 평생 나를 싫다 여긴 계집은 보지 못했거늘…… 이제는 솔직해지는 것이 좋지 않으냐?"
"어찌 이러십니까?"
은소는 담담한 얼굴로 해왕을 나무라듯 말했다. 그러자 해왕은 헤벌쭉 속없는 얼굴로 은소에게로 뛰어내려와 냉큼 품에 껴안았다.
"귀여운 것. 실은 속으로 좋으면서도 겉으로는 이리 앙앙대는 것이 아니더냐? 크핫핫하!"
해왕의 모습을 지켜보던 이들은 어안이 벙벙해졌다. 모두들 속으로 저 색골 임금이 그러면 그렇지, 하는 얼굴들이었다. 그러나 해미르 혼자만은 완전히 굳은 얼굴이었다.
해미르는 해왕을 향해 조용히, 그러나 싸늘하게 말했다.
"아무리 해왕님이라 한들 제게 이러실 수는 없습니다."
"뭐 이놈아?"
"제발 정신 좀 차리십시오. 그녀는 저와 정혼할 것입니다. 약조를 지키십시오!!"
화악!
일순 해미르의 몸에서 푸른빛이 흘렀다. 해미르의 귓바퀴에 슥, 길쭉한 비늘이 솟았다. 감히 해왕님 앞에서 해룡의 기운을 뿜어낸 터였다.
해미르가 생전 처음 낸 큰소리였다. 언제나 온화하던 그의 얼굴은 온데간데없고, 단단히 성난 얼굴이었다. 해미르는 해왕의 손에서 강제로 은소를 빼앗듯이 그녀의 손목을 쥐고 그 자리를 빠져나갔다.

해미르가 자리를 떠나는 것을 넋이 나간 사람처럼 바라보던 해왕은 그제야 정신이 조금 드는 모양인지, 입을 벌린 채 아무 말이 없었다. 이윽고 멍하니 앉아 있던 해왕의 이마에 힘줄이 삐죽 돋았다.

"방금 해미르 저놈이 나에게 일족의 기운을 흘리고 간 것이 맞느냐? 내게 고함을 지르고?"

"해, 해왕님. 고, 고정하시옵소서."

해왕이 노염한 얼굴로 방천극에 손을 갖다 대자, 해마 대신을 비롯한 모두가 달달달 떨기 시작했다.

* * *

"잠깐만요. 어디로 가는 거죠?"

해미르에게 끌려가던 은소가 손목을 빼내려 하자, 그가 고개를 돌아보았다. 벼랑 끝에 서기라도 한 듯한 얼굴이었다.

"지금 곧장 해랑궁을 떠납시다."

"네? 지, 지금요?"

"그렇습니다. 하루라도 빨리 당신을 위기에서 구하고 싶습니다."

"하지만……."

은소가 머뭇거리자, 해미르가 조심스럽게 물었다.

“형님 걱정은 하지 마십시오. 북해의 수정궁으로 간다면 아무리 해왕이라도 더는 쫓아오지 않으실 겁니다.”

“아니요. 해미르, 당신을 따라가기 전에 하제를 만나야 하는 게 순서잖아요.”

“그건 그렇습니다.”

은소가 해미르의 눈치를 살피면서 은근슬쩍 말했다.

“허면, 단 한 번만 바다 밖으로 나가게 도와줘요. 당신은 내가 다녀올 때까지 해랑궁에서 기다리세요.”

“……하지만 당신 혼자서 하제의 심장을 찌르는 것은 무리일 터, 내가 돕겠습니다.”

“아니요. 조금만 더 시일을 주세요. 하제에게는 내가 돌아온 것처럼 말할 것이에요. 하제가 잠들어 있는 동안, 그의 심장을 찌르는 것은 어렵지 않아요. 오히려 나만이 가능한 일이죠. 나는 그의 왕후였잖아요.”

은소가 간절한 눈빛으로 그리 말하자, 해미르가 고민에 빠진 듯 잠시 침묵했다. 은소가 해미르의 얼굴을 쓰다듬으며 말했다.

“나를 믿어요.”

“좋습니다. 뭍으로 잠시 보내드리지요.”

“고마워요.”

“대신에 조건이 있습니다.”

“조건이요?”

은소가 해맑은 얼굴로 묻자, 해미르가 뜨거운 눈빛으로 은소의 손을 강하게 그러잡았다.

"오늘밤, 당신을 안고 싶습니다."

"……."

은소의 눈동자에 작은 파문이 일었다.

"그건…… 나중에, 나중에요."

"나는 당신이 좋아요. 당신도 대답해주십시오."

"……나, 나 역시 그래요."

은소의 미지근한 대답에 해미르의 얼굴이 안타까움으로 물들었다. 그가 듣고 싶은 대답은 그게 아니었다. 해미르는 은소를 품에 끌어당겼다.

"말했잖습니까. 당신을 영원히 지켜주겠다고, 은애한다고. 좀 더 확실하게 당신의 마음을 표현해주십시오."

해미르의 품에 안긴 은소는 그의 주의를 돌려보고자 다른 질문을 던졌다.

"……경비가 삼엄한데 해랑궁은 어찌 빠져나가나요?"

"제게 방법이 있습니다. 내 별궁 밖에는 수초가 가득한 뜰이 하나 있습니다. 그 뜰에는 오물을 빼내는 수로가 하나 있는데, 그 수로를 통해 나가면 해랑궁 밖으로 통합니다. 총 세 군데의 수로가 있지요. 오늘 밤 자정에 나의 별궁으로 오십시오. 기다리겠습니다."

촉촉해진 눈으로 그 말을 남기고 해미르는 돌아서서 가버렸다.

*　　*　　*

푸른 물결을 헤치며 무지개치는 중간중간 핑그르 회전하곤 했다. 하제는 그 뒤를 부지런히 따르고 있었다. 숨초를 몇 개나 더 씹어 삼켰는지 모르겠다. 그러나 해랑궁에 언제 도착할지 기약이 없었다.

하제는 오랫동안 헤엄을 친 탓에 기력이 소진되는 것을 느꼈다. 허나 이대로 멈출 수는 없었다. 해랑궁에서 은소가 자신을 기다리고 있었다. 속도에 더욱 박차를 가하기 위해 빠르게 발을 놀렸다. 정신없이 헤엄치는 가운데 머릿속으로 은소의 전언이 울렸다.

[하제, 해미르의 말에 의하면 북쪽에 있는 그의 별궁에 밖으로 통하는 수로가 있대. 오늘 밤 자정에 해랑궁 북쪽 밖의 나무 수로에서 만나. 그곳을 통해서 몰래 궁 밖으로 나갈게.]

[해미르 놈은?]

[그건 걱정하지 마.]

[네가 어쩌려는 것이냐?]

그러나 은소의 대답은 오지 않았다. 일족의 몸을 가졌다고는 하나, 은소의 힘은 아직 해미르에게 맞서기엔 역부족일 것이다.

하지만 은소가 저리 자신만만하게 나오는 데에는 다 그만한 이유가 있을 터. 그래도 걱정이 드는 것은 어쩔 도리가 없었다.

* * *

자정을 알리는 해종이 치자, 물결들이 커다란 파문을 일으켰다.

늘 시끌벅적하기만 하던 해랑궁도 오늘만큼은 고요해졌다. 술에 취해 곤하게 곯아떨어진 해왕의 드르렁거리는 코골이 소리를 제외하면 말이다.

궁녀 아름도 은소가 깊게 잠든 것을 확인한 뒤 처소로 돌아간 지 오래였다. 은소는 부스스 몸을 일으키곤 해미르가 기거하는 별궁을 찾아서 갔다.

해미르의 별궁은 북쪽에 위치한 규모가 큰 궁이었다. 걸음에 가까운 헤엄을 쳐서 겨우 이동하자, 문에 도착했다. 문은 은소를 환영하듯 활짝 열려 있었다.

꽃이 피어나듯 펼쳐진 붉은 말미잘들이 해미르의 뜰 가득히 자라고 있었다.

형광초록빛의 촉수가 하늘하늘 춤을 추는 것 같았다. 유유히 헤엄치던 물고기 한 마리가 말미잘의 흔들리는 초록빛 점 가까이로 다가가자, 순식간에 촉수에 달라붙었다.

촉수 끝에 달린 자포에서 독이 발사되자 물고기가 그대로 움직임을 멈췄다. 이윽고 촉수는 깊숙이 숨겨진 입안으로 죽은 물고기를 삼켜버렸다. 식사를 마친 말미잘, 바다의 아네모네는 다시 화려하게 꽃을 피웠다.

순식간에 벌어진 바다 먹이사슬의 현장을 지켜보던 은소는 문득 소름이 끼쳤다.

별궁의 안채로 방문을 열고 들어서자, 어디선가 아름다운 피리 소리가 들렸다.

—삘릴리.

꿈처럼 몽롱하고 환상적인 음색이 들려오자 은소는 자신도 모르게 심장이 두근거렸다. 방 안에는 온통 투명한 거품으로 가득 차 있었다. 거품이 이리저리 휘날렸다. 은소가 해미르를 찾아 고개를 두리번거리자, 피리 소리가 잦아들었다.

"어디 있죠?"

대답 대신 하얀 거품 속에서 은소를 잡아채는 손길이 느껴졌다. 순식간에 은소는 미끄러지듯 바닥에 눕혀지고 그 위를 누군가가 덮치듯 기어 올라왔다.

"바로 여기."

보랏빛 머리카락을 늘어뜨린 채 해미르가 다정함 가득한 녹색 눈동자로 자신을 내려다보고 있었다. 게다가 거품 속에 드러난 해미르는 옷자락을 거의 풀어헤친 상태였다. 매끄럽고 하얀 상반신은 마치 하얀 비늘을 두른 것처럼 윤이 나는 듯했다. 미끈한 해미르의 양팔이 곧 은소를 감싸 안았다.

거품은 이상하게도 자꾸만 부피가 커지는가 싶더니 어느덧, 하나의 커다란 물방울이 생겼다. 그 물방울이 두 사람을 삼켰다. 해미르가 웃으며 말했다.

"와주었군요."

부드러운 거품처럼 해미르의 입술이 은소의 입술을 부볐다. 입술에 닿는 감촉에 깜짝 놀라서 은소는 그를 밀쳐냈다. 하지만 마음의 상태와 몸의 상태는 따로 움직이고 있었다. 몸이 제 말을 듣지 않았다.

은소는 매혹의 인을 다시 걸기 위해서 해미르의 눈을 바라보려 했다. 그런데, 이상하게도 몸이 축축 늘어져 내렸다. 살결에 닿는 거품처럼 그런 의지가 사그라지고 말았다. 사라져버리고, 녹아내리는 것 같았다.

"오늘밤은 내가 당신을 지배할 겁니다."

싱긋 웃는 해미르의 얼굴을 물끄러미 올려다보던 은소는 혼미해진 정신의 끈을 점차 놓치고 있었다. 해미르의 손길이 은소의 옷자락 앞섶을 풀어내리고 있었다.

'안 돼! 싫다고! 이게 아니야!'

뻐끔거리는 한 마리의 붕어가 된 것 같았다. 은소의 외침은 입 밖으로는 나가지 않았다. 이윽고 은소의 시야를 거품이 모두 가려버렸다.

"……잠들지 말아요. 밤은 무척 기니까요."

거품에 파묻혀버린 은소가 허우적거리는 동안 그녀의 온몸이 이윽고, 어디론가 풍덩 내던져졌다. 가느다랗게 들려오는 뽀복, 뽀그르르 하고 거품이 터지는 소리가 간헐적으로 반복되었다.

'이건…… 전부 환상이야. 정신 차려.'

*　　*　　*

얼마나 깊이 들어왔는지조차 가늠이 되지 않았다. 끝없이 헤엄을 친 탓에 이제 몸에 기운이 많지 않았다. 무지개치가 빙그르 눈앞에서 돌더니 살살살 헤엄쳐 담장 위로 올라가 들어갔다.

으리으리한 규모의 궁궐이었다. 마치 하나의 마을처럼 거대했다. 안에는 갖가지 바다생물들과 해초들이 어우러져 둘러보기만 해도 시간이 모자랄 듯했다. 대문이 있는 곳곳마다 험상궂은 물고기들이 사나운 눈초리로 지키고 있었다.

'이곳이 해랑궁인가?'

하제는 기운을 거둬들이며 검은 바위 뒤에 몸을 숨겼다. 어느새가 무지개치는 시야에서 사라졌다. 마침 해랑궁 밖으로 커다란 종소리가 울려 퍼졌다. 열두 번 울리는 것을 보니 자정을 알리는 것이 맞았다. 자신이 제대로 시간에 맞춰서 도착한 모양이었다.

하제는 슬쩍 바위에서 이동하기 시작했다. 궁궐의 담장은 오래된 조가비와 소라껍질, 산호초와 해초 따위가 뒤섞여서 쌓여 있었다. 담장을 따라서 하제는 찬찬이 몸을 낮추곤 헤엄을 치기 시작했다. 은소가 말했던 수로를 찾아야 했다.

'북쪽에 위치한 수로라고 했었나.'

조심스럽게 호위병의 눈을 피해서 해랑궁의 담장 밖을 살피던 하제는 은소의 말대로 북쪽에서 수로를 발견할 수 있었다.

나무로 만들어진 수로는 어른 한 명이 통과할 수 있을 만한 크기였다. 수로를 통해서 모래나 수초 등의 뿌연 찌꺼기들이 오물터로 쏟아져 나왔다. 잿빛의 진흙을 잔뜩 머금은 바닥에서 납작하고 작은 물고기들의 움직임이 있었다. 오물을 뜯어먹고 사는 물고기인 듯했다. 오물을 먹어치우자, 뿌옇던 물들이 본래의 빛깔을 찾아 맑아졌다.

자정이 지난 지 한참이나 지났는데도 아무런 말이 없었다. 슬그머니 주머니 속의 숨초를 살펴보니, 그렇게 많던 것이 이제 얼마 남지 않았다. 새로운 숨초를 삼키자 부글부글거리며, 숨을 쉴 수 있었다.

[은소, 해랑궁에 도착해 수로를 발견했다. 해미르는 따돌렸나?]

그러나 은소에게서 대답이 들려오지 않았다. 아무래도 자신이 직접 이 나무 수로를 타고 올라가야겠다는 생각이 들었다.

* * *

문득 정신을 차려보니 누군가의 단단한 가슴에 안겨 있었다. 새카만 그림자만이 비쳤다. 따스한 입김이 귓가를 채우고 들어왔다. 이윽고 깊고 낮은 목소리가 은소의 심장을 옭아맸다.

"……너는 내 것이다. 누구에게도 주지 않아."

울림이 너무나도 컸다. 은소의 동공이 일순 커졌다. 분명했다.

이건 하제의 목소리였다.

'뭐?'

은소는 고개를 들어 그 얼굴을 확인했다. 누군가가 불투명한 색을 입혀놓은 것처럼 뿌옇게 보였다. 눈을 아무리 비비적거려도 제대로 보이지가 않았다.

'이상해.'

사물이 제대로 보이지는 않았지만, 익숙해지자 어느 정도 보이긴 했다.

게다가 이 얼굴은, 못 알아보는 것이 더욱 힘들었다.

보는 이를 꿰뚫는 서늘한 눈매와 깊이를 가늠하기 힘든 붉은 눈, 힘 있게 미끄러지듯 자리한 우뚝한 콧날, 여자인 자신보다도 숱이 많은 속눈썹, 가느다란 주삿빛의 입술. 움찔거리며 치켜 올리는 눈썹까지 영락없는 그였다. 하제였다. 부군이자 이 나라의 임금, 자신을 두루미 일족으로 만든 평생의 반려자.

"하제, 이게 어떻게 된…… 우웁."

아득해진 정신을 돌아오게 하는 입맞춤이 길게 이어졌다. 촉촉한 입술이 벌어지고, 미끈한 하제의 혀가 입안을 가득 채웠다. 거칠고 탐욕스럽게 굶주린 짐승처럼 입맞춤을 맛있게 먹어치웠다.

입맞춤을 마친 은소는 행복한 얼굴로 웃었다. 하제도 그녀를 마주 보며 웃었다.

"하제, 어떻게 된 거야?"

"쉬잇! 아무 말도 하지 마라."

"어서 심해를 빠져나가야……."

"……그저 가만히 있으면 내가 알아서 할 것이다."

헌데 이상했다. 모습과 말투, 행동까지 분명 하제가 맞지만 특유의 기운이 느껴지지 않았다. 하제의 곁에 있을 때면, 자신을 내리누르는 위압감 때문에 숨이 조여 올 때가 많았다. 그 기운은 불처럼 뜨거운 것이라 은소의 신체를 더욱 자극시키고 달아오르게 만들기도 했었다. 특히 이렇게 몸을 맞대고 있을 때면 더욱 극대화되었다.

그런데, 이전만큼의 열기는 느껴지지 않았다. 오히려 느껴지는 것은 잠잠하고 평화로운 맑은 기운. 그러나 은소는 이미 하제와 함께 있다는 만족감을 얻은 상태라 그것에 개의치 않았다. 은소는 하제의 품에 안겨 눈을 감았다.

매끄러운 알몸이 제게 닿는 감촉이 느껴지자 순식간에 몸이 노곤해졌다. 잠이 들 것만 같았다.

목덜미를 간질이는 그의 머리카락이 기분 좋았다. 은소는 무심코 눈을 가느다랗게 떴다. 검붉은 머리카락은 여전히 아름다웠다.

'잠깐. 하제의 머리색이 달라. 그는 이제 은발인데…… 뭐지?'

뽀그르르…….

퐁, 하고 바다거품이 터졌다. 연신 거품이 터져댔다. 그 순간 머릿속에 전언이 울렸다.

[은소, 해랑궁에 도착해 수로를 발견했다. 해미르는 따돌렸나?]

갑자기 머리가 콕콕 쑤셨다.

'하제는 지금 나와 같이 있는데 전언을 보낼 리가 없잖아……어찌 된 거지? 이자는 그럼…… 하제가 아닌 거지.'

그제야 기억이 또렷이 떠올랐다.

어둑하고 불투명하기만 하던 시야가 밝아졌다.

눈앞의 하제가 나신을 드러낸 채, 은소의 몸을 보듬었다. 여전히 매혹적인 자태의 그가 씨익 웃으며 말했다.

"더는 못 참겠다."

풀어헤쳐진 옷을 여미던 은소의 팔에 억센 힘이 가해졌다.

"아파!"

순간 날카로운 소리가 튀어나왔다. 그러자 하제의 얼굴이 기묘하게 일그러졌다.

"왜 그러는 것이냐?"

은소가 차갑게 말했다.

"당신, 하제가 아니잖아. 해미르."

그러자 스스스, 그의 사지에서 무언가가 돋아나기 시작했다. 보랏빛의 길고 반짝이는 비늘과 지느러미가 돋았다.

"이런. 환술에서 빠져나오신 겁니까? 대체 어떻게?"

이윽고 하제의 얼굴 역시 스르륵 해미르의 얼굴로 변해 있었다. 은소는 분노 서린 얼굴로 해미르를 쏘아보았다. 의외로 해미르는 크게 동요하지 않고 차분한 상태였다. 은소가 물었다.

"어째서 내게 환술을 걸었지? 나는 약속을 지키려고 왔는데……."

"아직 내 손에 들어오지 않았으니까요. 당신이 하제를 정말 잊었는지 확인하고 싶었습니다. 그런데…… 역시 예상이 맞았군요. 하지만 상관없습니다. 마침 잘됐습니다. 일족의 계약 해지도 이 자리에서 하게 되었으니 말입니다."

해미르의 온화하기만 하던 얼굴이 어느 틈엔가 냉혹하게 보였다. 두 사람이 들어 있는 물방울이 둥실둥실, 물결에 휩쓸려갔다. 방 밖으로 나온 물방울이 다다른 곳은 별궁의 뜰이었다.

마침 그곳에는 나무 수로를 타고 기어 올라온 하제가 있었다. 세 사람의 시선이 허공에서 부딪쳤다. 하제의 눈동자가 사납게 타올랐다. 은소가 하제를 향해 다가갔다. 애처로운 눈동자에 하제의 마음은 애가 탔다. 은소 역시 마찬가지였다.

"하제!"

"은소!"

하제가 탕탕, 물방울을 부술 듯 온몸으로 부딪쳐왔다. 두 사람의 재회를 막은 물방울의 얇은 막은 쉽게 부서지지 않았다.

이윽고 해미르의 녹안이 빛났다.

쏴아아아!

어디선가 몰려온 물살이 순식간에 하제를 휩쓸어가려 했으나, 하제도 지지 않았다. 안간힘을 다해 하제는 주변에 있는 것을 닥치는 대로 붙들었다. 커다란 녹색 해초였다.

"제길!"

워낙에 미끈거려 손에서 놓치고 말았다.

쑥, 순간적으로 하제의 손가락에서 돋아난 손톱이 바닥을 단단히 붙잡아 힘겹게 버티고 있었다. 그 모습을 바라본 해미르가 미소를 지었다.

"저자가 바로 하제로군요. 과연, 사내답게 생겼습니다."

해미르는 하제를 눈으로 훑은 뒤, 은소에게 다가와 그녀의 옷자락을 강제로 벗기려 했다.

"더러운 짓 하지 마!"

짜아악!

은소가 해미르의 뺨을 쳤다. 치면서 순간적으로 기운을 훅 뿜은 탓일까. 은소의 손가락 끝에도 두루미의 발톱이 조금이지만 돋아 있었다. 해미르의 고운 뺨에 길게 생채기가 났다.

제 뺨을 어루만지던 해미르의 손에 피가 묻었다. 해미르가 은소의 양팔을 제압하며 거칠게 입을 맞추고 유린하기 시작했다.

"강제로 하는 것도 나쁘지 않군요."

그 모습을 본 하제는 분노로 인해 부들부들 몸을 치떨었다.

"감히 내 것에 손대지 마라."

그오오오!

하제가 일순 두루미의 기운을 뿜으며 검을 뽑았다. 물방울을 검으로 내려쳤다. 그러나 물방울에 닿는 순간 검의 힘이 무효화되고 말았다. 하제가 밖에서 물방울을 부수기 위해서 온갖 공격을 퍼붓는 동안, 은소는 해미르를 억지로 밀어내며 버티고 있었다.

"나쁜 자식."

"아무리 하제라도 이 바다에서는 나를 당해내지 못합니다."

은소의 턱을 들어 올린 해미르가 자신만만한 어조로 말했다.

'분하지만 이자의 말이 맞아. 바닷속에서는 당해낼 재간이 없어.'

당장에 자신도 두루미의 기운을 쓴 탓에 몸에 피로가 몰려오기 시작했다. 기운을 다 소진한 탓일까? 은소는 가까스로 심호흡을 하면서 숨을 헐떡였다.

반면에 해미르는 평온해보였다.

"많이 지쳐 보이시는군요. 이만 순순히 제 말에 따르십시오."

부드러운 협박이었다. 은소는 나긋이 대답했다.

"……인정해. 당신은 강해. 해미르."

붉은 입술이 벌어지면서 은소는 해미르의 몸을 더듬기 시작했다.

"무슨 속셈입니까?"

"글쎄, 무얼까."

속삭이듯 해미르의 귓불을 꼭 깨물었다. 슬쩍 흥분했는지 해미르의 귀에서 비쭉이 용의 비늘이 돋아났다. 보라색의 비늘 중에서도, 귀에 난 비늘이 가장 빛깔이 영롱했다.

그곳을 손가락으로 매만지자, 해미르가 옅은 숨을 내쉬었다.

‘귀가 약점이야.’

은소는 미소를 담뿍 지으며 서서히 도발을 걸기 시작했다. 옴짝달싹할 수 없는 올가미와도 같은 눈빛. 새빨간 유혹. 어떤 사내라도 순식간에 녹아버리는 매혹의 인. 게다가 순간적으로 사력을 다해서 기운을 개방시켰다. 붉은 눈에 흐르는 요염한 기에 닿은 순간 해미르가 몸을 부르르 떨었다.

파앗!

은소는 순간적으로 깃털을 부풀렸다.

“흐억…….”

다리에 힘이 풀려 주저앉아버린 해미르였다. 순식간에 그가 뿜어내던 일족의 기운이 줄어든 것이 느껴졌다. 그 순간, 물방울이 포르르 닳아 사라지고 말았다. 물결에 흩어져 물거품처럼 되었다.

이를 지켜보고 있던 하제가 은소를 향해 부리나케 다가와서 쓰러지려는 그녀의 몸을 받았다.

“제법이었다.”

하제의 감탄에 은소가 힘없이 고개를 돌려 희미한 미소를 지었다. 스스로 풀어낸 힘에 질려 어지러울 지경이었다. 몸에 조금의 힘도 남아 있지 않았다. 물살의 흐름에 몸이 자꾸만 떠밀려 가려 했다. 그런 은소가 신경 쓰였지만 그전에 해야 할 일이 있었다.

척!

온통 넋이 나간 채 앉아 있는 해미르의 목에 하제가 서슬 퍼런 칼날을 겨누었다. 날카로운 칼날이 목덜미를 찔러오는데도 해미르는 위화감을 느끼지 못하는지, 아직도 넋이 빠져 있었다.

"이 정도로 강한 힘을 끼치다니……."

감로화가 가진 매혹의 힘으로 상대의 넋을 나가게 할 수 있다고는 하나, 해룡 환수 일족을 상대로 이 정도까지 영향력을 미친 것은 실로 대단한 일이었다.

"그나저나 이놈, 나의 인내심을 시험하더군. 내가 보는 앞에서까지 너를 유린하고……."

하제가 검을 바투 쥐었다. 곧장 베어버릴 기세였다.

그때였다. 어디서부터 시작된 것일까. 멀리서 몰아치듯 무언가가 내려앉는 듯했다.

쿠구구구궁!

마치 지진이라도 난 것처럼 굉음이 들리며 해랑궁 일대에 난리가 났다. 야심한 밤인지라 잠자리에 든 해왕과 해랑궁의 많은 물고기와 인어들까지 뛰쳐나왔다.

* * *

한 시간 전 선계의 옥황궁.

선녀 나래의 입가가 씰룩이고, 이마에는 핏대가 잔뜩 서 있었다.

"저기요. 나타 장군님. 그게 아니라니까요?"

"그래, 그래. 바보 취급은 됐다구. 감로화가 심해에서 어찌 움직이는지 물고기로 둔갑해서 지켜보라는 거잖아. 그럼 거대 전기 뱀장어가 좋을까나? 가까이 오면 다 튀겨버리겠어. 그러다가 누군가 내 말을 안 들으면 손 좀 보는 거구."

나래가 이마에 흐르는 땀을 닦으며 한숨을 지었다.

'해왕 버금가는 바보 녀석.'

그 모습을 멀거니 지켜보던 옥황이 과자를 우물거리며 구름을 타고 다가오더니 냅다 나타의 뒤통수를 퍽 갈기려 했으나, 나타는 다람쥐처럼 데구르르 굴러 피했다.

"우왁! 상제마마아! 아파요. 아프다고요."

"임마…… 스치지도 않았거든?"

"제 마음이 아파…… 잘못했어요. 어서 짐을 쌀까요?"

나타가 혀를 쏙 내밀자, 옥황이 '좋은 말로 빨리 꺼지라'는 표정을 지어보였다.

"그럼요. 등짐에 참요검과 박요삭만 싸서 가도 되겠죠?"

"소풍가는 거 아니다."

"알아요. 알구 말구요."

"……짐 쌀 필요 없어. 전부 이해했으면 내려가 봐. 싸움질 하라고 내려 보내는 거 아니니까, 힘 조절 좀 하고 다니라구."

"알겠습니다아."

신이 나서 옥황궁의 문을 벌컥 열어젖히고 나서는 나타를 바라보는 모두의 표정은 한결같았다. 옥황이 무미건조한 얼굴로 중얼거렸다.

"괜찮을까? 심해가 심히 걱정되는군."

슈우우우.

꽃 바당을 통해서 순식간에 선계에서 심해로 들어온 나타는 지나가는 바다 생물들의 동태를 면밀히 살폈다.

"뭐로 둔갑해야 좋을까나?"

둘러보다가 가장 좋아 보이는 것으로 변신할 셈이었다. 분명 싸움질 말고 조용히 숨어서 감시를 하기 좋은 것으로 위장해야 했다.

그때 눈에 띈 것이 붉은색 별 모양의 예쁘게 생긴 생물이었다. 예전에 하늘에만 별이 있는 것이 아니라 깊은 바닷속에도 별이 있다는 이야기를 들었다.

"헛! 저것 이름이 뭐라고 하였더라? 아…… 불가살이(不可殺伊), 죽일 수 없다는 뜻이잖아. 근데 별로 강해 보이지가 않아."

그런 나타의 말을 듣기라도 했는지 천천히 움직이던 불가사리가 조개 위로 올라갔다. 다섯 개의 팔로 조개를 감싼 후 팔 밑에 붙어 있던 셀 수없이 많은 관족으로 압박을 가하더니 이내 조개의 입을 강제로 벌렸다.

"오오!"

이윽고 불가사리가 조여드는 힘을 견디지 못한 조개가 입을 벌리자, 그 열린 틈새로 불가사리의 위장이 통째로 뒤집혀 들어갔다. 순식간에 조개의 속살이 녹아 사라지는 모습을 본 나타의 눈이 반짝거렸다.

"좋아, 저놈으로 둔갑하자."

해랑궁 위로 별안간 거대하고 시커먼 그림자가 드리워졌다. 정체불명의 괴이한 생명체는 그대로 해랑궁을 덮쳐버렸다.

쿠구구구궁.

해랑궁 일대는 그야말로 엉망진창이 되고 말았다. 일부 별궁은 기와가 무너지기도 하고, 담장이 쏟아져 난리통이 되고 말았다. 별안간 오밤중에 일어난 일에다 모두 손 놓고 앉아 있는지라 해왕이 버럭 소리를 질렀다.

"저게 대체 뭐란 말이냐?"

그 크기가 웬만한 고래의 세 배에 달하는 불가사리였다. 역대 저렇게 커다란 놈은 보지 못했다. 팔 밑에 무수히 자리한 관족들이 꿈틀거릴 때마다 그를 지켜보던 모두의 얼굴도 꿈틀거렸다. 이 심해를 통틀어 뒤져보아도 저렇게 크기가 큰 해양 생물은 환수 일족을 제외하곤 찾아볼 수 없을 터였다. 해왕은 껄쩍지근한 기분으로 호령했다.

아무래도 느껴지는 기운이 이 심해의 것이 아니었다.

"네 이놈! 정체를 드러내라!"

그러나 거대 불가사리는 대답이 없었다. 이 심해의 주인은 오롯이 저인데, 감히 이상한 것이 나타나 해랑궁을 덮치다니 용서할 수 없었다. 단단히 화가 난 해왕은 제 기운을 풀었다.

스사사사사!

일순 해왕의 몸체가 푸른빛을 머금은 거북으로 변하기 시작했다. 해왕은 기운을 많이 펼칠수록 몸의 크기가 커졌기에, 불가사리보다도 더 큰 거북으로 변했다.

그제야 불가사리가 목소리를 들려주었다.

"칫, 뭐가 이렇게 시끄럽나 했더니 당신이야? 해왕."

해왕은 흠칫 놀랐다가 이내 짜증이 솟았다.

"내 궁궐을 엉망으로 만들어 놓고 이 무슨 불한당 같은 짓이더냐! 그러고 보니 이 까불거리는 목소리는…… 천둥벌거숭이로구나! 이놈! 대체 무엇하러 여기 왔느냐?"

"헤헤, 그냥."

"이놈, 거짓말 마라!"

"나도 당신 얼굴 보고 싶어서 온 건 아니라구. 난 그저 구경 온 것뿐이니까."

"구경이라고? 어림없는 소리. 네 속내를 모를까 보냐?"

파바바밧!

해왕의 단단한 철갑과도 같은 등껍질에서 창날같이 뾰족한 가시가 돋았다. 그리고 해왕은 그것을 그대로 불가사리의 관족을 향해서 쏘았다.

'흥, 옥황 놈이 보낸 것인가. 필경 꽃 때문에 보낸 것일 터!'

"거참, 나는 싸우러 온 거 아니라니까!"

일부 관족에 가시가 박히자 따끔따끔하면서 갑자기 나타의 둔갑술이 풀렸다. 펴엉, 하고 이번에는 인어로 둔갑한 나타가 꼬리를 흔들면서 말했다.

"손님에게 대접도 하지 않을 셈이야?"

해왕의 얼굴이 씰룩이기 시작했다. 저 말썽꾼은 건드리지 않는 편이 좋긴 했다. 언제 터질지 모르는 천방지축에 힘은 무지막지 센 놈이라 해왕도 골탕을 먹은 적이 있었다.

"크흠! 네놈은 초대한 적 없는데…… 진짜로 얌전히 구경만 할 거냐?"

나타가 고개를 까딱거렸다.

"의심 가면 상제마마에게 물어봐. 그럼 난 구경을 좀 해볼까아!"

그러더니 곧장 가오리로 변신해 빠르게 지느러미를 움직여 날아가듯 헤엄쳤다.

"꽃인지 풀인지 하는 계집은 대체 어디 있는 거지? 꽃이라면 곱상하게 생겼겠지?"

나타는 신이 나서 꼬리지느러미를 부지런히 움직이며 궁궐을 돌아다니기 시작했다.

* * *

끔찍한 굉음과 진동에 은소는 그만 혼절할 뻔했다. 해랑궁의 일부가 무너져 내렸으니 그럴 만도 했다. 세상이 무너져도 하제는 부동자세로 해미르의 목을 일월검으로 겨누고 있었다. 해미르는 반쯤 감긴 눈으로 흐느적거리면서 은소의 이름을 이따금씩 중얼거리고 있었다. 매혹의 인으로 빈사에 가까운 상태에 이른 것 같았다.

'예감이 좋지 않아.'

저절로 깃이 부풀었다가 가라앉았다. 한시라도 빨리 심해를 빠져나가고 싶은 마음이 굴뚝같았다. 아무리 하제가 강하다곤 해도, 지금 상황에서는 바다를 잘 아는 길잡이가 필요했다.

빠르게 판단을 내린 은소는 하제에게 다가갔다. 한 치의 틈도 허용치 않는 얼굴. 굳게 입을 다문 채 검을 겨누던 하제에게 은소는 전언을 보내며 그를 바라보았다.

[지금 우리에게는 이자의 도움이 필요해. 한시라도 빨리 해랑궁을 떠나자. 당신도 이제 얼마 못 버티잖아.]

하제는 마음에 들지 않는다는 표정이었다. 하지만 어쩔 수 없는 노릇이었다.

[확실히 부레 역할을 하는 숨초가 얼마 남지 않았다.]

[나도 해미르가 걸어준 술법이 풀리면 숨을 쉴 수 없게 돼. 서둘러야 해.]

[좋다. 그럼 내가 협박하지.]

하제가 일순 눈을 번뜩이자, 은소가 고개를 저으며 하제의 손을 붙잡았다.

[아니야. 나에게 맡겨줘.]

하제가 조용히 물러서자 은소가 해미르에게 다가갔다. 은소는 해미르를 흔들어 깨웠다. 볼을 살짝 손으로 두드리자 해미르의 고개가 은소를 향했다.

"해미르, 정신 좀 차려 봐요."

해미르의 허망하게 텅 빈 눈동자 안에 은소의 얼굴이 가득 찼다. 희미한 미소를 짓던 해미르의 손이 은소의 뺨에 닿자, 뒤에서 하제의 주시하는 눈빛이 뜨겁게 타올랐다. 그때 입술을 먼저 움직인 것은 해미르였다.

"잠시나마 당신을 가질 수 있다고 생각해서 행복했습니다."

"해미르……."

"그런데 당신에게는 조금의 틈도 없더군요. 당신이 하제를 잊지 못할 걸 알면서도 욕심을 부렸습니다."

"……처음부터 전부 알고 있었어요?"

"그렇습니다. 환술로 계약 해지만 한다면 나를 돌아봐 줄지도 모른다고 생각했습니다. 헌데, 결국에는 이렇게 되어버렸군요."

"……미안해요. 당신을 이용하려고만 들었어요."

"알고 있습니다. 지금도 나를 이용해 심해를 빠져나가려는 것이겠죠."

"……."

"그리 미안해할 것 없습니다. 모든 것은 내가 당신을 이곳에 데려왔을 때부터 시작된 것이니까."

"해미르, 미안해요."

"그래도 내 연주는 들을 만한 것이었겠죠?"

"그래요. 아름다운 연주였어요."

"고맙습니다."

해미르의 녹색 눈동자에서 영롱한 진주 한 알이 또르르 굴러 떨어졌다. 진주를 손으로 붙잡은 해미르가 은소에게 내밀었다.

"이건 나의 눈물입니다. 당신이 간직해 준다면 더없이 기쁠 거예요."

"하지만 그건 당신의 마음이나 마찬가지잖아요. 받을 수 없어요."

"잔인한 분, 마지막이니 받아주십시오."

은소가 슬쩍 하제의 얼굴을 바라보았다. 하제는 조용히 고개를 까딱거렸다. 받아도 좋다는 뜻이었다.

은소가 손에 진주를 받아 들자, 해미르가 스솨아아 환수 일족의 기운을 풀기 시작했다. 순식간에 해미르의 몸에서 돋아난 보라색의 반짝이는 비늘이 눈부셨다. 부쩍부쩍 자라난 해미르의 몸체는 이윽고 용의 모습을 하고 있었다. 신비로운 위엄을 품고 있는 심해의 숨겨진 환수 일족 해룡. 온몸에 돋은 비늘 역시 바다의 물결처럼 아름답게 나풀거렸다.

해미르는 두 사람의 둘레를 둥글게 감싸며 휘돌았다가 몸을 쭉 펼쳐냈다. 꼬리가 아득히 보일 만큼 웅대한 해룡의 몸체에 감탄할 쯤, 해미르의 목소리가 울렸다.

"목덜미에 오르십시오."

은소와 하제가 해미르의 목에 올라 지느러미를 단단히 붙잡았다. 단숨에 회오리 모양의 물결이 솟구치며 해미르는 크게 용틀임을 하며 뭍을 향해 올라갔다.

한편 그 모습을 멀리서 지켜보던 해왕이 중얼거렸다. 북쪽 별궁 위로 거대한 해룡의 모습이 긴 자취를 남기고 솟구치는 것이 보였다.

"저건……! 해미르가 꽃을 빼돌렸다. 어리석은 놈!"

나타 역시 해랑궁을 헤집어놓는 것을 멈추곤 해룡 환수 일족이 사라지는 곳을 쫓아가기 시작했다. 그러나 그 속도를 따라가기란 어려웠다.

"젠장. 저놈 왜 저렇게 빠른 거야?"

나타는 옥황상제마마의 말만 듣고 진짜 맨손으로 왔으면 큰일 날 뻔했다며 가슴을 쓸어내렸다. 나타는 등에 메고 있던 봇짐을 뒤적여 박요삭을 꺼내 들었다. 어떤 요괴라도 몸을 움직일 수 없게 하는 포승이었다.

"히야아압!"

나타가 포승을 있는 힘껏 던지며 기합을 외쳤다.

슈슈슈슈슉.

그러자 순식간에 박요삭의 길이가 길어져 살아 움직이는 것처럼 꿈틀대더니 해룡의 꼬리를 따라갔다.

나타의 앞머리가 물살에 흔들리는 순간, 박요삭이 뭔가를 붙잡은 모양이었다. 팽팽하게 요동치는 줄을 따라서 나타는 한참 동안 헤엄쳐 갔다.

"에헤헤, 잡았다."

그러나 나타를 기다리고 있던 것은, 펄떡대며 움직이는 커다란 갑오징어였다. 오징어가 연신 먹물을 뿜어대는 탓에 시야가 깜깜해졌다.

"……제길, 아, 말도 안 돼애애애! 몇 번째 허탕인 거냐! 혹시 상제마마가 귀찮아서 나를 이리로 보낸 거 아닐까……."

그 시각 선계에서 나타의 모습을 슬쩍 보며, 흠칫 놀라던 옥황이 귀를 오므렸다.

"저 녀석, 가끔은 눈치가 제법 있단 말이지. 그나저나 멍청한 심해 녀석들 때문에 또다시 감로화가 하제의 손아귀에 들어가 버렸네?"

* * *

눈을 떴을 때는 피리 곶이었다. 멀리서 피리 소리가 파도와 함께 삼켜졌다. 아득한 바다 안개 사이로 사라지는 해미르의 모습을 향해 은소는 조용히 손을 흔들었다. 그는 분명 북해를 향해서 가고 있을 터였다.

"고마워요."

그렇게 중얼거리던 은소는 힘겹게 몸을 일으켜 하제를 내려다보았다. 하늘 아래 온전히 둘이 함께 있다는 것이 얼마나 소중한 일일까. 은소는 하제의 흉부를 압박하며, 숨을 불어넣었다.

그가 숨을 쉬었다. 은소가 미소를 지으려 하자 갑자기 천지가 굴렀다. 하제가 눈을 뜨기도 전에 은소를 그대로 안은 채 한 바퀴 굴렀던 것이다. 제 몸을 감싸오는 단단한 그의 몸에 은소는 끝없이 안도감이 들었다. 바닷물에 흠뻑 젖고, 모래흙에 뒹굴면서도 연신 까르륵, 푸흡 하고 웃음이 터졌다.

아무것도 아닌데도, 눈만 마주치면 웃는 까닭…… 겨우 뭍으로 돌아왔는데 아무 말 없이 서로의 온기를 확인하는 것만으로도 안심이 되는 까닭…… 은소는 그것을 굳이 찾으려 노력하지는 않았다. 세상에 설명되는 일만 있는 것은 아니니까.

그런 생각을 하는 중에 하제가 먼저 입술을 열고는 은소의 배를 만지작거렸다.

"당분간 바다는 지긋지긋하겠군."

나른해진 얼굴에 은소도 장난기 어린 표정으로 말하기 시작했다.

"앞으로 비행 연습은 다른 곳에서 하지요. 전하."

"알겠다. 그러지."

"또한, 혹 제가 잘 날지 못하더라도 혼자 두고 사라지시는 일은 안 됩니다. 아셨지요?"

"그러니 나를 잘 따라오라고 하지 않았더냐?"

하제의 입술이 대번에 부루퉁해서 튀어나왔다. 은소가 보시시 웃으면서 그 오리처럼 나온 입술을 살짝 물었다. 보드라우면서도 도톰한 감촉을 느끼며 뺨을 그의 얼굴에 갖다대보았다.

……믿을 수 없을 만큼 소중해서, 그와 맞닿은 것만으로도 녹아버릴 듯 따뜻해져서. 은소는 다시금 쿵쿵 울리는 자신의 심장을 진정시켰다. 새삼스럽기도 한 가슴의 울림에 얼굴이 살짝 붉어졌다. 고개를 들자 자신을 빤히 바라보는 시선이 느껴졌다.

애틋하고 애틋한 시선. 받는 이가 닳아 사라져버릴 것만 같은 그런 시선. 하제의 눈빛은 늘 그러했지만 오늘은 유독 더 뜨겁다.

괜히 멋쩍어서 은소가 먼저 물었다.

"하제? 뭐 하는 거야?"

"보고 있다."

"응?"

"너…… 눈을 감아도 보이려면 한참을 봐두어야 하니까."

"이제 계속 보면 되잖아."

"내가 하늘을 날 때는 널 보지 못하니까."

하제는 그리 말하며 몸의 물기를 털어내곤 날개를 촤르륵 펼쳤다. 어느덧 바다 안개가 스륵 걷히고 햇살이 내리쬐어 금세 물기가 말라가고 있었다. 바람이 쾌청했다.

"그럼 나도 내 날개로 날면 되잖아. 나란히 날아가요."

"그건 안 돼."

단호한 목소리였다. 어째서라고 묻는 은소의 이마에 부드럽게 입 맞추고는 와락 끌어안았다.

"내게서 일각이라도 떨어지지 마."

조용히 고개를 끄덕이자, 부딪쳐오는 입술에서 뜨거운 혀가 잠시 은소의 아랫입술을 핥았다.

"빨리 아라궁으로 돌아가자. 할 일이 태산처럼 쌓여 있다. 그중에 절반은 우리 둘이 같이 하는 일이라는 것 알지?"

"뭐?"

은소가 눈을 동그랗게 뜨며 반문하자, 하제가 나지막이 속삭였다.

"나랏일."

"나랏일? 내가 무얼하면 되지? 병자를 치료하는 것이라면야……."

"순진한 척하지 마라."

하제가 짓궂은 얼굴로 말을 이었다.

"병은 다름 아닌 내가 났으니까 말이다. 그래, 한 보름 정도 갈매에게 계속 정사를 보게 하고, 나는 밤마다 감로화로 꿀 같은 치유를 얻어야겠군."

그제야 말뜻을 이해하면서도 은소는 모른 척 놀라서 물었다.

"가, 갈매에게 정사를 맡겼단 말이야? 갈매가 지금 아라궁에 와 있어?"

그러자 하제가 불만기 가득한 얼굴로 은소를 쏘아보았다.

"내 앞에서 다른 남자를 반가워하다니, 왕후로서 덕이 부족하다."

하고서는 날개를 다시 접어버리곤, 바닥에 今 대자로 누워버렸다. 그 모습을 보고, 은소가 하제의 팔을 끙차 하며 잡아당겼다.

"어린애처럼. 어서 일어나, 하제. 돌아가셔야지요."

"갑자기 노곤하다. 며칠 더 쉬다가 가야겠다."

"정말 이럴 거예요? 그럼 먼저 돌아가겠습니다."

은소가 새쭉한 표정으로 일족의 기운을 풀었다. 그런데 날개를 펼치려 하는데, 목깃만 조금 돋을 뿐 펼쳐지지 않았다. 멋지게 날개를 펼쳐서 날아가려 했는데, 민망해졌다.

"……흥, 그것 봐라. 내가 뭐라 했느냐? 내게서 일각도 떨어지지 말라 했지? 자."

하제가 눈을 감고 자신의 입술에 손가락을 톡톡 가리켰다. 은소는 슬쩍 흘기면서도 하제에게 입술을 가져다 댔다.

"이제 좀 곤함이 사라진다."

"모두 걱정하고 있을 거야. 어서 가요."

하제가 다시 웅대한 날개를 펼치면서 문득 생각난 듯 말했다.

"그런데 그새 나는 법을 전부 까먹은 것은 아니겠지?"

"설마……."

"너 정도의 비행 솜씨라면 그럴 가능성도 농후하다."

"어서 가기나 해."

하제의 냉혹한 말에, 은소는 토라진 척 말없이 하제의 목깃에 얼굴을 파묻었다. 창공 위로, 새하얀 두루미가 급격히 비상했다.

十九花
환궁

"두 분 걱정 마시옵고, 오늘부터 근 이틀간은 예서 편히 쉬시옵소서."

리리를 시켜 다과상을 얼른 들여놓고는 상덕이 말씀을 올렸다. 두 분 웃전 마마께서 괜찮다, 재입궁하겠다 하신 터였지만 상덕이 특별히 마련한 휴식이었다.

휴식도 휴식이지만 그동안 벌써 함께 침수 드신 것도 여러 날인데, 아직까지 아무 소식이 없는 것은 문제가 있는 것이렷다. 단 이틀간이라도 마음 편안하게 지내신다면 소중한 아기씨가 생겨날지…… 혹시 모르는 일이지 않은가. 상덕은 내심 그런 기대감도 살포시 품고서 마련한 것이다.

"알았으니 이만 물러가라."

"예. 편히 쉬시옵소서."

리리와 상덕이 조심스레 문을 잠그고 나갔다.

하제는 비로소 둘이 마음 푹 놓고 쉴 수 있다는 사실에 들뜨기 시작했다. 이곳은 도읍 아라야에 위치한 고적하고 소담스러운 기와집이었다. 궁궐과는 멀지 않은 곳이었다.

은소가 어느 날 문득, 여느 집 평범한 부부처럼 지내보고 싶다고 지나가는 투로 말한 것을 기억했던 하제가 훗날에 함께 있으려고 지은 집이었다.

간밤에 들른 궁궐에서는 상덕과 리리를 비롯해 노루 할멈과 가막사우만을 잠시 보고 나온 터였다.

은소가 걱정스러운 얼굴로 물었다.

"정말 이대로 쉬어도 좋을까? 너무 오랫동안 자리를 비웠는데……."

"걱정 말아라. 기왕지사 늦는 것이니 괜찮다."

"하지만 대소신료들이 수상히 여기는 게 아닐까? 갈매에게 계속 정사를 맡기는 것도 그렇고."

"……거참 괜찮다지 않느냐!"

참다못한 하제가 소리를 버럭 질렀다. 둘만 남게 되자 무르익은 분위기에 애가 타는 줄도 모르고 꼭 저런 맹꽁이 같은 말만 골라서 하니 하제는 속이 터졌다.

"왜 그렇게 소리를 지르는 거야?"

은소도 나름대로 답답했다. 이리도 오래 임금과 왕후라는 자리를 비우면 신료들의 말이라는 것이 칼날이 되어 돌아올지도 모른다.

"흥…… 네가 계속 궁시렁거리니 그런 것이 아니냐?"

"하지만 나보다는 당신이 걱정되어서 하는 말인걸."

"세상에서 가장 쓸데없는 일이 무엇인지 알아?"

"응?"

"내 걱정을 하는 일이다."

애써 만든 둘만의 꿀 같은 휴식이었다. 하제는 금침 위에 벌러덩 눕더니, 제 팔을 펼치곤 두드렸다. 이리 오라는 뜻이었다.

"어허. 왕후는 어서 안 오고 무엇하시나?"

처음에는 모른 척 외면하던 은소도 보시시 웃으면서 이윽고 하제의 옆으로 따라서 누웠다. 팔에 느껴지는 보드라운 감촉과 무게감에 하제의 한쪽 입가가 말아 올려졌다. 향긋한 정신적 포만감이 불룩하게 차올랐다. 하제는 나른한 목소리로 중얼거렸다.

"기분 좋군."

그 모습조차 몹시 섹시했다. 은소는 손가락으로 하제의 입술을 만지작거리며 말했다.

"당신은 정말이지 단순해."

"너는 안 좋은가?"

알면서 굳이 뭘 그렇게 확인을 하려 드시나. 은소는 하제의 품 안으로 더욱 깊숙이 파고들면서 나직이 말했다.

"나도 좋아."

제 품에 안긴 은소를 다정한 눈길로 바라보던 하제는 은소의 어깨를 토닥이다가 문득 생각난 것처럼 말했다.

"이러고 있으니 평범한 부부 같지 않으냐?"

하제의 가슴을 쓸어내리던 은소가 고개를 끄덕였다. 하제가 웃으며 말했다.

"평범한 집이라면, 아이도 한 다섯쯤은 낳아야지."

"엑? 그건 너무하잖아."

은소가 기겁하자, 하제가 장난기 가득한 투로 말했다.

"너무 적은가?"

"……음, 둘이 적당하겠어."

그러자 곧장 붉은 눈 가득히 떠오르는 짓궂은 미소에 은소는 심장이 자꾸만 팔딱거렸다. 기어이 쏟아지는 한마디.

"……허면 오늘 한 번에 둘을 만들면 되겠다."

하제는 이제 제 앞에서 실없는 소리도 제법 할 줄 알았다. 하제가 냉큼 입술을 부딪쳐오며 은소를 터질 듯이 꼭 끌어안았다. 그러곤 귓가에 웅얼거리듯 말했다.

"……죽는 줄 알았다. 너를 안고 싶어서."

쿵쿵쿵.

심장이 또다시 내려앉는 것처럼 아찔했다.

잔뜩 달아오른 얼굴, 하제의 몸이 불덩이처럼 뜨거웠다. 숨결마저도 더웠다. 하제의 손에 닿은 은소의 옷자락은 순식간에 훌훌 벗겨 던져져 버렸다. 하제의 혀끝이 천천히 입안으로 들어왔다.

은소도 혀를 내밀어 그를 어루만졌다. 그립고 그리웠던 사람, 자신도 모르는 자신을 끄집어내게 하는 사람. 은소는 하제의 목덜미를 꽉 깨물었다. 하제에게도 낙인을 남기고 싶었다.

하제가 신음을 흘렸다. 그것이 자극이 된 모양인지, 그의 혀가 더욱 거칠어졌다.

"못 참겠다."

깊게 파고드는 감촉, 부드럽지만 농염한 손길에 은소는 짜릿해졌다. 축축하게 젖어드는 눈동자를 마주하며, 이윽고 두 사람의 몸이 겹쳐지기 시작했다.

은소의 내밀한 곳으로 단단히 커진 제 것을 조심스레 밀어 넣자마자, 하제의 얼굴은 흥분과 열락으로 가득 차올랐다. 은소 역시 달뜬 얼굴로 하제를 올려다보았다. 서로가 서로를 원하는 깊은 눈길이 오가면서 몸은 더욱 젖어갔다. 하제가 천천히 허리를 흔들었다.

은소는 눈을 감으면서 제 몸에 오롯이 새겨지는 하제의 뜨거운 몸을 느꼈다. 영원히 잊을 수 없는 황홀함이 그녀의 가장 깊은 곳까지 치달았다. 하제가 은소의 아름다운 나신을 보듬고는 꽉 껴안았다. 끊임없이 내달렸다. 열띤 몸은 더욱 깊게 겹쳐졌다. 이윽고 은소의 입술에서 야릇한 신음이 흘렀다. 하제가 은소를 사랑스럽게 지그시 내리누르면서 그녀의 허벅지를 더욱 거세게 붙잡았다.

"하……하제, 이제…… 제발 멈춰."

애원하듯 물기 어린 눈으로 올려다보는 은소의 머리카락을 쓰다듬으면서 하제는 비스듬히 웃었다. 겨우 이것으로 끝날 생각일랑 없었다. 오늘은 기필코 가만두지 않을 터이다. 그리 마음 깊숙이 품은 뜻을 실천하려 하제가 더욱 뜨겁게 몸을 움직였다.

* * *

훈훈하고 따스한 기운이 가득했다. 맨몸에 느껴지는 햇살이었다. 아침햇살. 지창을 뚫고 들어온 햇살이 기분을 무척 좋게 만들었다. 간밤에 몇 시에 어떻게 잠들었는지조차 제대로 기억나지 않는다.

새벽까지도 몇 번이나 잠에서 깼다가 다시 들기를 반복했는지 모르겠다. 유독 강인한 체력의 하제는 한 번으로는 통 만족을 하지 못했다. 욕구를 온전히 풀어주려면 세 번 정도는 몸을 겹쳐야 달래지곤 했다. 헌데 어젯밤은 유독 굶주린 탓일까. 다섯 번이나 하고 말았다. 하제는 계속해서 은소를 원하고 원했다. 신기한 것은 은소 자신 역시 그러했다는 것이다. 입술로는 충분하다 말하면서도 계속해서 갈구하게 되고 말았다.

하제와 사랑을 나누는 그 순간만큼은 세상에 오직 둘만 있는 것 같아서, 오로지 그의 여자인 것만 같아서 그 안온함이 미치도록 좋았다. 너무 좋아서 중독이 될 것만 같았다.

정말 짐승처럼 잠에서 깨어 눈을 마주치면 사랑을 나누었고,

끝이 나면 지쳐서 잠이 들었다. 아무것도 먹지 않아도 배가 고프지 않았다.

하제와 몸을 맞대고 있는 것만으로도 마음 가득히 채워지는 아늑함과 온기에 폭 싸여 있는 것 같았다. 어떤 보이지 않는 보호막 같은 것이 자신과 하제의 주변을 둘러싼 것 같았다.

그러고 보니 곁에서 함께 누워 있던 하제가 보이지를 않았다. 밤새 체력을 소진한 덕분에 힘겹게 몸을 일으키던 은소는 다시 스르륵 잠이 들었다. 밖에서는 리리가 음식 준비를 하고 있는 것인지 구수한 냄새가 방 안에까지 흘러들어왔다.

* * *

어느 누가 상상이나 했을까. 사내답기만 한 하제 전하가 직접 음식을 만드는 모습을. 게다가 그 자태는 민망하기 그지없는 모습인지라 누가 혹여 보기라도 하면 어찌 될지 궁금했다.

아라연의 임금은 실오라기 하나도 걸치지 않은 알몸으로 부엌에서 음식을 만들고 준비하고 있었다. 벌써 두 시간째였다. 아주 다행히도, 이른 새벽이라 리리나 상덕도 아라궁에서 아직 걸음 하지 않았다.

그러나 하제는 아랑곳하지 않고, 손수 끓인 죽의 간을 보았다. 조금 짜긴 했지만 물을 같이 마시면 허용 가능한 범위의 맛이었다. 은소에게 직접 무언가를 만들어 먹이고 싶었다.

'이 정도면 되겠지.'

조촐하지만 제가 마련한 밥상을 들고 하제가 부엌을 나섰다. 살금살금 곱게 잠든 안사람이 혹여나 잠에서 깰까 조심하며 방 안으로 들어섰다.

들어서자마자 하제는 낮은 웃음을 터트렸다. 은소가 폭신한 이불을 다 발로 차 버리고, 곤하게 죽은 듯이 자고 있었다. 머리는 헝클어져 엉망진창이었다. 가끔씩 인상을 쓰며 눈썹을 찡그렸다. 그 모습마저 사랑스러워 견딜 수가 없었다.

하제는 밥상을 한쪽 구석에 놓고, 보로 덮어 두었다. 그리고 다가가서 고개를 숙여 자고 있는 이마와, 두 눈, 코, 양 볼과 입술에 입을 맞추었다.

"……으음."

은소가 웅얼거리면서 눈을 떴다.

"잘 잤나."

"응. 푹 잤어."

보시시 웃는 은소의 모습을 눈에 새기듯 담으면서 하제가 말했다.

"……어디서 좋은 냄새가 나지 않나?"

은소가 이불을 당겨 알몸을 가리곤 코를 킁킁거렸다. 잠결에 구수한 냄새가 나긴 했다. 방 안을 살펴보다가 구석에 있는 밥상으로 시선이 고정되었다.

"저게 뭐지?"

"잠깐 기다려라."

그러자 하제가 기다렸다는 듯이 가서 밥상을 은소 앞으로 가지고 와서 내려놓았다.

"배고프지 않은가?"

"먹을 걸 보니 식욕이 돌아. 리리가 두고 갔구나."

은소는 그리 말하며 별 감흥 없이 수저를 들어 죽을 떠먹었다. 몇 번 씹고는 목으로 넘겼다. 그리고 연신 먹기 시작했다. 함께 수저를 들던 하제는 살짝 경직된 얼굴로 물었다.

"……먹을 만한가?"

"궁인 솜씨가 바뀌었나? 맛이 미묘하게 다른걸."

예리하게 집어내는 은소의 미각에 하제는 속으로 흠칫 놀랐다. 이윽고, 푹푹 떠먹기 시작하는 은소를 보고는 그만 웃어버렸다. 그제야 고개가 빳빳이 올라가기 시작했다.

"맛있나?"

"응. 굉장히 맛있어."

오물오물 잘도 먹는 걸 보니, 하제도 기분이 좋아지면서 이제 슬슬 비밀을 밝혀야겠다는 생각이 들었다.

"그 죽, 내가 만든 것이다."

열심히 죽을 퍼먹던 은소의 숟가락이 멈칫하면서 눈이 동그래졌다.

"말도 안 돼. 거짓말."

"진짜다. 다음에 만드는 걸 보여주지. 감사하기나 해. 이 나라에서 내가 만든 음식을 먹어본 것은 너뿐이니까."

하제가 저리도 어깨를 으쓱거리는 걸 보니 진짜구나 싶었다.

"좋아. 믿어줄게."

"너에게는 무엇을 주어도 아깝지 않은데, 내가 만든 음식을 먹이고 싶다는 생각이 불현듯 들더군."

하제의 그 마음이 전해져 왔다. 비록, 죽 한 그릇이었지만 자신을 위하는 마음이 담뿍 담겨져 있었다.

"진짜, 진짜 맛있어. 고마워. 무엇보다도 값진 선물이야."

어느새 눈가에 눈물이 슬쩍 고였다. 은소는 다가가서 하제를 꽉 끌어안았다.

"그런데 당신은 아무래도 이쪽에 자질이 있는 것 같아. 처음해본 솜씨 맞아?"

"그런가?"

"응, 최고야."

예상보다 좋은 반응에 하제는 뿌듯함이 차올랐다. 또다시 입술을 맞대면서 하제는 상덕에게 포상을 내려야겠다고 마음먹었다. 그야말로 최고의 휴식이었노라고.

* * *

이틀 후.

회랑 앞 너른 마당은 소란스러운 목소리들로 가득했다.

"고작 저 어린아이에게 정사를 위임하시다니…… 아무리 전하라도 이번 일은 우리와 의논도 않으시고 참으로 경솔한 결정 아니옵니까?"

"맞사옵니다. 이리도 어엿하게 가막 대사가 계시온데 남해의 끝자락에 처박아두었던 어린 사슴을 굳이 데려와서 나랏일을 맡긴 연유가 무엇일까요?"

대소신료들은 회랑을 나서면서 불평불만을 떠들어 대기 바빴다.

회랑으로 들어서는 가막사우를 보자 일순 조용해졌다. 이제 더 이상 사우는 가막의 일원이 아니었다. 아비인 가막운만이 사우를 향해 멀리서 애처로운 눈길을 보냈다. 사우는 그 시선을 외면한 채, 회랑 안으로 훌쩍 걸음을 옮겼다.

안에서 걸어 나오던 갈매가 반가운 얼굴로 사우에게 다가왔다.

"제게 무슨 볼일이라도 있으십니까?"

"기다리던 소식을 알려드리러 왔습니다."

갈매의 눈동자에 이채가 비치자, 사우의 날카로운 눈도 이내 조금은 부드러워졌다.

"간밤에 전하와 왕후마마께서 무사히 돌아오셨습니다."

"그게 저, 저, 정말입니까? 지금 누님, 아니 왕후마마께서는 어디 계시지요? 지금 당장 뵈러 가야겠습니다."

얼마나 기다려왔던 소식이었나. 갈매는 흥분감을 감추지 못하고 어린애처럼 호들갑스럽게 말했다. 그러나 사우의 눈에는 그것이 그리 곱게 보이지 않았다.

"아, 우선 도사께선 잠시 진정을 하시는 게 좋겠습니다. 푹 쉬시고 나면 자연히 두 분이 인사를 하러 오실 겁니다……."

"하지만 그때까지 언제 기다리겠습니까? 저는 찾아가서 뵙겠습니다."

"……잠깐 기다리시오."

그러나 이미 갈매는 옷자락을 휘날리며 은향궐을 향해 달려가 버린 후였다. 사우는 갈매가 사라진 쪽을 바라보며 가만 생각했다.

'……궁궐에서는 보는 눈도 많은데. 설마 아니겠지.'

그때였다.

"……아까 그자가 남해 도사구나? 무척이나 곱상하게 생겼네."

슥 느껴지는 자그만 그림자와 함께 느닷없이 들려온 또랑한 목소리에 사우는 흠칫 놀라 뒤를 돌아보았다. 거기에는 단영이 궁인 연이를 대동한 채 서 있었다. 아까부터 서서 훔쳐보고 있었던 모양이었다.

사우는 의례상으로 고개를 꾸벅 숙이곤, 사지를 움직여 지나쳤다. 그런 사우의 모습을 힐끔 바라보던 단영이 뜸을 들이다가 말했다. 겉으로는 아무렇지 않은 척하지만 내심 속이 상한 듯했다.

"기다려."

그 말에 우뚝 걸음을 멈춘 사우에게 단영이 다가왔다.

"옛 정을 생각해서라도 궁 안에서 웃전 대접은 해줘."

단영이 눈짓으로 연이를 가리켰다. 사우가 표정 없이 말했다.

"원하신다면 그리하겠습니다."

"그런데 전하와 왕후마마께서 돌아오셨다니, 나도 안부 인사를 올리러 가야겠어."

"……아무 짓도 하지 마십시오."

"……뭐? 무슨 뜻이야?"

"……말한 그대로입니다."

"나는 그저 문안인사를 드리려던 것뿐이야."

"그렇겠지요. 허나."

단영은 제 마음을 꿰뚫어 보는 듯한 사우의 새카만 눈이 마음에 들지 않았다. 자신의 모든 행동을 알고 있다는 식의 그런 태도도 마음에 들지 않았다. 사우가 마저 말을 이었다.

"이제 막 돌아오셨습니다. 많이 곤해하십니다."

"그렇군. 무슨 말인지 잘 알겠어."

단영의 입술이 웃음을 한 다발 베어 물었다. 단영은 속으로 파동 치듯 일어나는 분노를 감당키 어려웠다. 눈으로는 사우의 멀어지는 그림자를 쏘아보았다.

다른 이는 몰라도 사우가 제게 이리할 수는 없었다. 아무리 가문을 버린 무정한 자라고 해도, 저에게만은 그리 굴어서는 안 되었다. 단영은 긴 옷자락을 붙잡고 청운궁으로 다시 걸음을 옮겼다.

사우는 급히 걸음을 옮기는 소리에 다시 뒤를 돌아보았다. 지우려고 늘 애를 쓰지만 거슬린다. 습관처럼 눈에 밟히고 만다. 저 아이만큼은 그늘에 살지 않기를 바랐는데……. 양지에서 산다면 더욱 빛이 났을 터인데 어째서 저 아이는 스스로 그늘을 찾으러 가는 것일까? 그저 가만히 죽은 듯이 있다가 퇴궁하길 바란 것은 자신이 저 아이에게 너무 큰 것을 바란 것인가. 사우는 고개를 저었다. 이해할 수 없다. 이해되지 않는다. 단영의 존재감이 커지는 것을 이해할 수 없듯이.

*　　*　　*

감나무에 주렁주렁 매달린 연시가 제대로 빨갛게도 익었다. 그것을 귀중한 보물 보듯이 바라보는 노루 할멈의 얼굴에도 슬쩍 화색이 돌았다.

드디어 하제와 은소가 나란히 환궁을 한 탓에 길었던 시름을 덜은 탓이었다. 그날 보았던 두 사람은 이제 완연히 잘 어울리는 한 쌍의 백두루미였다.

"후후. 꽃이 만개하는 것은 이제 시간문제로구나. 허나 하제가 그것을 원하지 않음이야. 그래도 어찌할 도리가 없지. 만개야말로 꽃의 운명이거늘."

뒷짐 지고 선 노루 할멈의 얼굴은 다시 걱정으로 물들었다. 필시 이번 일도 선계와 연관이 있을 것이다. 단순히 심해의 해왕과 해룡 환수 일족이 꽃을 욕심내서 저지른 일은 아니라는 것이다.

그렇다면 아직 안심하기엔 이르다는 뜻이기도 했다. 노루 할멈은 이런저런 생각을 하다가 문득 너털웃음을 터뜨려버리고 말았다.

자신의 목적 역시 꽃이 만개하면 그 일부를 얻어 젊음을 되찾고 선계로 되돌아가는 것이었는데, 이제는 꽃의 안전이 아니라 은소의 안전을 생각하고 있는 것이다. 자신도 모르게 어느 순간부터 둘을 응원하고 있었다. 언제 이렇게 자신이 변해버렸나, 라는 물음을 삼키기도 전에 노루 할멈의 눈에 은소의 모습이 들어왔다.

새하얀 은발에 청아한 눈동자, 기다란 목과 가느다란 선을 가진 몸, 우아하고 기품 있는 몸가짐, 온몸에서 뿜어져 나오는 화사한 빛이 아름다웠다. 제게도 저런 시절이 있었다. 참으로 아름다웠던 나날들.

"무녀님, 전언을 듣고 왔어요. 그간 걱정 많이 하셨지요?"

한결 어엿해진 은소를 바라보며 노루 할멈은 왠지 모를 흐뭇함이 밀려오면서 가슴 한구석이 벅차오름을 느꼈다. 이제는 은소도 두루미 환수 일족이 되었으니 마치 자식을 보는 기분마저 들었다. 노루 할멈은 잠시 후에 입술을 열었다.

"너를 보면 말이다, 꼭 소싯적 내 모습을 보는 것 같구나. 무사히 돌아와 줘서 고맙구나. 어디 아픈 곳은 없는 것이야?"

"아픈 데는 없어요. 사실 해랑궁에서 좋은 구경 잘 하고 왔는걸요."

은소가 벙싯 웃자 노루 할멈이 양팔을 벌렸다. 은소가 다가와서 살포시 품에 안겼다.

"이럴 게 아니라, 내 방으로 가서 차라도 마시며 담소를 나누자꾸나."

따뜻한 잎차가 노곤함을 말끔히 날려주었다. 은소가 찻잔을 내려놓자, 노루 할멈이 말했다.

"실은 말이다, 너를 만나고 싶어 하는 분이 계신다."

"어떤 분이죠?"

노루 할멈이 분이라고 조심스레 지칭하는 것을 보니 높은 분인 것 같은데, 누군지 짐작이 가지를 않았다.

"만나보면 알 것이야."

일순 노루 할멈의 뒤편 병풍에서 환한 빛이 어렸다. 안에서 걸어 나온 것은 십 대로 보이는 아름다운 소녀였다. 은소는 놀란 눈으로 그녀를 바라보았다. 긴 머리카락과 분홍색 비단옷은 실내에 있는데도 연신 바람에 살랑거렸다. 소녀가 인자한 웃음을 만면에 띠며 은소에게 다가왔다.

"네가 바로 감로화로구나. 네가 꽃일 적의 모습만 보았는데…… 고것 참 신기하군."

"당신은……."

"예전 꽃을 감별한다고 하제가 너를 내 반도정원에 데리고 온 적이 있었다. 나는 선계 반도정원의 주인 서왕모란다."

곁에 있던 노루 할멈이 아직 굳어 있는 얼굴의 은소에게 말했다.

"이분은 믿어도 좋다. 네가 시들어 갈 때 도움을 주신 분이다."

그제야 은소가 경계를 한층 풀고, 서왕모에게 인사를 했다.

"도와주셔서 감사했습니다."

"아니다. 너는 아주 귀중한 존재이니까. 비록, 내 소관은 아닐지나 당연히 잘 보살펴야지. 나는 영생과 장수를 누리게 해주는 복숭아를 내 자식처럼 여기고 있느니라. 네가 그저 건강히 존재하는 것만으로도 감사한 일이지."

서왕모는 그리 말하면서 은소의 손을 덥석 잡았다. 일순 손안으로 모여드는 치유의 기운을 느낀 서왕모가 놀란 눈으로 은소를 바라보았다. 반도 복숭아를 먹었을 때보다도 강한 기운이 손끝에서부터 온몸에 이르러 휘돌았다. 순간 서왕모마저도 입맛을 다실 만큼 강렬한 단내가 후각을 자극했다.

"이 정도의 강한 기운이라니, 과연 감로화구나."

서왕모는 감탄하면서, 은소의 손을 놔주고는 말했다.

"얘야, 너는 하제를 진심으로 사랑하는 것이냐?"

은소는 대답에 망설임이 없었다.

"그를 사랑해요."

"그래. 무릇 한 송이의 감로화라도 한 사람의 여인이지. 네 마음이 가장 중요한 것. 헌데 왜 아직 만개를 하지 않는지 의아스럽구나."

"……저도 잘 모르겠어요."

"만개가 그리 쉬운 일은 아닐 터이지."

"하지만…… 저는 만개를 하고 싶지 않습니다."

은소가 살짝 뜸을 들이다가 그리 말하자 서왕모의 눈이 휘둥그레졌다. 실은 오래전부터 감로화의 만개는 은소가 원하는 바가 아니었다. 그저 자신의 상황을 안 좋게만 만드는 일 중 하나였다.

"지금 저는 하제 한 사람만 바라보고 사는 삶을 영유하고 싶습니다. 그와 영원히 평화롭게 살고 싶습니다. 그런데, 감로화가 만개를 하게 된다면…… 저를 노리는 이들이 가만히 있지 않을까 봐, 그게 두렵습니다."

은소의 이야기를 잠자코 듣고 있던 서왕모가 불같이 화를 내면서 혹독하게 말했다.

"허어, 그 무슨 망발이냐? 감로화로 태어난 것은 신성한 운명이니라. 그를 거부할 수는 없는 것. 결국 너는 감로화로 살아갈 수밖에 없다. 그것을 감당해야 하는 것도 온전히 너의 몫이다."

"……감로화로 사는 것보다는 저는 한 사람으로 살아가고 싶은 것뿐이에요. 그저 제 의지대로 살고 싶습니다."

가슴 깊숙이 묻어 두었던 이야기를 꺼내놓으니 조금은 가벼워진 듯했다. 그러나 서왕모는 가슴을 두드리기까지 하며 말했다. 그녀의 고운 눈썹이 찡그려졌다.

"그것은 아니 될 일이래도! 후우, 답답하구먼. 되었다. 하기사 감로화는 내 소관도 아니니 내가 주제넘게 상관을 했구나. 하지만 분명히 기억해두는 것이 좋을 것이다. 운명을 거스르게 너를 놔두지 않을 것이다."

"누가 말인가요?"

서왕모는 돌연 스르륵 빛과 함께 자취를 감추고 사라졌다. 은소의 물음도 허공을 떠돌고 말았다. 노루 할멈이 씁쓸한 얼굴로 은소의 어깨를 토닥였다.

"만개는 피할 수 없는 꽃의 운명이다."

* * *

청운궐 앞마루에 앉아 단영을 기다리던 그림자가 있었다. 새치름한 얼굴의 리였다. 리는 요새 청운궐에 쭉 머물다시피 하고 있었다. 리의 요즘 관심사는 남해 도사 연갈매였다. 과거 사냥대회에서 은소라는 계집과 다정하게 지내던 사슴, 그 눈길은 연정을 품은 것이 분명했다. 허니 하제 전하께서도 그자가 신경이 쓰여, 남해로 보낸 것일 터. 이제 멀리 떨어져 있다가 다시 만나게 되었으니, 오죽이나 애간장이 닳았을까.

리는 단영이 돌아온 것을 보고는 미소 지었다.

"잘 다녀오셨사옵니까. 안으로 어서 들어가시지요. 마마."

"네에. 연이 너는 이만 가보거라."

"예, 마마."

단영이 고개를 숙이고 있던 연이에게 명하자, 연이는 조신히 대답하고는 사라졌다. 리가 단영의 손을 붙잡고는 어서 방 안으로 데리고 갔다. 조심스레 방문을 걸어 잠근 뒤, 청운마마를 안쪽으로 뫼시어 앉히고는 말했다.

"어떻습니까, 마마. 남해 도사라는 자를 보았지요?"

"예, 과연 언니 말대로 훤칠하게 잘생겼던걸요."

"그렇지요. 그리 젊고 잘생긴 이가 불과 몇 달 전까지만 하여도 은향궐 계집더러 누님, 누님 하면서 붙어 다녔답니다."

"그래요?"

"그러믄요. 하제 전하의 불같은 성질 아시지 않사옵니까. 그 꼴을 두고 보지는 못함이지요. 허나 이제 둘이 다시 만나게 생겼으니, 속으로는 못마땅하실지도 모르는 일이지요."

"하제 전하께서는 왕후마마를 워낙 끔찍이 여기시지 않나요? 두 분 사이에 워낙 굳건한 믿음이 자리한다고 소문이 장하답니다."

단영의 말에 리가 조악하게 웃으며 말했다.

"흥, 다 우스운 소리입니다, 청운마마. 믿음은 언제든 깨지게 되어 있사옵니다. 이제 마마께옵서 그 은향궐 계집을 밀어내시고 번듯하게 비 자리에 오르셔서 부귀영화를 누리셔야 할 때가 아니옵니까."

리가 그리 부추기자, 단영이 쓴웃음을 물고는 말했다.

"궁에서 지내는 동안 전하의 그림자조차 제대로 보지 못했습니다. 이 자리가 제 자리가 맞는지 그저 마음이 답답하기만 합니다. 전하의 마음을 붙잡을 길이 없습니다."

"마마, 그리 약한 말씀을 하시면 아니 됩니다. 저에게 한 번만 맡겨주시옵소서. 전하의 관심을 돌릴 수 있는 마지막 기회이옵니다. 예, 마마?"

"허면 무슨 방도라도 있는 것입니까?"

그러자 리가 소매춤에서 두루마리 하나를 스윽, 꺼내었다.

"이것이 뭐지요?"

"남해 도사 연갈매의 필체랍니다. 제 아랫것이 필체를 기막히게 흉내낼 줄 압니다."

"허면……."

"이제 은향궐 계집에게 연모한다는 서신을 쓰기만 하면 되는 것이지요."

"그것으로 전하의 마음이 한풀 꺾일까요? 지금 전하의 눈에는 오로지 은향궐 계집만 보이지 않습니까?"

"그러니 더 무서운 것 아니겠습니까? 왕후의 몸으로 다른 남정네와 염문이라니, 아니 될 일이지요. 어디 한번 두고 보기라도 하시어요. 청운마마."

"알겠습니다. 언니 말대로 어디 한번 두고 보지요."

그리 말하며 단영은 이 사실을 사우가 알면 어떤 표정을 지을지 궁금해졌다. 사실 하제 전하보다도 두 사람 사이를 방해 말라며 제게 엄포를 놓았던 사우가 더 야속했다.

한편 단영의 허락이 떨어지는 순간 리는 그럴 줄 알았다는 듯 입꼬리를 올리며 음흉하게 웃었다. 이미 은향궐을 드나드는 궁인 하나를 포섭해두었으니, 남해 도사가 그곳에 걸음 하기만 하여도 구실을 만들 수 있을 터였다.

단영과 리, 새까맣게 드러난 두 까마귀의 눈이 빛났다.

* * *

가히 몇 달 만이라. 은향궐에 들어서면서 갈매는 새삼 감개무량한 마음이 들어 몇 번이고 바람에 나부끼는 비단 편액을 들여다보았다.

은향궐에서는 리리가 초희라는 궁인과 함께 이곳저곳을 단장하느라 분주했다. 며칠간 주인이 자리를 비웠다고 훅 냉기가 도는 듯했다. 활기차게 분위기 전환이라도 할 겸, 이런저런 세간을 새것으로 바꾸고, 이부자리도 두터운 것으로 꺼내어 준비했다. 이불을 털면서도 궁인 둘은 참새처럼 조잘조잘 말도 많았다.

"어마나, 금실이 그리 좋으시다는 게 참이야?"

"아니 글쎄, 옛날부터 전하께옵서는 우리 왕후마마님을 어찌나 안 놓아주시는지 한번 듭시면 하루 온종일 계시다 간다니까. 이튿날 마마께서 오죽 힘드시면 늘 산보로 다니시던 정원도 아니 듭시고 말이야."

초희의 순진한 질문에 리리는 엣헴 기침까지 하면서 장광설을 늘어놓았다. 아주 조금 부풀려진 실제 일화까지 예로 들어가면서 하제 전하가 왕후마마를 얼마나 아끼시는지 설명하는 중이었다.

그때, 누군가의 인기척이 들려오자 두 궁인은 에그머니나 하고 고개를 숙였다. 리리는 혹 하제 전하께옵서 납신 것이 아닌가 싶어 고개를 드는데 의외의 인물이었다. 의젓하게 녹색 의복을 걸친 남해 도사 연갈매였던 것이다. 다정하고 환한 인상의 수려한 청년인지라 내심 두 궁인의 호기심 어린 눈길도 쏟아졌다. 다소 민망함을 감추며 갈매가 먼저 입술을 열었다.

"아, 왕후마마를 뵈러 왔습니다."

그제야 리리도 말했다.

"왕후마마께서는 잠시 흑옥궐에 드셨어요. 예서 잠시 기다리시면 곧 오실 거여요. 따끈한 차를 드릴게요."

"알겠습니다. 고맙습니다."

갈매가 손님방에서 머무르는 사이에, 다과를 준비하는 리리에게 초희가 슬쩍 물었다.

"저분은 누구신데 왕후마마님을 찾으셔?"

"어린 나이에 남해 지방의 도사로 부임하신 연씨 가문의 갈매님이지."

"왕후마마님이랑 사이가 각별하신 게지?"

"글쎄, 나도 잘 모르겠다. 오누이처럼 친해 보이시긴 했는데. 근데 그건 왜 캐물어?"

"으응? 아, 아니. 그냥 궁금해서."

둘이서 그리 말을 주고받는 동안, 조신한 걸음걸이로 은소가 은향궐에 들어섰다. 발소리를 듣는 순간 헐레벌떡 두 궁인이 뛰어나와 웃전 마마를 향해 고개를 숙였다.

"왕후마마! 도사님께서 와 계시답니다. 어서 들어가 보셔요."

리리가 활기차게 말하자, 다소 굳어 있던 은소의 얼굴도 곧 풀리며 말했다.

"갈매가 와 있다고? 그래. 고마워, 리리."

은소의 시선이 리리 옆에 있는 초희에게로 옮겨졌다.

"처음 보는 얼굴이네. 새로 온 아이니?"

"예, 예. 왕후마마. 초희라고 하옵니다."

자신을 감히 쳐다도 보지 못한 채 초희가 벌벌 떨면서 말하자, 은소는 싱긋 웃으며 말했다.

"그리 불편하게 생각할 것 없어. 앞으로 잘 부탁해."

"예."

그를 지켜보던 리리도 말을 거두었다.

"손이 빠른 아이라 제가 좀 편해졌다니까요. 아참, 다과상 올려드릴게요."

그러자 눈치를 보던 초희가 재빨리 말하고 움직였다.

"다과상 제가 올리겠습니다."

사라지는 초희를 보곤 은소와 리리가 흐뭇하게 웃었다.

"인상도 참하고 착해 보이는구나."

“예, 그나저나 어서 들어가 보셔요. 무척 뵙고 싶어 하시는 눈치세요.”

“그래, 가 볼게.”

방에서 가지런히 앉아 있던 갈매는 문득 문이 열리며 들어오는 눈부시게 환한 사람을 보고 깜짝 놀라고 말았다.

하늘에서 내려온 선녀일까. 새하얀 은발은 생경함을 넘어 신비로움까지 머금고 있었다. 두 눈은 홍옥처럼 붉고 영롱하게 빛났다. 게다가 더욱 아름다워진 자태에, 갈매는 은소가 맞는지 고개를 갸웃거리고 의아한 얼굴이었다.

“은소 누……님? 정녕 맞으십니까?”

그 모습에 은소는 살풋 웃음을 머금었다.

“그럼 누구일 것 같은데?”

목소리를 들려주자 긴가민가하던 갈매가 아, 하고 탄성을 내뱉더니 반가움이 역력해졌다.

“목소리를 들으니 확실히 알 것 같습니다. 역시 누님이 맞으시군요!”

은소의 모습은 예전과는 확실히 달라져 있었다. 갈매는 대답 대신에 은소를 품에 가득 안았다. 품 안에 느껴지는 과일의 향긋함과 함께 싱그러운 풀 내음이 물씬 풍겼다. 은소도 반갑다며 갈매의 등을 토닥여 주고 품을 빠져나오려 하는데, 마음대로 되지 않았다. 갈매의 단단한 팔이 풀릴 줄을 몰랐던 것이다.

은소는 귀여운 동생의 장난쯤으로 치부했는지 웃으며 말했다.

"갈매야. 이것 풀고 얼굴 좀 보여줘."

그러나 갈매는 더 이상 어린애는 아니었다. 눈빛은 이미 성숙한 남자의 것이었다.

그때 다과상을 들고 오던 초희가 슬쩍 열린 문틈으로 안을 들여다보았다. 리리가 다가오더니 초희에게 말했다.

"어서 들어가지 않고 뭘 하니?"

"어어, 아무것도 아니야."

"왕후마마, 다과상 올리겠습니다."

그러자 안에서 옷자락이 파삭거리며, 두 사람이 떨어지는 소리가 들려왔다.

"그래, 어서 들어와."

은소가 급히 대답하자 초희가 웃으며 다과상을 들여왔다.

"무사히 환궁하시게 되어서 참으로 다행입니다. 어찌나 걱정했는지 가슴이 까맣게 타버렸을 정도니까요."

갈매의 녹아내릴 듯 따뜻한 목소리가 방 안에 울렸다. 말투가 너무도 다정하여 은소는 짐짓 얼굴이 하얗게 되어버렸다. 아랫사람도 있는데, 혹여 하제의 귀에 들어가면 어쩌나 싶은 것이다. 하여 대놓고 정색은 못 하여도, 완곡하게 돌려서 말했다.

"내 걱정은 이제 더는 하지 마. 하제 전하께서 계신걸."

"그래도요. 요수국은 무척 멀고 험한 곳이 아닙니까."

갈매는 그런 은소의 마음을 알아채지 못하고 다른 방향으로 초희를 슬쩍 신경 쓰는 듯했다. 대외상으로 왕후마마는 심해가 아닌 요수국에 다녀온 것으로 모두가 알고 있었다.

다과상을 은소와 갈매 사이에 내려놓은 초희는 조심스럽게 분위기를 살폈다.

말린 감과 대추, 잣을 넣어 만든 과자의 물든 빛깔이 곱기도 했다. 은소가 과자를 하나 집으려는데 마침 갈매도 그것을 집으려다 손길이 부딪쳤다. 잠깐의 정적이 있었으나 은소는 아무렇지 않은 듯 과자를 입으로 가져가 깨물면서 말했다. 달달하고 바삭한 식감이 고소하게 입 안에 퍼졌다. 이어 갈매도 따라서 과자를 조금 깨물어 먹었다.

"이것 정말 맛있네. 그렇지, 갈매야?"

"네, 누님."

그러나 초희의 눈에는 그러한 둘의 모습조차 이상스럽기만 해 보였다. 왕후마마는 크게 신경 쓰지 않는 듯하셨지만, 남해 도사의 촉촉한 눈빛은 그렇지 않아 보였다.

내심 초희는 생각했다. 왕후마마는 스스럼없이 도사의 이름을 부르시고, 도사 역시 왕후마마를 누님이라 칭했다. 참으로 별일이다 싶었다.

게다가 세상에 아무리 오누이처럼 친근한 사이라고 해도, 반갑다고 품에 와락 껴안는 것은 망측한 일이었다. 다른 누구도 아닌 임금의 여인이 아닌가. 여러 번 다시 생각해보아도 부정한 일이 아닐 수 없었다. 그러니 둘 사이가 수상쩍은 것은 괜스레 생떼를 쓰는 일이 아니었다.

그런 것을 다 차치하고서라도, 눈앞의 두 남녀는 젊고 혈기방장한 선남선녀였다. 연정이 아니 생길래야 아니 생길 수도 없는 노릇일 듯했다.

'둘이 뭘 하는지 살펴보고서 조그만 흠잡을 만한 것이 있으면 모조리 내게 고하거라. 알겠느냐?'

리 아가씨가 일러둔 말을 상기한 초희가 얍실한 눈매로 힐끔힐끔 둘을 엿보며 속으로 이런저런 생각을 품고 있는 중이었다. 왕후마마의 온화한 시선이 제게 닿았다. 은소는 차려온 과자 중의 한 접시를 초희에게 내밀고는 부드럽게 말했다.

"그리 서 있지 말고 가서 쉬도록 해. 이것 리리와 함께 나눠먹으면서 동무처럼 이야기도 나누고."

"예, 감사하옵니다. 왕후마마."

초희는 마치 제 속마음을 들키기라도 한 듯이 급히 그 자리를 빠져 나갔다. 초희가 나가자 갈매가 웃으며 말했다.

"어쩜 그리 심성이 고우십니까? 얼굴만 고와지신 줄 알았더니, 마음은 더 고와지셨습니다."

갈매의 눈이 부드럽게 휘자, 은소도 따라서 눈을 휘면서 말했다.

"글쎄…… 자리가 사람을 만든다는 말이 있지. 왕후가 되고 나니 나도 조금씩 달라지는 것 같아. 사실 나는 나 자신밖에 모르는 사람이었어."

갈매가 의외라는 듯 눈을 동그랗게 뜨고 물었다.

"누님께서요? 믿기지 않습니다."

은소가 고개를 저으며 회상하듯 말했다.

"정말이야. 아라연에 오기 전 나는, 분재 화분 같았어. 정해진 화분 크기에 맞춰서 그저 적당히 양분과 물을 흡수하고 살았지. 그런데 여기는 항상 그 화분을 벗어나는 일들만 내게 벌어졌지. 그래서 달라질 수밖에 없었던 것 같아."

잠자코 은소의 이야기에 귀를 기울이던 갈매가, 정곡을 짚으며 웃었다.

"그 화분을 벗어나는 가장 큰일이, 그분을 만난 것이겠군요."

그분이라는 호칭이 나오자 은소의 얼굴이 돌연 붉어졌다.

"부정하지는 않으시네요."

갈매가 반은 농담으로, 반은 진담으로 말했다. 어쩐지 조금 쓸쓸해 보이는 얼굴이었다. 남해에서 들었던 갈매의 고백을 떠올린 은소는 그 얼굴을 가만히 보았다.

'갈매에게도 좋은 짝이 생긴다면 좋을 텐데…….'

문득 마음에 떠오른 바람을 지우고 은소는 제 대답을 기다리는 갈매에게 말했다.

"부끄럽지만 그러네. 하제를 만나지 않았다면 지금쯤 나는 뭘 하고 있었을까."

아마도 평범한 삶을 살고 있었을 터였다. 염라가 보여준 꿈에서 보았던, 그런 삶. 자꾸만 혼자서 사색에 빠지는 은소를 보던 갈매는 분위기를 바꾸어 말했다.

"오랜만에 제 비밀 정원으로 산책이나 다녀올까요."

"그래, 좋아."

두 사람은 다과상을 한쪽으로 치운 뒤 밖으로 나갔다. 다정하게 향하는 두 사람의 발걸음을 훔쳐보던 초희도 그 뒤를 좇았다.

*　　*　　*

하제는 책상에 앉아 그동안 갈매가 처리해둔 일들을 보면서 고개를 끄덕였다. 과연, 왕족인 연씨 가문 출신이다. 갈매는 가막이라는 바람에도 흔들리지 않고 정도를 지킬 줄 아는 위인이었다. 갈매를 따로이 불러 치하라도 해주고 싶었다. 하제는 밖에서 고개를 조아리고 있을 상덕을 향해 말했다.

"상덕, 있느냐?"

"예, 전하."

"가서 남해 도사를 데리고 와라. 이번 일로 큰 신세를 졌으니 상이라도 내려야 할 것이다."

"예, 알겠사옵니다."

허나, 잠시 후 상덕은 혼자서 돌아왔다. 도사의 처소에 가보니 자리를 비운 까닭이었다. 모시는 궁인들도 오늘 오전에 회랑으로 나가서 아직도 기별이 없다고 했다. 이 일을 어쩐다 하다가 우선은 돌아오는 대로 곧장 녹옥궐로 듭시라고 궁인에게 일러두었다. 하제가 상덕만 온 것을 보곤 물었다.

"어째서 홀로 돌아왔는가?"

"회랑에 나갔다가 아직 기별이 없다고 하옵니다."

"흐음, 그래? 오전 정무가 끝난 지 한 시진쯤 지난 시각인데…… 내가 아직 돌아왔다는 소식을 듣지 못한 건가. 이상하군. 사우에게 전달하라 했는데. 알았느니. 이만 나가보아라."

그때, 문밖에서 사우의 목소리가 들려왔다.

"전하, 다녀왔습니다."

하제가 말했다.

"잘 왔다. 안으로 들라."

"하명대로 주요 인사들에게 전하와 왕후마마의 환궁 소식을 전하고 왔습니다."

"그래? 남해 도사에게도 똑똑히 전하였나?"

"예, 도사에게 가장 먼저 전했습니다."

그러자 하제의 눈썹이 슬쩍 일그러졌다. 상덕이 초조한 얼굴로 말씀을 올렸다.

"정무가 끝나고 급한 볼일이 있었던 모양이옵니다."

"임금이 돌아왔다는데, 맡은 일을 보고하는 것보다 더 중하고 급한 일이 대체 무엇이관대? 사우, 지금 가서 당장에 도사를 데려오거라. 그리고 상덕, 왕후와 저녁 수라나 들어야겠으니 은향궐에 기별하라."

그러자 사우의 얼굴이 순식간에 당황한 채 굳고 말았다. 그런 사우의 기색을 알아챈 상덕 역시 걱정스러운 얼굴이었다.

"예, 전하."

밖으로 나온 사우는 눈앞이 캄캄해짐을 느꼈다. 분명히 제가 경고했지만 남해 도사는 왕후마마를 만나러 달려갔을 터였다. 하제 전하가 이 사실을 알게 되면 당장에 날벼락이 떨어질 것이다.

"혹시 내가 짐작하는 것처럼 상황이 좋지 않은 것이오?"

"그렇습니다."

사우는 상덕에게 자초지종을 알렸다. 상덕과 사우, 두 사람이 곰곰이 생각에 잠겼다. 이윽고 상덕이 옳거니 하고서 외쳤다.

"내가 왜 진작 그 생각을 못 했을까. 상황이 이렇게 된 이상 우선 전언을 보내봐야겠습니다."

"어서 하시지요."

상덕이 곧바로 머릿속을 비우고 집중했다.

[도사님, 하제 전하께옵서 급히 부르십니다. 지금 곧장 녹옥궐로 듭시지요.]

* * *

은소와 함께 정원으로 향하던 갈매는 발길을 뚝 멈추었다. 머릿속에 전해진 전언의 내용에, 아차 싶었다. 은소가 돌아왔다는 소식에 뒤도 안 보고 달려왔는데, 하제 전하께 먼저 보고를 하는 것이 당연 일의 순서였다. 갈매는 기다리고 있는 은소를 향해 말했다.

"누님, 아무래도 당장 전하께 가보아야 할 것 같습니다. 전하께서 저를 찾으신답니다."

"정무 때문에 부르셨는가 보다. 어서 가봐."

"예, 아쉽지만 누님 얼굴을 보니 그래도 마음이 놓이는걸요."

"나도 오랜만에 보니 좋았어."

아쉬운 듯 뒤를 돌아보는 갈매에게 인사를 하고 은향궐로 되돌아가는 길이었다. 문득 시선이 느껴지는 듯했지만 주변을 살펴보아도 아무도 없었다.

은소가 방향을 바꾸어 자신이 있는 쪽으로 걸어오자 깜짝 놀란 초희는 숨을 더욱 죽이며 몸을 웅크렸다. 은소가 자신을 못 보고 지나치자 그제야 십년감수했다며 한숨을 폭 쉬는 초희였다.

"헌데 두 분이 왜 갑자기 어딜 가시려다가 만 것일까?"

아쉽게도 호기심은 풀리지 않았지만 초희는 더 쉴 겨를도 없이 은향궐을 향해 나섰다. 궁인들만이 아는 지름길을 통해서 갈 참이었다.

二十花
계략

대사는 평상시보다 이른 시각에 귀가했다. 최근 들어 흉몽을 자주 꾸는 것이 어쩐지 조짐이 좋지 않았다. 하제 전하가 자리를 비웠을 때야말로 가막이 날개를 펼 시간이라고 생각했건만, 사슴은 만만한 놈이 아니었다. 겉으로는 그리 유약하고 가냘픈 새끼 짐승이었으나, 속으로는 그 능글맞은 제 아비 연제비를 꼭 닮지 않았는가.

연갈매가 가막의 새로운 돈줄이 되어 주리라 생각했던 무기의 밀수출을 알아채고 관군을 보낸 것이다. 그것은 장차 나아가 더욱 큰 역할을 수행할 발판이 될 일이었기에, 실패의 잔은 쓰디썼다.

'흥, 어디 마음대로 해보라지.'

허나 그 한 번으로 무너지진 않을 터. 가막은 이 나라 곳곳에 불법으로 무기를 만드는 신기창을 만들어 놓고 있었다. 또한 우수한 무기를 사국에서 들여와 병력을 키우고 있었다. 가막의 까마귀 환수 일족은 지금 힘이 없어서 가만히 있는 것이 아니었다. 때를 기다리고 있는 것이다. 저 오만방자한 두루미 임금의 부리와 발톱이 무뎌지고 아둔해질 날을 기다리는 것이다.

그러기 위해서는 가막에서 왕후가 나는 것이 가장 빠른 지름길이었다. 또한 연갈매 그 새끼 사슴을 은향궐 계집년과 엮어서 유배라도 보내야 했다. 하여 이번에 리에게 그와 같은 일을 시킨 것도 임금의 총애를 돌리는 동시에 두루미 임금이 그를 신임할 수 없도록 하는 일거양득(一擧兩得)의 조치를 위함이렸다. 가막 대사는 리에게 다시금 전언을 보냈다.

[리야, 기억하거라. 너에게 그들이 준 수모를…… 우리 가막이 일어나기 위해서 필요한 일이다. 궁인이 보고를 하거든 내게 곧장 알려라.]

[걱정 마시어요, 아버님. 저는 영원히 잊지 않을 것이옵니다.]

* * *

급하게 들어온 갈매의 얼굴을 본 하제가 느긋한 자세로 물었다.

"무슨 급한 용무라도 있었던 모양이지?"

"아, 그것이……."

얼굴에 떠오른 당혹감을 감추지 못한 갈매가 쩔쩔매자, 하제가 다시 서류를 내려다보았다.

"됐다. 말 못 할 사정이라도 있는가 보군. 실은 내 그대가 잘한 점에 대해 칭찬해 주려고 부른 것이야. 이것을 보아하니 서쪽 변방의 작은 지역인 장현에서 사국에 무기를 밀수출하는 현장을 잡았다지? 극악무도한 놈들이로세. 감히, 아라연의 고유한 무기와 그 기술을 몰래 빼돌리다니, 경을 칠 놈들!! 대체 그놈들은 어떤 작자들인가?"

"화적꾼들이라고 하나 영 수상합니다. 일개 화적꾼들이 벌인 짓이라고 하기에는 치밀하고, 그 규모가 너무나도 컸습니다. 무려 검 250자루와 장궁 80개에 달합니다."

"그러한가? 그놈들은 모두 어찌 되었느냐?"

"투옥시켰으나, 취조 과정에서 모두 자진했습니다."

"심상치 않은 일이군. 알겠다, 그동안 내 대신 임금 자리를 지키느라 수고하였다. 내 그대에게 토지를 하사하겠다. 혹, 나에게 부탁할 것이 있으면 말해보아라."

잠시 뜸을 들이던 갈매가 입술을 열었다.

"허면, 저를 다시 도읍에서 머물게 해주십시오."

뜻밖의 부탁에 하제는 갈매를 돌아보았다.

"어째서? 끄흠. 남해가 그리 별로였던가?"

갈매는 고개를 저었다.

"아닙니다, 전하. 남해에서 지내면서 많은 경험을 쌓을 수 있었습니다. 허나, 현재 이 나라 조정(朝廷)은 가막이 태반입니다. 이는 잘못된 것입니다. 아무리 정권이 바뀌었다고 하나, 신료들을 여러 가문에서 고루 등용하셔야 할 것으로 사료됩니다. 저는 연씨 가문의 유일한 후계자로서 하제 전하를 도와 이 나라를 위해 일하겠습니다."

그 말을 듣고 있던 하제는 잠시 생각에 잠겼다. 하제 역시 가막 말고는 곁에 두고 신임할 수 있는 부하가 몇 없어 아쉬운 참이었다. 게다가 연갈매는 나이는 어리나 출중한 능력이 있고 사리분별이 밝았다. 다만 걱정되는 한 가지는 왕후와 각별한 사이라는 점이었지만 하제는 이제 그런 것은 문제 삼지 않았다.

"좋다. 허면, 남해 도사를 그만두고 내일부터는 차랑의 자리에 올라 조정에 들어오도록 해라. 그 밀수출 사건을 본격적으로 그대에게 맡긴다."

차랑이라면 대사 아래로 다섯 번째에 달하는 높은 벼슬이었다. 임금 직속이라는 점에서는 더욱 막강한 영향력을 행사할 수 있는 자리이기도 했다. 임금의 명에 화답하기 위해 갈매는 큰 절을 올리며 말했다.

"참으로 감복하옵니다, 전하. 맡은 바 최선을 다해, 감히 아라연의 무기를 빼돌리는 자들을 발본색원(拔本塞源)하겠습니다."

"앞으로도 그대의 활약을 기대하겠다."

"예, 전하."

하제가 흐뭇한 웃음을 만면에 지었다. 이윽고 상덕이 은향궐에 다녀온 모양이었다.

"전하."

"어서 들라."

상덕이 들어오자 하제는 기다렸다는 듯 물었다.

"그래, 은향궐에 전하였나?"

"예, 지금 분주히 저녁 수라 준비에 들어갔으니 전하께옵서도 천천히 걸음 하시면 될 듯하옵니다."

"그러지. 연 차랑은 이만 가보게."

"예, 전하."

갈매는 물러 나오면서 말간 웃음을 입에 물었다.

'가히 두 분이 애틋하시다. 함께 저녁 수라도 드시고. 이제 완전히 하제 전하의 사랑을 받으면서 알콩달콩 잘 사시는구나.'

갈매는 이제 왕후마마와도 그리 가까이 지내면 안 된다 스스로 다짐을 했다. 허나 수천 번 다짐해도, 제 마음속에 한번 품은 마음은 사라질 줄을 몰랐다.

아니 된다, 아니 된다고 알고 있으면서도 마음처럼 되지 않았다. 갈매는 무거운 발걸음을 돌려 제 처소로 돌아갔다.

* * *

은향궐은 분주하게 움직이는 궁인들로 복작복작했다. 리리와 초희 말고도 다른 궁인이 셋이나 더 와 있었고, 상덕의 명을 받고 선궁까지 와 있었다.

임금님께서 은향궐에 듭시는 것은 그동안에 자리를 비우신 터라 무척 오랜만이었다. 하여 오전 반나절 동안 리리 나름대로 새롭게 단장을 하긴 했으나, 까다로운 상덕과 선궁 어르신의 눈에는 거슬리는 부분도 있었다.

"손댈 것이 한둘이 아니구먼."

선궁이 입술을 열어 읊조리듯 말했다.

무엇이든 가장 좋은 것이어야 했다.

특히나 두 분이 합방을 자주 하시는 가장 큰 방은 하나부터 열까지 바꿀 것투성이였다. 등잔불의 촉대(燭臺)도 나비 문양이 달린 새 것으로 갈아 놓았다. 금침 이불의 빛깔도 너무 요란스럽고 화려한 것은 지양하고 고풍스럽고 푹신한 것으로 준비되었고, 두 분 마마께서 주무실 적에 새로 입으실 하얀 속 의대도 곱게 다림질해 놓았다. 침실을 장식하는 비단천도 금사가 박힌 자줏빛으로 갈아서 한결 단아해졌다.

저녁 수라는 양과 음이 조화를 이루고 산과 바다의 음식이 골고루 조화를 이루도록 하면서도 맛과 모양새에 신경을 썼다. 그 중에서도 하제 전하가 유독 좋아하시는 게를 튀겨 별미 간식까지 차려냈다.

왕후마마를 단장해드리는 일은 더욱 정교하고 정성이 더해졌다. 과거 갈색이던 모발이 은백색으로 달라지신 뒤부터는 어울리는 모양새를 찾지 못하고 그저 왕후마마께서 편하신 대로 대충 헝겊으로 묶도록 놔두었지만 오늘은 달랐다.

원체 풍성하고 아름다운 머리칼이었지만, 한 나라 지존의 아내로서의 기품 있는 모양은 아니다 하여 궁인 둘이 달라붙어 머리를 땋고 틀어 올리기 시작했다. 본래 머리 길이보다 훨씬 머리가 길어진 탓이었다. 모두 촘촘히 땋아 올린 뒤에는 붉은 꽃 장식을 꽂아드렸다. 그러자 왕후마마가 직접 함에서 꺼내어 오신 나비 모양의 은비녀를 내밀며 말씀하셨다.

"이것도 같이 꽂아주어요. 전하께서 직접 사다 주신 소중한 비녀입니다."

그리 말하는 왕후마마의 뺨이 복숭아처럼 발그레했다. 서른이 가까워지는 나이였으나 아직도 앳된 소녀처럼만 보였다. 그 비녀를 받아 들어 머리에 꽂은 나이 든 선궁은 왕후마마를 조카딸 바라보듯 인자한 눈매였다.

"알겠사옵니다. 마마."

면경을 들어 이리저리 얼굴을 비추던 왕후마마의 입술에 활짝 웃음꽃이 어리었다. 의대 역시 전하께서 직접 지어주신 것을 가져오라 명하셨다.

고이 보관하고 있었던 의대를 꺼내자 궁인들이 일순 와, 하고 탄성을 삼켰다. 붉은 비단에 금박을 물린 아름답고 귀한 의대를 생전 처음 본 까닭이다. 그 모습을 보면서 리리는 괜스레 제가 다 어깨를 으쓱하기까지 했다.

"전하께서 손수 포목점에 납시어 거금을 주시고 마련해주신 것이래요."

마치 제 자랑처럼 리리가 은소에게 전해 들은 이야기를 미주알고주알 늘어놓았다. 의대를 제대로 갖춰 입자, 왕후마마의 백옥 같은 피부와 새하얀 은발에 붉은 빛깔이 극명한 대비를 이루면서 더욱 화려함이 살았다. 마치 눈 속에 피어난 홍화를 연상시켰다.

"왕후마마, 참으로 경탄해 마지않을 아름다움이시옵니다!"

궁인들이 저마다 감탄의 말을 흘렸다. 리리는 머릿속으로 하제 전하와 나란히 선 모습을 상상하곤 헤실헤실 웃었다. 그 모습을 본 왕후마마가 말을 걸었다.

"뭐가 그리 좋은 거니?"

"두 분 나란히 서 계실 모습을 상상하니 기분이 좋을 수밖에요. 그림이 따로 없을 거여요."

"리리도 참. 아, 아까 잠시 들여오는 음식들을 보아하니 많이 남을 것 같은데 청운궐에도 챙겨 보내도록 해. 그래도 명색이 내가 웃전인데 아랫사람은 챙겨야지."

그러자 리리의 볼이 퉁퉁 부풀었다.

"아니어요, 마마. 음식 별로 안 남아요."

"심술부리지 말고. 어서."

왕후마마가 재촉하자 별수 없이 예, 하고 고개를 조아렸지만 입술은 비쭉 튀어나왔다.

리리는 속이 한참 상했다. 자리만 꿰어 차고 앉아 있지 곧 나갈 사람, 전하의 눈길 한 번 받지 못한 무늬만 후궁인 청운마마가 아니신가. 게다가 아랫사람인 청운마마가 왕후마마에게 인사를 올리러 와야 하는 것이 법도이고 걸맞은 예절이었다. 헌데 이 답답하도록 심성 고운 왕후마마께서는 예쁜 구석 하나 없는 청운마마에게 정성껏 음식을 보내라니 속이 아니 상할 수가 없었다.

'과거 달오름 때 그리도 면전에서 무시를 한 위인이었는데 속도 참 좋으시지.'

자신 같으면 당장에 전하에게 살살 말씀을 올려 궁에서 내쫓으라 했을 것이다. 리리는 서둘러 수라상에 올리고 남은 음식들을 따로 챙기며 꿍알거렸다.

"다른 궁인 편에 들려 보내야지. 청운궐 쪽으로는 쳐다도 보기 싫은데."

저가 가기는 죽기보다 싫었다.

그때였다. 조용히 발걸음 소리도 나지 않고 다가온 검은 그림자가 뒤에서 슥 나타났다. 흠칫 놀란 리리가 돌아보니 호위무사 사우였다.

"어마나! 깜짝이야. 대체 왜 인기척도 내지 않고 다니셔요."

"청운궐에 갈 일이 있습니까?"

"예? 드, 들었어요?"

"방금 분명히 청운궐 쪽은 쳐다보기도 싫다고 다른 궁인을 보내겠다고 말하지 않았습니까…….”

“쉿!! 조용해요. 누가 듣겠어요.”

사우는 리리가 싸놓은 음식을 보더니 말했다.

“왕후마마의 명이신가 봅니다.”

“예에, 우리 왕후마마께서 어찌나 그리 심성이 고우신지. 속이 답답해 죽을 지경이라니까요.”

“그 음식, 내가 가져다 드리겠습니다.”

그러자 리리의 얼굴에 화색이 돌기 시작했다.

“차, 참이어요? 나야 그래주시면 좋지요. 헤헤.”

“이리 주시오.”

웃으면서 음식 보따리를 건네주자, 사우가 그것을 들고 곧장 사라졌다.

“고마워요!”

멀어지는 사우의 그림자를 향해 리리가 손을 흔들었다. 리리의 마음은 사우에 대한 고마움으로 물결쳤다. 이토록 자신을 신경 써주고 있었구나 싶어 얼굴이 달아올랐다. 그런데 문득 떠오르는 생각이 있었다. 청운궐에 사우를 보낸 것이 과연 잘한 일일까 싶은 것이다. 고개를 갸웃거리며 방 안으로 다시 들어갔다.

* * *

잰걸음으로 청운궐에 다다른 사우가 궁인 연이에게 고했다.

"왕후마마께서 음식을 좀 전해드리라 하셨소."

"예에, 잠시만 기다리셔요."

얼마 후 궁인 연이가 다시 나타나 말했다.

"안채로 모시랍니다."

사우는 본능적으로 경직하고 말았다. 궁인을 따라서 가는 동안, 짙게 흐르는 가막의 기운이 느껴졌다. 단영의 기운과는 달랐다. 계약으로 인해 가막의 일족이 된 단영은 순수한 일족보다는 옅은 기운을 지니고 있었다. 이 청운궐 안에 가막의 일원이 머무르고 있음이었다.

궁인을 따라서 안채로 들어서자, 단영 혼자서 앉아 있었다. 자색의 의대로 단장한 단영의 모습이 눈에 들어오는 순간 사우의 동공이 흔들렸다. 사우는 곁에 선 궁인에게 보따리를 내밀었다.

"어서 와, 사우 오라버니. 그나저나 왕후마마께서 이 몸까지 손수 챙겨주시다니 감격할 따름이네. 감사히 잘 먹겠다고 전해줘. 내 직접 문안인사를 가긴 하겠지만."

궁인이 사라지는 것을 확인한 사우가 입술을 열었다.

"궐 안에 누가 와 있습니까?"

그러자 단영은 살짝 놀랐지만, 시치미를 뚝 떼었다. 지금 건넛방에서는 리가 수하를 데려다가 서신을 작성하고 있었지만, 그녀가 와있다는 것을 사우가 알아서 좋을 건 없었다. 하필 이 순간에 사우가 올 줄이야. 예상치 못한 불청객이었다.

"아니? 누가 와 있기는."

단영이 왼쪽 눈썹을 까딱 치켜 올리며 말했다. 그러자 사우의 눈매가 가늘어졌다. 단영이 종종 거짓을 말할 때면 왼쪽 눈썹을 치켜 올렸기 때문이었다.

"거짓은 안 통합니다. 궐 안에 가막의 기운이 흐릅니다."

"그거야 내가 가막이기 때문이잖아."

그러자 불쑥 사우가 고개를 들이밀고 단영에게 다가왔다. 목소리를 낮춘 사우가 차갑게 말했다.

"너의 기운과는 달라. 순수한 가막의 기운이다."

"뭐?"

단영은 눈을 치떴다. 사우의 날카로운 눈을 피할 수는 없는 것인가? 게다가 방금 전에는 너무나도 놀라서 심장이 일순 쿵 내려앉는 듯했다. 그 아뜩한 기분에 단영은 이상한 생각마저 들었다.

이리 거칠게 자신을 쏘아보니, 순간 사우의 차가운 얼굴을 보는 것이 사뭇 민망해져 버린 것이다. 단영은 그만 사우에게서 얼굴을 멀리했다.

차마, 무엄하니 멀리 떨어져라 하는 말도 입술 밖으로 새어 나오지 않았다. 그러나 상대는 자신을 채근하는 얼굴이었다.

"혹시 리 고모님인 거냐……?"

고모라는 존칭이 낯설고 생경했지만 사우는 마땅히 다른 단어가 떠오르지 않았다. 단영의 처소에 드나들 만한 가막의 일원이라곤 그녀뿐이었다. 그 꼭대기에는 가막 대사, 가막진이 서 있는 것이다.

단번에 정곡을 찔린 단영은 입술을 꼭 다물었다. 사우가 고개를 저었다. 이번에는 단영을 어르는 듯한 말투였다.

"단영아, 이제 그만해. 너는 그들의 꼭두각시로 이용될 뿐이다."

사우의 말에 단영은 흔들리던 눈동자로 말했다.

"나도 알아. 하지만 내가 더 어찌 행동해야 하지?"

"그저 죽은 듯이 가만히 있으면 전하께서도 온정을 베푸실 것이다."

"그전에 내가 죽을지 몰라."

"……."

"마지막이야. 이번이."

단영의 애처로운 눈을 뒤로한 채 사우가 등을 지고 말했다.

"부디 더 가엾어지지 마라."

사우가 안채를 떠나자, 단영의 눈에서 또르르 눈물 한 방울이 굴러 떨어졌다.

* * *

"리리."

은소가 리리를 조용히 불렀다. 다른 궁인들도 다 보는 앞에서 리리가 계속해서 퉁퉁 불어 있는 얼굴로 있었기 때문이었다.

"내가 청운을 챙긴 것이 그리 마음에 들지 않는 것이야?"

그리 묻자, 평소 발랄하던 리리가 조용히 고개를 떨어뜨렸다.

"잘못했어요. 하지만 청운마마에게 그리 잘해주실 필요는 없으셔요. 얼마나 도도하게 구는지 마마도 아시잖아요. 그리고 전하께서도 구색 맞추기로 억지로 들인 후궁인걸요."

"억지로든 무엇이든, 전하께서 직접 첩지를 내리신 후궁이야. 곧 나갈 사람이라고 해도 좋게 지내고 싶어. 내가 청운이 생각난 것은 옛날에 이 옷을 지어준 사람이 그이이기 때문이야. 가만 생각해보면, 그 사람도 참 가엾다는 생각이 들어. 전하의 사랑을 이렇듯 나 혼자 온전히 받으니 그 사람의 마음도 헤아려야지."

"부족한 탓에 마마의 깊은 뜻도 몰랐어요."

"괜찮아. 그래도 리리가 그리 내 생각을 많이 해줘서 든든해."

"아이, 다, 당연한 것을 무얼요."

은소가 리리를 꼭 끌어안자, 리리는 감개무량해 그만 말을 얼버무렸다.

차마 리리에게는 사우가 단영을 좋아하고 있다는 사실을 말하지 못했다. 왠지 두 사람이 안타까웠다.

어린 나이에 자라온 포목점을 나와서 가막의 일원이 된 단영은 맹랑하고 호기로운 눈동자를 가진 소녀였다. 하제를 따라서 간 포목점에서 만난 단영의 눈동자에는 자신을 향한 경계심이 비쳤다.

본능적인 여자의 직감이라고 해야 할까. 하제를 참으로 연모하는 눈은 아니었다. 물론 하제는 누가 보아도 혹할 만큼 매력적인 사내였지만, 단영은 풋사랑을 할 만큼 여린 소녀는 아닌 듯했다. 그녀는 그저 더 높은 곳을 바라보고 있을 뿐인 것이다. 권력, 돈과 명예.

은소에게 갑자기 주어진 이 왕후라는 자리. 이것을 노리는 것이다. 하여 그 단단한 배경을 위해 스스로 위험을 무릅쓰고 가막이라는 불구덩이에 몸을 던진 것이다. 대단스럽고 독하게까지 느껴지는 행동이었다.

짧은 생각에 잠겨 있는 동안, 드디어 전하가 납시었다는 상덕의 목소리가 은향궐 내로 울려 퍼졌다. 고작 몇 시간 동안 떨어져 있었는데도, 그립고 애틋한 사람이었다. 은소는 리리와 함께 달려 나가 전하를 맞이했다.

하제 전하 역시 단단히 준비를 하고 온 것 같았다. 창공을 그대로 옮겨온 듯 푸른 밤하늘을 닮은 남색 도포를 걸치고, 검은색 관을 썼다. 평소라면 풀어헤치시던 머리칼도 오늘은 한쪽으로 모아 비단 끈으로 묶으시니 인상이 한층 부드러워 보였다. 하지만 서늘하고 날카로운 눈매, 꼭 다물린 입술의 냉랭한 인상은 여전했다. 쌩쌩 찬바람 불기만 하던 하제 전하는 한곳에 시선이 향하자 벙긋 터지는 미소를 애써 감췄다.

붉은 의대와 은비녀를 보니 임금의 체면만 아니었다면 그대로 달려가 품에 안고 입술을 부비고 싶을 정도로 사랑스러웠다. 제가 선물해 준 물건을 보란 듯이 하고 이렇듯 저를 유혹하니 가만히 있을 수가 없는 것이다.

"전하, 어서 오시지요. 많이 시장하셨을 터이니…… 수라부터 올리라 하겠습니다."

함빡 예쁜 미소를 머금은 왕후의 목소리가 들려오자 밥술을 아니 떠도 이미 배가 부른 얼굴 표정이었다. 전하의 성총이 그렇듯 왕후마마에게만 닿아 있으니 모든 궁인들의 표정도 행복하고 평온하기 그지없었다.

"왕후께서 이리 반겨주니 기분이 좋군. 안으로 듭시다."

늘 싸늘하고 노염에 찬 목소리 대신에 애정이 뭉클뭉클 솟아오르는 따스한 전하의 목소리에 은향궐은 찬 날씨에도 불구하고 훈기가 가득 흘렀다.

한껏 차려진 수라를 함께 들고 나란히 차를 마셨다. 아직 침수에 들기에는 이른 시간이거늘, 하제는 계속해서 지금이 몇 시경이냐 하고 상덕에게 물었다. 매번 저녁쯤 되면 침수 들 시간이옵니다, 하고 먼저 말해주던 이가 잠잠하니 먼저 물으시는 것이었다.

"아직 유시(酉時)이옵니다."

"아직 그렇다는 말이냐?"

"예."

하제가 으흠 하고 마른침을 삼키자, 은소가 고개를 갸웃거리며 물었다.

"혹시 어디 불편해?"

"아니다."

"그런데 왜 그렇게 안절부절못하고……."

"오늘은 좀 피곤하다. 빨리 눕고 싶다."

은소의 뒷목을 끌어안으면서 하제가 온몸을 기댔다. 아무리 장난이라도 사내의 몸, 오죽 무거운 것이 아니라 은소는 끙 하고 신음을 흘렸다. 자꾸 몸을 축 늘어뜨리고 누우려 하는 것이, 예상하는 대로 빨리 침수에 들자는 표시인 것 같았다. 그러나 은소가 잠시 다과 시간을 보내자는 말을 해서인지 대놓고 말하지는 않는 듯했다.

"으…… 무거워."

"그러니 나를 눕게 해줘."

"하지만 지금은 너무 이른 시간인데……."

"내 마음속은 지금 야심한 한밤중이다."

스스로도 그 말이 우스운지 하제가 낮게 웃었다. 갈수록 능구렁이가 되어가는 통에 은소는 눈을 곱게 흘겼다.

"하지만 바로 자면 체기가 올 수도 있는데. 가볍게 몸이라도 움직이고 와야……."

"무슨 소리. 이 안에서 운동을 장하게 할 것인데……."

정말이지 하제의 능청에는 이제 두 손 두 발 다 들 지경이었다. 누가 짐승이 아니랄까 봐 본능에 따라 철저히 움직이는 그였다. 하여, 하제 전하의 고집을 누가 말리랴. 은소는 마지못해 고개를 끄덕였다. 어떤 상황이든 원하는 것은 반드시 얻어야 직성이 풀리는 하제 전하가 아니신가. 하제가 밖에 있는 궁인과 상덕을 향해 말했다.

"다과상을 내어가고, 침수 준비를 하도록 해라. 오늘은 목간도 함께할 것이다."

그러자 밖에서 듣는 궁인들이 저희들끼리 에그머니나, 하고 쑥덕쑥덕, 키득키득 난리가 났다.

* * *

어스름이 깔리자 귀를 의심케 하는 음탕한 소리들이 들려왔다. 숨 가쁘게 들락거리는 거친 숨결, 열에 달뜬 비명, 이는 분명 한바탕 질펀한 유희를 즐기고 있는 남녀의 신음 소리였다.

허나 소리가 들려오는 곳은 여자들만이 기거하는 청운궐, 그 안에서도 리가 머무르고 있는 방이었다. 단영은 잠을 달아나게 하는 그 소리에 도통 견디기가 힘들어졌다. 저녁부터 한밤중에 이르는 지금까지 서신을 적는답시고 아랫것이라 하던 저런 난봉꾼을 데려다 요모조모 즐기고 있는 중이렷다. 거기다가 시간이 흐를수록 더욱 노골적인 소리가 들려오는 탓에 궐의 어린 주인은 안절부절못하고 노심초사였다.

"필시 제정신이 아닌 게지."

단영의 자그만 입술이 열리며 씨근덕거렸다.

자신을 도와주는 사람이니 입 닫고 귀 닫고 꾹 참으려 했으나

도무지 잠을 잘 수 없을 지경으로 도를 넘어서는 것이다. 게다가 누군가 듣기라도 하면 어쩌나 하는 망측하고 민망한 소리들이 봇물 쏟아지듯 터져 나왔다. 단영은 벌떡 일어나 이불을 걷어내고 리에게 한 소리를 하기 위해서 입술을 잘근 깨물며 문 앞까지 갔다.

"……아웃, 죽을 것 같느니라!"

"멈출까요?"

"아, 아니…… 계속해."

"원대로 해드리겠습니다. 아가씨."

두 남녀의 교성이 뒤죽박죽으로 뒤엉켜 문틈으로 흘러나왔다. 패기 있게 한마디 해주고자 걸어 나온 단영은 자못 망설였다. 평소 마음에 들지 않는 일이 있으면 당장에 된소리로 질렀을 그녀였다. 헌데 이번에는 그 문을 열어젖힐 용기가 차마 나지 않았다. 이윽고 살짝 벌어진 문틈 사이로 안의 풍경이 비쳤다.

가막의 마님이 붙여준 여종에게서 밤일에 관한 것을 배운 적은 있지만, 실제로 남녀가 교합을 벌이는 것에 대한 경험은 전무했다. 그도 그럴 것이 임금의 후궁으로 궁에 들어왔지만, 하룻밤이라도 사랑받지 못했다. 아니, 매정한 아라연의 임금은 단 하루조차 허용하지 않았다. 제게 하제 임금은 그 누구보다 매섭고 차갑고 먼발치에 있는 이였다.

허니 자연히 나이가 찬 소녀 단영에게 그 일은 호기심을 불러일으키는 것이다. 단영은 숨을 꼴깍 넘긴 채, 체면을 망각하고 그 안을 들여다보았다.

세상에 저보다 더 망측스러운 일이 어디 있을까. 귀로 듣기만 하던 것보다 더 민망한 광경들이 눈앞에 펼쳐졌다.

벌써 몇 번이나 그 일을 치른 것인지, 남녀의 나체는 끈적한 땀으로 젖어 있었다.

가막의 공주라 불리던 리를 상대하고 있는 아랫것은 거친 외모의 젊은 사내놈이었다. 채찍을 얻어맞은 것인지 왼쪽 눈과 얼굴, 가슴팍에 이르기까지 대각선으로 가로지른 흉터 자국이 길게 나 있었다.

울뚝불뚝 솟아오른 근육과 거칠고 검은 피부, 화적 떼나 야만인처럼 생긴 사내는 리의 목소리에 굴복하면서도 제 시커먼 욕망을 쏟아내고 있었다.

아직도 여운이 가시지 않은 것인지 리가 넋이 나간 얼굴로 사내를 바라보았다. 그러나 청년은 끝난 지 얼마 되지 않아 다시금 거대해진 남성을 리의 하얗게 부푼 달덩이 같은 엉덩이에 들이밀었다.

"이놈, 새달아. 무에 그리 잘 먹었기에 이토록 힘이 장한 것이야?"

"무엇은요, 아가씨의 요 속 맛 아닙니까. 흐흐흐."

리의 귓불을 살살 깨물면서 터질 듯한 가슴을 주무르던 거친 손이 재빨리 아래로 향했다. 한바탕 신음을 지르던 리가 까무룩 놓쳤던 정신을 다시 부여잡고 나서야 입술을 열었다.

"……그나저나 어디 서신 쓴 것 좀 가져와 보거라. 흐음."

가져다 준 서신을 리가 읽는 동안, 새달은 다시 거침없이 리의 온몸을 물고 빨기 시작했다. 신음을 토하던 리가 새달의 머리채를 붙잡으며 말했다.

"아흑…… 이 정도면 제아무리 굳건한 사이래도 흔들리겠고나. 은향궐 계집년이 발랑 까뒤집어지는 꼴을 나도 봐야겠다."

또다시 두 남녀가 신음을 흘려대는 통에 단영은 못 본 체 총총걸음으로 다시 제 방으로 돌아갔다.

* * *

목간 준비를 하라는 임금의 명에 웃음을 남발하던 궁인들도 하나둘 재바르게 움직이기 시작했다. 본디 녹옥궐에는 둘이 아니라 여럿도 들어가 목욕을 할 수 있는 목욕간이 있었으나 은향궐에는 그럴 만한 공간이 마땅히 없었다. 하여 본래 왕후마마 혼자서 들어가시던 목간통보다 더욱 크기가 큰 것을 구해온다고 궁인 몇몇이 고생을 했다.

이윽고 훈김이 모락모락 나는 목간통이 준비되었다. 이제 제 목적은 달성했다 싶은지 하제 전하가 흠흠 헛기침을 하면서 아직도 목욕간에 남아 있는 궁인들을 모조리 내보냈다.

성격 급하신 하제 전하, 새하얀 속 의대 차림으로 자신을 올려다보는 왕후의 손을 덥석 잡고 목간통으로 참방 들어갔다.

하얀 의대가 물에 다 젖어 투명하게 살이 다 비쳤다. 그 모습이 도리어 은근하게 더욱 요염하고 야릇한지라 시선을 뗄레야 뗄 수가 없었다. 특히나 날이 갈수록 부풀어가는 동그란 가슴이 언뜻 비치자, 하제 전하의 눈이 불길이 튀듯 뜨거워졌다.

찰방거리는 물소리와 함께 목간통 안에서 두 사람은 한 몸처럼 엉겨 붙었다. 서로의 입술을 취하고 또한 탐했다.

주체하지 못하던 뜨거움을 모두 녹인 탓일까. 이슥고 방으로 돌아온 두 사람은 눅진해진 몸을 뉘였다. 잠결처럼 포근하고 꿈결처럼 달콤한 둘만의 시간이었다. 하제가 곁에 누운 은소에게 느른하게 입술을 벌리며 말했다.

"연갈매에게 차랑이라는 벼슬을 내리고, 조정에 들라 했다."

은소는 짐짓 놀랐지만, 진심으로 기뻐하며 말했다.

"참으로 잘되었다. 고맙습니다, 전하."

해사하게 웃는 은소의 낯을 보자, 괜스레 심술이 난 것인지 하제가 말했다.

"어째서 왕후가 고마워하는 것인가?"

하제가 가느다란 입술을 삐죽거렸지만, 은소는 속으로도 참말로 다행이다 싶었다. 그동안 남해로 보내졌던 갈매가 가엾고 안쓰럽다는 생각을 종종 했다. 이제 자주 볼 수 있으니 더할 나위 없이 좋았다.

"이제 귀여운 동생을 자주 볼 수 있겠군. 아니 그러하냐? 그렇다고 나와 있을 시간을 녀석에게 빼앗기진 않을 것이다."

은근한 심술이 덕지덕지, 애정 또한 가득 묻은 질투 어린 말이었다. 은소가 그러지 말라며 하제를 살짝 흔들었다. 제 가슴에 머무는 얇은 손목을 낚아챈 하제가 말했다.

"연갈매를 남해에 보낸 것은 너와 떨어뜨리기 위한 이유도 있었다."

"……알고 있어. 그런데 왜 갑자기 다시 궁에 머물게 하는 거야?"

은소는 고개를 약간 떨어뜨리며 말했다. 하제는 분명 자신과 갈매 사이를 질투했다. 그동안에 어떤 심경 변화라도 있었던 것일까. 이제는 안심한 것일까. 그러나 하제의 입술에서 나온 대답은 예상 밖이었다.

"연갈매가 부탁했다. 지금 조정은 가막투성이이니 신하를 고루 등용하는 것이 옳은 것이며, 자신이라도 연씨 가문으로 자리를 지키겠다고 말이다."

은소는 고개를 주억거리며 말했다.

"과연 갈매다운 대답이네…… 그 말이 맞아. 지금 신하들은 과반수가 가막이니까."

"그 의견에는 나도 동의한다. 그러나 내가 가막을 내치는 것이 두려워서 하지 않는 것이 아니다. 현재 가막만큼 힘이 있는 가문은 아라연에 없다. 가막이 아라연에 기여하는 바도 크다. 가막을 거둬내면 그들이 뿌리내리고 있는 많은 일들이 송두리째 흔들리지. 필요악이라는 말이다."

"무슨 말인지 알겠어. 하지만 가막을 완전히 들어내자는 것이 아니야. 그저 입지를 조금 줄여 압박을 하자는 거야, 하제."

"그것이 명답이군. 까마귀들이 탐욕을 조금만 덜 부려도 좋겠다. 허나 그것이 그들의 습성이기도 하지. 무엇이든 반짝이고 빛나는 것을 탐내는 본성. 그 무엇도 막을 수 없는 뚜렷한 목적의식이지. 내가 너를 향해 그러했듯이 말이다."

하제의 붉은 눈이 짙어지며 말했다. 살짝 부풀린 목깃은 이내 사그라졌지만, 그 틈에 그의 깃털 몇 개가 방 안에 흩어졌다.

"까마귀들의 본성이라…… 허면 그 본성을 죽이고 살면 어찌 되는 거지?"

은소는 머릿속에 사우를 떠올리고 물었다.

"글쎄다. 이제껏 본성을 죽이고 사는 까마귀를 본 적이 없다. 아니 모든 짐승들이 그렇지 않은가."

"그럴까…… 하지만 사우는, 스스로 가문을 저버리고 그들처럼 살지 않으려고 하잖아."

사우의 이름이 흘러나오자 하제는 지난 일을 떠올렸다. 사우가 단영을 향해 어떤 마음인 건지. 그리 제 마음을 표현할 줄 모르는 자가 감히 이 나라 지존의 후궁 자리에 있는 여인을 퇴궁시켜 달라 했으니…… 왕으로서는 용납할 수 없는 불충이었지만, 같은 사내로서 충분히 이해할 수 있었다.

"사우는 누구보다도 까마귀다운 자이다. 제가 원하는 것은 안전하게 지켜낼 놈이다."

표정 없는 그 검은 눈동자의 이면에는, 헤아리기 힘든 욕망이 잠들어 있을 터였다. 하제는 빙글 웃으면서 은소의 머리카락을 어루만졌다.

"이제 밤이 깊었다. 골치 아픈 걱정은 모두 내게 맡기고, 그대는 이제 행복한 생각만 하라."

"하지만 같이 고민하면 좋잖아. 당신의 짐을 나눠가지면 안 되는 거야?"

"……용납 못 해."

"……고집쟁이."

"임금의 명령이다."

단호한 붉은 입술, 융통성이나 타협점이라고는 조금도 찾아보기 힘든 하제의 고집마저 사랑스럽다는 생각이 문득 들어 은소는 약간 당황 중이었다.

"대답은?"

"분부대로 하겠나이다. 전하."

"그래야지."

한결 나른해진 얼굴로 하제가 졸음이 쏟아진다며, 등잔을 밝히던 불을 후 불어 끄고는 은소를 품에 안고 잠들기 시작했다. 은소도 노곤함을 이기지 못하고 따라서 까무룩 잠이 들었다.

궐 밖에 펼쳐진 밤하늘의 별들도 까딱까딱 고개를 떨었다. 별들이 조는 새에 이슥한 시각을 틈타 다른 이의 눈을 피해서 발길을 재촉하는 궁인의 그림자가 비쳤다. 바로 초희였다. 리의 방문

앞에 선 초희가 까악 하고 까마귀 울음을 세 번 흉내 내자, 문이 스르륵 열리더니 목소리가 흘러나왔다.

"들어오거라."

초희는 마치 육식동물 앞에 선 초식동물처럼 몸을 잔뜩 움츠린 채 방 안으로 들어갔다. 방문이 스르륵 닫혔다.

"마마, 이것이옵니다."

이튿날 아침, 리가 허리를 살랑살랑 흔들면서 새달이라는 놈을 데리고 왔다. 이것이 바로 어제 내내 온몸으로 열과 성을 다해 쓴 서신이렷다. 단영은 간밤에 보았던 그림이 떠올라, 얼굴이 훅 달아올랐다. 차마 다시 떠올리는 것조차 민망했다. 새달이라는 놈은 옷을 입혀놓아도 천박하고 야비한 눈빛이 영락없이 색을 밝히는 날렵하게 생긴 얼굴이라 오래 보는 것조차 싫었다.

서신의 내용은 다행히도 노골적인 언사가 들어 있지는 않았다. 누가 보아도 연모하는 정인에게 보내는 내용인지라 감쪽같았다.

"무엇하느냐, 마마께 인사 올리지 않고."

"새달이라 하옵니다."

"수고했다."

"청운마마. 간밤에 전하께옵서 은향궐에 납시었다고 합니다."

"그래요?"

"마마, 속상하시지 않습니까?"

"한두 번 있던 일이 아니지 않습니까."

늘 그래왔던 일이었다. 처음부터 변하지 않았다. 임금의 사랑을 왕후가 독차지해온 것은. 그리 흐리멍덩하던 단영의 의식을 찌르는 리의 말이 들려왔다.

"하지만 걱정 마십시오, 마마. 좋은 소식이 있습니다."

"좋은 소식이라니요?"

리가 가느다란 눈매를 더욱 가늘게 뜨면서 새달을 나가라 명했다. 방문을 꼭 걸어 잠그고 다시 앉아서 은밀하게 이야기를 꺼냈다.

"실은 어제 은향궐에 심어둔 그 아이가 찾아왔사옵니다. 어제 남해 도사 연갈매가 은향궐에 들었다고 합니다. 두 사람이 서로 오누이처럼 허물없이 이름을 부르며 지내고, 망측스럽게도 껴안기까지 했다고 합니다. 게다가 더욱 이상한 것은, 둘이서 어딘가 가려 하였답니다. 아쉽게도 그 뒤를 좇는 도중에 되돌아와서 허탕이 되고 말았지만, 그것만으로도 충분히 의심할 만한 상황이 아니옵니까?"

리가 숨도 쉬지 않고 속사포처럼 말을 쏟아내었다. 잠자코 듣고 있던 단영도 고개를 갸웃했다.

"확실히 수상쩍기는 하군요."

"예, 게다가 남해 도사의 눈빛이 어찌나 애틋한지 정인을 보는 눈이 틀림없는지라 녹아내릴 듯하였답니다. 제아무리 하제 전하의 총애를 받는 은향궐 계집이라 해도, 그리 젊고 잘생긴 청년이 바싹 들이미는데 딴 맘을 품었을지 어찌 아는 일이랍니까. 아니 그렇사옵니까?"

잠시라도 모략질을 놓지 않으면 입이 근질근질, 손가락이 달달 떨리는 모양인지 리가 바지런히 조잘대었다.

"좋아요. 서신은 그럼 어찌 보낼 작정입니까? 좋은 수라도 있으신 게지요?"

"마마, 걱정일랑 마셔요. 제게 생각이 다 있지요."

"그게 무엇인데요?"

"이리 가까이 오시지요."

하고는 리가 바싹 다가와 단영의 귓가에 속닥속닥 부정한 음모를 꾸며대었다. 두 여인은 짙은 미소를 지었다.

이를 까맣게 모르는 왕후마마, 둘도 없는 동무인 갈매의 차랑부임 소식에 초희를 통해서 축하 선물까지 보냈다.

회랑에 들기 전 은향궐에서 날아온 생각지도 못한 선물에 갈매의 입이 함지박만 해졌다. 왕후마마께서 손수 보내신 축하한다는 짧은 서신과 같이 온 것은 작은 꽃병이었다. 안에는 설난화의 가지가 꽂혀 있었다. 한겨울 눈이 오면 어렵사리 꽃을 피우는 식물이었다. 역경 속에서도 꽃을 피워냈다는 자신을 칭찬하는 누님의 마음이 담긴 것 같았다. 제멋대로의 해석이라고 생각할 수도 있지만, 뭐 어떠한가. 선물을 준 이의 정성은 변하지 않는 것을.

"왕후마마께 참으로 감사드린다 전해주십시오. 제 마음에 꼭 드는 선물이라구요."

"알겠습니다."

꽃병을 소중하게 정무 책상에 놓는 갈매의 행동을 고양이 눈으로 훔쳐보면서 초희는 고개를 조아리며 돌아섰다.

* * *

오랜만에 볕이 좋은 날이었다. 쌀쌀한 추위가 가시지 않는 요즘 같은 날에는 맑고 온화한 날씨가 그리 반가울 수가 없었다. 선들선들 부는 이 바람만 없다면 봄이라고 믿어도 좋을 만큼 따뜻했다. 겉옷 위에 여미는 옷을 하나 더 걸치니 딱이었다. 겨울이 성큼 다가온 듯했다. 리리가 양팔을 비비며 말했다.

"이제 참으로 추워지나 봐요. 마마."

"그러게 말이야. 리리, 혹시 수를 배울 만한 곳이 없을까?"

"수를 놓으시려고요?"

"응, 지난번에 전하께 의미 있는 선물을 받았거든. 나도 보답을 하고 싶어서."

"큰 선물이요? 무엇인데요? 커다란 옥이어요? 아니면 비싼 흑담비 가죽이어요?"

리리가 반짝이는 눈으로 묻자 은소가 싱긋 웃으며 고개를 저었다.

"아니야. 어떤 보석보다도 값진 것이야."

"그래서 그 값진 것이 무엇인데요? 저한테도 한번 보여주세요."

"비밀."

"우리 왕후마마, 허면 이야기는 왜 꺼내 놓으시냐구요. 너무하셔라."

"그리 궁금하니?"

"그럼요!"

"실은 말이다. 전하께서 손수 요리를 해주셨지 뭐야. 죽이었는데 아주 맛있었어. 나는 사실 네가 해놓은 음식인 줄 알았어."

하제가 쑤어준 준 죽을 떠먹던 기억을 떠올리며 은소는 행복함이 아롱진 얼굴이었다. 그러나 그 말을 듣고 반짝거리던 리리의 눈은 이내 퀭해졌다.

"……그야말로 사랑을 드셨네요. 에이, 저는 무엇인가 하고 기대했잖아요."

"기대에 못 미쳐서 미안. 그나저나 증표로 수를 놓아드리고 싶은데……."

"아, 옛날에 선궁을 하시던 어르신 한 분이 수를 그렇게 기가 막히게 잘 놓으신다던 걸요. 그런데 지금은 궁밖에 계시대요. 제가 그분을 뫼셔 올까요?"

"정말? 그래주면 고맙지."

"알겠어요. 왕후마마를 위해서 냉큼 다녀올게요. 작은 일은 초희더러 시키시면 되실 거예요."

"고마워, 조심히 다녀와."

"예에."

리리를 보내고 나자, 은소의 마음은 한결 가벼워졌다. 하제를 위해서 손수 무언가를 만들어 주고 싶었다. 그것이 비단 뜻밖의 선물에 대한 보답 때문만은 아니었다.

직접 무언가를 만들어서 누군가에게 준다는 것. 아이처럼 때 묻지 않은 순수하고 맑은 마음, 아직도 제게 이런 마음이 남아 있으리라고 생각해본 적이 없었는데……

마치 열다섯 살 소녀가 된 것처럼 마음이 발갛게 물들어버린 것 같았다. 매일매일 얼굴을 마주해도 새롭고 애틋하고 그리운 감정이 퐁퐁 샘처럼 솟아났다. 아마 과거의 자신이 지금의 자신을 본다면 코웃음을 칠지도 몰랐다. 너는 김은소가 아니라고……

절로 콧노래를 흥얼거리는 사이, 초희가 어딘가 다녀온 듯했다.

"어딜 다녀왔는가 보다."

"예에, 잠시 빨래터에 다녀오는 길에 차랑께서 저를 부르셨습니다."

"차랑? 아아, 갈매가 말이니?"

"예, 이것 때문이신 듯하옵니다. 왕후마마, 차랑께서 서신을 보내 오셨습니다."

"그래? 갈매가 웬일이지?"

초희의 손에는 서신 하나가 들려 있었다. 곱게 접힌 서신을 받아 들고, 방으로 들어가는 은소의 뒷모습을 초희가 암고양이처럼 새초롬히 웃으면서 바라보고 있었다.

고개를 갸웃대며 방으로 들어온 은소는 서신을 펼쳐보았다.

은소 누님

이런 말을 꺼내기까지 쉽지 않았습니다. 오랫동안 고민했습니다. 모르시겠지만 남해에서 지내는 동안 당신을 잊으리라 수천 번 다짐했습니다. 하지만 다시 만난 순간 느꼈습니다. 당신의 웃는 얼굴을 볼 때마다, 내 것이 아니라 그분의 여인이라는 사실이 심장을 옥죄었습니다. 제 심장은 아직 당신을 향하고 있습니다. 금일 저녁에 제 처소로 와주십시오. 오실 때까지 기다리겠습니다.

이제 벗이 되고 싶지 않은 연갈매

서신을 읽어 내려가는 동안 은소의 얼굴은 하얗게 질려버렸다. 참으로 이상했다. 분명 갈매의 필체는 맞지만, 이렇듯 무모한 서신을 날릴 아이는 아니었다. 게다가 이제 자신은 명실공히 왕후 자리에 올랐는데 갈매가 그리 생각 없이 행동할 리 없다.

새삼스러운 일이 아닌가. 문득 갈매가 남해에서 제게 했던 고백이 떠올랐다.

'당신을 처음 본 순간부터 지금까지, 한시도 그리지 않은 날이 없습니다. 좋아했습니다. 멈출 생각도 없습니다. 그저 이곳에서 늘 그리고 있겠습니다. 저를 동생으로만 생각하시는 것 잘 알고 있습니다.'

'이 연갈매는 당신 김은소를 영원히 좋아…… 아니, 사랑하는 것 같습니다.'

그 고백에 은소는 분명 단호한 거절로 대답을 했다. 갈매도 그것에 납득을 했다. 헌데 왜 이제 와서 새삼 이런 서신을 보냈을까?

은소는 고개를 절레절레 저었다. 설마 그 마음을 아직도 품고 있었던 것일까. 그렇다 하더라도 은소의 마음이 하제를 향하고 있는 것을 갈매는 누구보다 잘 알고 있을 터였다. 그런 갈매가 이리 행동할 리 없었다. 이번에 만났을 때 행여나 자신이 오해할 만한 말을 한 것은 아닐까 곱씹어 보게 되었다. 그러나 답은 나오지 않았다. 가서 이야기를 해보아야 알 수 있을 것 같았다.

새털구름처럼 가벼웠던 마음이 금세 물먹은 솜마냥 무거워지기 시작했다.

二十一花
까마귀 위의 두루미

연갈매의 차랑 부임 소식에 조정은 술렁였지만, 하제 임금은 시끄러운 대소신료들의 말을 그저 흘려보냈다. 허나 의외인 것은 바로 가막 대사였다.

"가히 공명정대하고 지혜로운 처사이시옵니다, 전하. 연 도사, 아니 연 차랑은 남해에서도 익히 활약을 펼친 바 있으니 전하를 곁에서 잘 보필할 것이옵니다."

"대사께서 그리 생각하시니 좋소."

어린 새끼 사슴을 눈엣가시처럼 여기던 늙은 까마귀가 웬일로 갈매를 두둔하는 것일까? 그러나 하제는 짙은 눈썹을 치켜 올리며 실소를 머금었다.

"차랑은 금일부터 지난 장현 밀수 무기 사건의 주원인과 배후

세력에 대해 면밀히 조사하시오. 혹시 모르지. 여기 고상한 척 앉아 있는 대소신료들 중에 가담한 자가 있을지…… 아니 그렇소?"

그리 말하고 호탕하게 웃다가 문득 냉기를 잔뜩 문 것처럼 차갑게 얼굴이 굳어지는 하제 전하였다. 일순 조정은 찬물을 끼얹은 듯 조용해졌다. 차랑이 공손히 대답했다.

"맡은 바를 다하겠습니다. 전하."

차랑의 뒤통수로 쏟아지는 따가운 눈총들만 만연했다. 조용하던 대신들 가운데 한 사람이 입을 열었다. 가막의 일원 중 하나였다. 간사한 세 치 혀가 돌아갔다.

"전하, 최근 흉흉한 소문이 돌고 있사옵니다. 전하의 하나뿐인 왕후마마를 감히 눈여겨보고 마음에 품은 이가 있다는 소문이옵니다."

그 말을 들은 하제 임금의 얼굴은 그야말로 바람 앞의 등불처럼 고요했다. 이윽고 싸늘한 바람이 잇새로 퍼지듯 냉기를 흘리며 임금이 중얼거리듯 물었다.

"지금 뭐라 했는가?"

"……와, 왕후마마를 마음에 품은 이가 있사옵니다."

"그놈이 누구냐?"

"……."

"내가 묻고 있지를 않느냐?"

그러자 쉬이 대답을 하지 못한 채 바들바들 떨던 대신은 그 자리에서 손가락으로 연 차랑을 가리켰다. 하제가 흥미롭다는 얼굴로 입술을 달싹였다.

"재미있군. 여기 있는 연 차랑은 왕후와 오누이처럼 지내는 바, 내가 모르는 일이 아닌데…… 나를 속 좁은 사내로 만들지 마시오."

만면에는 다시금 평온함을 찾은 얼굴로 그리 말했으나, 하제는 허리춤에 꽂혀 있는 일월을 그대로 뽑아 그 사실을 고한 대신의 목을 치고 싶은 충동을 느꼈다. 그러나 꾹 참았다. 분명 어린 나이에 승급한 차랑을 시기한 가막의 모함일 것이다. 연갈매가 은소에게 마음이 있었다고 해도, 은소는 그 앞에서 흔들리지 않는 마음을 갖고 있음이라.

하제는 그만큼 은소를 믿고 있었다. 제 심장의 피를 나누어 일족의 계약을 치른 여인이다. 심장으로 이어진 하나뿐인 사랑. 하나뿐인 운명. 수많은 굴곡을 뚫고 역경을 이겨내면서 단단히 굳어진 사랑이었다. 그런 은소가 자신을 두고 갈매에게 흔들릴 리 없지 않은가. 하제는 믿어 의심치 않았다.

하여, 감히 그 믿음을 시험하는 듯한 가막 대신의 말에 고까움과 함께 분노가 파르륵 일었다.

"금일은 이만 마치겠소."

하제가 상덕을 대동하고 빠르게 회랑을 빠져나가자, 싸했던 분위기가 어수선한 분위기로 옷을 갈아입기 시작했다.

"전하, 어디로 뫼실까요?"

상덕이 임금의 눈치를 슬쩍 보았다. 세끼 수라를 드시듯 버릇처럼 발길 향하시던 은향궐이었으나, 전하의 심기가 자못 편치 않으신 터라 은향궐로 모시겠노라 차마 먼저 묻지 않았다.

"휴사당으로 갈 것이다."

"예……."

하제 전하께옵서 휴사당으로 납신다는 사실을 먼발치에서 듣던 궁인 연이가 쪼르르, 몸을 돌려 청운궐로 급히 달려갔다. 이 사실을 들은 리는 단영보다도 더욱 기뻐하며 와지끈 허리가 끊어지도록 배를 잡으며 웃었다.

회랑에서 벌어진 가막 대신의 일도 그 사이에 가막의 일원들끼리는 모두 전언으로 공유해 알고 있음이었다.

"보십시오. 제 말이 맞지 않습니까. 천년만년 전하의 총애가 은향궐 계집을 향하는 것은 아닐 것이에요. 이 참에 마마가 직접 움직이셔야 합니다. 마마, 전하와 다과라도 함께하세요. 그리고 오늘 밤 무슨 수를 써서라도 은향궐 계집과 연갈매가 만나는 꼴을 전하의 눈으로 직접 보시게 해야 합니다."

"……좋아요, 언니. 그저 차 한 잔 나누는 것이라면 전하도 절 거부하지는 않으실 터이지요."

"그러믄요. 마음 같아서는 밤까지 함께 보내시오면 금상첨화라지만 오늘은 그 이상은 욕심내지 마소서."

"나도 알아요."

단영이 짐짓 아무렇지 않은 표정으로 말했다. 허나 내심 신경이 쓰이기는 했다. 대체 얼마 만에 뵈옵는 전하인지…… 자못 긴장은 되었다. 단영은 입고 있던 옷을 훌훌 벗어던지고는 연이에게 말했다.

"시간이 없어. 옷부터 가져와. 지난번에 맞춘 개나리색 의대가 좋겠어."

"예, 마마."

단영은 앵두 같은 작은 입술을 짓이기듯 깨물었다.

'이제 참말 마지막이야.'

스스로도 가망성이 없다는 것은 잘 알고 있었지만, 납득하기는 어려웠다. 자신은 어리고 예쁘다. 가막이라는 땅이 도리어 독이 되었다는 생각을 지울 수 없었다. 전하께서 가막을 대하는 것을 보면 알 수 있다. 분명 경계를 하고 있음이었다. 하지만 사우는 가막 출신임에도 불구하고 전하께서 먼저 호위무사를 청하셨다지. 이리저리 굴러가는 단영의 머릿속은 복잡하기만 했다.

* * *

점심 수라도 거른 채 임금은 휴사당에서 나올 생각을 하지 않았다. 서책을 펼쳐놓기는 하였으되, 한 글자도 눈에 들어오지 않았다. 때마침 밖에서 상덕이 말씀을 올렸다.

"전하, 청운마마께서 전하를 뵙고자 하시옵니다."

'가막 대사의 여식이 무슨 일인가?'

멍하니 있던 하제의 얼굴에 슥 의문 부호가 생겼지만, 곧 안으로 들라 명했다. 어찌 되었든 후궁 자리에 올라 있는 이였다.

오랜만에 본 단영은 빛을 잃은 듯했다. 총기 어리고 야무지던 인상은 사그라진 채 낯빛은 어둡고, 발랄하던 표정은 우울해 보였다. 혹여 어디가 아픈 것이 아닌가 싶을 정도로 파리해진 낯에 하제는 문득 동정심마저 들었다.

"전하, 오랜만에 찾아뵙사옵니다. 그간 강녕하셨습니까."

"혹시 어디 아픈 것이 아닌가? 낯이 어둡다."

"예에?"

자신을 뚫어져라 바라보는 하제가 그리 말하자, 단영은 금시초문인 말에 제 얼굴을 쓰다듬었다.

"아닙니다. 아픈 곳은 없어요."

"다행이군. 헌데 무슨 일로 나를 찾아왔지?"

언뜻 비친 햇살은 물러가고 다시 차가운 말투로 말하는 하제였다. 단영은 대놓고 섭섭한 표정을 지으며 말했다.

"전하, 그리 말씀하시면 조금 섭섭합니다. 명색이 저도 후궁이 아니옵니까. 이렇듯 넓은 궐 안에 저 홀로 있으니 막막하고 마음이 울적할 때가 한두 번이 아니어요."

물기 어린 새까만 눈동자가 흐느끼듯 말하자 하제는 솔직히 짜증이 일었다. 무늬만 어린 후궁의 어리광을 받아주고 싶은 마음은 추호도 없었다.

그러나 어린 나이에 가막에 들어가 이용당하고 있다는 생각을 하니 딱하다는 생각이 들었다.

"그리 궁 안 생활이 외로우면 잠시 본가로 다녀오거라. 청운이 아직 나이가 어리니 그럴 만도 하다."

그 말을 들은 단영이 속으로 깜짝 놀랐다.

'본가로 가 있으라니, 내쫓겠다는 말씀이신가.'

"아, 아니어요. 전하. 저는 궁 생활에 취미를 붙이고 싶습니다. 이렇듯 가끔 전하와 담소도 나누고, 산책도 하고 저도 지아비의 사랑이란 것을 받아보고 싶습니다."

그러자 하제가 느른하게 웃었다.

"미안하지만, 그대에게 줄 사랑은 없는데……? 어찌하지?"

"……전하."

"구색 갖추기로 그대를 들인 것뿐이잖나. 나는 오직 왕후만을 연모한다."

어찌 빙글빙글 웃으며 그런 말을 잔인하게 할 수 있을까? 그 순간 하제 임금의 얼굴이 귀신처럼 보였다. 단영의 눈동자에서 투명한 눈물들이 굴러 떨어졌다.

"참으로 너무하십니다. 전하의 그 말들이 전부 차가운 칼날이 되어 제 가슴에 생채기를 만들었습니다."

"그대는 아직 어리다. 가막의 어둔 그늘에서 벗어나 사는 것이 좋을 터. 나는 그대에게 좋은 지아비가 되어주지 못할 것이다. 그대는 충분히 사랑받을 수 있는 여인이야. 그러니 괜히 궁 안에 남아 서러운 대접 받지 말고 그대 마음을 따뜻하게 품어주는 이를 만나라."

의외의 말이었다. 임금이 자신을 향해 역정이나 분노를 낸 것이 아니라 다독여주고 있었다. 가막 가문의 그 누구도 해주지 않은 말이었다.

분명 자신을 원망하고 미워할 것이라 생각했는데, 그저 가여워하는 것인가. 하지만 그 동정마저도 서글펐다.

"전하, 한번 전하의 여인이 되었는데 누굴 다시 만나란 말씀이신지요."

"으음…… 내 입으로 말할 수는 없지만, 그대는 그대에게 걸맞은 짝이 있다."

"예?"

단영이 영문을 모르는 표정을 짓자, 하제는 답답한 듯 버럭 말을 이었다.

"사실은 누군가 그대를 후궁에서 퇴출시키라는 부탁을 했었다. 앞날이 창창한 너를 궁에 갇혀 지내게 하고 싶지 않았을 터이지."

"그, 그게 무슨 말씀이시온지요? 감히 누가 말인가요?"

"그대를 마음에 품은 자이겠지."

단영의 머릿속은 뒤죽박죽으로 엉망진창이 되었다. 대체 어떤 무모한 자가 임금님께 직접 나를 후궁에서 퇴출시켜 달라 부탁했다는 말인가? 그러자 머릿속에 자연히 떠오르는 얼굴은 가막사우였다. 하지만 어째서? 감히 임금의 후궁을 제깟 호위무사가 참견한다니 그는 명백히 불경죄였다.

"그자가 제가 생각하는 자가 맞다면……."

단영의 생각을 읽은 듯 하제가 말을 이었다.

"임금의 여인을 감히 넘본 불경죄로 그를 벌할 수도 있었지만, 그리하지 않았다. 나는 그를 아낀다. 또한 그대를 후궁으로 곁에 두고 싶지도 않아. 하여, 네 스스로 궁을 나간다 하면 내 아무 말 없이 용인할 셈이다."

"……전하. 하지만……."

"생각할 시간을 주겠다. 가막의 꼭두각시로 외롭게 살지, 네 인생을 찾을 기회를 잡을지 잘 생각해보도록."

뜻밖의 사실들을 알아버렸다. 리가 일러준 계략도 모두 부질없었다. 오늘 저녁 갈매의 처소로 은소가 드는 것을 본다고 해도 임금의 뜻은 변하지 않을 터였다. 휴사당을 나오며 단영은 눈물을 연신 훔쳤다.

단영은 휴사당을 나와 도망치듯이 종종걸음으로 사라졌다. 그 뒷모습을 지켜보던 사우의 가느다란 눈이 단영의 자취를 좇았다. 세상이 무너진 듯 슬픈 얼굴인 것이 무슨 일이 있는 모양이었다. 걱정스러운 마음에 따라가려던 사우를 상덕이 알아보고 아는 체를 했다. 하제 전하가 급히 찾으신 까닭이었다.

"어서 안으로 들어가시지요. 전하께서 기다리고 계시오."

"예."

안으로 들어가니 멋쩍은 듯한 임금의 얼굴이 눈에 들어왔다.

"……흠, 빨리 왔군."

"예, 청운마마가 다녀갔습니까?"

"……그렇다."

그러자 유심히 바라보는 사우의 눈빛에 문득 저가 먼저 찔려서 하제가 불쑥 말했다.

"그렇게 볼 것 없다. 나는 아무 짓도 하지 않았다."

"……그리 생각하지 않았습니다. 전하."

"그 아이를 향한 마음, 아직 변함없는 것인가?"

"……전하, 그런 것이 아닙니다. 저는 그저 오누이처럼 자란 사이기에."

"흠. 쑥스러워할 것 없다. 솔직히 나는 네 용기가 가상하다고 여겼다. 애정은 없지만 일개 호위무사가 감히 내 후궁을 이러쿵저러쿵 논한 것이 아니냐? 그것을 두고 연정이 아니라 오누이의 정이라?"

"……전하."

"알았다. 이것은 너의 문제이지. 네가 알아서 하거라."

"그보다 어찌 부르신 것입니까?"

"흐음, 당분간 왕후의 곁을 다시 지켜라. 왕후께서 어디로 행차하시는지 내게 고하고."

"은향궐에 직접 드시지 않을 것입니까?"

최근에는 임금께서 하도 은향궐에 자주 드셨기에 사우의 본래 할 일인 왕후마마를 호위하는 일도 없어져 한가해졌다. 오히려 곁을 지키고 있으면 임금께서 먼저 물러가라 눈치를 주기도 했다. 헌데 왕후를 다시 지키라는 명을 내리신다는 것은…… 발길이 뜸해짐을 의미하기도 했다.

사우의 물음에 하제가 두루마리들을 살펴보며 말했다.

"그래. 당분간 급히 처리할 일이 있다. 그동안에 너무 오랫동안 자리를 비웠음이야. 바로잡을 것이 몇 가지 있더군."

"알겠습니다. 전하."

사우가 사라지자, 하제는 괜스레 애꿎은 두루마리들만 노려보았다. 일은 언제나 산더미처럼 쌓여 있기는 했다. 그러나 그것이 왕후를 보러 가지 않을 이유가 된 적은 단 한 번도 없었다.

자신이 왜 이러는지 자신도 알 수가 없다. 분명히 은소를 믿고 있다. 당장이라도 달려가 그 고운 얼굴을 보면서 손을 잡고 이야기하고 싶었다. 그러나 이 못된 심보, 비틀린 질투 때문에 은소에게 가까이 갈 수 없었다. 보자마자 가시 돋친 상처의 말을 쏟아낼 것만 같았다.

그 분노의 화살은 은소에게 향할 것이 아니었다. 갈매를 향할 것도 아니었다. 뜬소문 하나에도 기분이 몹시 언짢아지는 자신에게 향하는 것이었다. 하여, 막상 자리를 지키고 앉아 있어도 번뇌만 더하게 되었다.

* * *

어느새 어둑해진 저녁이었다.

등잔불이 너른 방 안을 환히 비췄다. 한 땀 한 땀 조심스러운 손길, 숨소리 한 번 내지 않고 몰두한 왕후의 모습이었다. 가지런한 몸가짐으로 왕후가 하는 양을 주의 깊게 살펴보던 노부인은 옅은 웃음을 머금었다. 열심히 하려는 정성은 갸륵하나, 솜씨가 어딘지 서툴고 부족했다. 그래도 나름대로 손끝이 야무진 편이라 금세 배울 성도 싶었다. 허나 자수를 놓는 법을 처음 배운지라 역시 어려운 듯했다. 혼자서 낑낑대던 왕후의 얼굴이 결국 부인에게 향했다.

"이리하는 것이 맞는지요?"

"어디 제가 한번 봐드리겠습니다."

"예."

왕후가 작업하던 수틀을 자세히 살펴보니 시작 매듭수부터 다시 해야 할 듯싶었다.

"매듭수가 잘못되었습니다. 다시 시작하셔야겠습니다."

"그리 많이 잘못되었나요? 알겠어요."

은소가 옅은 한숨을 내쉬며 생각에 잠겼다. 스승의 눈으로 보기에는 진척이 없어 보였지만, 다시 처음부터 놓을 생각을 하니 까마득한 것이다. 제 손으로 단추 다는 일조차 능숙하게 해낸 적 없었는데, 언감생심 두루미 한 쌍을 자수로 놓겠다니 꿈이 너무나도 야무졌던 모양이다.

그러나 마음을 먹은 이상 포기하기는 일렀다. 며칠 밤을 꼬박 새고 나면 완성할 수 있을 것이다.

"마마, 오늘은 이만 늦으셨사옵니다. 내일부터 하시지요."

"아닙니다. 이왕 시작한 것……."

오늘 두루미 머리 하나쯤은 수를 놓아야 마음이 놓일 듯했으나, 은소의 머리를 스쳐 가는 것이 있었다.

'금일 저녁에 제 처소로 와주십시오. 오실 때까지 기다리겠습니다.'

갈매에게 다시 단호한 뜻을 전해야 할 터였다. 은소는 수틀을 정리하며 말을 바꾸었다.

"그래요, 아무래도 내일부터 다시 하는 것이 좋겠습니다. 미진한 솜씨 때문에 답답하셨을 줄로 알아요. 앞으로도 잘 부탁드려요."

"예, 오늘은 푹 쉬시지요. 왕후마마, 너무 걱정일랑 마셔요. 처음부터 잘하는 이는 없습니다. 제가 보기에 마마께서는 손끝이 야무지신 편이라 금세 완성하실 수 있으실 겝니다."

"그리 말씀해주시니 마음이 놓입니다."

자수 선생의 말에 안심한 은소는 그제야 벙싯 미소를 지었다. 자수 선생이 은향궐을 떠나자 은소는 리리를 불러 물었다.

"오늘 전하께서 오신다는 기별은 아직 없으셨지?"

"예. 이 시각이 되도록 기별 없으시니 오늘은 정무로 바쁘신가 봅니다."

"그래, 다행이다. 안 그래도 갈매의 처소에 볼일이 있다."

"네에? 저녁 수라는 어찌하시구요?"

"나중에."

"마마, 허면 같이 가요. 초희야, 다녀올게."

초희가 고개를 끄덕였다. 신발까지 신고 나서려는 은소를 보곤 리리도 곧장 따라나섰다. 몇 분 후, 가막사우가 은향궐에 나타났다. 사우가 물었다.

"왕후마마께서는 안채에 아니 계십니까?"

"예, 잠시 자리를 비우셨어요."

"혹 어디로 가셨는지 알고 있습니까?"

"연 차랑님의 처소인 줄로 알고 있습니다."

초희의 대답을 들은 가막사우의 눈썹이 일그러졌다.

'하필이면 전하의 심기가 어지러울 때 그리로 행차하실 것은 무엇인가.'

지난번에도 한바탕 작은 소동이 있었던지라 사우는 입술을 굳게 다물었다. 사실대로 고하지 않는 것이 좋겠다는 판단을 내린 사우는 은향궐에서 기다리기로 했다. 두 사람의 돈독한 우정이야 제가 상관할 바는 아니었다. 아무리 두 분이 믿음이 굳건하고 강하다 한들, 빗방울도 모이면 소낙비가 되어 내리는 법이다. 전하께서 아셔 보았자 좋을 일은 없을 듯했다.

* * *

청운궐에 돌아온 단영은 입술을 꼭 다물었다. 아무 정황도 모르면서 리가 눈치 없이 몇 차례나 하제 전하를 갈매의 처소로 가게끔 하였는지를 재촉해 물었다. 단영이 저도 모르게 가막의 기운을 훅 내비쳐 보였다. 그에 놀란 리가 물었다.

"마마? 어찌 이러시나요?"

"그만 하세요, 언니. 가망이 없어요."

"무슨 말씀이셔요? 이제 다 된 일입니다. 전하께서 그 둘이 만나는 것을 보기만 하오시면 끝이라구요."

리의 말에도 단영은 굽히지 않았다.

"그에 흔들릴 하제 전하가 아니세요. 전하께서는 오직 왕후마마뿐이랍니다. 나에게 자진 퇴궁까지 말씀하셨단 말이어요. 그러니 언니도 그만 가막으로 돌아가 주세요. 혼자 조용히 있고 싶어요. 더 이상 방해하신다면 차라리 내가 나가지요."

단호한 얼굴이었다. 더 이상 아무런 희망의 빛도 품지 않은 얼굴이기도 했다.

"……오늘은 이만 돌아가지만, 청운마마. 아버님이 마마를 과연 고이 내버려둘까요? 잘 생각해보셔요."

리가 밉살스러운 얼굴로 그리 한마디를 내뱉고는 총총걸음으로 사라져버렸다. 단영은 문을 꼭꼭 걸어 잠갔다. 세상의 가장 어두운 곳으로 숨어버리고 싶은 심정이었다. 아무도 모르는 곳으로 가고 싶었다.

후드드득.

분노에 어린 몸은 금세 검은 깃털을 내밀었다. 이제 옛날로 되돌아가긴 힘들 터였다. 화가 많이 난다고 해서 이렇게 깃털이 돋는 것을 사람이라고 할 수 있을까. 순식간에 새까만 깃털이 온몸을 뒤덮었다.

단영은 그대로 방문을 다시 열고 어스름이 깔린 하늘을 훨훨 날아가기 시작했다. 궁궐 안을 빙 두르지 않고 곧장 담장을 넘어갔다. 사대문에 있는 포목점의 기와지붕에 이르기까지는 그리 많은 시간이 걸리지 않았다. 날개만 있다면 이토록이나 가까운 거리인데, 두 다리로 걸어서 돌아가는 길은 한참 멀기만 했다.

포목점에는 여전히 사람이 많아 보였다. 그러나 예전과 달리 포목점 주인 왕승은 신나 보이질 않았다. 오늘따라 유달리 돈푼깨나 쥐고 있는 손님들이 많이 보였는데도 말이다. 자신을 그리워하는 것임이 틀림없었다. 그러나 까마귀의 모습인 채로 아버지를 만날 수는 없었다. 새카만 눈은 이제 탐욕 대신에 물기를 가득 머금고 있었다. 하릴없이 단영은 다시 날개를 펼쳐 궁궐로 향했다.

* * *

무기들을 면밀히 살피고 있던 갈매가 문득 들려온 인기척에 고개를 들었다. 갈매는 냉큼 무기를 감췄다. 전하의 명에 따라 맡게 된 장현 밀수 무기 사건의 증좌인 장검과 장궁이었다.

갈매가 문밖으로 나가 보니, 리리와 은소의 모습이 보였다. 뜻밖에 찾아온 손님이었으나 반가움은 컸다. 다른 이도 아닌 은소 누님이었다. 마침 제게 보내준 선물에 대한 감사를 하고 싶었는데 이렇듯 먼저 찾아와주기까지 하니 송구스럽기까지 했다.

"어서 오세요. 왕후마마."

"……잠시 할 이야기가 있어."

"마침 저도 누님께 드릴 말씀이 있습니다. 안으로 들어오세요."

은소의 표정이 심각하다는 것을 인지하지 못한 갈매는 밝게 말했다.

* * *

문서를 검토하던 하제가 문득 이맛살을 찌푸리더니 그 자리에서 벌떡 일어났다. 아라연의 무기를 만드는 하나울에서 최근 제작된 무기 수가 다소 감소한 것이었다. 근 석 달간에는 내리 하락세였다. 하나울을 담당하는 것은 가막 대사의 동생 가막호였다.

그때 빠르게 하제의 머릿속을 스쳐 지나가는 것이 장현 밀수 무기 사건이었다. 당장에 하나울에서 제작된 무기와 밀수 무기 사건에서 증좌로 남은 무기를 대조하여 면밀히 살펴보아야 하겠노라 생각이 들었다. 이 기분 나쁜 예감이 들어맞는다면, 까마귀들은 사국과도 연통해 제 뒤통수를 칠 생각까지 하고 있는 것이 아닌가?

"허!"

하제가 한탄에 가까운 신음을 흘리자 상덕이 먼저 여쭈었다.
"전하, 석수라라도 올릴까요? 슬슬 밤이 깊어지는 시각이옵니다."
그러나 하제 전하는 상덕의 걱정 어린 말은 안중에도 없는지, 문득 커다란 목소리로 이렇게 말하는 것이었다.
"……상덕, 지금 곧장 차랑의 처소로 향할 것이다."
"예. 전하."
상덕이 곧장 채비를 하여 초롱불을 들었다. 그 뒤를 엄숙한 표정의 하제 전하가 뒤따라 나섰다.

*　　*　　*

방 안으로 들어서자 갈매가 자리를 권하고 제가 즐겨 마시던 차를 따라주었다.
"바깥 날씨가 하루가 다르게 낮아집니다. 춥지는 않으십니까?"
"……괜찮아."
그러나 은소는 갈매의 따뜻한 시선을 외면하며 입술을 열었다. 사실 갈매의 천연덕스러운 태도에 더욱 기분이 언짢아지는 중이었다.
"……단도직입적으로 말할게. 이제 이곳에 오는 일도 없을 거야. 나는 이 나라 아라연의 왕후이고, 하제 전하의 유일한 여인이야. 나는 그에게 속해 있고 그는 나에게 속해 있어. 우리는 피를 나누는 계약까지 치렀어. 네가 나를 얼마나 마음에 담았는지 모르지만, 나는 너를 받아들일 수가 없어. 너도 잘 알고 있잖아."

"예? 무슨 말씀이십니까?"

눈을 동그랗게 뜨고 묻는 갈매에게 도리어 은소는 화가 났다.

"이제 너와 나의 관계는 왕후와 대신, 그 이상도 이하도 아니야. 다시는 그런 서신 보내지 말아줘."

하고서는 은소가 몸을 일으켰다.

"잠깐만요. 무언가 오해가 있으신 것 같습니다."

갈매는 급한 마음에 은소의 손목을 붙잡았다. 그러자 은소가 갈매를 쏘아보았다.

"너야말로 내 우정을 오해한 것 아니야?"

"잠시만요. 누님…… 저는 서신을 보낸 적이 없습니다."

"뭐?"

그때였다. 밖에서 부산스럽게 당도하는 발걸음 소리가 들렸다. 이윽고 상덕이 고했다.

"전하께서 듭시었습니다. 당장 나오십시오. 차랑."

그 순간 은소와 갈매, 두 사람은 심장이 쿵 내려오는 듯했다. 두 사람이 머뭇거리는 사이에 문이 벌컥 젖혀지면서 하제의 얼굴이 보였다.

은소의 얼굴을 확인한 하제의 동공이 미묘하게 흔들렸다.

"왕후께서 어찌 여기에 있소? 아하…… 친한 오누이처럼 사이 좋은 사이이니 다과라도 즐기며 담소를 나누고 계셨던 것인가?"

"……저, 전하."

"혹, 내가 두 사람의 다과를 방해한 것은 아닌가 모르겠군."

"아니옵니다. 전하."

갈매가 부정하며 말했다.

은소는 핏기가 사악 가시는 듯한 느낌이었다. 하제가 또다시 갈매와 저 사이를 오해하고 역정을 내면 어찌하나 심장이 콩알만치 쪼그라들었다.

오늘따라 굳게 다문 주삿빛 입술에는 노기가 역력했다. 눈빛에는 얼음보다 차가운 냉기가 서렸다. 그 아름다우리만치 잔혹한 제 연인의 얼굴을 마주할 수 없어 은소는 그만 눈을 질끈 감아 버렸다.

'제발 오해하지 말아줘.'

쌩하니 초겨울의 바람이 옷자락이며 머리카락을 나부끼게 만들었다. 바람만이 스치듯 부서지는 소리가 귓가를 맴돌았다. 몇 초간 짙은 정적이 흘렀다. 어쩐 일인지 하제도, 은소도 둘 다 서로를 마주하고도 아무 말이 없었다. 삽시간에 얼어붙은 어색한 분위기에 둘의 표정은 더욱 굳어 있었다.

이윽고 둘을 지켜보던 갈매의 마음도 편치 않아졌다.

"전하, 어서 안으로 함께 들어가시지요. 이 시각에 어찌 직접 걸음 하셨습니까?"

갈매가 그리 말하자 하제도 침묵을 멈추고 입술을 열었다. 여전히 돌처럼 딱딱하게 굳어 있는 얼굴이었다.

"흐음, 서류를 검토하다 보니 스쳐 지나가는 생각이 있더군."

"예, 말씀해 주십시오. 그것이 무엇이옵니까?"

"잠깐."

하제가 갈매에게 그리 잘라 말한 뒤였다. 은소를 쳐다보지도 않은 채 이어서 말하는 모양새에 은소는 문득 불안해졌다. 분명히 자신의 시선을 애써 피하는 티가 났다.

"내 긴히 차랑과 이야기할 것이 있으니, 왕후는 이만 은향궐로 돌아가 주시오."

냉정함이 툭 묻어나오는 목소리였다. 은소가 더 이상 참지 못하고 하제 곁으로 다가와 말했다.

"하제, 혹시 무슨 오해라도 하고 있는 것이라면……."

"왕후, 오해 같은 것 하고 있지 않은데…… 도리어 오해를 하고 있는 것은 왕후가 아닌가?"

"그런데 왜 그렇게…… 화가 나 있는 거야?"

"전혀 화가 나지 않았다. 지금 나랏일을 하느라 머리가 매우 복잡하다. 왕후는 이만 처소로 돌아가 쉬도록."

그 말을 듣는 내내 은소의 표정은 서운함으로 가득 차버려서 아무 말도 할 수가 없었다. 하제는 지금 분명 갈매를 만나러 온 자신에게 화가 나서 이리 행동하는 것이다. 자신은 갈매에게 선을 긋고 정리하려고 온 것인데…… 아무것도 모르는 하제에게는 그리 보일 수도 있을 터였다. 하지만 금세 사람이 저렇게 손바닥 뒤집듯이 달라져 보일 수가 있다는 말인가.

어제까지만 해도 귓가에 달콤한 말을 속삭이면서 사랑을 이야기하던 하제였다. 엉켜버린 매듭을 다시 풀어야만 했다. 그런데 이상하게도 입술이 떼어지지 않았다. 보이는 것은 그저 서늘하게 등을 돌린 하제의 모습뿐이다. 순식간에 심장이 저릴 만치 아파와 은소는 그 자리에 제대로 서 있을 수 없었다.

"안으로 들어가지."

"예, 전하……."

하제가 갈매와 함께 방 안으로 들어가 버렸다. 순식간에 없는 사람이 되어버린 탓에 은소는 무안하고 서운했지만 달리 도리가 없었다. 리리도 곁에 서서 속상한 얼굴로 은소를 바라보고 있었다. 보다 못한 상덕이 다가와 말했다.

"오늘은 이만 쉬시지요, 마마. 그저 오늘 피곤하시기에 그러신 것이니 너무 심려 마십시오. 전하께서는 오직 왕후마마 생각뿐이시옵니다."

상덕의 말에 은소는 천천히 고개를 끄덕였다.

"아닙니다. 내가 오해받을 만한 행동을 했는걸요. 고마워요, 상덕. 걱정해줘서. 리리, 그만 가자."

"예, 마마."

총총 사라지는 은소의 뒷모습을 그제야 흘깃 훔쳐보는 하제였다. 눈에 넣어도 아프지 않을 사람을 그리 홀대해놓고 나니, 마음이 찜찜하고 불편하기 그지없었다. 곁에서 하제를 바라보던 갈매가 말했다.

"전하."

"……음?"

자신을 나직이 부르는 갈매의 목소리에 겸연쩍은 듯 하제가 말했다.

"무엇인가?"

"걱정하지 않으셔도 됩니다. 왕후마마는 오직 전하뿐이십니다."

"……흐음."

"제가 어떤 서신을 보낸 것이라 오해하고 오늘 찾아오시기를, 이제 우리는 왕후와 대신 그 이상도 이하도 아니라고 하셨습니다. 허나, 저는 서신을 보낸 적이 없습니다. 왕후마마께서 발걸음 하신 것은 그 서신 때문이 아닌가 싶습니다."

잠자코 갈매의 이야기를 듣던 하제의 얼굴에 느닷없는 서신에 대한 물음표가 떠올랐다.

"서신이라? 헌데 그 서신, 그대가 보내지 않은 것이면 누가 보낸 것이지?"

"그것은 저도 잘 모르겠습니다. 분명한 것은 왕후마마의 마음이 그러하다는 것입니다. 전하, 저는 왕후마마와 하제 전하, 두 분께서 행복하게 잘 사시는 것을 보고 싶을 뿐입니다."

진지한 얼굴로 말하는 갈매의 꾸밈없는 속마음이 전해져 왔기에, 하제는 아직도 질투가 채 가시지는 않았지만 갈매를 차마 미워할 수는 없었다. 저 나이 때라면 동경하는 여인을 흠모할 수도 있는 노릇. 허나 자신도 사내이기에 그마저도 허용해주고 싶지는 않았다. 은소의 모든 것은 온전히 제 것이어야 했다. 은소를 바라보는 눈길조차 자신만 가능해야 했다.

"알았다. 왕후는 누구보다도 행복하게 해줄 것이다. 그것만은 보장하지."

"전하만이 가능하신 일이라 믿고 있습니다."

갈매가 그리 말하자 하제의 입매가 말아 올라갔다. 그리 콕콕 쑤시는 두통처럼 신경 쓰이던 것들이, 언짢았던 기분들이 어느샌가 스르륵 날아가 있었다. 이쯤 되니 왕후에게 미안해져 당장에 날아가 품에 안고 싶어졌다. 그러나 마무리 지을 것이 아직 남아 있었다.

"이만 일 이야기로 들어가지."

"예."

질투에 사로잡힌 사내에서 군주로 돌아온 하제가 사뭇 힘찬 기백을 뿜어내곤 말했다.

"아무래도 가막이 수상하다. 하나울에서 제작한 무기와 밀수 사건에서 발견된 무기를 대조해보아야 할 듯싶다. 그 두 군데의 무기가 유사한지 말이다. 내 말이 무슨 뜻인지 알겠느냐?"

"……예, 전하. 장검과 장궁은 여기 있습니다."

스르릉.

갈매가 내민 장검을 받아 든 하제가 칼집에서 검을 뽑아 들고는 살피기 시작했다.

* * *

어떻게 돌아왔는지도 모를 만큼 정신없이 걸음을 옮겼다. 초롱을 든 리리를 따라오다 보니 어느새 은향궐에 닿아 있었다. 오는 내내 하제의 생각에 잠겨 있었다. 하여, 사우가 말을 걸 때까지도 멍하니 넋을 놓고 있었다.

"왕후마마!"

"아…… 사우, 어서 오세요."

"전하께서 당분간 왕후마마 곁에서 호위하라 명하셨습니다."

"……그래요."

"기운이 없어 보이십니다."

사우가 그리 말하자, 은소는 애써 밝은 미소를 지으며 웃어보였다.

"조금 피곤해서 그런 것 같아요. 먼저 잠에 들어야겠습니다."

말없이 그녀를 바라보던 사우는 은소의 안색이 왜 나쁜지 곧 알아차렸다. 갈매의 처소에서 하제 전하와 마주치신 모양이었다. 순간의 감정을 잘 숨기지 못하는 하제 전하의 노함을 그대로 다 받으셨을 터였다. 본래 위로 같은 것을 잘하지는 못하는 심성이지만, 사우는 입술을 열었다.

"곧장 주무실 생각이 아니시라면 잠깐 산책이라도 하시겠습니까?"

표정을 읽기 힘든 사우인지라 왜 산책을 권하는지는 알 수 없었지만, 은소는 선뜻 그러자고 했다. 리리가 침수 준비를 해놓겠다며 궐 안으로 들어갔다.

궐 안에 자리한 작은 정자에 다다르자 이윽고 밤은 슬그머니 남빛으로 물들어 있었다. 구름에 가리운 초승달 아래 조롱조롱 매달린 밤하늘의 별들이 반짝였다. 별을 가만히 바라보던 은소가 말했다.

"달은 변해도, 별은 변하지 않네요."

"왕후마마, 무슨 일이 있으셨던 겁니까? 연 차랑의 처소에 다녀오셨다고 들었습니다."

은소는 힘없이 고개를 끄덕였다.

"이 시각에 어찌 그리로 행차하신 것입니까? 혹여나……."

"우려하던 그 일이 벌어졌어요."

왕후마마의 얼굴에 진 그늘은 역시 그 때문이었다.

"전하를 만나셨군요."

"갈매가 서신을 보냈길래, 거절하려고 간 것인데 꼬여 버렸어요."

"서신이라니요?"

"나를 아직도 마음에 두고 있다는 서신이었어요. 하지만 갈매는 서신을 보낸 적이 없다고 하니 이게 대체 무슨 일인지."

"그 서신을 직접 받았습니까?"

"아, 아니요. 초희에게 전해 받았습니다."

"초희라면 얼마 전에 새로 온 궁인을 이름이십니까?"

"그래요."
사우의 가느다란 눈이 날카로워지며 말했다.
"아마도 사주를 받았을 겁니다."
"당장에 초희에게 물어봐야겠어요."
"그리 안 하셔도 누군지 알 것 같습니다. 궁 안에서 이런 짓을 할 이들은 가막뿐이지요."
"허면, 단영이 그랬을까요?"
사우가 단호히 말했다.
"단영 혼자서 한 짓은 아닐 겁니다. 사실은 청운궐에서 짙은 가막의 기운을 느꼈습니다."
"가막의 기운?"
"예, 순수한 가막의 혈통만 가진 특유의 짙은 기운이지요. 단영의 기운은 아니었습니다. 아마 리 고모님일 겁니다."
"아, 그 사람은 옛날에 마주친 적이 있어요."
"가막 가문에서 단영을 받아들이기 전에 하제 전하의 짝으로 유력한 사람이었지요. 앙심을 품고 있을 것입니다."
"……그 뒤에는 가막 대사가 있겠군요. 하지만 이리 쉽게 들통날 수 있는 일을 왜 벌였을까요? 이해가 되질 않아요."
"어찌하든 하제 전하와 왕후마마 사이를 떨어뜨려 놓으려고 수단과 방법을 가리지 않았을 겁니다. 제가 그리 말렸는데도 기어이, 단영이 일을 저지르고 말았군요."
사우는 착잡한 얼굴로 이어 말했다.

"하제 전하께 이를 알리고 단영을 벌하십시오."

"하지만 사우 말대로라면, 단영 혼자 벌인 것이 아니잖아요."

"표면적으로는 단영이 책임져야 합니다."

사우의 냉정한 말에 잠시 침묵하며 생각에 잠긴 은소가 고개를 들고는 말했다.

"이 일은 일단 아무에게도 말하지 말아요. 나에게 맡기세요."

"알겠습니다. 마마."

* * *

아스라한 새벽녘이었다. 조용히 자리에서 일어난 은소는 두루미의 기운을 온몸으로 내뿜었다. 눈앞에서 깃털 몇 개가 휘날리며 금세 스르륵, 하이얀 날개를 가진 두루미로 변신한 은소는 하늘로 날아올랐다.

청운궐에 다다른 은소는 조용히 안채 방문 앞에서 날개를 좌악, 펼쳤다. 그리고 가능한 한 가진 기운을 모두 내뿜었다.

사아아아아.

* * *

"……으음, 뭐, 뭐지?"

잠들었던 단영이 전신을 죄여드는 강력한 기에 놀라서 저절로 방어 태세로 들어가며 검은 깃을 세웠다. 심상치 않은 일이었다. 이리 압도적으로 강하고 환한 기운은 대체 무엇일까? 방문 밖으로 나온 단영은 하얀 두루미를 보고 깜짝 놀랐다.

우아하고 아름다운 두루미는 고고한 자태로 자신을 내려다보고 있었다. 존재 자체만으로도 고결하고 성스러운 느낌이었다. 새하얀 깃털은 탐이 나도록 빛이 났다. 본능적으로 이 눈앞의 두루미는 왕후라는 것을 깨달았다. 그에 비해 자신은 시커멓고 보잘것없는 까마귀일 뿐이었다.

두루미가 기다란 다리로 단숨에 제게 다가왔다. 이윽고 상냥한 목소리가 들려왔다.

“이야길 하고 싶어. 청운.”

머뭇거리던 단영은 이윽고 고개를 숙였다.

“왕후마마, 오랜만에 뵈옵니다. 헌데 어찌 두루미의 모습으로 오셨는지요.”

“궁 밖으로 나가자. 등에 타.”

“……예.”

제게도 날개가 있지만 어쩐지 이 기품 넘치는 커다란 날개와는 비교도 되지 않을 듯해서 입을 꾹 다물었다. 단영은 속옷 바람으로 왕후의 등에 올라탔다. 이윽고 왕후는 창공으로 시원하게 날아올랐다. 자꾸만 이리저리로 비틀거리는 탓에 단영은 조금 어지러웠지만, 푹신하고 풍성한 깃털 덕분에 춥지는 않았다.

서툰 비행을 참아내자 왕후는 계곡이 있는 정자 옆으로 급히 착지했다. 하마터면 정자와 부딪칠 뻔할 만큼 가까이 착지한지라 단영은 비명을 삼켰다. 아슬아슬한 착륙이었다.

"미안, 내가 나는 게 좀 서툴러서."

"……연습 좀 하셔야겠어요. 헌데 무슨 연유로 저를 찾으셨지요?"

여전히 당돌한 그 모습에 은소는 단영이 얄밉다가도 귀여워져 버렸다. 패기 어린 십 대의 어린 소녀. 제게는 찾아볼 수 없는 것이다. 은소는 천천히 부리를 열었다.

"그 서신 잘 받았어. 절절하게 잘 썼던걸."

단영의 입술이 가느다랗게 떨리고 눈동자에는 파문이 일었다.

"예에? 왕후마마, 당최 무슨 말씀을 하시는지 모르겠습니다."

"사우에게 이야기 들었어."

"……."

"덕분에 전하와도 냉전 중이니 그쪽의 목적은 달성한 것 같은데……."

조곤조곤 은소가 말하자 단영이 곧장 풀썩 그 자리에서 쓰러졌다. 조금 전의 당돌한 모습은 사라지고 여린 소녀만이 남아 있었다.

"그게 무슨…… 허면 전하께서 연 차랑의 처소로 행차하셨단 말이어요?"

은소가 기다란 모가지를 까딱하고 흔들었다. 단영이 잠시 생각에 잠겼다가 말을 이었다.

"그렇게까지는 되지 않게 하려 했는데…… 제가 원망스러우시지요?"

"그렇지 않다면 거짓말이겠지. 하지만 난 너를 용서할 거야. 너를 그리 움직이게 만든 것은 가막이니까."

단영이 음울한 얼굴로 고개를 푹 숙인 채 말했다.

"분하네요."

"뭐?"

"분하게도 이제 이기고 싶다는 마음조차 들지 않아요. 처음, 포목점에서 전하를 뵙고 왕후마마를 뵈었을 때는 당신 따윈 가볍게 이길 거라 생각했어요. 전하께서 볼품없던 당신보다는 어리고 예쁜 나를 봐주실 거라 생각했어요. 그래서, 내가 왕후가 되어 부귀영화를 누리고 화려하게 살 거라 생각했는데…… 그런데 그건 나의 헛된 꿈이었네요. 두 분 사이는 나 따위가 갈라놓을 틈조차 없으신데."

단영은 말을 하면서 울먹이는 탓에 목이 메어왔다. 은소가 담담한 목소리로 말했다. 은소는 예쁜 미소를 짓고 있었다.

"네가 얼마나 예쁜지는 나도 잘 알고 있어. 포목점에서 너를 처음 봤을 때 반짝반짝 참말 예쁘고 싱그러운 아이라고 생각했거든. 그때로 다시 돌아가. 패배자로 안주하지 말고, 가막의 희생양이 되지 말고. 이 일은 내가 묻어 두겠어."

"……왕후마마. 어째서."

은소의 배려에 단영은 내심 놀라고 말았다.

'끝까지 완벽하게 두 손 두 발 다 들게 만드는구나, 이 사람은.'

"그만 가자. 돌아갈 시간이네."

어스름한 언덕 위로 동이 터오고 있었다.

"저는 천천히 걸어가겠습니다. 먼저 들어가셔요."

"그래."

은소는 고개를 끄덕이곤 날개를 다시 펼쳤다. 가뿐히 날아오르자, 단영의 목소리는 들리지 않았지만 입 모양이 무어라 말하고 있었다.

"……고마워요."

단영은 하늘 위로 날아가는 하얀 두루미의 모습이 사라질 때까지 바라보다가 천천히 발걸음을 옮겼다. 유난히 쌀쌀한 날씨였지만, 추운 줄도 몰랐다. 마음속에 꼭꼭 숨겨져 있던 무언가를 다시 찾은 기분이었다. 그리고 지금 이 순간 떠오르는 얼굴이 있었다.

늘 무심하리만치 변화 없는 하얗고 매끄러운 얼굴. 단영은 청운궐로 향하던 발걸음을 돌려 가막사우의 처소를 향해서 걸어갔다. 사락사락 치맛자락이 부딪치는 소리가 더욱 빨라질 만큼 잰걸음으로. 심장이 콩닥콩닥 뛰었다.

*　*　*

무릇 서로 격의 없는 사이에서는 예의라는 게 종종 생략되기도 한다지만 가막사우는 지금 상황이 쉽사리 와 닿지 않았다. 실제로 경험하고 있으면서도 그 체감이 어렵다고 해야 할까. 분명 꿈에 가까운 일이었다.

햇살이 비치는 순간 싸한 기분에 눈을 절로 뜨고 보니, 방구석에 누군가 웅크리고 앉아 있는 터였다. 무척이나 익숙한 그림자였다. 자신이 세상에서 가장 잘 알고 있는 그림자이기도 했다. 단영이었다.

밤톨처럼 둥근 뒤통수 아래 하얀 목덜미가 눈에 들어왔다. 옆으로 땋아 내린 흑단 같은 머리칼은 옆구리까지 늘어져 있었다. 속살이 비치는 흰색의 속 의대를 입은 채였다. 무슨 일이 있었던 것인가. 무엇이 그리 급해서 의대도 제대로 갖추지 않고 달려왔나.

그러나 사우는 말을 꺼내는 대신 그저 지그시 바라만 보았다. 아무리 생각해도 상황 판단이 되지 않는다.

어째서 저 아이가 제 방에 들어와 웅크리고 있는 것인가? 사우는 이부자리 안에 앉아서 기억을 더듬어보았지만, 도무지 그럴 만한 사건을 겪은 적은 없었다.

팔에 파묻었던 고개를 부스스 들어 올린 단영이 사우를 바라보았다. 사우도 단영을 물끄러미 바라보았다.

그 순간 사우의 머릿속을 스쳐 지나가는 것이 있었다. 왕후마마의 얼굴이었다. 자신이 서신 사건을 알아서 하겠다던 왕후마마였다. 그제야 단영이 왜 자신을 찾아왔는지 조금은 알 것도 같았다.

사우와 눈이 마주친 순간 단영의 눈가에서 눈물방울들이 주르르 떨어지기 시작했다. 가면 없는 민낯으로 드러난 그녀는 그저 여린 아이일 뿐이었다. 소리 없던 울음은 이윽고 흐느끼듯 메마른 정적을 갈랐다.

"흐흑……."

울고 있었다. 눈앞에서. 그 아이가.

사우는 굳은 듯이 그 자리에서 울고 있는 단영을 바라보고 있을 뿐이었다. 무언가 말을 건네 달래줄 생각도, 어깨를 다독여줄 생각도 차마 하지 못했다. 그저 이 꿈 같은 상황에 조금씩 정신을 추스를 뿐이었다.

얼마쯤 지났을까. 한참 흐느끼던 단영이 사우를 툭 쏘아보면서 중얼거렸다.

"……바보. 천치. 등신."

거친 말을 내뱉었지만 사우는 아무 미동이 없었다. 단영은 훅 몸을 일으켰다. 얼굴에 드러난 실망의 기색은 짙었다.

사우에게서 등을 돌려 방문 고리를 붙잡으려는데 손목에 느껴지는 손길이 무척 뜨거웠다. 강제로 돌려진 상체가 그대로 단단한 무언가에 치받았다. 얼굴에 사우의 가슴팍이 닿으며 그의 온기가 느껴졌다. 그제야 상황을 깨달았다. 사우의 품 안에 갇힌 꼴이 되었다. 몇 번이나 퍽퍽 가슴을 쳤는지 모르겠다. 쏟아지는 눈물 때문에 시야가 흐려지고 말았다.

사우는 그저 묵묵히 단영을 품에 안고 있었다. 검은 옷자락이 축축하게 젖어들 무렵, 사우의 손목에 검은 깃이 돋았다.

사앗.

자신도 모르게 꾹꾹 눌러 참았던 감정과 기운들이었다. 한순간에 틀어막혀 있던 사우의 몸에서 흩어져 나온 온풍이 단영의 몸을 따뜻하게 감쌌다.

상대방을 향한 애정을 느끼면 가막 일족은 따뜻한 바람의 기운을 뿜어냈다. 단영의 몸에서도 유달리 따스한 바람이 소용돌이처럼 휘돌아, 사우의 목덜미를 간지럽혔다.

서로의 마음을 확인한 두 사람의 얼굴에는 당혹함 가득한 표정이 그려졌다. 울음을 그친 단영의 눈가를 사우가 엄지로 지워주자, 단영은 발돋움을 힘껏 하며 올라섰다.

쪽.

보드랍고 촉촉한 것이 스치듯 사우의 입술 위로 지나갔다. 사우의 눈이 감기면서 단영의 얼굴을 양손으로 감쌌다. 고개를 비스듬히 꺾으며 입술이 삽시간에 마주 닿았다. 깊숙하게 파고드는 강한 입맞춤에 동그랗게 눈만 뜨고 있던 단영 역시 그대로 눈을 감았다.

입술 안으로 몰캉하게 들어오는 혀는 단단함과 부드러움 사이를 오가며 천천히 움직였다. 사우의 묵직한 입맞춤 앞에서 단영은 정신을 차릴 수가 없었다. 끔찍하게도 열정적이고 폭발적이었다. 이 목석같기만 하던 남자 어디에 이런 면이 숨겨져 있던 것일까. 의문을 삼키는 사이에 단영은 숨이 찬 나머지 신음을 쏟아내고 말았다.

"으읏……."

사우의 몸을 밀어내려 했지만, 단단한 몸은 도무지 움직일 생각을 하지 않았다. 한참 후, 단영이 입술을 다물 지경에 이르러서야 사우의 얼굴이 제게서 떨어졌다. 순간 얼굴이 확 달아오른 단영이 민망한 듯 투덜거렸다.

"……내게 이러면 안 되는 거 아니야? 나는 전하의……."

"오늘부터는 전하의 여인이 아닌 것이지."

사우의 긴 손가락이 단영의 머리칼을 매만지고 지나갔다. 다정한 어루만짐이었다.

"그럼 나보고 오라버니의 여인이라도 되란 말이야?"

"……안 될 것도 없지."

"뭐? 웃기지 마. 입맞춤 한 번 했다고 해서……."

사우의 깊이를 가늠할 수 없는 검은 눈동자가 단영을 응시했다. 단영은 싸르르 울리는 가슴 때문에, 쉬이 움직이지 못했다.

"내게는 모든 것을 바꿀 수 있는 단 한 번의 입맞춤이었다."

그에 쐐기를 박듯이 사우의 입술이 재차 열렸다. 우수에 찬 눈동자는 바라보기만 해도 심장이 쿵 내려앉는 것만 같았다. 솔직히 수치스러웠다. 어째서 이렇게까지 좋아져버린 것일까……. 그런데 지금 이 사람, 자신에게 고백을 하고 있는 것인가? 당혹감으로 물든 얼굴 때문에 고개를 채 들지 못했다. 하지만 사우는 멈추지 않았다.

"한시도 네가 내 안에서 사라진 적이 없었다. 쭉 그래왔고 앞으로도 그럴 것이다."

"……."

짧지만 명확한 고백, 도무지 무슨 말을 대답해야 할지 몰랐다.

"오라버니, 나는……."

단영의 생각을 읽은 사우가, 그녀를 꼭 끌어안으며 토닥거렸다.

"뭐라고 대답하지 않아도 돼. 네가 나를 받아들일 때까지 기다릴 테니까."

단영은 순간 사우의 곁에 있고 싶다는 욕구를 느꼈다. 그동안 공허했고 외로웠고 힘들었다.

"그럼 함께 있어줘."

"이제 서로 그냥 곁에 있는 거야. 영원히."

단영이 작은 머리를 끄덕였다.

"응. 곁에 있을래."

서로의 온기를 느끼며, 둘은 그렇게 꼭 붙어 있었다. 햇살보다도 따뜻한 아침이었다.

*　　*　　*

간밤에 잠 한숨 편히 자지 못했던 탓일까. 하제는 까칠하고 퀭한 얼굴로 회랑을 나서면서도 불퉁한 얼굴이었다. 무에 그리 골이 잔뜩 난 것인지 사사건건 툴툴대는 탓에, 상덕을 제외한 다른 이들은 또 무슨 불호령이 떨어질까 발을 동동 굴렀다.

'매정한 이 같으니. 소식 한 번 없군.'

하제는 스스로 은소를 쫓아 보냈다는 생각은 하지 못한 채, 은소가 먼저 소식 한 번 보내지 않는 것을 서운하게 생각하고 있었다. 그리 서운하면서도 머릿속을 부유하는 선연한 은소의 얼굴에 미칠 것만 같았다. 자신을 올려다보는 따스한 눈길이 자꾸만 아른거렸다.

"망할!"

하제의 느닷없는 짜증 섞인 욕설에 상덕이 차분히 달랬다.

"전하, 진정하십시오."

"아무것도 아니다."

아무것도 아니라지만 아무것도 아닌 표정이 아니었다. 상덕이 조심스레 말끝을 흐렸다.

"전하, 아무래도 은향궐에……."

"무엇인가?"

"속히 드시는 것이 좋으실 듯하옵니다. 얼굴에 왕후마마를 보고 싶으시다 쓰여 계십니다."

또 한바탕 심술을 부리실 줄 알았는데 조용히 저벅저벅 먼저 걸어 나가시니 상덕은 그저 그 뒤를 쫄레쫄레 따를 수밖에 없었다.

*　　*　　*

아침을 먹은 후 다과상을 들여오라 명한 은소는 주전부리로 과자를 먹고 있었다. 특히 쫄깃한 식감의 떡과 비슷한 눈꽃과자는 고소하고 맛이 좋았다. 하얀 쌀가루가 뿌려진 탓에 손가락이 하얗게 묻어났다.

그때, 전하께서 납시었다는 상덕의 목소리가 들렸다. 다과상을 옆으로 옮겨놓고 은소는 방문을 열고 마루로 나갔다. 머쓱한 표정으로 서 있는 하제가 눈에 들어왔다.

“날이 추워요. 어서 들어와.”

“춥기는 춥다.”

방긋방긋 예쁜 웃음을 물고, 자신의 손을 끌고 가려는 은소의 행동을 보고는 하제도 못 이긴 척 웃음을 삼킨 채 안채로 들어갔다. 상덕과 리리도 두 웃전 마마의 모습을 보고는 마주 보며 웃었다.

방 안에 들어서는 순간, 불쑥 하제의 얼굴이 가까이 다가왔다. 은소의 입가를 혀로 핥고 나서는 음미하듯이 말했다.

“고소한 맛이 난다. 너를 보니 허기가 지는군.”

“과자를 먹고 있었는데 더 내오라고 할까?”

“아니. 그런 건 필요 없어. 널 먹을 것이니까.”

씩 웃으며 하제가 입꼬리를 말아 올렸다. 이리 행동하는 걸 보니 이제 화가 다 풀린 듯해 보였다. 은소는 가만히 하제의 등을 쓸어내렸다.

"이제 괜찮은 거지?"

"무얼 말인가?"

"화난 거 다 풀린 거야?"

"말했잖느냐. 애초부터 화 따위 나지 않았다고."

"그랬던 사람이 그리 찬바람이 쌩쌩 불었어?"

은소가 샐쭉 입술을 내밀자, 하제가 부드럽게 제 품 안으로 그녀의 몸을 잡아당겼다. 은근하게 풍겨오는 하제의 섹시한 체취가 코를 자극했다. 짐승이 가진 고유의 냄새인 것처럼 하제의 살내음은 맡을수록 중독될 것만 같았다. 아늑하고 묘하게 선정적인 향기. 그것이 좋아서 은소는 코를 대고 그의 목덜미에 얼굴을 묻었다. 은소를 토닥이며 하제가 말했다.

"너에게는 화가 나지 않았다. 실은 나에게 난 것이지. 최근 너와 갈매를 둘러싼 소문이 무성했다. 그것이 헛소문인 줄 알면서도 막상 갈매와 함께 있는 너를 보니, 질투가 났다. 너를 온전히 믿지 못한 나 스스로에게 화가 난 것이다."

울림이 좋은 하제의 목소리가 맞닿은 제 몸에도 전해지는 것 같았다.

"……그랬구나. 하지만 그리 소문이 돌게 만든 것도 모두 내 책임이니……."

"연갈매에게 전부 들었다. 너는 아무 잘못도 없다."

"당신도 마찬가지야."

"허면 그 서신, 누가 보낸 것인가? 어디 내게도 보여 다오."

하제의 말에 놀란 은소는 그의 품에서 벗어나 고개를 잠시 떨어뜨리며 시선을 피했다.

"……이미 버렸어."

"허면 짐작 가는 곳이라도 있느냐? 혹 가막의 단영 짓인가?"

단영의 이름이 불쑥 하제의 입술에서 튀어나오자 은소는 도리질을 쳤다.

"아니야. 실은 어린 궁인이 내게 자백을 했어. 그러니 하제는 더 이상 신경 쓰지 말아줘."

하제의 성격이라면 결코 단영을 가벼이 벌하지는 않을 터였다. 가막은 미웠지만 단영은 미워할 수 없었다. 은소가 그리 말하니 하제도 적당히 물러서주었다.

"알겠다. 네가 그렇게까지 말한다면."

"고마워. 하제."

낮게 웃음을 터뜨린 하제가 장난스럽게 말했다.

"고맙다는 말 대신 다른 말을 듣고 싶은데."

"사랑해."

"사랑한다. 정확히 너의 두 배만큼."

하제가 은소의 얼굴을 양손으로 감싸 쥐고, 자그만 코에 제 코를 마주 대고 부볐다. 피부에 와 닿는 촉감 하나 마저도 사랑스러웠다. 은소의 가느다란 팔이 제 목을 단단히 감아오자 하제의 입술도 느른히 올라갔다. 왜 조금 더 빨리 은소에게 오지 않았는가,

후회했다. 짜증이 솟구쳤던 그 순간을 단숨에 잊었다.

눈앞에 오롯이 마주한 진심, 분명 알고 있었는데도 이리 다시 확인받고 싶은 어린애 같은 욕심이 우스웠다. 하지만 사랑한다고 다짐받아야 안심되는 마음은 어쩔 도리가 없었다.

은소 역시 불안하던 마음이 사랑으로 채워지는 듯했다. 수없이 은애한다, 믿는다, 약조를 해도 어김없이 표현하고 표현받아야 안심이 되었다. 조금이라도 달라지면 초조해졌다. 이토록이나 조심스럽게 사랑을 하게 될 줄 누가 알았을까. 매 순간 당신뿐인 것을 깨닫는 사랑을 하게 될 줄 누가 알았을까.

서로의 진심을 확인한 순간 하제는 굶주린 짐승처럼 굴었다. 눈에서 화르르 불꽃이 튀었다. 거칠게 옷자락을 벗기고, 벗었다. 단단한 몸을 드러낸 하제는 그 어느 때보다도 뜨거운 얼굴을 하고 있었다.

잘 단련된 하제의 몸은 늘 균형적으로 근육이 자리 잡혀 있었다. 손바닥으로 쓸어내리고 싶은 아름다운 몸이었다. 그의 아름다운 몸에 입맞춤을 퍼부어주고 싶어 와락 끌어안았다. 하지만 너무 오래 기다린 탓일까. 오늘의 하제는 제 본성만치 조급한 모양이었다.

입을 맞추면서 거칠게 더듬어 내려간 손은 점차 은밀한 곳으로 향했다.

"……빨리 하고 싶군. 후…… 네 몸은 너무 야하다."

기어이 입술에서 그 말이 흘러 나왔다. 붉은 눈동자는 오로지 너만을 원한다는 기운을 잔뜩 내뿜고 있었다. 은소 역시 자연스럽게 하제를 향해 매혹의 기운을 흩뿌렸다. 도발적인 기운을 끼치던 두 남녀는 실오라기 하나 걸치지 않은 나신이 되어 뒹굴기 시작했다.

이제 그의 앞에서 알몸이 되어도 부끄러움을 모르게 된 자신이 생소하면서도, 익숙했다. 은소의 몸을 부드럽게 매만지던 하제는 짙어진 눈동자를 하고서 몸 위로 올라왔다.

작정한 듯 뜨겁게 꽂히는 눈길, 그보다 자극적으로 움직이는 하제의 몸은 사납게 질주했다. 그 아래서 열띤 신음을 쏟아내던 은소는 강렬하게 자신을 찌르는 쾌락에 정신이 혼미해졌다. 감당하기 버거웠다. 몽롱해진 얼굴의 은소를 하제가 사랑스럽다는 듯 바라보며 귓불을 다시금 깨물었다.

똑, 하고 하제의 전신에서 흐르는 땀방울이 은소의 몸 위로 떨어졌다. 이윽고 절정을 향해 달려가는 순간, 하제 역시 커다란 신음을 질렀다.

그야말로 뜨겁게 달아오른 짐승들처럼. 투명한 대낮의 햇살이 무색하게도 그들의 밤은 이미 시작이었다.

* * *

하제는 깊이 고심하고 있었다.

갈매와 함께 무기를 살펴본 결과, 하나울에서 제작된 무기는 밀수 무기와 동일한 환경에서 같은 재료를 가지고 제작된 것임을 알 수 있었다. 하나울에서 제작된 무기에는 하나울을 뜻하는 불꽃 모양의 상징이 검의 손잡이 끝에 미세하게 새겨져 있었는데, 밀수 무기 역시 불꽃 모양의 상징이 남아 있는 터였다.

또한, 담금질 횟수에 따라 달라지는 검의 강도가 거의 같았고, 장궁에 쓰이는 나무 재질 역시 같은 것으로 밝혀졌다.

"틀림없이 같은 틀에서 제작된 무기입니다. 이는 명백히 불법입니다. 엄중히 처벌하셔야 할 것입니다."

갈매가 고하자, 하제가 생각에 잠겨 말을 읊조렸다.

"……허나, 가막에서는 발뺌을 하겠지. 하지만 무언가 더 있을 것이야. 단순히 이것뿐은 아닌 듯하다."

그때 밖에서 대기하던 상덕의 목소리가 들려왔다.

"……전하, 청운마마께서 찾아오셨사옵니다."

"흐음, 그러한가? 안으로 들라 해라. 차랑은 잠시 밖에서 대기하라."

"예, 전하."

하제가 그리 명하자 갈매는 잠시 고개를 숙이고는 물러갔다. 단영은 물러가는 갈매를 스쳐 지나며 사뿐한 걸음으로 하제에 예를 표했다. 단영의 얼굴에는 더 이상 교태도 아양도 없었다. 처음 보는 단영의 가뿐해 보이는 모습에 하제도 호기심 어린 눈길로 바라보았다.

"지난번보다는 한결 나아진 얼굴이로군."

"……예, 전하. 그때 해주신 말씀…… 깊이 새겨들었사옵니다. 하여…… 소인 청운을 전하의 후궁 자리에서 내쳐주십시오."

"호오, 생각보다 빨리 결정했군."

"……예."

"하지만 아직 안 되겠군."

"……예?"

"나를 좀 도와주었으면 한다. 가막의 일원으로서 능히 할 수 있는 것이지."

단영은 처음으로 제게 부드럽게 미소 짓는 하제 전하를 보게 되었다.

"그게 무엇이지요?"

"가막 대사의 꿍꿍이를 알고 싶다. 최근 무기 밀수 사건이 일어났다. 그 뒤에는 가막, 아니 가막 대사의 시커먼 흑심이 반드시 있다고 본다."

단영의 검은 눈동자가 일순 놀라며 커졌다.

"저, 전하. 그것은……."

"그래, 가막이 벌이고 있는 것이 무엇인지, 그 내막을 알고 싶다. 가막의 일원들은…… 전언을 공유할 수 있다고 들었다."

하제의 말에 단영은 흠칫 놀라며 몸을 살짝 떨었다.

"……하오나 이 사실을 대사가 알게 된다면 저는 당장에 죽어요."

"……걱정 마라. 그 전에 내가 그를 처단할 것이다."

하제의 말에 단영은 잠시 침묵하다가 결심한 듯 고개를 끄덕이며 말했다.

"……허면 소녀가 어찌하면 되오리까?"

"너는 증좌만 알려주면 된다. 밀수 무기를 제작하고 보관하는 장소가 따로 있을 것이다."

"그것까지는 전언에서 듣지 못했습니다. 다만……."

"다만?"

"신기창 지도라는 것이 어디에 숨겨져 있는지 들었사옵니다."

"신기창이라? 그게 어디 숨겨져 있지?"

"……가막의 대저택 하인 셋의 등에 문신으로 새겨놓았다고 합니다."

"……지독한 놈들. 만에 하나 저택을 조사했을 때 증거가 나오지 않게 하기 위함인 것인가?"

하제가 수려한 눈썹을 꿈틀거렸다. 허나, 이제야 사건의 가닥이 잡히는 듯했다. 하제는 당장에 그날로 차랑과 병졸들을 풀어 가막 저택을 조사하도록 명했다. 다짜고짜 임금의 명으로 하인들의 등짝을 모두 내어보이도록 하니 금세 잡을 수 있었다. 죽어도 옷을 벗지 않으려는 자가 셋 있었던 것이다.

그렇게 세 명의 하인을 붙잡아 지도를 확인하니, 아라연 전국에 자리한 무기 제작장이 무려 아홉 군데나 되었다. 그 규모에 가히 혀를 내두른 하제는 그동안 얼마나 가막이 자신을 얕보고 우습게 보았는지를 처절하게 깨달았다.

분노감이 밀려왔다. 케케묵은 우호 관계가 이제사 독이 되고 비수가 되어 자신을 찔러오는 격이었다.

"……이, 이…… 빌어먹을 까마귀 영감! 나를 능멸하고 이 나라를 능멸했다."

파아아아앗!

하제는 매서운 기세로 그 자리에서 일어났다. 순식간에 뻗어나간 살기였다. 그 기세라면, 가막 대사는 그 자리에서 목숨을 부지하지 못할 판이었다. 눈앞에 있다면 갈기갈기 찢기고 말았을 것이다.

거기다가 각기 지역으로 흩어진 병졸들에게 보고받은 신기창의 상황은 가관이었다. 하나울보다도 더 좋은 환경을 갖추고, 실력 있는 대장장이도 모두 빼돌린 상태였다.

허나, 모든 죄상이 온 천하에 낱낱이 밝혀졌는데도 회랑에 가득 찬 가막의 신료들은 뻔뻔하기가 짝이 없었다.

"전하, 가막을 이리 대하시다니 너무하신 처사이옵니다."

"반역이라니요. 소인들은 억울하옵니다."

그중에서도 가장 뻔뻔하기 짝이 없던 것은 대사인 가막진이었다. 잿빛 눈을 번뜩이며 고개를 쳐든 가막진은 무서울 것 없이 덤벼드는 맹금 같았다. 하제는 웃음도 제대로 나오지 않았다. 고작 까마귀 주제에…… 독수리의 흉내를 내는 듯했다.

"전하! 저희 가문에서는 그저, 이 나라의 무기를 강화하고 발전

시키고자 신기창을 운영한 것이옵니다."

"닥쳐라. 나라에 신고하지 않은 불법적인 무기 제작장을 운영한 것이 아니냐? 또한 지난 밀수 무기 사건에서 증좌로 나온 무기가 하나울과 신기창에서 만들어진 것과 똑같은 것이라 판명되었다. 아직도 가막의 죄를 눈가림할 셈인가!"

"……."

"내 말이 하도 정곡을 찌른 탓에 변명할 거리도 없는 것인가?"

"……가막이 무기를 개발한 것은 아라연을 더욱 강국으로 만들기 위해서이옵니다."

"내 뒤통수를 치기 위해서겠지. 지금 이 시간부터 가막 대사를 파직시키고 옥에 가둘 것이다."

순간 모두가 숨이 멎은 듯 일제히 조용해졌다.

일은 거기에서 그치지 않았다. 가막 대사를 시작으로, 회랑 안에 서 있던 가막의 신료들은 하나둘 파직을 당했다. 전부 서른에 달하던 인원 중에서 남은 것은 고작 아홉 명이었다. 스물한 명이나 되는 인사가 모두 가막이거나, 가막과 연루된 자였다. 그리 승승장구하던 가막 가문이 한순간에 쇠락을 맞이했다.

* * *

대대적인 숙청이 이루어지고 나자, 회랑은 텅 비었다. 밤이 깊을 때까지 하제는 옥좌에서 일어나질 못했다. 몇 번이고 상덕이 이제 그만 쉬시라 하여도 심중에 큰 고민이 생긴지라 마음 편히 쉴 수가 없었다. 자신이 그동안 얼마나 이 나라를 잘못 다스린 것일까. 가막을 물리치고 나니 그 자리를 단단히 메워줄 기반이 없는 탓이었다.

"대체 어찌해야 한단 말인가."

머리와 가슴을 괴롭히는 나랏일에 대한 걱정 때문에 속이 답답했다. 깊은 한숨을 절로 내쉬는데 누군가의 그림자가 비쳤다. 회랑에서 한 발자국도 움직이지 않는다는 하제의 소식을 전해 들은 은소가 직접 걸음 한 것이다. 은소의 모습을 보면서도 하제의 얼굴은 여전히 침통하기만 했다. 그러나 애써 미소를 지으려고 노력은 했다.

"전하."

"왜 자지 않고 여길 온 것이야?"

"……당신이 이러고 있는데 내가 어찌 잠이 들어. 걱정이 돼서 와봤어. 오늘 수라도 모두 거르고 여기서 한 발자국도 움직이지 않았다기에."

부쩍 수척해진 하제의 얼굴을 마주하니, 속상한 마음이 더욱 왈칵 차올랐다. 그리해도 요 며칠 사이에 가막의 거대한 그림자를 걷어낸 하제가 새삼 대단해보였다. 분명 쉽지 않은 결정이었으리라. 서로에게 조금씩 가까이 다가간 두 사람은 이내 코앞에서 마주했다. 하제가 제게 쓰러지듯 안겨왔다. 뒤에서 들려오는 그의 목소리는 낮고 기운이 없었다.

"내가 진정 잘한 것인지 모르겠다."

"하제, 백번이고 잘한 일이야. 난 당신을 믿어."

"이제 앞으로 어찌한다지? 대신들이 고작 아홉 명이다. 하하하……."

하제가 헛웃음을 터뜨렸다. 은소는 그의 손을 붙잡고 눈동자를 똑바로 바라보았다.

"믿을 수 있는 인사를 뽑으면 되는 일이야."

"가막이 뒷받침해주었던 다른 것들은?"

"차근차근, 다시 시작하면 돼. 가막은 지나치게 많은 재물을 가지고 있었어. 그 재산을 몰수하고, 백성들의 배와 국고를 채우는 거야."

"처음부터 이 나라를 다시 세워나가야 한다. 그것이 나는 두렵다."

"……썩은 뿌리를 뽑았으니 새로운 씨앗을 심고 가꾸어야지. 당신이라면 할 수 있어."

내심 하제는 은소의 말들이 너무나도 크게 다가와 감명을 받은 상태였다. 어떤 말도 쉬이 나오지 않았다.

"……네 말을 들으니 희망이 생기는 것 같다."

"그러니 어서 기운 차리고 일하셔야지요. 하제 전하."

"……알았다. 은소, 허면 신료들을 어떤 방법으로 채우는 것이 좋겠느냐?"

불쑥 던진 하제의 질문에 은소는 한참을 고민하다가, 국가고

시나 과거제도를 떠올렸다. 확실히 지금의 아라연국은 가문에 의해서 관리가 선발되는 경향이 짙었다.

"……백성들 모두에게 동등하게 시험을 보게 하는 게 어떨까. 가문의 힘보다는 개인 한 사람, 한 사람의 역량을 높이 사는…… 으읍."

그리 말하는 은소의 눈이 반짝반짝거려서, 하제는 그녀의 입술을 제 것으로 덮어버렸다. 말랑한 혀를 결코 놓아주고 싶지 않았지만, 예고치 않은 습격을 당한 터라 은소는 바둥거렸다. 깊숙이 빨아들이듯 입을 맞추고 나서야 입술을 뗀 하제는, 은소를 꼬옥 안으며 말했다.

"참으로 좋은 의견이로군. 고맙다."

그제야 은소도 움직이던 몸을 멈추고 얌전해졌다.

"아, 잠깐만."

몇날 며칠을 밤새서 만들어놓고, 하마터면 깜빡 잊고 전해주지 못할 뻔하고 말았다. 은소가 가져온 주머니를 꺼내어 하제의 커다란 손바닥 위에 살포시 올려놓았다. 금색의 비단 주머니를 본 하제의 눈동자는 호기심 가득한 어린아이처럼 빛나고 있었다.

"이게 무엇인가?"

"열어봐."

주머니의 끈을 풀고 입구 양쪽을 벌려서 안에 들어 있는 부드러운 천의 귀퉁이를 붙잡고 꺼냈다. 고이 접어진 은은한 미색의 천을 펼치자 하제의 입가에 흐뭇한 함박웃음이 걸렸다. 두루미

한 쌍과 둘의 이름이 수놓아진 아름다운 손수건이었다. 하제가 단박에 그리 웃어주니 은소도 내심 흐뭇하고 만들기를 잘했다는 생각에 기분이 날아갈 듯했다.

"이걸 네가 직접 만든 것인가?"

"당연하지."

은소가 살짝 우쭐한 표정을 지어 보였다. 하제는 은소의 볼을 쓰다듬듯이 소중한 손길로 한 땀 한 땀 수놓아진 두루미며, 하제와 은소의 이름 한 글자 한 글자씩을 만져보았다. 자연히 은소의 가녀린 손가락으로 손길이 닿은 하제는 그녀의 양손을 쥐고는 말했다.

"그대는 아라연에 오더니 어찌 이리 재주가 늘어나는 것인가? 본디 이곳 태생도 아닐 터인데?"

"내가 살던 곳에도 여인들이 자수 놓는 일은 많아. 아니, 많았었지. 옛날 옛적에는. 이곳은 내가 살던 곳의 옛 시대와 비슷한 점이 많아."

"그렇군. 여하간 네 선물 소중히 간직하겠다."

"내 생각 날 적마다 꺼내 보아야 해."

"허면 이것으로 아예 얼굴을 덮고 다닐까보다."

"푸훗, 농담이야. 당신에게 정표(情表) 같은 걸 주고 싶었어."

"정표라, 좋군."

하제의 씨익 올라가는 입꼬리를 보면서 은소는 차마 민망해 말로 다 하지 못한 속마음을 읊조렸다.

'이를테면, 우리가 사랑하는 사이이고 당신이 내 남자라는 정표…….'

속마음이지만 제법 낯이 간지러웠다. 혼자서 벌게진 얼굴로 있는 은소를 보고는 하제가 고개를 갸웃댔다.

"무슨 생각을 그리하는 것이지?"

"아, 아무것도 아니야. 그보다 부탁이 있어. 하제."

"부탁?"

"들어줄 거지?"

"네 부탁이라면 하늘이 쪼개져도 들어줄 터이니 걱정 마라."

"좋아. 약속했다?"

"흐응, 무엇인데 그러느냐?"

"오늘은 이제 그만 푹 쉬시지요, 하제 전하. 이게 내 부탁이야."

"……꼭 들어줄 터이니, 알았다. 왕후."

다정히 은소의 손에 이끌려가는 하제의 뒷모습은 전처럼 다시 기운이 펄펄 솟았는지 힘이 넘쳐 보였다.

* * *

주요 보직을 맡았던 가막의 대소신료들은 전부 아라궁의 북쪽 감옥에 투옥되었다. 고문을 받아 찢어지고 터진 상처와 피고름에서 나는 역하고 퀴퀴한 냄새가 코를 찔렀다. 감옥에 갇힌 가막의 일원들은 몰골이 말이 아니었다. 과거 연씨 일가를 하옥만 시켰을 때에 비하면 그 대우가 무척이나 험했다.

두루미 임금은 분노하는 대신 침착한 얼굴이었으나 혀끝에서 나오는 소리는 냉정하고 거침없었다. 가막 대사를 비롯한 가막호와 일부 가막의 일원들을 참형시키겠다는 말도 서슴지 않았다.

가막진은 잿빛 눈을 간신히 떴다. 여전히 그의 눈은 형형하게 빛나고 있었다. 말라붙은 피딱지가 찢어져 다시 피가 흐르는 잇새 사이로 독기 서린 목소리가 흘러나왔다.

"전하, 이 몸을 내치다니요. 이 가막진을 내치고 가막을 내치다니요. 있을 수 없음입니다. 반드시, 반드시 후회할 것이외다!!"

이를 아드득 갈면서 지독한 모멸감에 몸서리치던 그의 온몸에서 까마귀의 새까만 깃털들이 솟기 시작했다. 순식간에 강한 환수 일족의 기운이 감옥에 둘러진 결계에 가 닿았다. 옆에 있던 감옥에서 가막호가 외쳤다.

"아니 되옵니다. 형님! 그리 기운을 흘리시면 위험합니다."

그러나 가막진은 뿜어내기 시작한 기운을 멈추지 않았다. 감옥 내에서 일족의 기운을 쓴다면, 결계가 가진 힘 때문에 도리어 몇 갑절이나 되는 역풍을 맞는다. 하제의 명령을 받고 완성시킨 무녀 노루의 작품이었다.

콰칭!

스촤아아아아!

가막진은 가진 힘을 전부 짜내어 기운을 내보내기 시작했다. 그러자 쇠창살이 흔들리기 시작하고, 바닥도 흔들렸다. 아무도 없는 허공을 그는 있는 힘껏 노려보았다.

"내가 이대로 무너질 성 싶으시오? 정녕 이대로 물러날 것 같소이까? 죽어서 원귀가 되어서라도 저주할 것이외다. 으아아아아아악!"

어느새 눈과 귀, 코와 입에서도 피가 주르륵 흘렀다. 몸에 과부하가 걸린 탓이었다. 그때 가막진을 찾아온 서련과 리가 흐느끼며 달려왔다.

"여보! 안 돼요!"

"아버님! 그만하세요."

쿠르르릉!

번쩍!

쿵!

뇌우가 치듯 결계가 가막진의 기운을 튕겨 냈다. 시퍼런 섬광이 사방으로 튀었다. 섬광이 닿은 신체의 일부는 녹아내리기 시작했다. 가막진은 비명까지 삼켰는지 말이 없었다. 일어서려던 몸이 쿵 소릴 내며 형편없이 무너졌다. 가막 환수 일족의 강력하던 수장은 한순간에 걸레짝처럼 엉망진창이 되어버렸다. 힘없이 쓰러진 몸 위로 기어이 검은 깃털이 뒤덮기 시작했다. 까마귀의 몸으로 변화한 것이다. 뭉근하게 퍼져 나가는 그의 몸에서 흐른 뜨뜻하고 검붉은 피가 찬 바닥으로 흩어졌다.

二十二花
열병

한 달이란 시간이 흘렀다.

아라연의 온 나라를 떠들썩하게 만들었던 가막 가문이 몰락했다는 소식에 백성들은 환호했다. 가막진의 죽음 이후로 따라 죽은 가막의 일원도 상당수였다. 가막을 위하여, 오로지 가막의 부흥만을 위하여 움직이던 까마귀들은 살아 있을 이유를 느끼지 못한 터였다. 살아남은 가막은 절반도 채 남지 않았다.

남은 이들 대다수가 여인이었지만, 하제는 그마저도 이 나라에 발을 내딛게 놔두지 않고 이국으로 쫓아버렸다. 일부는 사국으로 떠났다 하고, 또 일부는 요수국으로 떠났다는 이야기도 돌았다. 두 나라 말고 다른 제3의 낯선 땅으로 떠난 이들도 있다는 이야기도 거리에서 들려왔다. 가막 가문에 귀속되어 있던 노비는 일반 평민으로 살아가게 되었다.

이제 아라연에서는 신분이나 가문, 성별과 상관없이 누구나 성인이 되는 나이라면 응시할 수 있는 국가시험을 거쳐서 관리가 될 수 있었다. 이에 많은 백성들이 학문과 무예를 갈고 닦기 시작했다. 또한 가막의 숙청 소식을 듣고 그동안 가막에 밀려 빛을 보지 못한 재능 있는 인재와 하위 관리들, 가막과 적대적이었던 인물들이 하나둘 조정의 문을 두드렸다. 하제 임금은 기꺼이 그들을 반갑게 맞이해 주었다. 마침 텅 비어있던 회랑이 그들 대신으로 인해 그나마 모양새를 제법 갖추게 되었다.

하여, 아라연국 사상 백성들이 맞은 겨울 중 가장 따뜻한 겨울이라고 모두들 입을 모아 이야기하며 하제 임금을 칭송하곤 했다. 사실상, 날씨는 무척이나 추웠지만 그네들 마음이나 사정은 그렇지 않았다.

* * *

날마다 심술궂은 날씨가 계속되었다.

이제 따스한 볕을 내려주던 상냥한 계절은 온데간데없이 사라지고 없었다. 무심코 한발 앞으로 다가온 겨울은 온 누리에 시린 발자국을 찍었다. 움츠린 하늘에서 휘날리는 눈송이들이 쏟아져 여기저기 바람을 타고 휘날렸다.

밤새 하얗게 내린 눈이 소복이 쌓였다. 궁궐의 높은 기와지붕

위에도, 대청마루 위에도, 돌담 위에도, 늘어진 나뭇가지 위에도. 휘오오오, 창문을 두드리는 세찬 바람 소리에 괜스레 걱정이 들었다. 은소는 옅은 한숨을 쉬면서 중얼거렸다.

"하필 이런 궂은 날에 다녀올 필요는 없을 텐데."

하제는 따뜻하게 둥지를 틀 수 있는 곳을 찾아서 노루와 함께 이른 새벽에 길을 나섰다.

본래 내년 봄쯤이면 찾아왔을 두루미 일족의 번식기라고 했다. 헌데 하제에게는 예상보다도 넉 달이나 일찍 찾아왔다. 두루미 일족의 번식은 그 강인한 생명력을 입증받기 위해 야생의 자연 속에서 이루어진다 했다.

본래 두루미 환수 일족이 살던 선계의 날씨는 일 년 언제고 쭉 따스한 봄인지라 간혹 번식기를 벗어나는 기간에도 아무 상관이 없었다. 그러나 이 가온에서는 달랐다. 따스한 계절을 맞추지 못하면 번식이 까다로워지는 터였다. 포란까지 무사히 마치려면, 이 추운 겨울을 안전하게 나야만 했다.

벌써부터 두려웠다. 아라연의 겨울은 유독 혹독하고 춥다고 했다. 그를 입증하듯 이른 폭설이 쏟아지기 시작했다. 노루의 말대로라면 포란 과정에서 알이 얼어 죽을 가능성도 있다고 했다. 또한 이것이 진짜 두루미 일족이 되는 마지막 과정이라고 했다.

과연 자신이 제대로 엄마 노릇을 할 수 있을지 의문이었다. 아직 아이는 생기기도 전인데, 벌써부터 가슴이 답답하고 걱정만 산더미처럼 불어났다. 평범한 사람이 겪는 일반적인 임신과 출산을 앞두고 있어도 그 불안감은 마찬가지였을 테지만, 일족의 번식은 인간이던 자신이 경험해 보리라고는 전혀 생각도 하지 못했던 일이었다. 하여 엄두가 나지 않았다.

일족이 되었다는 것은 알고 있었지만, 번식이 이렇듯 인간과 다를 줄은 미처 생각하지 못했다. 진짜 어미 두루미처럼 알을 부화시켜야만 하는 것이다. 그것도 이 궁궐이 아닌 밖에서 추위를 견디며 버텨야 할 터였다.

그 생각을 하니 자연히 막막하고 또 막막해지는 것이었다. 은소는 정자에 올라서서 먼 하늘을 바라보았다. 하얗게 물든 궁궐의 소담스러운 풍경이 비쳤다. 뒤에서 부지런히 다가오는 발걸음 소리가 들려오더니 이윽고 타박하는 목소리가 날아왔다. 리리였다.

"왕후마마! 어찌 또 밖에 나와 계셔요? 날씨가 이렇게나 추운데. 그러다가 몸이라도 상하시면 어쩌시려구요?"

리리는 손에 들고 있던 겉옷을 은소의 어깨에 걸쳐주면서 말했다. 나이 어린 리리지만 어쩔 때는 자신을 언니처럼 정성스레 보살펴주었다.

"이거라도 걸치세요. 마마."

"리리."

"예, 마마."

"……나 해낼 수 있을까?"

은소의 얼굴에 또다시 그늘이 져 있었다. 어제부터 내내 낯빛이 이러니 리리도 걱정되지만 씩씩하게 말했다.

"그럼요. 왕후마마께서 얼마나 강한 분이신데요. 그리고 하제 전하께옵서 반드시 지켜주실 것이에요. 무엇보다 소중한 아기씨를 보셔야지요. 너무 걱정 마셔요. 얼어 죽는 일이 있어도 저도 함께 있을게요."

가녀린 어깨를 토닥이며 리리가 은소를 안아주었다. 은소는 그런 리리가 고마워 고개를 끄덕였다. 리리의 말이 맞았다. 은소의 곁에는 하제가 있고 리리도 있다. 이제 무엇이든 할 수 있었다.

"맞아. 지금까지 어떻게 여기까지 왔는데 겁내면 안 돼."

"그럼요. 꼭 건강한 아기씨를 만나시려면 마음 강하게 다잡으셔야 해요."

은소는 그리 다짐하며, 하제가 한시라도 빨리 무사히 돌아오기를 빌었다.

* * *

선계의 천기탑(天氣塔).

뿔뿔뿔, 뿔뿔뿔뿔.

셀 수도 없이 많은 구름들이 양 떼처럼 줄지어 아래를 향해 나아갔다. 은백색의 머리카락을 단정하게 올려 묶은 부드러운 인상을 가진 우아한 사내가 구름을 바라보고 있었다. 세상의 기상을 관리하는 천기장, 하늑이었다. 그는 걱정스럽고 나긋한 어조로 중얼거렸다.

"옥황상제 말씀대로 가온의 동부 지역으로 구름을 보내고는 있다만…… 지금 그곳 온도가 매우 낮아서 폭설이 장할 터인데."

게다가 날씨를 다스리는 일은 천기장 고유의 권역. 본래 상제께서도 잘 건드리지 않는 것이 일반적이었다.

"혹시 무슨 의도라도 있으신 것인가?"

하늑의 머릿속에 문득 잊혀졌던, 아니 잊고 살았던 한 존재가 떠올랐다. 그러나 그는 다시 고개를 저었다.

하늑이 곰곰이 생각에 잠겨 있는 동안, 한 마리의 백두루미가 날아왔다. 새하얀 날개에 남색의 꼬리깃을 가진 덩치가 작고 귀여운 새끼두루미였다. 두루미의 부리에서 쾌활한 목소리가 흘러나왔다.

"아버지! 아니, 천기장님!"

자신의 주변을 빙빙 도는 아들을 본 하늑의 눈동자에는 반가움이 가득 깃들어 있었다. 그러나, 또 아내 몰래 예까지 날아온 것일 터였다.

"하예 이 녀석, 너 또 어머니 말씀 안 듣고 날아온 거지?"

"저도 자라서 꼭 아버지처럼 두루미 일족의 수장이자 천기장이 될 거니까요. 미리 배워놔야 한다고요."

"그러려면 우선 가장 먼저 기운을 다스리는 법부터 배워야지. 게다가 그렇게 제멋대로 멀리까지 날다가는 큰일이 나고 만다."

그러자 어린 두루미 하예가 고개를 갸웃거리며 말했다.

“걱정 마세요. 저 제법 기운 세고 잘 날잖아요. 그렇죠?”

하예가 날개를 좌악 펼치며 제법 센 기운을 내뿜고는 이리저리 노닐었다. 분명 어린 두루미치고는 강한 기운이었다. 그 모습이 귀엽기도 하고 대견하기도 했지만, 하늑의 머릿속에는 동시에 어린 날의 기억이 떠올랐다.

하늑은 입술을 살짝 베어 물었다. 자신은 선천적으로 몸이 약해서 수장 자리를 물려받을 거라고는 생각도 하지 못했다. 늘 우월한 것은 자신보다 월등히 강한 기운을 타고난 동생이었으니까.

선계에서 쫓겨난 뒤로는 영 소식을 알 수 없는 동생이었다. 아니, 이제 알아서는 안 되는 존재가 되어버렸다. 하늑은 눈을 꾹 감고는, 제 품에 파고드는 아들을 쓰다듬어주었다. 자신과 동생을 반만큼만 닮았으면 좋을 터였다. 과한 것은 부족한 것보다 못하게 될 때가 많았으니까.

*　　*　　*

꽃 바당.

놀이판을 놓고 서로를 마주 보고 앉은 두 왕은 자못 심각한 표정이었다. 여러 가지 동물의 머리 모양으로 만들어진, 청과 홍의 크고 작은 말이 놓여 있는 팔각형의 판이었다. 각 반대되는 모서

리에서 시작해서 번갈아가면서 말을 놓는 방식이었다. 자신의 말이 놓인 줄이 두 줄 이상일 때 영역 안에 있는 상대의 말을 먹을 수 있는 진법 놀이였다. 우세하고 있는 것은 옥황이 앉아 있는 쪽의 청색이었다.

"어디 보자……."

옥황이 원숭이와 토끼 모양의 청말을 노려보았다. 청말 둘이 스스로 콩콩 움직이더니 마지막 남은 해왕의 홍말을 쿵 찍어버렸다. 이윽고 홍말은 청색으로 색깔이 변했다.

"너무 쉽게 끝나버렸네?"

"야잇! 무슨 수를 쓴 것이야?"

해맑게 싱긋 웃는 옥황의 얼굴이 얄미워 해왕은 부들부들 손가락을 떨면서 삿대질을 했다. 하지만 옥황은 귀찮다는 표정이 역력했다. 그는 길게 기지개를 켜면서 작은 입을 동그랗게 벌렸다.

"후아아아암, 열 판이나 졌으면 이제 그만 항복하지 그래? 지겹지도 않나?"

"뭐라고? 다시 하자꾸나. 다시!"

"어이, 해왕. 너는 놀 자격도 없어. 명색이 해왕씩이나 돼가지고 감로화한테 속아 넘어가다니……."

옥황이 꺼낸 지난 이야기에 해왕은 얼굴이 벌게지며 외쳤다.

"이제 그 이야기는 그만하라니까! 고 영악한 것이 묘한 술수를 부렸어."

"그래도 네 힘이 훨씬 셀 텐데…… 신으로서 수치스럽지도 않아?"

"……알아. 안다고. 젠장!"

조그맣게 욕설을 터뜨리는 해왕을 보곤 옥황은 설핏 하얀 이를 드러내며 웃었다.

"덕분에 지금 뒤처리가 좀 곤란해졌어. 뭐 그래 봤자지만."

"왜? 무슨 일이라도 있나? 만리해경에는 이제 얼굴도 잘 비추지 않던데."

"……하제가 까마귀들을 몰아냈다. 최근에는 꽃을 놔두고 움직이기 시작했다. 뭔가를 찾고 있는 것 같더군."

"두루미 녀석이 뭘 찾고 있다고? 대체 뭘?"

"내년 봄이면 두루미 일족의 번식기가 찾아와. 하지만 하제처럼 강한 힘을 가지고 짝까지 갖춘 이는 조금 더 일찍 찾아오기도 하지. 아마도 그 때문이 아닐까?"

"……허! 그것 큰일 난 것 아니냐?"

"그렇지. 하지만 안 나게 만들어야지."

옥황은 붉은 눈으로 의미심장하게 씩 웃었다.

* * *

하제는 곧게 뻗은 날개를 살짝 움츠렸다. 얼음송곳처럼 날개를 파고드는 얼얼함에 견디기가 힘들어졌다. 체온을 조절하는 능력은 비행 중일 때 사용하기엔 무리가 있었다. 우우우웅, 짙은 눈보라가 끝없이 휘몰아치고 있었다.

하제는 고개를 들어 하늘을 바라보았다. 새벽부터 내린 눈은 온 세상을 하얗게 뒤덮고도 부족한지 연신 쏟아붓듯이 내렸다. 어느새 하제의 커다란 날개에도 머리 위에도 눈이 쌓였다. 하얀 머리 위에 쌓인 눈은 마치 하얀 실로 만든 모자처럼 보이기도 했다.

시간이 없었기에 처음부터 노루와 흩어져서 겨울을 따스하게 날 만한 곳을 찾기로 했다.

한시가 급한 것이 사실이었다.

제 몸에 번식기의 증상, 즉 발정이 찾아온 터였다. 전에도 은소를 향한 애욕은 늘 넘칠 정도였으나, 이토록 심한 적은 없었다. 아무리 사랑을 나누어도 풀리지 않을 만치 과한 욕망 때문에 일상생활이 불가할 정도였다. 물론 그럴 마음도 없지만, 다행히도 은소가 아닌 다른 계집에게는 동하지 않았다. 평생의 짝으로 묶여 있는 은소에게만 오로지 반응했다.

자신은 발정이 일찍 찾아온지라 늘 달아올라 있지만, 은소는 아직 그렇지 않았다. 일방적인 욕망은 상대를 지치게 만든다는 것을 잘 알게 된 하제였다. 하여, 자신도 지치고 은소도 지치는 중이었다.

또한 아라연의 많은 이들이 아기씨를 기다리고 있음을 하제가 모르는 바도 아니었다. 자신 역시 은소와의 사이에서 낳은 아이를 갖고 싶었다. 사실 너무나도 소중해서 오히려 두렵기도 했다. 벌써부터 생기지도 않은 아이에 대한 걱정을 할 정도로.

새벽부터 한참 동안 아라야 근교를 뒤졌지만 썩 괜찮은 곳을 찾지 못했다. 중요하고 은밀한 일인 만큼, 둥지를 틀 곳은 조건을 갖추고 있어야 했다.

첫째로, 인적이 없는 깊은 곳이어야 했다. 운이 나빠서 사람들의 발길이 닿기라도 하면 두루미 상태인 채로 무방비하게 노출이 될 위험이 있었다. 그렇게 된다면 필요 없는 살생을 해야 할 수도 있다. 하여, 깊은 자연 속일수록 좋았다.

둘째로, 겨울 동안 지낼 수 있을 정도로 따뜻한 곳이어야 했다. 자신과 은소는 추위를 견뎌낼 충분한 능력을 가지고 있었지만, 갓 세상에 나온 알은 아니었다. 조금만 온도 유지에 실패해도 부화가 어려울 수 있었다. 게다가 두루미 환수 일족은 한 번에 한두 개의 알만을 낳았다. 알을 순조롭게 낳는다고 해도 부화가 실패한다면 모든 노력이 수포로 돌아가 버리고 말 터였다.

휘오오오!

또다시 거친 눈보라가 들이닥쳤다. 하제는 이번에는 움츠리지 않고, 날개를 더욱 펼치며 힘 있게 떠올랐다. 하지만 눈에 차는 흡족한 장소가 마땅히 보이지 않았다. 적어도 후보지가 세 군데 정도는 나올 줄 알았다. 그 정도는 준비되어 있어야 추후 문제가 생겼을 시에 옮겨가기가 좋았다. 그러나 지금으로써는 과거에 은소와 일족의 계약을 나누었던 갈대습지 한 군데뿐이다.

[하제, 적당한 후보지를 찾지 못했다.]

노루의 전언이 들려왔으나 만족스러운 대답은 역시 들을 수가 없었다. 이렇게 된다면, 도읍을 벗어나거나 갈대습지에서 지낼 수밖에 없었다. 그러나 한 군데만 봐두는 것은 불안했다. 게다가 습지는 자신에게는 더없이 익숙한 장소였으나 은소는 아직 적응하지 못한 장소였다.

하제가 방향을 틀면서 도읍을 살짝 벗어나 날기 시작했다. 아무래도 햇볕이 잘 드는 양지이면서도 인적이 드문 곳으로 가고 싶었다. 그때 하제의 눈앞에 양지바른 작은 언덕이 보였다. 눈이 내렸지만 햇볕이 잘 들어 금방 녹는 곳이었다. 날아오는 길에 스쳐 지나간 설산과는 달라보였다. 또한 못도 가까이에 있어 생활하는 데는 적당해 보였다.

언덕 위에 가볍게 착지한 하제는 흡족한 미소를 지었다. 가파른 설산이 가림막 역할을 하고 있었다. 산 아래 위치한 작은 언덕이라서 세간의 눈에 잘 띄지도 않을 듯했다.

"여기가 좋겠군!"

그때였다.

휘리리릭!

귀를 강타하는 소리와 함께 느닷없이 하제의 발목을 무언가가 감았다. 밑도 끝도 없이 잡아당겨지는 힘 때문에 조금 놀랐으나 금세 상대의 기운을 알아챈 하제의 눈이 더욱 짙은 빛을 띠었다. 환수는 아니지만 무척 강력한 기운이었다. 그 끝을 헤아리기 힘들 만치 샘솟는 기운. 태양처럼 밝고 따뜻한 기운. 선계의 기운이었다. 그러나 옥황이 뿜어내는 기운과는 다르다. 한시도 가만있지 않고 뜀박질하듯이 풀쩍 뛰어오르는 날것과 같은 기운. 이 날뛰는 기운을 예전에도 마주친 적이 있었다.

질질 끌려가던 하제의 몸이 이윽고 멈췄다. 하제의 몸 위로 그림자가 하나 길게 늘어졌다. 눈보라를 헤치고 온 소년은 장난스럽게 웃음을 터뜨렸다.

"헤헤헤."

하제의 붉은빛 눈이 소년의 푸른빛 눈을 쏘아보았다. 고양이 같은 눈매가 밉살스러우면서도 천연덕스러웠다. 뜨내기 같은 얼굴을 하고 있지만 결코 그 힘만은 무시할 수 없는 놈이다. 선계의 대라선이자 하늘의 장군 나타였다. 스스스, 하제가 저절로 목깃을 부풀렸다. 붉은 적색 신호가 걸렸다.

파아아앗!

갑작스레 들고 일어나지는 살기에, 하제의 발목을 칭칭 감아매던 박요삭이 스르륵 풀리기 시작했다. 이 살아 있는 생명체처럼 움직이는 물건은 하제의 기운에 놀라 꽁지를 말아버린 셈이었다. 박요삭을 말아 쥐고 있던 나타는 호오, 하고 놀라면서도 짐짓 웃음을 물며 말했다.

"헤헷, 뭐야, 너? 일부러 끌려온 거냐?"

"그렇다. 꼬. 맹. 아."

"꼬맹이라고 부르지 마!"

발끈해서 외치는 나타의 말에 하제가 쿡 비웃듯이 작게 웃음을 터뜨렸다.

"쳇…… 기분 나쁘잖아."

"그런가. 꼬맹이."

나타의 푸른빛 눈매가 일순 날카로워졌다. 진한 눈썹에 힘이 팍 들어가는 순간, 뒤이어 곧장 지면으로 주먹이 내리꽂혔다.

화악! 퍽!

그러나 주먹이 닿는 속도보다 하제의 날랜 움직임이 더 빨랐다.

슈욱.

순식간에 공격을 피해 하늘로 날아오른 하제가 거만한 얼굴로 나타보다 높은 곳에 떠올라서 내려다보았다.

쿠구구궁!

쩌저저저적!

하제가 누워 있던 자리의 땅이 거미줄처럼 쩍쩍 갈라지기 시작했다.

"제길!"

나타가 욕설을 내뱉으면서 하제와 같은 높이까지 솟아올랐다. 하제가 코웃음을 치면서 기운을 끌어 모았다. 일순간에 확 대기의 기운까지 달라졌다.

스르릉, 빛을 흩뿌리며 뽑힌 일월이 하제의 손에 달라붙듯이 착 잡혔다.

쿠오오오!

이윽고 모아진 기운이 검광이 되어 순식간에 나타를 노리며 전속력으로 달려갔다. 나타는 재빨리 몸을 아래로 향해 피했다. 피했다고 생각한 순간, 푸른 빛 덩어리가 나타의 뒤통수를 쳤다. 나타의 몸이 붕 띄워져 인형처럼 날아갔다. 전신을 뒤흔드는 강렬한 통증에 나타는 온 인상을 쓰기 시작했다.

쿠웅!

나타의 몸은 지면에 닿고도 수십 걸음을 뒤로 밀려나 눈이 쌓인 바위에 처박혔다. 정신을 잃었는지 조용하던 것도 잠시, 이윽고 나타가 몸을 꿈틀거리기 시작했다.

적막한 하제의 목소리가 귓가에 꽂혔다.

"꿀밤은 이렇게 먹이는 거다. 꼬마."

하제의 도발에 오롯이 정신이 든 나타는 고함을 쳤다.

"이 자식……!"

나타가 비틀대면서 다시 몸을 일으켰다. 입가에는 비실 웃음이 삐져나왔다.

"너 말야, 역시 상당히 강하단 말이야. 헤헤. 싸우는 재미가 있달까나."

"……장난이 끝났으면 돌아가라."

무서울 만치 싸늘한 목소리가 대기에 울렸다. 보통 놈들이라면 겁을 한 움큼 집어먹고 뒷걸음질을 쳤을 정도로 살기가 뚝뚝 흘러나오는 목소리. 눈빛.

그러나 나타에게는 그 모든 것들이 시작을 부르는 도발일 뿐이었다. 나는 너보다 월등하게 강하다는 것을 표출하는 두루미의 오만한 날갯짓으로 보였다.

"웃기는 소리 하지 마. 진짜는 지금부터니까."

뾰족한 덧니가 보일 만큼 입을 크게 벌린 나타가 주문을 외우기 시작했다. 나타는 허공에서 검은 칼날의 거대한 검 하나를 꺼냈다. 제 덩치보다도 훨씬 커다란 검이었다. 나타가 이리저리 휘두를 때마다 바람을 가르는 소리가 들렸다.

하제가 가소롭다는 듯 웃었다. 나타가 꺼내든 검은 참요검. 어떤 마물이라도 쓱싹 베어내는 영력을 지닌 양날 검이었다. 저것은 마물을 상대할 때나 커다란 효력을 내는 것이지, 같은 선인에게는 그다지 효력을 발휘하지 못했다. 더군다나 하제는 선인 중에서도 강력한 힘을 지닌 두루미 환수 일족. 두루미 환수 일족 중에서도 유달리 강했던 하제이다.

하제는 지면으로 내려앉아 나타에게 검을 겨누며 천천히 다가갔다.

저벅저벅. 눈 위를 걷는 발소리에 나타 역시 긴장을 놓지 않고, 눈앞의 상대를 노려보고 있었다. 이윽고 서로 몇 발자국의 거리를 두었을 때였다.

"으아아아아!"

거친 고함이 들려오며 나타가 돌진하기 시작했다. 자세를 낮추고 있던 하제 역시 검을 단단히 쥐었다. 이윽고 쇠가 부딪치는 강렬한 마찰음이 들려왔다.

* * *

휘몰아치는 눈보라에도 노루 할멈은 더욱 세차게 날개를 움직였다. 한 식경 전부터 하제가 전언에 아무 대답도 하지 않았다. 혹여 무슨 변고라도 생긴 것인가 싶었다. 게다가 하늘에서 퍼붓는 이 폭설도 범상치 않았다.

"진정 끝까지 이리하실 것입니까? 후우."

노루가 짧은 한숨을 삼켰다. 흰 눈으로 뒤덮인 산 아래를 지났다. 필경 하제는 이 근처에 왔을 터였다. 그러나 너무 오랫동안 추위에 날아서일까, 노루의 날개는 홈빡 눈에 젖어 이제 얼어붙기 직전이었다. 날개를 쉬이 움직이지 못하자 근처에 착지했다.

휘오오오. 쿠르르르.

높은 산 위에서 무언가 소리가 들렸다. 바람에 날린 작은 돌멩이 하나로 시작된 눈덩이는 급격히 불어나며 산 아래로 굴러 내려오기 시작했다. 눈사태였다. 피할 겨를도 없이, 노루 할멈의 몸도 파묻혀 데구르르 굴러가기 시작했다. 그리 끝없이 굴러가던 노루는 바위 틈바구니에 대롱대롱 매달린 신세가 되었다. 아래는 절벽이었다. 온몸이 눈에 묻혀 날기는커녕 몸을 가눌 수조차 없었다.

[하제…… 하제…….]

전언을 보내던 노루는 기어이 바위 틈 아래 절벽으로 굴러 떨어졌다.

"으아아아악!"

노루의 외마디 비명만이 절벽으로 울려 퍼졌다. 그러나 이내 그 소리마저도 눈보라 속으로 흩어졌다.

* * *

쉬이 잠이 오지 않았다. 은소는 밤을 꼬박새면서 서책을 읽어 내려갔다. 한 줄, 한 줄 눈으로 더듬듯이 다음 줄로 넘어가고는 있지만 정작 머릿속에 들어오는 건 없었다. 다른 생각으로 가득 차 있었기에. 은소는 새빨간 앵도 같은 입술을 지그시 깨물었다.

점점 기다리기가 버거워졌다. 차라리 멀리 이국으로 떠났다고 한다면 기다리지 않고 다른 일에 집중할 텐데, 둥지 틀 곳을 찾기 위해서 이 나라 안을 뒤진다니 금세 찾아서 돌아올 수도 있는 일이라고 생각했다. 그런 생각이 너무 안일했던 것일까.

전언이라도 한 번 보내주면 좋으련만 하제는 깜깜무소식이었다. 전언을 몇 번 보내보았지만 답이 없기는 마찬가지였다. 노루 역시 대답이 없었다. 점점 불안한 생각이 들었다.

'아주 깊숙한 곳으로 가서 전언을 들을 수조차 없는 것일까? 아니면 무슨 일이라도 있는 걸까?'

문밖에는 눈보라가 부는 소리가 들려왔다.

우우우우웅, 우우우웅.

마치 바닥에 납작 엎드린 짐승이 상처를 입고 울부짖는 소리 같았다. 상대를 향해 경계하고 발톱을 세우기 전에 낼 법한 그런 울부짖음.

은소는 혹여 하제가 다쳐서 상처입고 울고 있는 것은 아닐까 하는 상상을 하다가 고개를 저었다. 하제는 약하지 않다. 울고 있을 리 없다. 그런 쓸데없는 잡념들이 하나둘 쌓여가고 시간도 흘렀다. 어느덧 아스라한 새벽녘이 되어서야 은소는 몸을 누이고 잠을 청했다. 어쩐지 누군가에게 몸을 흠씬 두들겨 맞은 것처럼 고단해졌다. 그날 아침 리리는 온몸이 불덩이가 된 채 사경을 헤매는 은소를 발견했다.

* * *

장장 하룻밤이 넘어가도록 계속되는 긴 싸움이었다. 쉽게 끝날 거라고 생각하던 하제의 마음과는 달리 나타는 끈질기게 달라붙었다. 그러는 동안에 하제 역시 나타의 공격으로 두 번 쓰러졌고, 치유력이 몸을 따라오지 못해 이제 빠르게 지쳐가고 있었다. 아무리 쓰러뜨려도 다시 일어서는 나타의 정신력은 타의 추종을 불허했다.

"하아…… 지독한 놈. 아직도 기운이 남았나?"

붉게 핏줄이 터진 입술이 묘하게 잘 어울렸다. 하제는 거의 숨이 넘어갈듯 가쁜 목소리로 물었다. 아름다운 얼굴에는 여기저기 생채기가 나 있었다.

"우, 웃기지 마. 나…… 난 아직 팔팔하다고."

나타는 이마를 찡그리며 웃어보였다. 탈골된 어깨와 부러진 다리, 베인 등에서는 꿀럭이듯 피가 흘렀음에도 그는 웃었다. 하늘의 장군이라는 놈이 저따위 허세만 가득한 소릴 지껄여대는 꼴을 보아하니 하제가 보기에는 한심하기 그지없었다. 그러나 무시할 수도 없는 것이 놈은 분명 강했다. 자신의 일격을 몇 번이나 맞고도 살아 있었으니까.

"약해빠진 주제에 헛소릴 아직도 하는군."

하제는 서늘한 눈으로 바로 위에서 나타를 내려다보며 마지막 공격을 감행하려 마음먹었다. 일이 꼬였다. 나타가 따라붙은 이상, 아까 그 양지바른 언덕은 후보지에서 탈락이었다.

촤아아악!

하제의 하얀 날개가 일제히 웅대하게 펼쳐지며 빛을 흩뿌렸다. 강렬한 두루미의 기운이 전신에서 흘러나와 나타의 온몸을 죄이듯 압박해 왔다.

"끄으윽!"

나타가 비명을 삼키며 몸을 비틀었다. 분명 옛날에 마주쳤을 때보다 하제가 강해졌다. 믿을 수 없었다.

잠시 허공으로 날아오른 뒤 선회한 하제는 부리를 열고 날카로운 발톱을 세웠다. 나타의 목을 겨누며, 다시 직선으로 덮쳐들었다.

쿠웅—

심장이 내려앉는 기분에 하제는 휘청거리며 나타가 있는 곳이 아닌 다른 곳으로 착지했다.

'이 불안한 심장의 통증은 무엇인가?'

하제는 다시금 몸을 추슬러 날아올랐다. 순간, 아차 싶어 뒤를 노려보았다. 나타가 쓰러져 있던 곳이 텅 비어 있었다. 놈이 사라진 것이다. 순식간에 높다란 창공으로 날아오른 하제는 나타를 추적하기 위해 하늘을 빙빙 돌며 배회했지만, 나타는 자취를 감춘 지 오래였다. 하제 역시 지칠 대로 지쳐버렸다. 그러고 보니 싸우는 사이 제게 온 전언을 제대로 받지 못했다. 싸우는 동안에는 신경 쓸 여력이 없던 터였다. 다급하게 은소 생각이 번뜩 떠올랐다.

[은소……? 무슨 일이냐?]

허나, 은소는 대답하지 않았다. 대답할 상태가 아니었음이라. 하제는 노루 역시 전언을 나눈 지 한참이나 지났다는 것을 깨달았다. 나타 때문에 시간이 많이 지체되었다.

[……노루, 어디 있나?]

[……하, 하제. 눈, 사태가…… 나서 떠, 떨어졌다. 절벽…… 아래로.]

하제의 눈이 날카롭게 빛났다. 눈사태가 날 만한 도읍 근처 산이라면 바로 옆에 있는 저 설산이 아닌가. 거대한 흰 뱀이 드러누운 듯 엄청난 적설량이었다. 게다가 아직도 그치지 않고 눈이 내렸다.

[노루, 두루미의 기운을 조금만 내보여라. 그리로 가겠다.]

[허나 지금 한시가 급하지 않으냐? 나는 조금 후에 기운을 차릴 수 있을…… 끄윽.]

[망할 할망구. 움직이지 말고 기다려라. 귀찮아질 일 만들지 말고.]

[허허, 하제 네가 나를 그렇게나 위해주는 줄 몰랐구먼! 허허, 허허허, 으윽.]

"아직 웃을 기운이 남은 건가……?"

하제는 산 아래의 절벽을 내려다보았다. 좁다란 절벽 아래를 향해서 하제가 뛰어내리듯 하강하며 날았다. 조금씩 떨어져 내리는 눈덩이들이 거슬렸다.

한참 동안 아래로 향하다 위를 올려다보니 까마득한 높이였다. 이윽고 미미하게 느껴지는 두루미의 기운이 있었다. 눈 속에 파묻힌 채 두 눈을 끔벅이는 노루 할멈의 모습이 보였다. 다행히도 완전히 바닥에 추락한 것이 아니라 중간에 튀어나온 눈 쌓인 암석지반 위로 떨어진 모양이었다. 허리와 다리가 골절되고 동상을 입어 파리해져 있었다. 하제는 곧장 제 기운을 불어넣어 노루의 치유와 재생을 도왔다.

"……끄윽. 고, 고맙다. 하제."

"생각보다 칠칠치 못하군."

"허허, 늙지 않는다고 지금 자랑하는 것이야?"
"어서 올라가자."
"잠깐. 저 안쪽에 무언가 있는 것 같더구나."
노루가 눈짓한 곳에는 푸르스름한 빛을 품고 있는 구멍 같은 것이 있었다. 호기심이 일어난 하제는 노루를 일으켜준 뒤 말했다.
"잠시 여기서 기다려라."
굴 안으로 한참을 걸어 들어간 하제의 눈에 이채가 서렸다.
얼음으로 정교하게 빚어낸 궁전 같았다. 천장과 바닥, 사방이 온통 얼음과 고드름으로 굴이 뚫려 있었다. 마치 바다 안에 들어온 듯 푸른빛을 머금은 얼음은 우아하고 강렬한 무늬와 잔상으로 굳게 얼어붙어 있었다. 물결치듯 둥글게둥글게 퍼져 나간 천장과 고드름은 흐르는 물처럼 신비롭고 영롱한 빛을 머금고 있었다. 동굴 속 길은 하나가 아니라 여러 갈래로 나 있었다. 깊이 들어갈수록 아늑하고, 또한 남의 눈에도 쉽게 띄지 않을 듯싶었다.
하제의 서늘한 눈매가 낯설게 호를 그리며, 입술이 열렸다.
"여기가 제격이군."

* * *

선계의 옥황강.
잠잠하던 강물조차 소란에 놀라 파문을 일으킬 정도로 방방

뛰면서 나타가 말했다. 더러워진 옷과는 달리 전투로 인한 상처는 모두 치유되어 말끔한 상태였다. 옥황이 건넨 반도를 한 개 먹은 덕분이었다.

"대체 왜 저를 소환하신 건가요오, 네에에에? 진짜 말씀 안 해주실 겁니까, 상제마마? 가장 중요한 순간이었다고요. 한 번만 하제를 쳤으면, 놈은 죽은 목숨이나 다름없었는데……."

"……."

나타의 비쭉 튀어나온 입술은 영락없는 오리가 되어 있었다. 나타가 그러거나 말거나, 옆에서 움직이는 낚시찌만 바라보고 있는 옥황이었다. 보송하고 하얗고 둥근 꼬리가 나타의 눈에 들어왔지만 참기로 했다.

'지금 저걸 만지면 최소 사망일까나.'

그때였다. 잠잠하기만 하던 낚시찌가 살짝 움직였다.

움찔!

낚시찌가 흔들리기 시작하자 구름 위에 걸터앉아 있던 옥황이 낚싯대를 빠르게 잡아당겼다. 한두 번 해본 손놀림이 아닌지라 매우 능수능란한 솜씨렷다. 곁에 있던 나타도 호들갑을 떨면서 일어섰다.

"우오옷! 상제마마! 이것 대, 대물인가 본데요? 더 끌어당겨 보세요."

"……시끄럽다."

"……네에."

곧바로 풀이 죽은 강아지마냥 어깨를 축 늘어뜨린 나타의 눈이 휘둥그레졌다. 점점 더 팽팽해지는 낚싯대를 감아올리자 낚은 것은 바로 자그만 옥빛으로 빛나는 돌멩이 하나였다. 돌에서 쏟아지는 푸른빛이 어찌나 맑고 투명하던지 보석처럼 영롱했다. 이에 쉼 없이 재잘거리던 나타의 입마저 쏙 다물게 만들었다.

옥빛 돌멩이를 바라보곤 옥황이 냉큼 소맷자락에 감추자, 멍하니 넋을 잃고 바라보던 나타가 재촉했다.

"상제마마, 방금 그것은 무엇이지요?"

순간적으로 바라보는 자를 홀릴 만치 아름다운 돌이었다. 옥황이 생긋 웃으며 대답했다.

"……아주 귀한 물건."

옥황은 낚싯대와 미끼를 정리하고는 흰 구름을 움직여 옥황궁으로 향했다.

* * *

"으윽…… 하제, 하제……."

깊은 시각, 은향궐에서 가느다란 신음 소리가 들려왔다. 왕후마마가 편찮으시다는 소식을 듣고 한걸음에 달려온 의원 문승은 상태를 보자 고개를 절레절레 저었다. 맥을 짚어 보니 불규칙적으로 빠르게 뛰는 것이 심상치 않았다. 붉게 상기된 얼굴과 바짝 메마른 입술, 온몸에서는 식은땀이 비 오듯 쏟아졌다. 허나 가장 심각한 증상은 펄펄 끓는 고열이었다.

"왕후마마, 부디 정신을 붙잡으셔야 하옵니다."

본디 치유의 힘을 가진 왕후였기에 스스로 어떻게든 버텨낼 수 있을 것이라 생각했지만, 그럴 기운조차 없을 정도로 상태가 좋지 않았다. 물수건을 은소의 이마에 얹어주면서 리리가 눈물 고인 눈으로 말했다.

"왕후마마…… 어서 일어나셔요. 제발요. 흑."

이슥한 밤이었다. 은소의 곁에서 시중을 들던 리리가 쪽잠이 들었을 무렵이었다. 문이 열리곤 살그락 옷자락이 끌리는 소리가 들려왔다. 옷에서 툭툭 떨어진 눈이 녹은 물기가 바닥을 장식했다.

눈보라를 헤치고 지친 몸을 끌고 돌아온 하제였다. 다른 그 무엇보다 은소를 가장 먼저 보고 싶었다. 전언에도 대답해주지 못한 터였다. 심장에 느껴진 통증에 은소를 누군가 위협한 것일까 마음을 졸이며 돌아왔다.

누워 있는 은소의 모습을 보자 일단은 안정이 되어 가슴을 쓸어내렸다. 그런데 이상하지 않은가. 궁인 리리가 곁에서 잠들어 있는 것도 그렇고, 무엇보다도 은소의 상태가 좋지 않았다.

가느다란 숨소리와 신음이 들려왔다. 퀭한 얼굴은 식은땀으로 흥건하게 젖어 있었다. 빛나던 피부는 푸석하고 윤기를 잃어가고 있었다. 고작 이틀 못 본 사이에 한층 수척해진 얼굴이었다. 은소는 누가 보아도 병자의 모습을 하고 있었다.

'느닷없이 이게 무슨 일인가?'

하제는 무언가에 얻어맞은 듯한 얼굴로 은소의 손을 잡았다. 힘없이 이불 속에 들어 있던 여린 손을 잡자마자 느껴지는 뜨끈한 열기. 얼굴도 마찬가지였다.

후끈후끈할 정도로 뜨거운 열기, 고열에 시달리고 있음이 틀림없었다. 하제는 이윽고 은소의 이마에서 떨어진 물수건을 발견하고, 옆에 놓인 대야에서 물을 적셔 비틀어 짠 뒤 다시 올려주었다.

하지만 열은 내릴 줄을 몰랐다. 아무래도 은소의 곁은 제가 지키고 있어야 할 듯했다. 리리를 깨우려고 고개를 돌리려는 찰나였다. 문득 이불 아래 드러난 은소의 하얀 팔목에 이상한 것이 있었다. 자세히 살펴보니 붉게 열꽃이 피어 있는 것이었다. 제 눈을 의심한 하제가 이불을 걷고, 은소가 입고 있던 속 의대까지 벗겨 내려갔다. 가련하게 드러난 목덜미에서부터 복부에 이르기까지 누군가 도장을 찍은 듯이 울긋불긋하게 열꽃이 피어 있었다.

"필시 보통 일이 아닌 듯하다."

하제는 은소를 이불에 싸서 양팔에 안아 들었다. 무녀 노루라면 무언가 알 수도 있을 것이다. 하제는 급한 나머지 긴 날개를 펼쳐 흑옥궐로 향했다.

* * *

치유 중이긴 했으나 이제 노쇠해진 몸은 예전 같지가 않았다.

등잔불을 끄고 누우려던 노루 할멈은 갑자기 들이닥친 하제를 보고는 적잖이 놀랐다.

"허! 무슨 일이냐? 응?"

"……은소가, 은소가…… 이상하다."

"은소가? 어디 보자."

노루 할멈의 가느다란 눈이 은소를 향했다. 은소의 손을 잡은 노루가 눈을 감고 고개를 갸웃거렸다. 그러더니 문득 놀란 얼굴을 했다.

"호오. 그렇구만?"

이내 고개를 끄덕이는 노루의 얼굴은 오히려 기쁜 낯빛이었다. 하제는 의아한 얼굴로 노루의 입술이 열리기를 기다렸다.

"은소가 열병의 증세를 보이는구나."

"열병?"

"그래, 보아하니 온몸에 열이 펄펄 끓고 열꽃까지 났구나."

"그럼 어찌해야 나을 수 있는 것이지?"

"저절로 나을 것이다. 네가 어루만져주기만 한다면."

"그런가?"

"그래. 이 열병은 상사병과 흡사한 것이지. 허나 은소는 감로화다. 감로화는 돌보아주는 이, 즉 너의 보살핌을 갈구하고 있는 것이다. 사랑하는 상대의 사랑을 받아야 하느니라."

"헌데 은소가 왜 갑자기 그런 것에 걸린 것인가?"

"번식이 일찍 찾아온 너를 받아들이기 위해서일 것이다."

"그렇군. 그런데 왜 아까부터 그렇게 싱글벙글인 것인가?"

"네가 품에 안아주기만 하면 은소가 기운을 차릴 것이니 나쁠 일이 무에 있느냐? 끌끌. 하제, 은소가 깨어나면 어찌해야 하는지 알고 있겠지?"

"물론이다. 그 뒤는 내가 알아서 한다. 휴식을 방해했군. 고맙다, 노루."

"나도 네게 목숨을 빚졌으니 대수롭지도 않구나. 어서 가서 은소를 보듬어라. 지금 당장 떠나."

"허나 은소의 상태가 좋지 않다."

하제의 말에도 불구하고 노루는 고개를 저었다.

"시간이 없다, 하제. 잘 듣거라. 은소, 아니 감로화는 곧 만개할 것이다. 그 깊은 동굴로 가서 결계를 여럿 겹치도록 해라. 추후에 필요한 것이 있으면 내게 연락하고. 어서! 아무도 모르게 떠나라."

노루가 하제의 등을 급히 떠밀었다. 하제는 무어라 더 말을 잇지 못한 채, 은소를 안아 들고는 흑옥궐을 빠져나갔다. 복도에 선 하제는 노루가 했던 말들이 맴맴 머릿속을 떠돌았다.

열병, 번식, 감로화, 만개, 결계…….

열병에 걸린 은소를 자신이 보듬는다. 그리고 은소는, 곧 만개를 맞이한다. 만개, 만개라고? 이제 은소가 만개할 조건을 충족시켰다는 말인가? 성장했단 말인가? 그러나 하제의 눈은 가늘게 떨리고 있었다. 치켜 올라간 눈썹은 사나워지고, 표정은 굳어졌다.

이제 자신은 감로화의 만개를 원하지 않는다.

모두가 은소의 만개를 알고 개떼처럼 달려들 것이다. 또다시 제 여인을 습격하고 빼앗아갈 것이다. 하제가 은소를 처음 만났을 때처럼 탐욕스러운 이들의 시선이 은소를 추적하고, 노릴 것이다.

한때는 그리도 기다렸던 감로화의 만개였다. 그러나 더는 아니었다. 하제는 은소의 얼굴을 내려다보고 말했다.

"누구에게도 너를 빼앗기지 않겠다. 내가 지킬 것이다."

하제의 입술이 은소의 메마른 입술을 조용히 덮었다. 화아악. 순간 조그마한 빛이 두 사람 사이를 밝혔다가 다시 사그라졌다.

촤악!

거대한 하얀 날개가 하제의 등에서 돋아났다. 은소를 품에 안은 하제는 즉시 솟구쳐 올랐다.

휘오오오.

무서운 속도로 날아가는 하제의 진로를 방해라도 하듯이 거센 바람이 불어왔다. 하제는 매서운 눈빛으로 하늘을 노려보았다. 온 나라가 설국(雪國)으로 변했다. 굵어지는 눈발에 은소가 걱정이 되었다. 의식을 잃은 채 제 품에 안겨 있는 은소의 얼굴을 흘깃 살폈다. 행여나 차가운 눈송이가 은소의 살결에 닿을까 봐, 하제는 더욱 깃털을 부풀려 은소를 완전히 파묻히게 만들었다.

날고, 또 날았다. 한참을 날아 절벽 끝으로 조심스레 파고들며 하강한 하제는 얼음 동굴의 입구에 들어섰다. 날개와 몸에 묻은 눈을 툭툭 털어냈다. 끔찍할 정도로 몸을 때리던 눈보라를 피한 것만으로도 한결 쉬는 기분이었다. 며칠간 눈과 씨름하듯 날아다녔지 않은가. 하제는 후우, 하고 안도의 숨을 내쉬었다. 하얗게 입김이 흘러나왔다.

한참을 들어간 얼음 동굴은 가히 그 끝을 알 수 없을 정도로 길었다. 안으로 들어갈수록 널찍한 푸른 방의 향연이 이어졌다. 맑고 영롱한 빛으로 반짝이는 얼음들은 물옥만큼 아름다웠다.

이곳이라면 은소도 좋아하지 않을까 하는 기대감을 품었다. 하제는 어느덧 말라가기 시작하는 옷자락을 만져보고는 적당한 곳을 찾기 시작했다.

자연이 빚어낸 얼음 조각들 사이로 하제의 비단 장화가 조심스레 지나갔다. 무수한 세월 동안 만들어진 동굴의 바닥은 제법 단단하고 매끈했다. 어떤 곳은 너무나 미끄러워서 일부러 미끄럼을 타듯이 가야 하는 곳도 있었다. 그러나 안쪽으로 들어갈수록 밖에서 들어오는 바람이 덜했기에 하제는 계속해서 안으로 걸음을 옮겼다.

똑똑, 물방울이 조금씩 떨어져 샘처럼 고인 곳도 있었고, 차가운 바람이 숭숭 불어오는 곳도 있었다. 이윽고 얼음 동굴의 가장 깊숙한 안쪽까지 들어가자, 더 이상 바람이 불지 않았다. 동굴 안에서 가장 좁은 공간이었지만 두 사람이 지내기에는 그리 작지는 않았다. 은향궐의 방 두 개를 합친 것보다도 넓었다.

'일단 이곳에 지내야겠군.'

자리를 결정하니 할 일이 많아졌다. 재료를 구해서 둥지를 틀어야 했고, 안전하게 결계도 여러 번 쳐야 한다. 그러나 일단은 아직도 뜨거운 숨을 토해내며 열병에 시달리는 은소를 구하는 것이 먼저였다.

아기처럼 이불로 곱게 감싼 은소를 바닥에 누이고, 제가 입고 있던 두터운 도포 자락과 양모까지 깔았다. 여전히 기운을 차리지 못한 은소의 얼굴을 보는 것이 못내 힘겨웠다.

그오오오오!

하제는 남아 있는 힘을 짜내어 두루미의 기운을 떨쳤다. 투명한 결계가 그물처럼 촘촘하게 자아지며 주변으로 둥글게 퍼졌다.

하제는 다리를 후들거리며 털썩 그 자리에 주저앉고 말았다. 누워 있는 은소에게 기어가다시피 다가간 하제는 눈을 감고 은소를 꼭 껴안았다. 품 안에 쏙 들어올 정도로 가녀린 몸을 으스러지도록 안았다.

그러고 보니 은소는 열병에 걸리면서 향기까지 잃은 것인지, 감로화 특유의 단내가 풍기지 않았다.

"……하제."

나지막이 들려온 자그만 목소리는 들릴락 말락 했지만 분명 은소의 목소리였다. 은소의 속눈썹이 가늘게 떨리며 이윽고 그녀가 눈을 떴다. 묘하게 자극적인 눈동자, 어쩐지 가슴 한쪽을 간지럽게 만들기도 하는 눈이었다. 하제는 서서히 부풀어오는 흥분감에 마른침을 삼켰다.

은소의 바알간 볼은 무척이나 상기되어 있었다. 다시 열린 붉은 입술에서 숨을 토하듯 은소가 속살거렸다. 옅은 기운이지만 이건 분명히, 매혹의 인이었다. 은소가 자신을 갈구하고 있었다. 원하고 있었다. 더없이 사랑스러운 그의 여인 은소가.

"……하, 하제, 입맞춤을 해줘. 어서."

머뭇거릴 틈조차 없었다. 대답도 필요 없었다. 하제는 은소의 말이 끝나기가 무섭게 그 작은 입술에 입을 맞추었다. 참고 있던 이성의 끈이 툭 끊어졌다. 일부러 꾹꾹 눌러 참았던 터였다.

하제의 뇌리에 노루의 말들이 스쳐 지나갔다.

'감로화는 돌보아주는 이, 즉 너의 보살핌을 갈구하고 있는 것이다. 사랑하는 상대의 사랑을 받아야 하느니라.'

'은소, 너의 보살핌을 갈구하는 것은 나다. 나를 위로해 줘. 나를 만져줘. 나를 사랑해줘.'

애틋하게 벌어진 입술 사이로 하제는 부드럽게 혀를 밀어 넣었다. 마주 닿은 부드러운 그것을 절대 놓치지 않겠다는 듯이 하제는 집요하게 빨아들였다. 숨 쉴 틈도 주지 않은 채 휘어 감고 또한 어루만졌다. 그 달콤한 감촉에 하제는 정신없이 빠져들었다. 멈추지 않을 것이다. 끝없이 탐할 것이다.

은소는 하제를, 하제는 은소를, 서로가 서로를 원하고 있었다.

오직 그것 외에는 없었다. 하제는 은소를 거의 삼켜버릴 듯 크게 입을 벌리고 깊이 빨아들였다. 더 깊게, 더 강하게. 더 뜨겁게.

은소의 감은 눈에서 눈물방울이 주르륵 흘렀다. 이윽고 은소의 전신에서 빛이 파르르 나기 시작했다. 피부는 생기를 되찾았고, 달콤한 향기와 강한 생명력 역시 되찾아가고 있었다. 은소의 열병을 달랠 수 있는 것은 오직 하제뿐이었다. 은소의 가느다란 팔이 움직여 하제를 강하게 그러안았다. 그러곤 자신을 잡아먹을 듯이 입맞춤을 나누는 그의 목덜미를 쓰다듬었다.

입맞춤은 시작에 불과했다.

二十三花
만개(滿開)

온몸의 열기가 쉬이 가시지 않았다. 아직도 어찔한 정신 탓에 은소는 몽롱한 기분을 느끼고 있었다. 하지만 그런 것쯤은 아무렇지 않았다. 제 곁에는 자신을 단단하게 붙잡아줄 사람이 있었으니까.

고열로 심신이 어지러운 중에도, 눈을 뜨자마자 하제를 보게 해달라고 빌었다. 사나운 눈보라에도 끄떡없이 자신을 안고 지켜주는 그의 강인한 손길이 너무나도 소중하고 감사했다. 하제가 아니라면 자신은 과연 이런 인생을 살 수 있었을까?

은소는 고개를 들어 하제를 바라보았다.

쿵쿵, 쿵쿵.

귓가에 커다란 울림이 간헐적으로 들렸다.

커다란 북소리처럼, 함성처럼 제 안을 가득 채우는 두근거림.

지금 무엇보다 견딜 수 없는 건 바로 이 심장 때문이었다. 그에게만 반응하는 이 심장 때문에…… 거세게 뛰기 시작하는 심장 때문에…… 숨조차 쉴 수 없다. 지금 이 순간 오로지 원하는 것은 하나뿐이었다. 그 어느 때보다도 가장 간절하게 그를 원했다. 자신도 놀랄 만큼, 그녀의 몸은 하제를 원하고 있었다. 깊은 곳에서부터 달아오르는 열기가 극도로 예민한 기분을 만들었다. 뚜렷하게 매혹의 기운을 훅 끼치던 은소는 하제 역시 사내의 기운을 가득 풀고 있는 모습에 보시시 웃음을 터뜨리고 말았다.

한참 입을 맞췄기 때문일까. 하제의 부풀어 오른 길고 가느다란 붉은 입술은 유난히 섹시했다. 은소는 이제 완전히 기운을 차렸다. 하제가 자신을 깨어나게 만든 것이다. 아니, 처음부터 자신은 계속해서 하제를 부르고 있었다. 온몸을 미칠 듯이 달아오르게 하는 그 열기, 두방망이질 치는 심장, 하제를 향한 애타는 마음, 재빨리 그의 모든 것을 온전히 소유하고 싶었다. 탐하고 싶었다.

"하제, 나를 봐줘."

"……."

은소는 스스로 옷자락을 스르륵 벗었다. 그러자 말없이 자신을 향하는 욕망 가득한 하제의 눈동자가 형형히 빛났다. 바로 그 짐승의 눈이다. 자신이 두려워하던, 그러나 마침내 사랑하게 된 눈이다.

은소는 하제의 커다란 손을 잡고는 제 몸으로 끌어다 놓았다. 하제는 천천히 은소가 하는 양을 따라주었다. 자신에게 이런 모습이 있으리라 전혀 생각하지 못했다.

은소의 도발적인 행동 때문일까. 하제는 더욱 흥분했는지 목깃을 부풀렸다가 가라앉히며, 깃털을 몇 개 떨어뜨렸다. 하제의 커다란 손이 은소의 몸 이곳저곳을 어루만졌다. 따뜻하고 뜨거운 커다란 손, 그 손이 몸 구석구석에 닿을 때마다 은소는 치유받는 느낌이 들었다. 은소는 옹얼거리는 아기처럼, 혹은 교태로운 여인처럼 말했다.

"하제, 기다렸어. 많이."

"나도 너를 기다렸다. 이제 아파 보이지는 않는군."

그렇게 말하며 하제의 서늘한 눈매가 슬쩍 휘었다. 하제가 눈을 휘면서 웃는 모습은 보기가 드문 것이라 은소는 그 모습을 뚫어져라 응시했다. 그러고는 멋쩍었는지 상체를 이리저리 움직이며 말했다.

"이제 건강해."

그 모습을 사랑스러운 눈길로 바라보던 하제가 은소를 뒤에서 껴안고는 어깨에 입을 맞추며 말했다.

"허면 이런 것, 저런 것 전부 할 수 있겠군."

"이를테면 이런 것?"

은소가 고개를 끄덕이곤 하제의 입술을 혀로 살짝 핥았다. 그러자 하제의 눈동자가 일순 커지며 말했다.

"오늘은 왠지 새로운 여인으로 태어난 것 같군. 마음에 든다. 부끄러워하는 것보다는 이쪽이 훨씬 더."

하제의 유려한 입꼬리가 씩 올라가더니, 곧장 입술로 파고들면서 은소를 푹신한 양털 위로 눕혔다. 그 위를 단숨에 맹수처럼 점령하듯 올라온 하제는 바닥에 손을 짚고는 은소에게 입을 맞추기 시작했다.

"으음."

거칠게 들어와 상대를 유린하듯 강하게 흡입하는 입맞춤에 은소는 아찔한 기분을 맛보아야 했다. 그 능숙하고도 농염한 입맞춤에 은소는 지지 않으려 애를 썼다. 어느 틈에 벗어 던진 것인지 하제의 맨가슴이 드러나 있었다. 하제가 자신의 무게를 실으며 은소를 단단히 껴안았다. 탄탄하고 매끄러운 피부가 닿는 감촉이 주는 안온함은 중독적일 정도로 좋았다. 하제의 몸은 놀랄 만치 따스해서 아무리 추위에 떨어도 그만 있다면 춥지 않을 것만 같았다.

입 안의 혀를 굴리면서 하제는 은소의 쇄골을 타고 내려가 가슴 한쪽을 움켜쥐었다. 도드라진 돌기를 빙글 돌리자, 은소가 살짝 몸을 꼬았다. 하제는 입술을 그리로 옮겨가며 살살 핥기 시작했다. 따뜻하고 야릇한 느낌에 은소는 허리에 바짝 긴장이 들어갔다. 한 손으로는 다른 쪽 가슴을 주무르고, 다른 손은 복부를 천천히 쓰다듬으며 내려갔다. 은소가 옅은 신음을 쏟았다.

"……으읏!"

아래로 직행하던 손가락이 수풀 사이를 헤집고 들어가 자극을 주기 시작했다. 부드러운 손놀림은 점차 빨리, 깊게 은소의 꽃잎을 파헤치며 어루만졌다. 점차 은소의 입술에서 터져 나오는 신음이 커져가면서 아름다운 나신은 꼬여갔고, 활처럼 허리를 휘었다. 손이 촉촉하게 젖어오자, 하제는 손가락을 달콤한 꿀인 양 날름 핥았다.

이제 더는 참을 수 없다는 듯, 성난 야수가 된 하제의 남성이 은소의 허벅지에 닿았다. 하제는 은소의 안으로 천천히 진입하기 시작했다. 둘의 입술에서 터져 나오는 열에 달뜬 신음이 끝없이 들려왔다.

은소는 자신 안으로 들어오는 거대한 하제를 느끼며 통증과 함께 밀려오는 쾌락에 몸을 떨었다. 뜨거운 살덩이가 은소의 귓바퀴를 따라 핥았다. 소름이 끼칠 만큼 뜨거운 감각, 전신을 후려치는 것만 같았다. 마치 전기가 흐르는 것처럼 몸을 움찔하게 만드는 그 강렬한 찌릿함에 은소는 또다시 신음을 내뱉었다.

하제는 그런 은소를 꼭 끌어안고, 더욱 깊고 강하게 파고들었다. 은소의 고통에 찬 신음이 더욱 높아졌다. 잔뜩 흥분한 탓일까. 하제의 붉은 눈빛이 더욱 짙어졌다. 붉디붉은 짐승의 눈, 은소의 눈도 같은 색이었다. 두 마리의 짐승이 뒤엉켜 붉은 눈을 빛내고 있었다.

이윽고 하제는 박차를 가하며, 점차 빨리 움직였다. 하제가 낮은 신음을 질렀다. 한 번 격정을 맞으며 부르르 몸을 떨었다. 두 사람은 서로를 끌어안고 다독이며 입을 맞췄다. 땀으로 뒤범벅이 되어버린 몸은 겹쳐진 채로 한참 있었다.

숨을 할딱거리며 은소가 하제의 품에 파고들었다. 말도 제대로 할 수조차 없을 만큼 기운이 빠진 탓에 은소는 힘겹게 말했다.

"……하제, 나 지금 너무 행복해."

하제는 그런 은소를 토닥이며, 그녀의 머리카락을 부드럽게 쓸어 넘겼다.

"나도 그렇다. 지금 죽어도 여한이 없다."

하고는 은소를 제 품에 더욱 바짝 당겨 안았다.

"이대로…… 이대로 이렇게 잠들자."

"응…… 그러자. 이곳 참 아름다워."

누워서 그제야 천장을 제대로 바라본 은소가 속삭였다. 하제가 흡족한 얼굴로 은소의 표정을 살피면서 말했다.

"우리가 번식기를 보낼 곳이다. 마음에 드나?"

"정말 환상적이야. 동굴……인 거야? 저기 푸른 것들은 전부 얼음? 상상도 못 했어."

"지금 바깥 날씨가 혹독해서 이리 올 수밖에 없었다."

"나는 정말로 좋아. 사실 하제와 함께라면 어디든지 상관없어. 나를 굶주리게 하진 않을 테니."

은소의 말에 하제는 쿡하고 웃음을 터트렸다. 그러나 이윽고 그는 조심스러운 표정으로 말했다.

"그러고 보니 너와 사랑을 나누느라 잊고 있었군. 혹시 모르니 결계를 보완하고 돌아오겠다. 잠시 쉬고 있어라."

하제가 몸을 일으키면서 은소의 몸 위로 양털을 덮어주었다. 그 순간 은소는 다시금 욕망이 피어오르는 것을 느꼈다. 하제가 다시 자신을 건드려주었으면 좋을 것 같았다.

"하제, 조금만. 조금만 더 함께 있어."

"알겠다."

하제는 은소를 다시 품 안에 넣고 꼭 안아주었다. 은소가 그의 목을 끌어안고 목덜미에 입을 맞췄다.

"나 자꾸만 당신을 탐하고 싶어. 왜 이럴까?"

"좋은 현상 아닌가. 잊었나? 우린 지금 번식기니까 그럴 만도 하지. 평소에도 이렇게 적극적으로 나와 주면 좋겠는데……."

말이 끝나기도 전에 두 사람은 다시금 서로의 입술을 탐하기 시작했다. 홧홧하게 달궈진 몸은 식을 줄을 몰랐다. 그렇게 다시 서둘러 몸을 겹치고 나서야, 은소는 완전히 지쳐 잠이 들었다.

* * *

깊고 깊은 바닷속일까. 아니면 하늘나라일까.

맑고 아름다운 물결과 바람이 돌고 돌면서 싱그러이 흐르는 곳. 그곳에서 은소는 부드럽게 헤엄치듯 노닐고 있었다. 현실에서는 온몸을 짓누르는 고통이 엄습했지만 이곳에는 그런 아픔 따위 없었다. 그저 한 마리 자유로운 새처럼 가뿐히 어디든 움직일 수 있었다. 조금 이상한 일이었다. 바다이지만 호흡과 이동이 자유로웠다.

'여긴 어디지……? 해랑궁은 아닌 듯싶은데…….'

가슴속 깊은 곳에서부터 우러나오는 맑고 상서로운 기운이 훅 느껴졌다. 은소는 본능적으로 그 기운을 따라서 움직여야만 할 것 같은 기분에 사로잡혔다.

한참을 돌아다니자, 기묘하게 생긴 바위 틈바구니에서 뭉게구름이 피어나듯 하이얀 연기가 계속해서 샘솟고 있었다. 자신도 모르게 홀린 듯 이끌려 그 연기 속을 헤집고 들어갔다. 그 안에는 나비 날개처럼 나풀대는 꽃 한 송이가 피어 있었다. 하얀 일곱 장의 꽃잎을 가진 신비하고 아름다운 꽃이었다. 투명하고 은은한 빛이 살짝 분홍빛으로 감도는 중앙 꽃술에서부터 흘러나왔다.

탐스러운 꽃송이는 처연하고 화사했다. 기이하게도 은소의 시선을 의식한 듯이 꽃봉오리가 점차 열렸다. 차츰 차츰 벌어지던 보드라운 꽃잎들이 모두 두 팔 벌려 환영하듯, 활짝 피어났다. 꽃의 만개(滿開)를 눈앞에서 실시간으로 지켜본 것은 처음이었다.

신비롭게도 그 꽃에서는 말로 형용하기 어려운 오묘한 색의 빛무리들이 동시에 뿜어져 나왔다. 한 가지 색이 아니었다. 붉은색에서 시작해 보라색에 이르기까지 모두 일곱 가지 색을 가진 빛무리였다. 그야말로 무지갯빛을 뿜어내고 있었던 것이다. 은소는 한눈에 그것이 '감로화'라는 걸 알 수 있었다.

순식간에 제게서도 같은 빛 무리들이 쏟아져 나오기 시작했다. 은소는 손을 뻗어 감로화의 꽃을 어루만졌다. 꽃에 손을 대자마자 들려오는 숨결과 낮은 목소리…….

—은소…….

자신의 이름을 부르는 하제의 목소리였다. 하제에게 대답하려 했지만 목소리가 제대로 나오지 않았다. 웅얼거리다가 목구멍에 막혀 어디론가 흩어져버린 것처럼. 문득 바위틈에서 쏟아져 나온 하얀 연기가 은소의 모습마저 삼켜버렸다.

그때 은소는 아득해진 정신의 끈을 제대로 붙잡을 수 있었다. 일순 제 안을 돌고 채우는 몸 안의 기운이 달라지는 것을 느꼈다. 은소는 공중에 떠오른 채였다. 몸을 움직이고 싶었지만 거대한 어떤 힘이 느껴져 마음대로 움직일 수 없었다. 마치 가위에 눌리는 느낌과 비슷했다.

입술조차 움직일 수가 없어서, 은소는 마음속으로 하제의 이름을 불렀다.

[하제—!]

* * *

그오오오!

순식간에 확장된 하제의 기운들은 얼음 동굴의 입구에 결계를 완성했다. 마치 견고한 성을 짓듯이 하제는 결계 하나하나에도 정성을 쏟았다. 누가 와도 꿰뚫지 못할 강력한 결계를 만들어 내리라. 이곳에서 최후까지 은소를 지켜야 했다. 반드시, 반드시 은소만은 지켜내야 한다. 하제는 그리 다짐하면서 결계를 마무리했다.

[하제—!]

머릿속을 가득 채우는 강한 울림에 하제는 곧장 은소의 이름을 외쳤다.

"……은소!"

얼음 동굴의 안쪽에서 무척이나 상서로운 기운이 쏟아지며 하얀 연기가 흘러나오기 시작했다. 게다가 느닷없이 거세게 꿈틀거리듯 뛰고 조여 오는 심장 박동.

두근.

"이건 설마……."

노루의 말대로 은소가 활짝 피어난 것일까.

두근.

전신을 뒤흔드는 심장 박동에 하제는 심장을 한 손으로 쓸었다. 그리고 곧바로 은소가 있는 동굴 가장 안쪽으로 내달렸다.

* * *

아름다운 복숭아나무들을 내려다보면서 차를 홀짝이던 서왕모는 느닷없이 들려온 쿵쿵거리는 발소리에 고개를 돌렸다. 구천 현녀가 숨을 몰아쉬면서 다급히 불렀다.

"서왕모님, 서왕모님!"

"구천, 대체 무슨 일이냐?"

"저, 그것이 조금 이상해서요."

"무엇이?"

"복숭아나무의 풋열매들이 급격하게 익으면서 가지의 방향은 아래를 향하고 있습니다. 이게 대체 무슨 일일까요?"

"글쎄…… 나도 짐작하기가 어렵구나. 하지만 이 반도 정원의 복숭아나무에게 영향을 끼치다니, 알 수 없는 노릇이로구나. 열매가 무르익었으니 복된 일일 테지. 필시 세상에 어떤 변화가 생겼을 것이다."

서왕모가 곰곰이 생각에 잠겼다가 무언가 떠오른 듯 중얼거렸다.

"혹시…… 사실이라면 그 아이가 곤란에 빠지겠구나."

* * *

흰 구름에 살포시 올라앉은 옥황의 자그만 등은 움직일 줄을 몰랐다. 그러나 하루 종일 옥황의 귀가 쫑긋 서 있었다. 오늘따라 유난히 예민한 기색이었다. 하여 옥황궁의 그 누구도 숨소리 하나 내지 않고 고요했다. 선녀 나래가 스윽 훑어보기론, 상제마마의 정무실 책상에는 구름한과라거나 꿀타래, 별강정 따위가 잔뜩 쌓여 있었지만 손을 대지 않은 모양이었다. 저 정도면 오늘은 참말로 기분이 좋지 않은 날인 듯했다.

또 무슨 귀여운 심술보를 터뜨리실지 모르니 사사삭 피해가는 것이 상책이었다. 그러나 그때 옥황의 예민한 토끼 귀가 움찔거렸다. 보지 않고도 무엇이 다니는지 다 알고 있다는 뜻이다.

"나래야……."

그러자 어여쁜 꽃신을 신은 나래가 종종걸음으로 옥황에게 다가가며 여쭈었다.

"예, 상제마마. 시키실 일이라도 있으신가요?"

"……아무래도 촉이 이상해. 때가 된 것 같다. 지금 당장 선계 옥황산 위를 살펴보러 가야겠다. 무슨 일이 있으면 연락하도록."

"촉이라니요?"

나래가 의아한 얼굴로 여쭙자, 옥황은 웃음기 없는 얼굴로 말했다. 그 싸늘한 표정에 나래마저 얼어붙었다.

"……감로화 말이다. 그것이 활짝 피어났는지 확인을 해야겠어."

"아, 알겠습니다. 상제마마."

옥황의 붉게 빛나는 눈동자를 본 나래는 놀란 얼굴로 고개를 주억거리며 물러갔다.

* * *

허공에 두둥실 떠올라 있는 은소의 주변으로 꽃이 피어나듯 투명하고 하얀 빛살이 가득 펼쳐져 있었다. 은소를 둘러싼 빛은 어찌 보면 선녀님의 고운 날개옷처럼 보이기도 했다. 그뿐 아니니었다. 몸에서는 아련한 무지갯빛 오로라가 뿜어져 나왔다. 별을 조각조각 쪼갠다면 저런 색이 나올까? 오팔석을 햇살에 비춘다 해도 이보다 아름다운 빛이 나진 않을 터였다.

본래 은소의 몸에서 뿜어져 나오는 투명하고 하얗던 빛깔이 이제는 투명한 무지갯빛으로 변한 것이었다. 그래서일까. 빛을 머금은 은소는 선계에 살고 있는 그 어떤 선녀들보다 곱고 맑아 보였다. 숨을 고르던 하제는 그 모습을 바라본 채 경이로운 눈으로 중얼거렸다.

"너…… 네가 진정 만개한 것인가?"

하제는 두 눈으로 보고도 믿을 수 없는지 은소에게 몇 발자국 다가가다가 이내 걸음을 우뚝 멈췄다.

감로화의 만개.

감로화를 노리는 만인이 기다려오던 그날이 마침내 찾아오고야 만 것이다. 한때는 하제 역시 은소가 만개하기를 고대했다. 그러나 그것은 모두 옛날이야기. 또한 예전부터 언젠가는 은소가 만개하는 날이 오리라는 것도 예견하고 있던 사실이었다. 그러나 막상 들이닥친 현실에 하제는 두려움과 걱정이 앞섰다.

무엇보다 은소의 안위가 가장 걱정이 되었다. 그 무엇을 보고도 움츠러든 적이 없던 자신이었다. 그 누가 나타나도 은소는 제가 지켜주겠다 호언장담할 자신이었다.

그러나 이번에는 달랐다. 하제는 복잡한 감정이었다. 결코 기다리지 않았지만 눈앞에 벌어진 일을 어찌해야 할까. 어떻게 은소를 지켜낼까. 물론 최선을 다할 것이다. 제 한 몸이 바스라진다고 해도, 수천 년의 시간을 다시 봉인되어 잠든다고 해도 은소만은 지켜내고 말 것이다. 수십 수백 번도 더 했던 다짐이었다.

낭떠러지로 걸어가듯 하제는 조심스러운 태도로 은소에게 다가갔다. 자신이 가장 사랑하는 사람, 자신의 전부, 자신의 운명까지 뒤흔드는 존재. 은소는 여전히 자신의 것이었다. 그러나 만개를 해서일까. 대기를 장악한 은소의 기운은 상상 이상의 것이었다.

"은소…… 정신이 드나?"

하제의 목소리가 들려오자 은소는 반응을 보였다. 감고 있던 눈을 천천히 떴던 것이다. 은소 자신도 지금 자신에게 벌어지는 일이 어떠한 것인지 정확히는 알기 어려웠지만, 자신에게 커다란 변화가 생긴 것만은 분명했다. 아까 전 꾸었던 꿈도 그렇고, 몸 안을 가득 채우는 이 알 수 없는 기운도 이전의 것과는 확연히 달랐다.

하제가 은소의 몸을 찬찬히 살피며 재차 입술을 열었다.

"감로화가 만개한 모양이다."

하제의 입술이 움직이며 그의 목소리가 생생히 들려오는데도 은소는 쉬이 이해하지 못했다. 이내 몇 번이고 그 말을 곱씹다가 은소는 생각에 잠겼다.

'만개라고? 그토록 오랫동안 이루어지지 않은 만개가 오늘에서야…… 그래서, 그래서 내가 그런 꿈을 꾼 걸까.'

꿈속에서 감로화의 만개를 눈앞에서 마주했다.

은소는 둥실둥실 공중에 떠 있는 희한한 기분에 마치 아직도 꿈을 꾸는 것만 같았다. 꿈속에서도 이렇게 물속을 노닐듯 둥실 떠 다녔다.

마치 새로 태어난 기분이었다. 이것이 바로 감로화의 만개라는 것일까. 무엇보다도 가장 크게 달라진 것은, 범람하듯 출렁거리는 기운들이었다. 바다를 품은 느낌이랄까. 아니, 제 몸 안에 마치 가늠할 수 없이 깊고 깊은 심연의 샘이라도 생긴 것 같았다. 그 샘에서는 생명력과 맑은 기운이 끝없이 퐁퐁 샘솟았다.

불로불사와 생명의 영약, 감로화.

지금까지는 그 힘이 막연하게만 느껴졌지만 이제 그 모든 것을 이해할 수 있었다. 그 모든 힘의 원천이 제 안에서 생겨난다는 것을 비로소 몸 안 가득 채워지는 기운을 통해 알 수 있었다. 소용돌이가 끊임없이 회전하면서 포그르르 하얀 거품을 만들어 내는 것 같았다.

은소는 그야말로 기분이 미묘하고 퍽 이상함을 느꼈다. 게다가 왠지 모르게 자꾸만 가슴이 벅차오르고 심장이 말하기도 힘들 만큼 거세게 뛰었다.

두근두근.

은소는 자신을 놀란 눈으로 바라보는 하제를 물끄러미 올려다보았다. 그러다 일순 제 기운을 풀었다. 거짓말처럼 그것만으로도 하제의 현재 상태를 알 수 있었다. 은소의 주변을 휘도는 무지개 오로라가 눈앞의 상대에 대해서 감지해내는 듯싶었다. 은소는 그에게 닿도록 손을 뻗었다. 하제는 체력적으로도, 심적으로도 많이 지친 상태였다.

하제는 은소가 내민 손을 마주잡았다. 뜨겁고 생생한 하제의 손을 잡자, 이것이 모두 꿈이 아닌 현실로 다가왔다. 무어라 말을 하고 싶지만 어쩐지 아직도 목소리가 쉬이 나오질 않았다. 마치 금붕어가 입을 뻐끔거리듯, 입술만 벌어졌다. 하제가 불쑥 다가와 은소의 입술에 귀를 가져다 대었다. 그제야 은소는 가느다랗게 목소리를 낼 수 있었다. 어떤 말부터 해야 할지모르겠다.

"……하제, 난."

"은소, 괜찮은 것인가?"

은소는, 걱정스러운 얼굴로 자신을 품에 끌어안은 하제의 이름을 불렀다.

"……하제."

"그래. 이게 대체 어찌 된 것이냐? 정말로 감로화가 만개한 것인가?"

"나도 잘 모르겠어. 그런데, 그런 것 같아. 그래, 맞아. 뭔가가 달라졌어."

은소가 힘겹게 고개를 끄덕거렸다.

자신을 감싸고 있던 빛 무리들이 몸을 떠받치고 있던 것일까. 은소는 문득 바닥에 발을 대고 싶다는 마음을 먹었다. 그러자 자연스럽게 허공에 떠올라 있던 몸이 천천히 내려와 두 발로 지면 위에 섰다. 날개 모양의 빛 무리들이 서서히 사라졌다. 그러자 은소는 그 자리에서 맥이 탁 풀렸다. 쓰러지듯이 하제에게 안겼다.

"도대체 내가 어떻게 되어버린 걸까?"

은소는 자신의 양 손바닥과 몸을 살폈다. 그녀의 몸체에서는 여전히 영롱한 무지갯빛 오로라가 은은하게 발하고 있었다.

"걱정 마라. 아무 걱정 하지 마."

하제는 품에 안긴 은소의 등을 토닥이며 그녀의 체향을 깊숙이 느꼈다.

은소를 안자 빨려들 것만 같은 달콤하고 상큼한 향내가 폐부를 가득히 채웠다. 전보다 풍성해진 향기에서는 세상의 온갖 꽃과 과일, 나무의 내음을 느낄 수 있었다. 마치 자연 속의 달콤하고 싱그러운 내음을 모두 모아 놓은 것 같았다. 이토록 강한 기운, 달콤한 내음이라면 그들이 은소를 찾지 않고는 못 배길 것이다. 위험했다.

하제가 굳은 얼굴로 은소에게 나직이 말했다.

"은소, 어쩌면 그들이 네가 만개했다는 사실을 알아챘을 수 있다."

은소의 얼굴에 불안한 그림자가 드리워졌다. 그들이라면 굳이 말하지 않아도 누군지 알 수 있었다. 신들의 왕…….

"……하제, 그들이 찾아오면 어쩌지?"

"내가 함께 있으니 걱정 마라. 내 모든 것을 걸고 널 지킬 것이다. 은소, 지금부터 내가 하는 말을 잘 들어라."

하제의 굳은 눈빛에 은소가 고개를 끄덕였다.

"우리는 이 동굴에서 힘겨운 싸움을 시작해야 한다. 네가 만개했다는 것을 그들은 곧 알게 될 것이다. 그리고 그 사실을 알고 있다면 너를 얻기 위해서 움직일 것이다."

하제의 말에 은소가 예상했다는 듯 말했다.

"심해의 해왕, 명부의 염라, 그리고…… 또 있는 거지?"

"그렇다. 신들의 왕은 셋이지. 선계의 옥황상제. 한때는 내가 섬겼던 하늘의 왕이지."

선계 출신이던 하제는 옥황의 사자이자, 꽃 감찰사라고 들었다. 그렇다면 하제는 옥황상제를 아주 잘 알고 있을 터였다. 은소는 문득 한 번도 만나 본 적이 없는 옥황이라는 존재에 대해 궁금해졌다.

지금까지 자신이 알고 있던 옥황상제라는 존재는 설화나 옛날 전래동화 속 이미지가 전부였다. 좌우에 선녀를 대동하고, 선한 인간들에게 복을 내리는 하얗고 긴 수염을 늘어뜨린 할아버지. 그러나 염라나 해왕이 그러하듯 이 세계의 진짜 옥황도 자신이 익히 알고 있던 것과는 다를 듯했다.

"그렇다면 당신은 그에 대해서 잘 알고 있겠네. 옥황상제가 어떤 존재인지."

"글쎄다. 천진한 어린아이의 모습을 하고 있지만 실체는 수만 살도 더 먹은 노인네지. 나도 가장 가까이에서 있었지만 그 속을 알기란 어렵더군. 가장 알 수 없고 까다로운 자라는 것만은 알아둬."

옥황에 대해 더욱 알쏭달쏭해지는 답변에 은소는 잠자코 하제의 얼굴을 바라보았다. 하제가 은소의 발그레한 뺨을 쓸어내리며 말했다.

"나는 죽을 각오를 다해서 널 지켜낼 것이다. 이 얼음 동굴 안에 내가 결계를 여러 개 쳐두었다. 버틸 수 있는 시간이 얼마가 될지는 모르겠군. 하지만 번식기가 찾아온 이상 우리는 이곳에서 모든 것을 마쳐야 해."

"허면 이곳이……."

은소가 얼음 동굴의 사방을 둘러보았다. 어디를 보아도 얼음뿐이었다.

"우리의 보금자리다. 옥황의 부하 놈이 알짱대기에 일부러 눈에 잘 띄지 않는 이 깊숙한 얼음 동굴로 들어왔다. 다른 곳보다는 찾기 힘들 것이다. 기운을 차단하는 결계까지 쳐두었으니."

"그렇구나. 어떻게 여길 찾아냈어?"

"노루가 절벽 아래로 떨어져서 발견했다."

은소가 깜짝 놀란 얼굴로 물었다.

"세상에나. 무녀님…… 괜찮으신 거지?"

"걱정 마라. 그녀도 두루미 환수 일족이다. 이미 모두 회복했다."

"다행이야."

"그래. 이제 걱정하지 마라."

"하제, 그럼 나는 뭘 하면 좋을까?"

"내가 둥지를 지을 것이니 너는 가만히 있으면 된다……."

"그건 안 돼."

그러자 은소가 고개를 저었다. 하제에게 모든 짐을 지게 하고 싶지는 않았다. 보금자리가 될 둥지를 트는 것은 자신도 당연히 함께 해야 할 의무였다.

"나도 돕겠어. 이래 봬도 손이 야무지다는 소리는 좀 듣는 편이야."

그리 자신만만하게 말하는 은소를 보곤 하제는, 턱을 매만지더니 인심 썼다는 듯이 대답했다.

"좋다. 날 돕도록."

"맡겨만 주시지요. 전하."

"허면, 재료는 내가 밖에서 구해다가 동굴 입구에 쌓아 놓을 테니, 너는 그것으로 둥지를 만들도록 해."

"좋아."

두 사람은 그날로 당장 둥지를 만드는 일을 시작했다. 하제는 두루미의 기운을 완전히 없애고 조심스레 움직였고, 은소는 하제가 모아온 지푸라기와 나뭇가지, 젖은 흙과 나뭇잎 따위의 재료를 하나둘씩 얼음 동굴의 가장 깊고 아늑한 공간으로 옮겼다. 옮긴 재료를 둥글게 쌓아서 커다란 둥지를 만들기 시작했다. 하제와 은소가 넉넉하게 지낼 만한 크기를 만들려면 무척 크게 만들어야 했다.

두루미의 몸체로 움직이는 것이 아직도 익숙한 것은 아니었지만, 물리적인 힘이나 지구력, 감각에 있어서는 훨씬 뛰어났기에 은소는 두루미의 몸으로 일하기 시작했다.

[입구에 나뭇가지를 몇 꾸러미 가져다놓았다.]

하제의 전언이 들려올 때마다 은소는 차곡차곡 틀고 있던 둥지에 필요한 재료를 가늠해보고는 하제에게 전언을 보냈다.

[나뭇가지 사이를 메울 흙이 많이 필요해. 이왕이면 젖은 것이 좋겠어. 단단하게 만들고 싶어.]

[알았다.]

하제는 자신보다도 꼼꼼하게 둥지를 짓는 은소가 내심 대견했다. 끄응차, 소리를 내면서 은소는 하제가 가져다 놓은 재료를 옮기기 시작했다. 한 사람의 몫을 해낸다는 사실이 내심 뿌듯했다.

*　　*　　*

오색의 층층구름이 둥글게 펼쳐진 옥황산. 그중에서도 가장 커다랗고 금빛으로 반짝이는 산봉우리는 선계의 그 어떤 곳보다도 가장 높은 지대였다. 때로는 이른 저녁부터 새벽 사이 달의 한숨이나 별들의 소근거림이 지척에서 들려올 정도로 고요했다.

층층구름을 한참 오르던 옥황의 하얗고 둥근 이마에는 어느새 땀방울이 송골송골 맺혀 있었다. 한 발 내디딜 때마다 푹푹 빠지는 탓에 더욱 올라가기가 힘들었다. 게다가 여긴 전용 흰 구름을 이용하지 못하는 곳이었다. 마침내 정상에 다다르자, 옥황은 금빛의 산꼭대기에 작은 발을 내디뎠다.

정상에 있는 커다란 금빛 바위에 서니 한눈에 선계가 보였다. 맑고 푸른 하늘 위, 구름 깔린 세상은 선인들이 자유롭게 구름을 타거나 하늘을 날아다녔다. 잠잠히 흐르는 옥황강과 아름다운 옥황궁, 삐죽이 솟은 천기탑, 선인들이 모여 사는 공중에 떠 있는 마을이 자아내는 황홀한 풍경에도 옥황은 감탄하지 않았다. 한가하게 풍경 따위를 감상하기 위해서 올라온 것이 아니었다.

옥황은 더 머나먼 곳을 바라보았다. 오로지 이 옥황산 꼭대기에서만 볼 수 있는 것이 있었다. 옥황은 소맷자락에서 지난번 강에서 건져 올렸던 옥빛 돌멩이를 꺼내 들었다.

꽃 감별석. 꽃을 피워내는 꽃 바당의 양분과 찌꺼기, 먼지가 뒤섞여 무수한 세월 동안 굳어진 돌. 세상에서 가장 높은 곳에서 햇빛을 쐬게 하면 그때부터 효력을 발휘하는 돌이었다.

예로부터 이 감별석으로 감로화가 만개한 것을 확인할 수 있었다. 꽃 감찰사였던 하제가 있을 때는 따로 구할 필요가 없었던 물건이다. 이것을 낚기 위해서 옥황은 천 년 동안 낚싯대를 잡고 있었다.

옥황은 꽃 감별석을 금빛 바위 위에 올려두었다. 옥빛 돌은 햇살을 받아들이자 깜빡거리기 시작했다. 그러길 수분이 지났다.

돌의 표면이 마치 매끄럽게 잘 닦인 거울처럼 투명해졌다.
"호오."
돌 안에 비친 새빨갛고 동그란 눈동자의 홍채가 이내 커졌다. 하얗고 기다란 귀가 쑥 튀어나왔다. 감별석에 비친 자신의 얼굴을 바라보던 옥황의 입꼬리가 길게 늘어졌다. 썩 흥미롭다는 얼굴이었다.
"확실히 감로화가 만개했구나. 기쁜 소식을 알려주어야겠는걸."
자신의 촉도 제법 쓸 만하다는 것을 느끼며 옥황은 서둘러 감별석을 챙겨 넣고는 층층구름을 내려갔다.

*　*　*

둥지를 만들기 시작한 지 사흘째였다. 시작할 때는 끝도 없을 것 같았는데 이제 제법 둥지의 모양을 갖춰가고 있었다.
둘이서 함께 만들어서일까. 둥지를 만드는 작업은 생각보다 수월하게 착수되고 있었다. 이제 조금만 더 만들면 두 사람, 아니 어쩌면 새로 태어날 아기까지 함께 겨울을 지낼 수 있는 아늑한 둥지가 완성될 터였다.
둥지 안에 가져온 양털까지 깔아 놓자 제법 아늑한 보금자리가 되어가고 있었다. 은소는 뿌듯한 얼굴로 미소 지었다.
여러 걱정이 앞서는 것이 사실이었지만, 은소는 이제 더 이상은 애써 미리 걱정하지 않기로 했다. 하제와 함께라는 사실은 맹목적일 만큼 자신에게 큰 힘이 되어주었다. 이제 염라든, 옥황이든 그 누구도 두렵지 않았다.

그때, 하제가 동굴 안쪽으로 걸어 들어왔다. 오늘 하루도 열심히 일해 준 하제가 고마웠다. 은소는 그가 보이자마자 생긋 웃으며 달려가 안겼다. 하제 역시 들어오자마자 은소에게로 시선을 고정하며 안아주었다. 까치발을 들고 은소가 하제의 입술에 부드럽게 입을 맞추곤 내려갔다.

차가운 바깥바람을 맞고 온지라, 하제의 입술은 무척이나 차가웠다. 입술뿐만 아니라 그의 몸 여기저기도 차가웠다.

"하제, 몸이 너무 차가워. 체온 조절을 제대로 안 한 거야? 혹시 하루 종일 안 한 것은 아니지?"

"아아, 잠시 오는 길에 깜빡 잊었다."

하제는 고개를 끄덕이며 말했다. 힘을 아끼기 위해서 일부러 하지 않았지만, 은소에게는 말하지 않았다. 화를 낼 것만 같았다. 다행히도 은소는 그냥 넘어간 듯한 얼굴이었다.

문득 은소는 배가 무척이나 고프다는 사실을 깨닫고 있었다. 먹는 것을 잊었다는 것은 한동안 배고프지 않았다는 뜻이기도 했다.

"그나저나 배가 고파. 곰곰이 생각해보니 여기에 온 이후로 아무것도 먹지 않았어. 어떻게 안 먹고 버틸 수 있었을까?"

하제가 낮게 웃으며 말했다.

"본래 환수 일족은 며칠간 먹지 않아도 버틸 수 있다. 더군다나 너는 열병이 나고 만개를 거치면서, 많은 기운이 회복되어서 허기를 느끼지 못한 것 같다. 나 역시 네 곁에 있으니 아무것도 먹고 싶지 않더군. 대신 다른 것은 먹고 싶다."

하제는 그리 말하면서 노골적인 눈빛으로 은소의 입술을 덮쳤다. 이윽고 입술을 뗀 하제가 말했다.

"사실 노루 할멈에게 먹을 것을 좀 부탁했다. 곧 가져다 줄 것이다."

* * *

흑옥궐의 깊숙한 안채 창문 틈으로 무언가가 들어왔다. 반딧불이처럼 작고 노오란 불빛이었다.

노루 할멈은 주름진 손을 거듭해서 만지작거리며 안절부절못하고 있었다. 하제에게서 전언을 듣는 순간부터 심장이 옥죄고 손이 부들부들 떨리고 있었다.

'은소가 만개했다. 이제부터 싸워야 할 것이다.'

그토록 바라던 감로화의 만개가 이루어졌다. 천 년에 한 번씩 태어나, 만개하는 순간 진정한 불로불사의 영약의 힘을 갖는 신비로운 꽃. 그것이 바로 손이 닿는 곳에 있었다.

자신이 발견해냈던 설산의 절벽 아래에 위치한 얼음 동굴…….
그곳에 가기만 하면 감로화를 얻을 수 있다. 감로화의 피와 살, 그 무엇이든 버릴 것이 없는 귀중한 영약이었다.

그런 생각을 품자, 절로 입술이 바짝 타들어갔다. 노루 할멈은 물주전자를 들어 잔에 물을 담았다. 잔에 비치는 자신의 늙고 흉측한 모습이 눈에 들어왔다. 감로화의 피가 조금만 있다면 자신은 예전의 아름다운 젊음을 찾을 수 있을지 몰랐다.

노루의 눈이 날카로이 빛났다. 욕망에 꿈틀거리는 눈이었다. 그저 조금만, 조금만 그 상큼하고 달콤한 감로화를 얻어 맛볼 수 있다면 그 오랜 세월 동안 잃어버렸던 자신의 모습을 찾을 수 있을 터였다.

"……그곳에 가야겠다."

그 말을 입 밖에 내뱉는 순간, 노루 할멈은 흠칫 놀랐다. 자신도 모르게 무서운 생각을 하고 있었던 것이다. 할멈의 손이 서랍장 깊숙하게 들어 있는 단검을 꺼내고 있었다.

"으아아악! 아니야. 안 된다. 이런 생각을 해서는!"

순간 자신이 어떻게 되어버린 것일까? 노루는 단검을 빼어 들어 제 왼손에 푹 찔러 넣었다. 생살이 찢겨지는 파열음과 함께 피가 후드드 쏟아졌다.

"흐어어억."

그러자 밖에서 송송이의 목소리가 들려왔다.

"무녀님, 무녀님! 괜찮으시옵니까?"

노루 할멈은 고통에 찬 목소리로 대답했다.

"나…… 난 괜찮다. 절대 들어오지 말거라. 흐윽."

"예에."

노루 할멈은 바닥에 머리를 쿵 찧으면서 몸부림쳤다. 은소와 하제가 그동안 어떻게 버텨왔는가를 생각하면 자신이 이래서는 아니 되었다.

"……쳇, 멍청한 할망구."

작은 중얼거림이 들려왔지만 노루할멈은 아무런 눈치도 채지 못한 듯했다. 이내 자그마한 빛은 다시 창문 틈으로 빠져나갔다.

* * *

사우는 다가오는 발소리에 반사적으로 몸을 번쩍 일으켰다. 그럴 리 없다는 것은 잘 알지만, 혹시나 하는 기대감에 사우의 검은 눈이 빛났다. 가막 가문의 대대적인 숙청 이후, 단영도 자연스럽게 궁궐에서 내쫓겼다. 이제 몰락해버린 가막의 큰 마님 서련마저도 목을 매 죽은 이후로, 더 이상 가막 가문을 통솔해나갈 이는 존재하지 않았다. 남은 가막의 일원들은 뿔뿔이 흩어졌고, 단영은 자신을 유일하게 받아준 포목점에서 다시 지내고 있었다.

사우가 방문 밖으로 나가 손님을 맞이했다. 뜻밖에도 흑옥궐의 무녀 노루였다.

"어찌 오셨습니까?"

"……이것들을 하제 전하께 전해다오. 아무도 모르게 전달해야 한다."

노루할멈은 커다란 보따리 하나를 내밀었다. 따뜻하고 묵직한 것이 안에 먹을 것이나 이불, 옷가지 등이 들어 있는 것 같았다.

"전하와 왕후마마는 어디에 계신 것입니까?"

"나를 따르거라."

노루 할멈이 백색의 날개를 펼치며 날아올랐다. 사우도 곧장 날개를 펼쳤다. 어둔 하늘을 헤쳐 날아가자, 이윽고 설산 아래에 숨겨진 절벽으로 노루 할멈이 내려앉았다.

"여긴 절벽이 아닙니까?"

"이 절벽 아래에 얼음 동굴이 있다. 내가 하제에게 전언을 보내 둘 터이니 전달하고 오도록 해라."

"……아, 무녀님께서는 같이 가시지 않는 것입니까?"

그러자 노루 할멈의 얼굴이 어두워졌다.

"이 몸은 너무 늙었느니라. 절벽 아래로 내려갔다 올 만한 힘이 없구나."

"알겠습니다."

"위험하니 몸조심하고."

"걱정 마십시오."

사우가 날렵한 몸체를 움직여 절벽 아래를 향해 내려가는 모습을 보고 있던 노루는 자못 괴로운 얼굴이었다.

"내가 그런 생각을 가져서는 안 되는 것을…… 허면 나도 그들과 똑같이 은소를 탐하는 자가 되는 것이야."

노루는 고개를 절레절레 젓고는 백색 날개를 펼쳐 하늘로 날아올랐다.

*　*　*

"어서 와요, 사우. 잘 지냈지요?"

사우의 방문에 은소는 반색을 표하며 그의 손을 잡아끌었다. 사우는 그 모습에 의아하긴 했으나 잘된 일이었다. 열병에 걸려 골골대던 왕후마마께서 이토록 생기 넘치는 모습을 하고 계시니 상덕과 리리, 연 차랑에게도 전해줄 말이 생겼다.

"저야 잘 지냅니다. 왕후마마께서는 혈색이 훨씬 좋아 보이십니다."

빈말이 아니었다. 복숭앗빛으로 뺨이 발그레하신 것이 영락없이 어린 처녀 같았다. 더욱이 주위를 돌고 있는 영롱한 빛살 때문인지 찬란하고 아름다워 사우마저도 눈을 뗄 수 없었다. 더욱이 향긋한 내음은 폐부 깊숙이 들어와 자꾸만 향기가 아른거리게 했다. 그 시선이 못내 불편한 하제가 불쑥 다가와 끼어들었다.

"당연한 것 아닌가. 나와 둘이 있으니. 오느라 수고했다. 노루는 몸이 불편하다더군."

노루 할멈의 소식에 은소는 걱정스레 물었다.

"아, 건강이 많이 좋지 않으신가요?"

"아…… 예, 연로하신 까닭에 겨울이 되니 부쩍 몸이 불편하신 모양입니다. 잘 쉬시고 계시니 크게 걱정하실 필요는 없으실 것입니다."

사우는 노루 할멈이 굳이 내려오지 않는 것은 이유가 있겠다 싶어 근처까지 함께 왔다는 사실은 고하지 않았다. 하제가 고개를 주억거렸다.

"하기사 이곳에서 굴러 떨어졌으니 그다지 오고 싶은 곳은 아닐 테지."

"사우, 듣고 싶은 이야기가 많아요. 여기서 이럴 것이 아니라 안으로 들어가요. 이곳 구경도 좀 하구요."

은소가 사우에게 살갑게 굴자, 하제는 둘 사이에 다가오더니 말했다.

"은소, 사우는 이제 그만 돌아가 봐야 한다. 벌써 시각이 많이 야심해졌다. 그렇지 않은가?"

"하지만 사우는 내 호위무사였잖아요. 함께 있으면 든든할 텐데."

"제가 혹, 곁에서 도움이 되어드린다면……."

그리 말을 꺼내려던 사우에게로 하제의 서늘한 시선이 떨어졌다. 저 눈빛은 어서 할 일을 마치고 돌아가라는 시선이었다.

"아, 문득 해야 할 일이 생각났습니다. 왕후마마."

"그래요? 아쉽군요. 단영은 잘 지내고 있나요?"

단영의 이야기에 사우의 귀가 슬쩍 붉어졌다.

"포목점에서 다시 일하고 있다고 합니다. 저도 소식만 들었지 만나진 못했습니다."

"……그렇군요. 단영을 만나거든 내가 꼭 나중에 옷을 지으러 가겠다고 전해주세요. 리리와 상덕, 갈매, 모두에게 안부 전해주시구요."

"그리하겠습니다."

"이제 그만 돌아가라."

"알겠습니다. 전하, 왕후마마. 부디 강녕하십시오."

"잘 가요, 사우."

사우가 커다란 보따리를 동굴 앞에 놓고는 큰절을 올렸다. 하제가 잠시 동굴 입구의 결계를 걷어내곤 사우를 내보냈다. 사우가 나가자 하제는 순식간에 결계를 다시 강화했다.

* * *

해랑궁은 연회가 한창이었다.

꿍닥꿍닥 빠른 박자의 가락이 들려오자, 아리따운 무희들은 보는 이의 혼을 쏙 빼놓을 정도로 화려한 춤사위를 펼쳤다. 그를 지켜보는 좌중, 특히 사장군은 흐뭇한 얼굴들이었다.

그러나 정작 연회의 주인공은 잠잠했다. 평상시 같았으면 무대로 뛰어들어 함께 덩실덩실 춤을 추었을 해왕은 목구멍에 가시라도 걸린 표정이었다. 조가비 왕좌에 걸터앉아 있는 해왕은 도통 흥이 나지를 않았다. 사실 근래 들어 줄곧 이러한 상태가 유지되고 있었다.

끊임없이 술을 마셔 보아도, 아리따운 계집을 품에 안아 봐도 이 무료한 기분은 좀처럼 나아지질 않았다. 이제 어떤 짓궂은 장난질이나 유희를 하여도 도무지 재미가 나질 않는 터였다.

으드득. 절로 손에 힘이 들어갔다. 어쩌다가 이 심해의 주인인 늠름하고 훌륭하기 짝이 없는 자신이 이리되었을꼬? 이게 전부 다 감로화, 고 계집 때문이렷다. 고것에게 한 방 당한 뒤로는 이상하게도 아무것도 하고 싶지 않았다. 더군다나 그 일로 이제는 해룡 환수 일족도 모두 등을 돌렸다. 해미르가 무어라고 전했는지는 모르지만 안 좋게 말한 것이 분명했다.

그 일만 생각하면 지금도 아찔하고 창피스러움에 어디론가 숨고만 싶었다. 해왕이 후우, 하고 짙은 한숨을 내쉬자 그의 탄탄한 넓적다리를 열심히 주무르던 후궁 하나가 고개를 갸웃거렸다.

"해왕님, 어찌 한숨이시옵니까?"

"아무것도 아니다. 그저 이 무료한 일상이 지겨울 뿐이니라."

"보십시오. 해왕님을 기쁘게 해드리려고 무희들이 밤을 새워 연습했답니다. 헌데도 연회가 재미있지 않으십니까?"

"빙글빙글 돌기만 하니 내 정신머리도 돌겠구나. 모두 그만하고 멈추라 해라."

해왕의 명이 떨어지자, 곧장 악기를 연주하던 악사들과 무희들이 멈추고 물러갔다. 흥에 겨워 물결에 몸을 맡기던 신하들도, 해마 대신의 쉿, 하는 눈초리에 모두 꼼짝 않고 두 손을 모으고 앉아 있었다.

그러자 정적을 가른 것은 팽그르르 회전하던 무지개치였다. 무지개치는 꼬리를 흔들며 해왕의 머리 위로 빠르게 헤엄쳐가더니 이내 무지개를 잔뜩 펼쳤다.

—때가 되었다. 꽃이 만개했다. 곧 회합을 가질 거야. 기다려.

웃음기 섞인 옥황의 목소리가 들려왔다.

"만개라?! 크하하하하! 우하하하하하하!"

해왕이 일어서서 미친 듯이 웃어대기 시작했다. 해마 대신이 조심스럽게 연회를 중단하고 모두를 내보내려 하자, 불호령이 떨어졌다.

"뭣들 하느냐? 연회를 계속하거라! 핫핫하!"

"예에? 아, 알겠사옵니다. 풍악을 울리거라. 어서어서!"

그러자 다시금 신명 나는 가락이 흐르고, 들어갔던 무희들은 다시 나와서 빠르게 움직였다. 박수를 치면서 술잔을 비운 해왕이 입가에 흐른 술을 슥 닦아내곤 말했다.

"용케도 하제 놈이 감로화를 만개시켰군. 과연 전직 꽃 감찰사구나. 역시 그놈이 그 재주 하나는 있는 모양이로군. 그나저나, 감로화 고 건방지고 앙큼한 계집. 천지 모르고 날뛰기 전에 제자리로 돌려놓아야 할 때로구나! 핫핫하."

*　*　*

유일하게 켜져 있던 지하궁 안의 등잔불이 흔들렸다. 기이할 정도로 밝게 빛나는 등잔불에서 목소리 하나가 흘러나왔다.

—꽃이 만개했다. 깨어날 시간이다.

쥐죽은 듯 고요한 암연궁의 가장 깊은 곳은 이윽고 울림으로 가득 차올랐다.

스스슷.

—일어나라. 딱히 널 보고 싶지 않지만 네 힘이 필요하다.

스솨사앗!

싸늘한 주검처럼 잠들어 있는 창백한 얼굴의 남자가 설핏 눈을 떴다. 염라는 샛노란 사안의 눈동자를 천천히 굴렸다. 뿌드듯 소리가 났다. 염라가 긴 잠에서 깨어나자 몸을 일으키기도 전에 검은 시녀들이 분주히 몰려오기 시작했다. 그중 하나는 수면향을 끄고, 또 다른 하나는 염라의 목까지 덮고 있던 도포 자락을 풀어 헤쳐 주었다. 미끈한 염라의 나신이 드러났다. 어둠 속의 하얀 몸이 환하게 빛났다.

"고맙군. 설마 네가 나를 깨울 줄은 몰랐다. 옥황."

잔뜩 물에 잠긴 염라의 목소리가 음산하게 울려 퍼졌다.

—다시 한 번 말하지만 네 녀석이 좋아서 깨운 것은 아니니까 착각은 마라. 곧 회합을 가질 테니 겨울잠은 깨도록.

"저런, 상냥하기도 해라. 좋다. 기다리지."

염라가 곧게 누운 채로 사악한 미소를 흘리자, 이내 등잔불의 빛이 훅 꺼졌다.

한 치 앞도 가늠하기 힘든 깊은 어둠이 깔렸다. 정신이 드니 가장 먼저 생각나는 한 가지가 있었다. 마침 목을 빼고 그의 명을 기다리는 검은 시녀들이 우르르 포복해 있었다. 염라는 어둠 속으로 나긋하게 말했다.

"목이 좀 마르구나. 곰방대를 좀 가져다다오."

그러자 검은 시녀들이 앞다투어 길고 검은 곰방대를 가져다주었다. 그것을 한 모금 빨아들인 염라는 향긋한 차를 마시듯 우아하게 허공에 연기를 내뱉었다.

"후우……."

이윽고 암연궁에 가득 차오르는 뿌연 연기.

시녀들이 염라의 몸을 일으켜주었다. 염라는 일어서서 목과 어깨, 팔, 다리 등 관절을 돌리기 시작했다. 여기저기서 뼈가 유연하게 자리 잡으며 우드드득, 소리가 났다. 입에서는 비명 대신 쿡

쿡쿡 하고 낮게 삼키는 웃음소리만이 들려왔다.

희번뜩 돌아가던 동공이 점차 확대되면서 염라가 중얼거렸다.

"그나저나 꽃이 만개했다니, 그것 정말 반가운 소식이로구나."

염라는 감로화의 달콤한 내음을 떠올리며 입맛을 다셨다. 만개한 감로화라……. 얼마나 달콤한 과즙이 뚝뚝 떨어질까? 만개한 감로화를 품으면 그 넘치는 기운은 어떨까?

눈앞에서 놓쳐버린 감로화. 꿀꺽 삼켜버리기 전에 하제 놈에게 빼앗긴 아쉽고도 아쉬웠던 그 순간. 염라는 흥분으로 떨려오는 숨을 잠시 참았다. 그것을 다시 제 손에 넣을 수만 있다면…… 부풀어가는 욕망은 쉬이 꺼질 줄을 몰랐다.

긴 수면 끝에 기다려온 보람이 있었다. 염라는 문득 과하게 식욕이 동했다. 가장 먼저 혀끝으로 꽃의 살결을 맛보고 싶지만, 당장에는 불가했다. 염라는 곁에 다가온 검은 시녀에게 낮게 명령했다.

"요깃거리 좀 가져오련. 아주 싱싱한 인간 계집으로."

그러자 검은 시녀 둘이 어디론가 쏜살같이 사라지더니 이윽고 몇 분이 채 되지 않아서 무언가를 질질 끌고 왔다. 몽롱한 얼굴로 무언가에 취한 듯한 인간 여자였다. 염라는 여자를 보자마자, 단숨에 한손으로 제압하곤 하얀 이를 드러내 목덜미를 물어뜯었다.

"아아아악!"

그러고는 여자의 피를 거칠게 빨아대기 시작했다. 여자가 발버둥 치면 칠수록, 염라는 인정사정 봐주지 않은 채 유린하듯 그녀의 피를 마셨다. 단 한 방울도 남기지 않겠다는 듯이, 쪽쪽 소리가 날 때까지. 염라의 몸에서는 비늘이 스슷, 솟았다가 꺼지기를 반복했다. 아직 배가 차려면 멀었지만 허기는 달랜 듯했다. 염라는 흡족해진 듯, 끊임없이 끽연을 즐기기 시작했다.

* * *

은소는 기쁜 얼굴이었다.

사우가 가져온 보따리에서는 끝도 없이 음식들이 나왔다. 정성스럽게 만들어진 음식들을 보며 은소는 군침을 삼켰다. 고물을 잔뜩 묻힌 떡과 고기와 야채를 구워 만든 산적, 향긋한 차와 과일도 있었고, 진귀하다는 버섯으로 만든 요리도 있었다. 은소는 그것을 둥지가 있는 안쪽 동굴로 가져가서 허겁지겁 먹기 시작했다. 그러나 하제는 음식에 손을 대지 않고, 은소가 먹고 있는 것을 턱 괴고 구경하기만 했다.

은소는 자신이 먹으려던 산적을 하나 들어서 하제에게 내밀며 말했다.

"자, 하제도 조금 먹어봐. 맛있는데……."

"내 생각 하지 말고 너부터 먹도록 해라."

어쩐 일인지 하제는 고개를 저으며 음식을 사양했다. 은소는 의아한 표정으로 음식물을 목구멍으로 삼키고는 물었다.

"하제도 오랫동안 먹지 않았잖아."

"그다지 배가 고프지는 않다. 기운이 없지도 않고. 이건 추측이지만 아마도 너를 취해서 그런 걸지도."

그리 말한 하제는 낮게 웃으면서 은소를 바짝 끌어안았다.

"나는 말이다, 이렇게 네 곁에 붙어 있기만 해도 공복감이 사라지고 기운이 차오르는 것을 느끼니까 잘 먹어야 할 것은 나보다는 너란 말이지. 나는 너를 먹어치울 테니까."

그리 말하며 하제는 심술궂게도, 이빨을 뾰족하게 드러내보였다. 흠칫 놀란 은소의 손목을 베어 무는 척하던 하제는 쿡하고 낮은 웃음을 터뜨렸다.

"……깜짝이야."

"무서운가?"

"천만에. 이제 난 당신이 하나도 두렵지 않은걸."

은소가 부드럽게 웃으며 말하자 하제가 입꼬리를 말아 올리며 중얼거렸다.

"그건 퍽 유감이군."

은소는 그런 하제를 비웃어준 다음 먹은 것을 치우고 동굴 안에 있는 샘가로 갔다. 무척 오랜만에 포식을 한 것 같았다. 혼자서 이렇게 많은 양을 먹은 것은 드문 일이었다.

은소는 차디찬 샘물을 조금 받아 마신 뒤, 몸을 닦았다. 은소의 뒤를 따라가던 하제는 은소가 지나간 자리마다 바닥에 떨어져 있던 하얀 깃털들을 주워 모았다. 퍼덕임도 없었는데 깃털이 이상하게 많이 빠져 있었다.

"왜 이렇게 깃털이 빠지는 거지? 은소, 어디 불편한 곳이라도 있는 것이 아닌가?"

은소의 가녀린 양어깨를 붙잡고는 하제가 물었다. 은소는 눈을 동그랗게 뜨고는 고개를 저었다.

"보다시피 말짱해. 아까 그렇게 잘 먹는 걸 봤으면서. 우음…… 하제, 너무 고단해."

"그렇다면 다행이지만."

눈이 반쯤 감긴 은소를 데리고 하제는 거의 완성된 둥지 안에 들어갔다. 꽤나 둥글고 깊게 만든 탓에 두 사람의 몸이 포옥 파묻힐 정도였다. 양털 위에 노루 할멈이 챙겨준 이불도 함께 깔아 놓았더니 그야말로 포근하고 폭신폭신한 것이 침대가 따로 없었다.

자신의 품에 안겨서일까. 은소는 금세 잠이 들어버렸다. 뜨거운 밤을 기대했던 하제는 아쉬운 얼굴로 잠이 들었다. 이튿날 아침, 일어나 보니 은소가 먼저 일어나서 잠든 하제를 흔들었다.

"하제, 일어나 봐."

"으음, 일찍 깼군. 무슨 일인가?"

"이걸 봐."

하제가 일어나자 은소는 불안한 얼굴로 둥지 안을 가리켰다. 안을 보니 은소가 누워 있던 자리에 깃털이 모으면 한 바구니가 될 만치 잔뜩 쌓여 있었다. 게다가 동굴 안에도 하얀 깃털이 여기저기 널브러져 있었다. 은소가 걸음을 옮기며 머문 곳마다 깃털이 한 움큼씩 빠져 있었다.

"하제, 나 뭔가 또 큰 병에 걸린 걸까?"

하제 역시 놀란 기색이었다. 그러나 짚이는 데가 있었다.

"설마……."

열병 뒤에 찾아온 번식기에 두 사람은 열정적으로 사랑을 나누었다. 번식기에 관계를 맺으면 두루미 일족은 반드시 알을 갖는다. 그 정도 상식은 두루미 일족의 성인이라면 누구나 알고 있었다. 게다가 들쑥날쑥하던 은소의 식욕 역시 임신의 증거였다. 그런데도 바보같이 알아채지 못했다.

하제는 아직도 불안감에 눈을 끔벅거리던 은소를 와락 당겨 껴안았다. 그러곤 귓가에 속살대듯이 중얼거렸다.

"사랑한다."

"나도 사랑해, 하제. 그런데 뜬금없이 왜 그래?"

"은소, 너는 병에 걸리거나 한 것이 아니다. 네 뱃속에 우리 아기가 생긴 것이다. 아직 알 상태이지. 그래서 깃털들이 많이 빠지고, 식욕이 오락가락하는 듯하다. 두루미 일족은 번식기에 사랑을 나누면 결실을 반드시 맺는다."

"정말이야? 내게 알이 생겼어?"

"그렇다. 곧 우리의 아이가 태어날 것이다."

처음에는 하제의 그 말이 믿어지지 않았지만 은소는 어쩐지 눈물이 흐를 것 같았다. 자신의 뱃속에 새로운 생명이 생겼다니, 신기하고도 무언가 가슴 뭉클하고 벅차오르는 기분이 들었다. 하제의 품에 기대 은소는 배를 살짝 만져보았다. 그러고 보니 왠지 부풀어 있는 기분도 들었다.

예전에는 한 번도 아이를 낳고 싶어 한 적도 없었는데, 마냥 가슴이 두근거리며 설레었다. 또한 기뻤다. 뜻밖의 선물이라도 받은 것처럼.

아이가 알에서 나오는 것이 힘이 들면 어쩌지? 아이는 자신을 닮았을까? 하제를 닮았을까? 아이를 만나는 그날까지 엄마가 될 준비를 제대로 할 수 있을까? 이런저런 생각이 머릿속을 떠다녔다.

"기분이 이상해. 우리가 엄마 아빠가 되는 건가?"

"나도 그래. 이상하다. 나에게 이런 일이 생기리라고는 생각하지 못했다."

하제 역시 마찬가지였다. 불멸의 삶을 살고 있는 자신이 아빠가 된다니, 그것은 상상 속에서나 가능하다고 생각했었다. 머릿속을 가득히 채운 아기에 대한 생각 때문에 심장이 몹시도 두근거렸다. 가녀린 은소가 알을 잘 낳을 수 있을지도 자못 걱정이 되었다. 이제 자신의 어깨는 더욱 무거워졌지만 그만큼 결심은 단단히 굳어졌다.

은소와 자신의 아이만은 무사히 지켜낼 것이다. 하제는 문득 결계를 더욱 강화시켜야겠다고 마음을 먹었다. 입술을 꽉 깨물던 하제를 향해서 은소가 물었다.

"그러면, 알은 언제 세상 밖으로 나오는 거야?"

"약 이삼 주 내로 나올 것이다. 아기가 알을 깨고 나오는 포란

기간은 거기서 두 달쯤 걸린다."

"그렇구나. 그래도 둥지를 거의 완성해서 다행이야. 마무리만 하면 될 것 같아."

"내가 보기엔 마무리까진 안 해도 될 것 같다. 이미 훌륭해."

"그런가?"

"그래…… 은소."

하제의 낮고 따뜻한 목소리가 제 이름을 부를 때마다 은소는 멈칫멈칫 놀랐다. 그가 자신을 이렇게 부를 때마다, 안아줄 때마다, 깊고 붉은 눈과 마주할 때마다 따스하고 애틋해지는 마음 때문에. 몽글몽글 커가는 사랑 때문에. 은소는 오롯이 다가오는 그 행복한 감정 때문에 자꾸만 놀라곤 했다. 하지만 늘 그렇듯이 아무렇지 않은 듯 되물었다.

"응?"

하제의 시선이 자신의 얼굴에 내려앉았다. 길고 하얀 은발의 아름다운 두루미 일족. 누구보다도 강한 사람. 그런 이가 자신의 사랑이었다. 그에 비하면 자신은 하등 보잘것없다고 생각한 적도 있었다. 하지만 지금은 아니었다. 하제에게 걸맞은 여자가 되도록 노력해 왔고 앞으로도 그리할 것이다.

잠시 뜸을 들이던 하제가 이내 다시 입술을 열었다. 촉촉한 눈빛에는 애정이 가득 담겨 있었다.

"사실 너를 연모하면서 이보다 더 행복할 수 없을 거라고 생각했다. 그런데, 차츰차츰 그게 커져간다. 너라는 사람이, 나에게 주는 만족은 무한대인 것인가. 그런 생각이 들었다. 진심으로 사랑한다. 죽는다 해도…… 다시 태어난다 해도…… 나는 너를 다시 택할 것이다."

그의 비장하고도 가슴을 쿵쿵 두드리는 고백에 은소는 아무 말도 하지 못한 채, 넓은 가슴을 끌어안았다. 뜨겁게 두근거리는 마주 닿은 두 개의 심장, 이제 곧 함께 뛰게 될 또 하나의 심장을 기대하면서…… 그렇게 둘은 한참 동안 서로의 온기를 느끼며 껴안고 있었다.

*　　*　　*

짹짹짹.

아침 일찍 일어난 참새들이 부지런히 먹이를 먹으러 곳간을 찾아 널따란 포목점 안으로 들어왔다. 인심 좋은 누군가가 곡식을 한 줌 쏟아준 탓이었다.

마당에 소복하게 쌓인 눈을 비질하는 작은 손길이 야무졌다.

"아구, 아가씨! 제가 하겠습니다요."

내질러 달려오던 하인이 비를 빼앗듯이 거머쥐면서, 비질을 하던 아가씨를 안채로 보냈다.

"난 괜찮아. 몸이 근질근질하대도 그러네."

"아유, 그만 들어가 쉬시라니까요! 옷감도 새벽부터 다 정리해 놓으셨잖아요."

"나 정말로 빈말이 아니라 일하고 싶어서 그래. 일이라도 안 하면 정말 어떻게 되어버릴 것 같단 말이야."

"그래도 마당은 제가 쓰는 것이 도리라니까요. 단영 아가씨, 제발요?"

"……."

마당 쓰는 일을 가지고 정겹게 입씨름을 하던 단영 아가씨의 어깨 너머, 대문으로 들이닥친 장신의 그림자를 보고는 하인이 옳거니 하고 외쳤다.

"아가씨, 기다리시던 사우 도련님 오셨구만요."

"뭐? 놀리지 마!"

그 말에 깜짝 놀라서 뒤를 돌아본 단영은 가슴이 쿵 내려앉았다. 그날 이후, 자신이 궁궐에서 쫓겨날 때까지도 한 번도 찾아오지 않았던 가막사우가 눈앞에 나타난 것이다. 먼저 찾아갔다가 자리를 비운 사우를 만나지 못한 것도 여러 번이었다. 이제는 자존심이 상해서 더 이상은 그 짓 못 하겠다며 제가 먼저 사우를 잊은 척 바쁘게 포목점 일을 도우며 살고 있었다.

배려심이라곤 조금도 없는 무뚝뚝한 남자, 언제나 다가서야 하는 것은 자신이었다. 모른 척 손을 내밀어도 잡을까 말까 한참 동안 머뭇거리는 바보, 천치, 등신 같은 사우 오라버니. 단영은 순간, 그날 나누었던 입맞춤이 떠올라 얼굴이 확 달아올랐다. 사우는 감정 따위 없다는 듯 흔들림 없는 얼굴로 말했다.

"네가 타 준 차가 먹고 싶다."

단영은 순간 짜증이 왈칵 나고 말았다. 이제야 기껏 와서 한다는 소리가 고작 차가 먹고 싶다니…… 이 앞뒤가 꽉꽉 막힌 남자를 어쩌면 좋을까?

"차를 왜 여기 와서 마셔?"

단영도 자연히 고운 말이 나갈 리가 없었다. 자신은 그날부터 사우와 함께할 날을 고대하고 있었는데…… 가막 가문이 멸망하고 궁에서도 내쫓겨 터덜터덜 포목점으로 향하던 날에도 사우는 코빼기도 비치지 않았다. 숨결을 나누는 순간은 함께할 연인이었을지 몰라도, 그 순간엔 그저 그냥 남처럼 느껴질 뿐이었다. 하여, 단영은 분하고 분했다. 다시는 미련하게 기대 따위 하지 않겠다 결심하면서 몰래 혼자 눈물을 닦았다.

궁에서 쫓겨난 후로 다시 땋아 내린 머리카락이 찬바람에 흔들렸다. 그 머리카락이 문득 세차게 흔들리며, 단영의 작은 몸은 어느새 사우의 품 안에 들어가 있었다.

"……늦어서 미안하다."

"뭐, 뭐, 뭐야. 이제 와서. 이거 놔. 제멋대로 구는 것도 정도가 있지. 내가 사우 오라버니 좋을 때 찾고, 바쁠 때는 내팽개치는 그런 존재야?"

말로는 그리 독하게 쏘아붙이면서도 단영은 사우의 품속에서 벗어나지 못한 채였다. 사우는 말없이 단영을 꼭 안고 그녀가 하는 말들을 듣고만 있었다. 언제나 해야 할 말을 다 하지 않는 그가 미워서, 얄미워서 당장이라도 품을 벗어나 멀리 도망가고 싶었지만 발이 떨어지지 않았다. 이윽고 단영이 작게 한숨을 쉬었을 무렵, 사우의 입에서 한마디가 흘러나왔다. 단영의 귀를 의심하게 하는 말이었다.

"왕단영, 은애한다. 다시는 너를 혼자 두지 않을게."

그제야 단영의 눈가가 촉촉해지며 그간 서운했던 감정들이 사르르 녹았다. 단영은 울음을 조금 삼키고 입술을 벌렸다.

"……몰라. 다음에는 용서 안 할 거야."

단단히 마주잡은 손, 커다랗게 부풀어 오르는 애틋한 감정에 둘의 표정은 닮아가고 있었다.

二十四花
최후의 싸움

어디를 둘러보아도 몽실몽실 피어오르는 구름뿐인 세상. 그 구름 바닥에 드러누워서 시간만 죽이고 있는 나타의 머리를 옥황이 냉큼 쥐어박았다. 자그만 주먹이었지만, 쿵 소리가 나는 걸로 짐작컨대 그 위력은 작지 않은 듯했다. 나타는 제 뒤통수를 감싸면서 제자리에서 펄쩍 튀어 올랐다. 그러곤 비명을 질러댔다.

"아구구구! 으으, 아파라. 왜 때리세요?"

그러자 한심스럽기 짝이 없다는 눈빛이 날아들었다.

"하제가 기척을 숨겼다고, 이 게을러터진 녀석아! 어디로 갔을지 고민을 좀 해보란 말이다."

옅은 콧김과 함께 옥황은 열을 올리고 있었다. 좀처럼 흥분하지 않는 그가 정말로 화가 난 모양이었다. 꼼지락대는 커다란 두 귀가 바짝 섰다. 나타가 슬쩍 눈치를 보면서 옥황의 비위를 맞추려 어깨를 살살 주물렀다.

"그, 글쎄요. 상제마마께서 반딧불이 분신을 풀어서 조사 중 아니셨나요오?"

나타의 애교에 조금은 누그러진 것인지 옥황이 투덜거리며 불만을 쏟기 시작했다.

"내 분신에도 한계가 있다. 쳇, 그나저나 감로화가 만개한 지 열흘이나 지났는데도 코빼기 하나 찾지 못하다니. 하제 녀석이 뭔가 수를 쓴 것이 틀림없어. 환수 일족의 기운은 그렇다 쳐도, 감로화의 내음까지 감출 수는 없을 터."

불안한 나머지 손톱까지 잘근잘근 씹어대는 옥황의 모습에 나타가 그의 어깨를 토닥이며 말했다.

"곧 찾으실 수 있을 거예요. 아차! 해왕님이나 염라대왕님에게도 수색을 시키시는 건요……?"

반짝이는 눈빛으로 긍정적인 대답을 기다렸지만 옥황은 고개를 가로저었다.

"아니야. 주도권을 잡으려면 내가 위치를 파악한 후에 함께 치는 것이 가장 좋아. 그 녀석들은 감로화를 한 번씩 노렸던 전적이 있으니까, 완전히 맡길 수가 없다구."

옥황은 길게 내려온 앞머리를 쓸어 올리며 말했다. 잠시 드러난 볼록하고 둥근 이마가 어린아이치고는 수려한 생김이었다.

그러나 한껏 치켜 올려진 눈썹이나 짙은 눈빛은 분명 어린아이가 아니었다. 뜻을 헤아리기 힘들 만큼 분노와 평온함과 파괴욕, 열정과 냉정, 미움과 애정이 한데 뒤섞여 있었다. 한마디로 복잡한 눈이었다.

"흐음, 그것도 그러네요."

나타가 고개를 주억거리자, 옥황은 다시 고민에 빠져들었다.

"어디로 갔을까. 감로화까지 데리고 있으려면 아주 깊은 곳일 터. 게다가 내가 하늑더러 폭설을 내리라 명해서 제아무리 하제라도 아주 멀리 가진 못했을 거야. 하지만 도읍 주변에 둥지를 틀 만한 습지는 이미 찾아봤고."

"꼭 습지가 아니라면요?"

"뭐?"

"습지 말고 다른 곳에 둥지를 틀 일은 없을까요?"

"흐응? 이를테면?"

"나무 위라거나 깊은 산속이라거나."

"그곳은 추위를 견디기 어렵다. 하제가 감로화와 함께 궁을 떠난 것은 자연에서 번식기를 나기 위해서야. 즉, 알을 보호할 만한 장소란 뜻이지."

"그렇다면…… 나무 속? 아이, 모르겠네요!"

"그렇게 커다란 나무가 있을 리가. 동굴이면 몰라도. 어라, 그래. 동굴이라면 외부의 추위로부터 둥지를 보호할 수 있다. 자연이 지은 요새 같은 곳이지."

옥황의 눈이 순식간에 붉어지면서 새어 나온 기운에 나타는 소름이 오소소 돋았다. 나락으로 떨어지듯 몸이 저절로 주저앉아 버렸다.

"이제 동굴을 모조리 뒤지면 되겠어. 모든 것은 끝났군."

'이것이 선계의 주인이신 옥황상제의 진짜 기운인 건가?'

옥황이 넘어지듯 앉아 있는 나타에게 손을 내밀며 빙그레 웃었지만 나타는 선뜻 그 손을 잡기가 어려웠다.

"나타. 뭘 하고 있어?"

씨이익, 입가에 어린 장난스러운 미소, 천진난만한 얼굴과 대비되는 강렬한 환수 일족의 힘. 그야말로 하늘의 왕 존재 자체이시다. 평소와 같이 대해주는데도 나타는 저절로 고개를 숙이고 몸을 바들거렸다. 자칫 잘못했다가는 한 줌의 모래 먼지로 날아가 버릴 것 같았기에.

* * *

이 주일이 훌쩍 지났다. 하루가 다르게 부쩍 배가 부푸는 탓에 은소는 신경이 조금 예민해져 있었다. 하제가 지극정성으로 돌보며 음식을 잘 먹이는데도, 어쩐지 몸이 나날이 야위어가고 낯빛은 창백해졌다.

오랫동안 햇빛을 보지 못한 채 얼음 동굴에서 지내서일까, 은소는 답답함을 자주 느꼈다. 보다 못한 하제가 걱정스러운 얼굴로 말했다.

"오늘은 바깥에 나가 보자. 잠시라면 괜찮을 것이다."

하제는 밤낮으로 촉을 세운 채 주변을 시찰한 결과, 안전하다는 것을 파악한 터였다.

"……그래도 괜찮을까?"

"기운을 감추고 나서면 된다. 그래도 불안하니 내가 밖에 먼저 다녀오도록 하지."

"알았어. 하제."

은소는 조심스럽게 대답했다. 얼음 동굴의 입구까지 함께 걸어간 다음, 하제가 먼저 결계를 잠시 풀고 밖으로 나갔다.

약 삼십여 분이 지난 후, 하제가 전언을 보내왔다.

[별다른 수상한 기척은 없는 듯하다. 나와도 되겠군.]

하제가 동굴 안으로 다시 돌아왔다. 은소는 하제의 안내에 따라서 동굴 입구에 걸쳐진 결계 속으로 걸음을 옮겼다. 일순 그 안으로 빨려 들어가는 듯한 오묘한 기분에 은소는 긴장한 채 눈을 감고 천천히 움직였다.

얼굴에 훅 느껴오는 냉기와 함께 서늘한 바람이 도는 것이 느껴졌다. 차갑고 맑은 공기가 머릿속과 가슴속을 시원하게 만들었다. 거짓말처럼 답답하던 증상이 순식간에 날아갔다.

"눈은 안 뜨나?"

하제의 목소리가 들려오자 은소는 눈을 떴다. 오랜만에 보는 햇빛이었다. 은소가 어린아이처럼 탄성을 내질렀다.

"아! 시원하다."

하제는 유독 밝아지는 은소의 표정을 보니 내심 미안하면서도 덩달아 기분이 좋아졌다.

은소는 간만의 바깥 공기를 들이마시고 주변 경치를 살피느라 정신이 없어 보였다. 그도 그럴 것이 아라궁에서 이곳에 오는 동안은 열병에 시달리느라 정신을 거의 잃은 상태였다. 그 다음부터는 한 번도 외부에 나오지 않은 탓에 동굴 밖의 풍경은 처음 보았다. 고개를 들자 시릴 듯이 눈부신 하늘이 멀리 보였다. 다행스럽게도 더 이상 눈은 내리지 않고 있었다.

은소는 눈 쌓인 지면을 한 발자국씩 나아갔다. 이따금 불어오는 바람이 고운 눈가루를 휘날리게 만들었다.

뽀드득, 뽀드득. 눈길 위에 자그만 발자국을 만들어 내며 은소는 주변을 한 바퀴쯤 빙 돌면서 걸었다. 하제가 그 뒤를 따라오더니 자신의 겉옷을 벗어서 은소의 어깨에 걸쳐주고는 꽁꽁 싸매듯이 여며 주었다.

"날씨가 평상시보다 풀린 모양이지만, 네게는 많이 춥겠군."

"……응. 동굴 안에 있다 보니 이 정도인 줄은 몰랐어. 너무 추워."

은소가 몸을 움츠리면서 떨다가 이빨을 조금 부딪쳤다. 손발은 물론이고, 코끝마저 무척이나 시렸다. 하제가 걱정스러운 얼굴로 은소를 바라보면서 몸을 꼭 안아주었다. 하제의 품에 들어오니 따스해졌다.

"허면 다시 안으로 들어가자."

"하지만 이제 막 나왔는걸. 조금만 더."

자신을 조르는 은소의 눈빛에 하제는 엄한 얼굴로 말했다.

"조심하는 게 좋다. 일족의 기운은 감출 수 있지만 감로화의 내음은 감출 수 없으니까. 잠깐이면 괜찮지만, 지속되면 위험할지 모른다."

"……그런가?"

"그렇다. 이번엔 내 말을 들어라."

"알았어."

은소는 아쉬운 듯한 표정을 지어 보였지만, 하제의 단호한 말에 겁이 조금 나긴 했다. 상대는 결코 만만치 않은 자들이었다. 하제의 말처럼 조심하는 게 맞았다. 잠깐이나마 자유를 만끽한 것으로 만족하고 은소는 하제를 따라서 다시 얼음 동굴 안으로 들어갔다.

머지않은 곳에서 노닐던 반딧불이 한 마리가 저 멀리 하늘로 솟아 홀연히 자취를 감춰버렸다. 반딧불이가 사라진 곳에는 흰 구름 위에 올라앉은 자그맣고 털이 보송한 토끼 한 마리가 새빨간 눈을 새초롬하게 뜨고 있었다. 뽀얗고 여린 털을 가진 어린 토끼였다. 토끼의 입에서는 묘하게도 쿠쿡, 웃음소리가 흘러 나왔다.

"역시나. 여기 숨어 계셨군그래."

옥황의 입술이 씰룩거렸다. 사선녀에게 부탁해 아라연의 동굴이란 동굴은 이를 잡듯이 샅샅이 뒤졌다. 마지막으로 온 곳이 바로 이 설산 옆 절벽에 있는 동굴. 이제 하제를 무너뜨리고 감로화를 탈환해오는 것은 시간문제나 마찬가지였다.

이내 흰 구름은 뿔뿔뿔 더 높이 사라져갔다.

* * *

고요히 흐르는 옥황강 물줄기의 가장 끝자락.

유장히 흐르던 강물이 새하얀 달빛폭포로 쉼 없이 쏟아져 내렸다. 폭포 아래에는 달이 목욕하던 여인처럼 가지런히 앉아 뽀얀 속살을 드러냈다.

옥황은 하얀 쪽배에 앉아 달빛 폭포를 향해서 가고 있었다. 마치 영원의 강을 건너는 것처럼 하냥 끝이 보이지 않았다. 물살이 어찌나 느리게 흐르는지 가만히 멈춰있는 것처럼 보였다. 마치 세월을 뛰어넘어 그 자리에 그대로 붙박이가 되어버린 듯, 누군가 슥슥 그려 넣은 한 폭의 그림 같았다.

여유롭게 물 위를 노닐던 쪽배는 어느 지점에 이르러서야 일순 강물을 빠르게 가르며 나아갔다. 순식간에 쏴아아아 소리가 들려오며 폭포가 가까워졌다. 가까워질수록 환해지는 달빛이 거슬리는지 옥황의 얼굴에는 귀찮고 성가신 표정이 가득 떠올랐다.

"후움, 쉬고 있는데 미안하지만 잠깐 비켜주었으면 좋겠다."

옥황이 툭툭 하고 쪽배 밖, 수면 위에 발을 굴렀다. 푸른빛의 파문이 일어나면서 금세 물결을 따라 퍼졌다. 물속에 몸을 반쯤 담구고 있던 달은 놀라서 두둥실, 더욱 하늘 높이 솟아올랐다.

달이 폭포를 뜨자, 옥황을 태운 쪽배가 허공을 부유하듯 천천히 수면 위로 내려앉았다. 옥황은 눈을 감고 폭포 주변에 제 기운을 흩뿌렸다. 그러자 폭포 여기저기에서 아지랑이처럼 물안개가 피어올랐다.

해왕이야 원체 자유롭게 선계를 오가던 몸이기에 상관없었지만, 염라는 명부를 제외한 다른 세상에는 출입이 금지된 몸이었다. 오직 죽은 자의 세상, 명부에서만 제 힘을 발휘하고 모습을 드러낼 수 있었다. 그러나 안개나 연기가 있다면 그 분신이라도 따로 불러올 수 있었다.

"그나저나 해왕 녀석은 올 때가 되었는데……."

옥황이 그렇게 볼멘소리로 중얼거릴 즈음이었다.

스촤아아아아!

이윽고 소란스러운 소리와 함께 푸른 거북의 등껍질이 수면 위로 솟구쳐 올랐다. 그 덕분에 옥황이 타고 있던 하얀 쪽배도 붕 떠올랐다. 흠칫 놀란 옥황이 골난 목소리로 투덜거렸다.

"제발 쓸데없이 소란스럽게 나타나지 좀 말아줄래?"

퍼어엉!!

그러나 해왕은 듣는 둥 마는 둥이었다.

푸른 거북의 모습을 하고 있던 해왕은 금세 변신을 풀었다.

잘난 척 거추장스러운 근육을 흔드는 꼴이란, 옥황의 눈에는 퍽 이나 우스웠다.

"허, 자고로 이 몸은 존재감 있는 등장을 선호한단 말이다."

해왕이 근육질의 가슴을 오른 주먹으로 탕탕 두드리며 말했다. 한심하다는 듯 옥황이 고개를 좌우로 저었다.

"……하아. 가만히 있으면 중간이라도 간다고 내가 누누이 말했던 거 같은데."

"기껏 급하게 달려왔더니 염라는 아직인가 보군! 이봐, 옥황! 헌데 아무리 일이 급하기로서니 우리가 신성한 일을 도모하는 데에 염라 놈을 함부로 불러도 되는 것이냐?"

옥황이 무언가 말하려던 찰나였다. 낮고 음산한 목소리가 깔리며, 기분 나쁘게 질척한 공기가 달라붙는 느낌이 들었다.

"후후. 오랜만이로구나."

스솨앗!

거칠게 몸을 비틀면서 용틀임을 하듯이 물안개에서 솟구친 염라였다.

옥황상제, 해왕, 염라대왕. 드디어 세 왕이 모두 한자리에 모였다. 가장 먼저 입술을 연 것은 역시 성격이 급한 해왕이었다.

"슬슬 움직여야 하는 것이 아니냐? 만개한 감로화라면 티가 나지 않을 수가 없을 터!"

"이봐, 옥황. 금지를 푼다면 내가 하제를 찾을 것이다. 나는 보이지 않는 그 어떤 곳이라도 갈 수가 있지 않으냐?"

염라가 옥황의 주변을 천천히 맴돌며 귓가에 속삭였다. 그러자 옥황이 수면 위를 탁 내려쳤다.

퍼버버버벙!

수면 위로 일어난 폭발에 해왕과 염라는 일순 뒤로 물러났다. 쪽배에 올라앉은 옥황은 차가운 어투로 일갈했다.

"그만. 둘 다 조용해라."

낮고 차분한 말투였지만 모두를 압도하는 힘이 있었다. 소란스러운 해왕도 방천극에 손을 기댄 채 옥황의 다음 말을 기다렸고, 염라 역시 그 속을 알 수는 없었지만 노오란 사안을 빛내며 잠자코 있었다. 약간 비늘을 움직일 뿐이었다. 옥황은 모두를 내려다보면서 다시 입술을 열었다.

"금일 우리가 회합의 자리를 갖게 된 것은, 이 세상의 질서와 균형을 깨뜨리고 있는 두루미 일족 하제를 저지하고, 그에게 강탈당한 불로불사의 영약 감로화를 되찾기 위해서이다. 만개한 감로화는 지금 하제와 함께 있다."

숨을 죽이고 듣고 있던 해왕이 인내심이 소진했는지 재촉의 말을 이었다.

"그래서 간단히 말하자면, 다 함께 가서 하제 놈을 쳐서 감로화를 되찾아오자는 것 아니냐?"

"후, 허면 옥황 너는 알고 있는 거로구나. 하제와 감로화가 어디 숨어 있는지."

옥황은 대답 대신에 씨익 웃었다.

"뭐야, 왜 웃기만 하는 것이야?"

"옥황이 움직일 정도라면 이미 웬만한 것은 확보해놨다는 것일 테지."

염라의 추측에 옥황은 쓰게 웃으며 대답했다.

"그래, 꽃이 어디에 있는지 알고 있어."

그러자 잔뜩 흥분했는지 염라가 스슷, 비늘을 부딪치며 물었다.

"그래, 어디이더냐?"

"아라연국의 설산 절벽 아래 눈 속에 파묻힌 얼음 동굴이 하나 있지."

"호오. 과연, 대단하군. 옥황, 자, 어서 나의 출입제한을 풀어주도록 해라. 뒤는 나에게 맡기고 말이야. 후후."

"히익, 안 된다. 옥황! 염라 놈을 어떻게 믿고?"

해왕이 매서운 눈으로 염라를 쏘아보자 옥황은 싱긋 웃으며 부드러이 말했다.

"좋아. 그 제한을 풀어주는 대신, 서약을 하나 작성하자구. 너는 혼자서 감로화를 독식하려고 했으니까."

염라는 능글맞게 웃음을 흘렸다.

"크…… 뭐, 좋으실 대로. 사실 처음엔 감로화를 삼켜버리고 싶은 마음이었지만, 곰곰이 생각해보니 하제 놈에게서 빼앗아야 하는 것이 순서이더구나. 하여, 욕심을 부리지 않기로 하였다. 믿지 않는 듯한 눈빛들이로군."

특히 해왕의 보라색 눈동자는 분노로 이글거렸다.

"네놈을 우리가 어찌 믿겠느냐? 네놈은 꽃을 명부로 납치해 겁탈하려고 했지."

그 말을 들은 염라도 지지 않았다. 붉은 머리칼을 넘기면서 염라가 이죽거렸다.

"듣자 하니 해랑궁에도 꽃이 납치되었다고 하더구나, 해왕?"

"야! 그건 꽃을 원래 자리에 돌려놓으려고 한 것이다!"

해왕이 버럭 소리를 질렀다. 가운데 앉아 있던 옥황의 얼굴이 점차 구겨져갔다.

"둘 다 그만해!"

파아아앗!

일순 흘러나온 옥황의 살기 어린 기운에 해왕은 분노를 참았고, 염라는 미소를 지을 뿐이었다. 옥황이 다시 입술을 열었다.

"삼 일 후, 동굴 앞에서 모인다."

* * *

살면서 이상하게 촉이 좋지 않은 날이 있다. 은소에게는 오늘이 바로 그날이었다. 아침 일찍부터 복부에 잦은 통증이 찾아왔다. 바닥을 구르고 배를 부여잡으면서 은소는 불쾌한 예감을 몸으로 느꼈다.

한 시간이 채 지나지 않아서였다. 우연의 일치인지 기분 때문인지 모르지만, 세수를 하러 샘터에 나갔다가 커다란 고드름이 갑자기 낙하해 하마터면 크게 다칠 뻔하기도 했다. 몇 분 후에는 단단하게 지은 둥지의 일부가 무너져 재빨리 다시 손보기도 했다. 재료를 넉넉하게 구비해둔 것이 그나마 다행이었다.

설상가상으로 잘 지나다니던 동굴 속 빙판에 구멍까지 뚫려 발을 헛디뎠을 때, 은소는 오늘만 무사히 넘기면 좋겠다고 속으로 기도했다.

그리고 자신과는 다르게 무심한 얼굴로 아침에 시찰을 나가던 하제의 커다란 손을 붙잡았다.

"하제, 오늘은 왠지 불길한 예감이 들어. 몸조심해."

은소의 말에 하제는 따스한 어투로 그녀를 달랬다.

"이제부터는 아무 걱정 하지 말라고 하지 않았나. 나만 믿어라. 어차피 멀리 나가지도 않을 것이다. 걱정 마라."

하제는 도리어 은소가 걱정되었다. 시간이 흐를수록 은소의 낯빛이 어두워지고 수척했다. 그러나 감로화가 가진 본연의 힘은 그대로 유지되는지 여전히 아름답고 가까이에만 있어도 하제는 제 기운이 샘솟음을 느꼈다.

그러나 하제는 그것이 왠지 자신이 은소의 생기를 빼앗는 듯한 기분이 들어 좋지 않았다. 오히려 자신의 기운을 나누어주어도 모자랄 판에 아기를 가진 은소에게서 기운을 가져온다는 것은 참을 수 없는 일이었다.

"하제, 빨리 돌아와."

"알겠다."

은소는 하제가 나가기 전에는 항상 버릇처럼 자신을 애틋하게 껴안아 주었다는 사실을 기억하고 있었다. 그러나 어제부터 하제는 그러지 않았다. 자신이 먼저 하제의 품에 파고들면 받아는 주었지만, 오랫동안 품에 안는 숫자는 줄어들었다. 게다가 함께 잠을 자기는 했지만 하제가 먼저 덤비는 일도 없었으며, 입을 맞춘 일도 벌써 며칠이나 지났다. 무언가 이상했다. 분명히 사랑이 식은 것은 아니었다. 하제의 애정 어린 말과 눈빛은 여전히 따스했고, 자신을 속인다면 단번에 알아챘을 것이다. 그저 행동으로 보이는 애정 표현이 사라진 터였다. 자연스레 은소는 고개를 갸우뚱했다.

'혹 하제가 나와의 접촉을 피하는 걸까?'

이런 생각은 하고 싶지 않았지만, 왠지 늘 자신을 향해서 스킨십이나 애정을 갈구하던 그가 이렇게 변하다니 약간 섭섭한 마음이 들었다. 그냥 동굴 밖으로 나가려던 하제의 뒤를 쫓아간 은소가 부드러운 손길로 뒤에서 그를 힘껏 껴안았다.

'이리 표현을 하면 하제도 내 마음을 알아주겠지.'

그러나 하제는 걸음을 잠시 멈추는가 싶더니, 그대로 밖으로 나가는 것이 아닌가. 은소는 몸을 돌려서 입맞춤을 해주길 바랐지만 야속하게도 하제는 이미 동굴을 떠난 후였다.

'내 마음도 모르고.'

그런 하제를 향해 은소는 입술을 샐쭉하게 내밀고 말았다. 돌아오면 뾰로통한 얼굴로 애교를 시전해볼까 하는 생각마저 하고 있었지만, 은소는 점차 의아한 얼굴로 변하고 말았다. 보통 하제는 동굴 밖으로 나가면 삼십 분 후쯤 돌아오곤 했는데 오늘은 한 시간이 넘도록 돌아오지 않았다. 결국 궁금증을 참지 못한 은소는 하제에게 전언을 보냈다.

[대체 어디까지 간 거야?]

[무슨 일이라도 있는 건 아니지?]

전언에도 아무런 대답이 없었다.

'하제에게 정말 큰일이라도 생긴 것은 아닐까?'

은소는 심장이 쿵 내려앉았다. 하제가 이렇게 대답이 없다는 것은 전언을 보낼 수 없을 만큼 위험한 상황이거나, 의식을 잃었거나 두 가지의 경우였다.

'무언가 이상해. 제발, 제발 아무 일이 없기를.'

은소는 순간 불안감이 슥 끼쳐옴을 느끼며 얼음 동굴을 급히 가로질러 달려갔다. 그러나 얼어붙은 빙판에 미끄러져 그만 넘어지고 말았다.

철퍽!

"아얏……."

통증에 얼얼했다. 무릎이 깨지고, 복부에도 통증이 다시 몰려왔다. 이를 사려 물고 은소는 꾹 참고 일어나려 했지만, 왼쪽 다리까지 삐었는지 힘이 들어가질 않았다. 곧 하제는 아무 일 없이 동굴로 돌아올 것이다. 지금 자신이 할 수 있는 것은 얌전히 둥지로 되돌아가서 그를 기다리는 일뿐이었다. 은소는 아픈 몸을 이끌고 천천히 기어가다시피 얼음 위를 맨손으로 짚으며 나아갔다.

소름 끼치는 냉기가 손을 후벼 파듯이 타고 올라왔다. 은소는 새삼스레 깨달았다.

'이렇게 차가운 얼음으로 둘러싸인 곳에서 그동안 생활하고 있었구나.'

하제가 없으니 더 이상 얼음 동굴도 아늑한 곳이 못 되었다. 어서 둥지로 돌아가야만 했다. 그나마 온기를 느낄 수 있는 곳은 거기였다. 힘겨운 이동 끝에 몸을 끌고 온 은소는 둥지를 붙잡고 간신히 버티며 일어섰다. 손이 부들부들 떨렸다. 겨우 둥지 안으로 몸을 밀어 넣다시피 해서 굴러 떨어지듯 들어갔다. 하제는 아직도 조용했다.

"으으으윽. 하, 하제…… 하제……."

이윽고 시작된 통증에 은소는 정신을 차릴 수가 없었다. 배가 당기고 팽팽해지는 감각은 더욱 심해졌다. 은소는 노루에게라도 급히 전언을 보내고 싶었지만 집중력이 흐트러져 그럴 수도 없었다. 어느새 눈가에는 눈물이 흘러내렸다. 고통으로 얼룩진 얼굴을 양털 속에 파묻으며 은소는 참고 버티기를 수십 번도 더 시도했다.

* * *

아침부터 뿔 자리가 무척이나 당겨오는 탓에 일찍 눈을 뜬 갈매는 사슴으로 스르륵 변신했다. 하제 전하의 빈자리를 대신 채우고 있던 그로서는 불안감에 차오를 만큼 강렬한 통증이었다. 갈매는 뿔을 양손으로 감싸 쥐고는, 다시 사람의 모습으로 돌아와 상덕을 찾았다.

"유독 뿔에 통증이 느껴집니다."

"차랑께서도 그러하십니까?"

상덕 역시 같은 통증을 느끼고 있는 모양이었다. 사슴 환수 일족의 뿔 통증은 무시할 수 없는 터라 그냥 지나갈 일은 아닌 듯했다. 갈매는 조심스러운 얼굴로 걱정스러운 말을 흘렸다.

"하제 전하와 왕후마마의 안위가 걱정됩니다."

"그러게 말이옵니다. 별일 없으시기를 바라지만, 노파심에 자꾸 걱정이 들긴 합니다. 후우."

갈매는 잠시 생각에 잠기더니 입술을 열었다.

"이리 가만히 기다리기보다 노루 무녀님께 직접 찾아가서 여쭤보는 게 어떨까요? 같은 두루미 일족이시니 전언을 보내실 수 있지 않습니까."

상덕도 고개를 주억거렸다.

"저 역시 같은 생각을 했사옵니다. 그럼 어서 가봅시다."

"예!"

*　　*　　*

노루 할멈은 간밤에 기이한 예지몽을 꾸었다. 하늘이 무너지고 땅이 갈라지고 바다물길마저 열렸다. 그 앞에 서 있던 자신이 새하얗고 둥근 것을 소중하게 받아 들었다. 하얀 박 같기도 하고, 알처럼도 보였다. 기묘한 꿈을 다시 떠올리던 노루 할멈이 혼잣말로 중얼거렸다.

"쯧, 이는 필시 심상치 않은 꿈이로구나. 혹 태몽이 아닌가?"

그러고 보니 그날 이후로 하제에게서 아무런 소식도 들려오지 않았다. 그날 저 대신에 은소와 하제를 만나고 온 사우를 다시 찾아가 물어보았지만, 은소가 회임을 한 것 같지는 않았다고 했다. 그러나 노루 할멈은 고개를 저었다.

"흐음. 아니다. 두루미 일족은 번식기에 사랑을 나누면 꼭 그 후손을 잉태하게 되느니…… 지금쯤 은소의 배는 불러왔을 터."

허나, 은소가 혼자서 출산하기란 여간 힘든 일이 아닐 것이다. 요즘 자신이 피하긴 했지만 하제가 먼저 소식을 줄 줄 알았는데, 아무런 연락이 없으니 자못 궁금해지는 것이다.

"아무래도 걱정이 되니 먼저 물어보아야겠다."

하여, 노루 할멈은 하제에게 전언을 보냈으나 아무런 응답이 없었다. 다음은 은소였다.

[은소, 잘 지내고 있느냐? 내 어젯밤 꿈이 하도 기이해서 말이다.]

[무, 무녀님. 너, 너무 아파요.]

[허, 은소야. 혹시 시작한 것이냐? 어쩐지! 지금 산통이 시작된 것이야?]

[그, 그런 것 같아요.]

[오냐, 하제는 옆에 없는 것이냐? 아니다. 전언 보내지 말고 내가 금세 갈 테니 조금만 버텨 보거라!]

노루 할멈이 급히 밖에서 대기하고 있는 송송이를 불렀다.

"얘, 송송아. 가서 은향궐 궁인 리리와, 호위무사 사우를 불러오너라. 아주 급한 일이 있다고 전하려무나!"

"예, 무녀님!"

노루 할멈은 한시바삐 얼음 동굴로 떠날 채비를 꾸리기 시작했다. 은소의 출산도 출산이지만, 하제도 신경이 쓰였다. 노루 할멈은 출산뿐 아니라, 여차하면 하제를 도와줄 수 있는 물건도 챙겼다. 그리 눈코 뜰 새 없이 바쁜 와중에 갈매와 상덕이 찾아왔으니 신경 쓸 여유 따위란 없었다.

"하제 전하와는 전언이 통하지 않고 있느니라. 왕후마마가 곧 출산이 임박한 모양이라 급히 가보아야 한다. 두 사람은 궁을 지키는 것이 돕는 일이야."

"맙소사! 추…… 출산이라니요. 대체 언제 회임을 하셨는지요!"

놀라움과 기쁨의 빛이 함께 묻어나오는 상덕의 얼굴을 성가신 듯 노려보던 노루 할멈이 소리를 빽 질렀다.

"지금 주절주절 설명할 시간 없다!"

이번에는 갈매가 나섰다.

"저도 함께 가겠습니다."

그러자 노루 할멈이 인상을 찡그렸다.

"아니다. 아니야. 자네는 지금, 하제 전하에게 대리 위임을 받은 몸 아닌가. 모조리 궁을 다 비우면 어찌하잔 것이야? 두 사람은 아라궁을 지켜야지!"

냅다 떨어지는 불호령에 갈매와 상덕은 하는 수 없이 고개를 끄덕이며 대답했다.

"……허면 부디 왕후마마가 순산하시기를 빌겠습니다."

"저 역시 같은 맘이옵니다. 잘 다녀오십시오."

"알겠느니. 나중에 보자꾸나."

이윽고 노루는 잔심부름을 거들어줄 리리, 사우와 함께 필요한 물건들을 급히 챙겨서 전속력으로 날아갔다. 가는 내내 하제에게 아무리 전언을 보내도 대답이 없었다. 참으로 이상한 일이었다. 그러한 의문은 절벽에 도착하는 순간 곧 풀렸다. 사우가 목소리를 낮추며 말했다.

"저길 보십시오!"

절벽 아래에는 믿을 수 없는 광경이 펼쳐져 있었다. 노루 할멈은 눈을 비비고 다시 보았다. 무려 세 왕이 얼음 동굴 앞에 집결해 있었고, 하제 역시 붙잡혀 있었다. 노루 할멈은 겁이 덜컥 났다. 기어이 사달이 나고 만 것이다.

*　　*　　*

쿠오오오오오!

지축을 뒤흔드는 굉음이 들려왔다.

허공에 십자 형태로 팔을 벌리고 매달린 하제는 처참할 정도의 몰골을 하고 있었다. 하제의 타고난 강인한 생명력도 상처를 따라오지 못했다.

온몸이 벌집이 된 것처럼 상처가 벌어져 피가 솟구치듯 흘렀다. 갈기갈기 찢겨진 옷자락과 피에 엉겨 붙은 머리카락이 시린 바람에 휘날리고 있었다.

반쯤 정신을 잃은 하제는 겨우 실눈을 떴다. 눈앞에는 옥황이 잔인하리만치 맑은 미소를 지으면서 하제를 내려다보고 있었다.

"자, 열까지 세겠어. 어서 동굴의 결계를 열어."

"……."

"하나."

"……."

"둘!"

"……."

"셋. ……꽃만 순순히 넘겨준다면 난 너를 용서해줄 수도 있다, 하제."

옥황의 말에 하제의 붉은 눈에 증오가 가득히 차올랐다. 비틀린 입술이 뜨거운 목소릴 토해냈다.

"……차라리, 내 스스로 혀를 깨물 것이다."

"역시 너란 녀석은 바보구나."

옥황이 씁쓸한 미소를 지으면서 새빨간 눈으로 하제를 아련하게 바라보았다. 이내 자그만 손에서 피어오른 섬광이 하제를 강타했다.

쿠오오오오오!

"크아아아아악!"

하제는 쿨럭쿨럭 피를 뿜었다. 온몸이 칼로 베이는 것만 같은 지독한 고통이 엄습했다. 차마 맨정신으로 견디기 어려울 정도였다.

"그것 참 이상하지? 감로화를 씹어 삼키고 세상의 왕이 된 남자가 이렇게 약해빠지다니 말이야."

"크으으윽!"

한편, 얼음 동굴 앞에는 집채보다도 거대한 푸른 거북과 샛노란 눈을 형형히 빛내는 붉은 뱀이 진을 치고 있었다. 두 환수의 몸체에서는 각각 푸른빛과 보랏빛의 무시무시한 기운들이 흘러나오고 있었다. 해왕과 염라가 힘을 합쳐 하제의 결계를 무너뜨리려 하고 있는 터였다.

답답했는지 해왕이 무쇠보다도 단단한 턱을 딱딱 부딪치며 말했다.

"하아. 차라리, 저 얼음 동굴을 부숴 버리는 게 더 쉽지 않겠냐?"

이윽고 말을 마치기가 무섭게 해왕은 육중한 몸을 이끌고 얼음 동굴을 향해 달려가서 등껍질로 몸을 부딪쳤다. 그러나 들려오는 것은 팅팅팅, 하고 결계에서 튕겨져 나오는 소리뿐이었다.

염라가 해왕을 비웃듯 그 앞을 스스스 지나가더니 이내 옥황이 앉아 있는 구름의 높이만치 머리를 쳐들었다. 역삼각형의 납작한 머리를 빙글 돌려서 옥황의 귓가에 속삭였다.

"내게 좋은 생각이 있으니 나에게 맡겨주었으면 좋겠구나."

옥황은 내키지는 않았지만, 염라가 하는 양을 몇 걸음 뒤에서 지켜보기로 하고 물러났다.

"좋아. 어떻게든 해봐."

그러자 스스스슷, 하고 순식간에 하제의 눈앞으로 염라가 머리를 가까이 가져오더니 눈알을 굴렸다. 이윽고 나긋한 염라의 목소리가 하제의 귓가에 달라붙었다.

"어디, 그동안 잘 지냈느냐? 꽃을 만개시켰다니 대단하구나. 순순히 결계를 여는 게 피차 서로 좋을 것이다. 아예 이 땅을 통으로 날려 보내면 감로화는 살까? 죽을까? 아아…… 듣자 하니 번식도 했다더구나. 어미가 감로화이니 새끼도 힘을 조금 타고 났을까 궁금하구나."

"……이, 이 더러운 놈!"

염라의 협박에 하제는 심박 수가 상승했다. 그러고는 옥황을 향해서 말했다.

"옥황! 염라는 당신과 한뜻이 아닐 터! 분명 감로화를 혼자서 독식하려는 것이다."

그러나 하제의 말을 들은 옥황은 묵묵부답이었다. 옥황이 별다른 말을 하지 않자, 염라도 어깨를 으쓱하곤 비열하게 웃음을 흘렸다.

"나는 이제 감로화를 탐하지 않을 것이다. 그저, 세계의 질서를 바로잡으려는 데 힘을 보탤 뿐이다. 너처럼 감로화를 홀로 독차지해서 세상을 어지럽히지 않을 것이다. 후후후."

역시 염라는 뱀의 혀를 가진 간교한 놈이었다. 옥황이나 해왕이 염라를 전적으로 신뢰하진 않을 터이지만, 어찌 되었든 지금 이 자리에서는 한뜻으로 자신과 대립하는 터였다.

"제기랄!"

욕설이 터져 나왔다. 온몸이 모두 부서진다 해도, 지켜낼 터였다. 하제는 뼈에 사무치도록 마음속으로 외쳤다.

'은소, 반드시. 반드시 내가 지킬 것이다! 여기서 무너질 수 없다.'

은소가 저 동굴 안에 있었다. 동굴을 보호하고 있는 여러 개의 결계들. 그 결계를 유지하는 데에 하제는 대부분의 힘과 기운을 소진하고 있었다. 하여, 전투를 하기란 녹록치 않은 상태였다.

게다가 상대는 강력한 신들의 왕이다. 또, 하나도 아닌 셋이었다. 물론 인간 세상인지라 그들도 완전히 힘을 쓸 수는 없겠지만, 이미 존재 자체로써 거대한 힘을 소유한 초월적인 자들이었다. 하제는 속으로 되뇌었다.

'은소…… 너를 지킬 수 있을까. 온 생명을 다 바쳐도 모자랄 사람. 그렇게 해서라도 너를 안전하게 지킬 수만 있다면 좋겠군. 내가 부족한 모양이다. 자만했던 지난날이 우스워진다. 곧 태어날 너와 나의 아이…… 환하게 웃으며 함께하길 바랐는데…… 은소, 나는 이제 마지막 남은 힘을 다 짜내어서 결계에 쏟을 것이다. 아무도 너를 건드릴 수 없게.'

하제는 찬찬히 눈을 감았다. 그리고 마지막 남은 기운을 모두 끌어모으기 시작했다.

그오오오, 하제의 몸에서 두루미의 기운이 펴져 나오기 시작했다.

순식간에 벌어진 일이었다.

와지끈하고 양손을 결박하던 포승줄이 끊어지는 것과 동시에 하제는 스르륵 두루미로 곧장 변신했다. 그러곤 은소가 있는 얼음 동굴의 입구로 곧장 내려앉았다. 힘을 잃은 채 허공에 매달려 있던 이가 감행하기 힘든 행동이라 모두의 예상을 빗나간 일이었다. 가장 먼저 반응한 것은 염라였다.

"후, 놀랍구나. 그럴 기운이 아직 남아 있었다니."

염라는 하제의 뒤를 좇으려 스스슥 움직였다. 그러자 까마귀로 변신한 가막사우가 염라의 앞을 가로막았다. 눈앞에 드리운 새카만 날개를 본 염라의 사안이 흠칫 커졌다가 이내 가늘어졌다.

"새파랗게 어린 까마귀 환수 일족이라니, 제법 귀엽구나. 하지만 꼬마야, 나는 너와 놀아줄 시간이 없단다."

"……."

슈우욱!

"크읏! 이노옴!"

염라의 말에 사우는 말 대신, 부리로 눈 주변을 맹렬히 쪼아대기 시작했다. 갑작스러운 공격에 염라는 눈가의 점막과 비늘을 물어뜯기고 말았다. 허나 상처의 아픔보다는 이 상황이 어처구니없을 뿐이었다. 까마귀 환수 일족이라면 가온, 즉 인간 세상에 사는 놈이다. 명부의 대왕인 제게 감히 겁도 없이 덤벼드는 삐약새, 불구덩이에 스스로 들어온 불나방이 아닌가?

염라는 썩 탐탁지 않은 기분을 느꼈다. 솜털도 나지 않은 애송이한테 당한 꼴이 아닌가. 염라가 하얀 송곳니를 드러내며 말했다.

"네놈, 이름이 무엇이냐? 고작 까마귀 주제에 제법 날랜 놈이로구나!"

"……."

그러나 대답할 가치를 느끼지 못한다는 듯한 새카맣고 작은 눈이 염라를 향했다. 이윽고 사우는 염라의 몸체를 공격하려 날아들었다. 그저 공격에만 집중할 뿐이었다. 그러한 태도가 염라를 도리어 자극하고 있었으니 교란작전으로는 훌륭했다.

"큭, 오냐. 오너라."

스스슷, 염라는 보랏빛의 독을 끌어 모은 뒤 체내로 퍼뜨리기 시작했다. 염라가 사우를 본격적으로 상대하자 옥황이 하제의 뒤를 좇아 흰 구름을 타고 날아갔다.

슉!

그러나 무언가가 날아와 옥황이 타고 있던 흰 구름을 샅샅이 흩어지게 만들었다. 옥황은 반사적으로 그 자리에서 물러나며 눈앞에 나타난 미색의 깃털을 가진 늙은 두루미를 바라보았다. 그 익숙한 낯을 확인한 옥황이 입술을 열었다.

"헤에, 너였구나? 노루 할멈."

옥황은 놀라는 기색 대신에 그저 피식 조소를 흘렸다. 노루 할멈은 우아하게 날갯짓을 하면서 옥황의 주변을 빙 돌았다. 노루 할멈이 이윽고 부리를 열었다. 눈빛에는 노여움을 꾹꾹 눌러 담은 채였다.

"……상제마마, 이리 다시 뵙게 될 줄은 몰랐사옵니다!"

"나 역시 그래. 할멈."

특유의 귀찮음 가득한 표정으로 응수하는 옥황을 보고 노루 할멈이 더욱 날카로워진 눈매를 했다.

"상제마마, 따로이 드릴 말씀이 있사옵니다."

"무슨 말?"

"감로화에 관련된 이야기입니다."

썩 내키지는 않았지만 옥황은 일단 들어나 보기로 했다. 젊음을 잃고 반쪽짜리 선인으로 전락한 노루 할멈도 한때는 감로화를 탐한 적이 있었으니까…….

"좋아, 들어는 줄게."

"아래로 가시지요."

노루 할멈이 날갯짓을 하며 지면으로 향했다. 이내 옥황도 다시 휘익 휘파람을 불었다. 그러자 흩어졌던 흰 구름이 다시 모여 생성되었다. 옥황은 구름을 타고는 노루 할멈의 뒤를 따랐다. 조용히 바닥으로 착지한 노루 할멈은 스르르륵, 변신을 풀었다. 곧 옥황도 차가운 눈 위에 발을 내디뎠다.

"할 말이 뭐지?"

그러자 노루 할멈이 비장한 얼굴로 말했다.

"지금 한시가 급하옵니다. 감로화가 알을 낳으려 하고 있사옵니다. 부디 지금은 조용히 돌아가 주시옵소서. 부탁드리옵니다."

말투는 애원조였지만 그녀의 눈빛은 당당했다. 그 말을 들은 옥황의 해맑던 얼굴이 엉망으로 일그러졌다.

"너와는 상관없는 일일 텐데? 네가 무슨 자격으로 감히 나의 앞을 가로막는 거지?"

"오늘만은 저 아이를 저대로 내버려 두소서."

"천만에. 우린 당장 감로화를 꽃 바당에 밀어 넣어야겠어. 그게 내가 다스려야 할 질서고 규율이야."

"제발 조금만 더 시간 여유를 주십시오. 문제가 생기면 꽃의 목숨도 위험한 일이 아닙니까? 만약 그리된다면 모든 것이 수포로 돌아가지 않사옵니까, 예?"

노루 할멈의 말에 옥황이 잠시 뜸을 들인 후 작은 입술을 달싹였다.

"그래. 네 말대로 기다린다고 치자. 그동안 네가 감로화를 빼돌린다면 나는 어찌하지?"

"……그 후라면 데려가도 방해하지 않겠사옵니다."

옥황의 하얀 귀가 쑤욱 올라왔다.

"헌데, 내가 너를 어찌 믿겠어? 너는 하제를 도와주며 살아왔는걸. 게다가 네가 감로화를 위하는 마음이 상당하던걸. 내 꾐에도 넘어오지 않았잖아?"

문득 노루는 불현듯 지난번에 감로화를 탐하려던 마음이 몹시도 치밀었던 일이 떠올랐다.

"허면, 그…… 그 일이!"

노루 할멈은 가슴을 쓸어내렸다. 자신이 그러한 마음을 먹었다는 데서 들은 죄책감에 며칠간 잠도 이루지 못했다.

"……뭐, 작은 시험이었어. 넌 넘어오지 않았고."

옥황은 장난스럽게 말했다.

"허면 더 이상의 대화는 필요치 않겠습니다. 이 늙은이의 몸이 다 부서진대도 감로화는 못 건드리십니다."

노루가 소맷자락에서 기다란 나무지팡이 하나를 꺼내고는 얼음 동굴의 입구 앞으로 달려갔다. 옥황 역시 그 뒤를 따랐다. 노루는 동굴을 보호하는 수호의 표식을 그리기 시작했다.

크챙!

한편, 동굴 앞에는 하제가 해왕과 대치하고 있었다. 일월검과 방천극, 검과 창이 부딪치는 날카로운 파열음이 귀를 파고들었다.

*　　　*　　　*

"하…… 하아! 윽……."

은소의 꼭 다문 잇새에서 신음이 흘러나왔다. 가빠지는 호흡과 함께 혼절하고 싶을 만큼 복부와 아래쪽에 강렬한 통증이 시작되었다. 곧 도착한다고 하던 노루 할멈은 이제껏 소식이 없었다. 한 시진 전까지만 해도 이리 통증이 극렬하지는 않았는데 시간이 갈수록 고통의 강도가 커져갔다. 간헐적으로 유독 커다란 통증이 찾아오는 것 같았다. 은소는 생각했다.

'이제 곧 알을 낳게 되는 것일까? 아무도 없이 혼자서?'

그런 생각이 들자마자 겁이 덜컥 나면서 문득 엄마 생각이 들었다. 엄마는 이런 자신을 보면 아마도 기절하실지 몰랐다. 낯선 땅에서 낯선 존재가 되어 낯선 경험을 하는 자신이 스스로도 아직 생경하기만 했다. 고통에 찔끔 눈물이 흐르기 시작했다.

"……하, 하제……."

무엇보다도 제게 가장 낯선 상황은 하제가 제 곁에서 사라진 지금이었다. 하제가 있으면 그 어떤 어려운 일도, 고통스러운 일도 견뎌낼 수 있으리라고 굳게 믿었다. 그런데 하제가 곁에 없으니 당장에 맥부터 빠졌다. 더욱이 곧 알을 낳을 수도 있는 상황이었다. 자신이 잘해낼 수 있을까? 하지만 잘해내야 한다.

'잘해내야 해. 잘할 수 있어.'

은소는 스스로 나약해지지 않도록 마음먹었다. 눈을 감고, 몸 안의 기운에 집중했다. 감로화가 가진 힘. 치유의 인을 발동시킨다면 그래도 버틸 만할 것이다.

은소는 둥지를 붙잡은 채 몸에 돌고 도는 기운을 천천히 모으기 시작했다. 따스한 두루미 일족의 기운과는 다르게 감로화의 기운은 상큼하고 맑은 기운이었다. 흙의 내음이나 바람의 내음, 식물의 내음이 감도는 것 같기도 했다.

이윽고 계속해 기운을 집중하자 천천히 그녀의 몸에서 하얀 빛이 뿜어져 나왔다. 그러자 급속히 차오르는 생명력…… 이제 조금 정신을 차릴 수 있을 것 같았다. 그 때문일까? 하체에 계속되던 진통이 조금 덜한 느낌이 들었다.

그때였다.

통통!

은소는 문득 뱃속에 전해지는 움직임에 깜짝 놀랐다. 생전 처음으로 태동을 느낀 터였다. 그동안에도 아무 움직임이 없던 아이가 처음으로 자신에게 '나 잘 있어요.' 하고 말을 걸은 듯했다. 은소는 왠지 자신도 대답을 해주어야 할 것 같아서 어색하게 인사를 했다.

“안녕. 아가야.”

통통통.

그러자 신기하게도 또다시 태동이 느껴졌다. 이전보다 더욱 격렬한 움직임이었다. 왠지 모를 뿌듯함과 함께 반가운 기분이 들었다. 몸에서 뿜어져 나오는 무지갯빛 오로라가 한층 진해짐이 은소의 눈에도 보였다.

쿠구구구궁!

그 순간 둥지가 뒤흔들렸다. 동굴 온천지가 무너져 내리는 듯한 진동과 굉음이 함께 들려온 순간, 은소는 자신의 불안한 예감이 제발 맞지 않기를 바랐다. 분명 이 동굴 밖에 무슨 일이 벌어지고 있는 것 같았다.

‘바깥에 다녀와 볼까?’

하제가 걱정되어서 한시도 가만있을 수가 없었다. 그러나 둥지에서 몸을 일으키려 하자, 다시금 통증이 찾아왔다. 아래가 열리는 듯한 깊은 통증에 은소는 말을 채 잇지 못했다. 이를 사려물면서 은소는 양털 속에 얼굴을 깊이 파묻었다.

“……흐윽!”

은소는 울어서 새빨개진 눈을 꾹 감은 채 생각했다.

‘하제, 난…… 나는 괜찮으니까 당신은 제발 아무 일 없었으면 좋겠어. 무사히 당신의 얼굴을 볼 수만 있다면, 그냥 그걸로 족해. 하제, 제발…….’

*　*　*

팟칭!

칼과 창이 수십 번도 더 부딪쳤지만 쉬이 판가름이 나지 않았다. 하제는 마치 죽은 자의 몰골을 하고서는 적막하고 메마른 목소리로 말했다.

"……은소를, 그 여인을 더 이상 꽃으로 살게 하지 않을 것이다."

핏기 서린 붉은 눈이 자신을 향하자 해왕은 흠칫, 놀라는 기색을 숨기려 흠흠 하고 목소리를 가다듬고는 크게 내질렀다.

"크흠! 꽃으로 태어난 계집을 어찌 꽃으로 살게 하지 않는다는 것이냐? 어찌 되었든 감로화를 너 혼자 독차지하겠다는 이기적인 심산이 아닌가!"

"내가 사랑하는 여인을 지키겠다는 것이 이기적인 일이라면 얼마든지 이기적으로 행동하겠다."

하제는 그 말을 끝으로, 일월을 바짝 겨누었다.

하압!

사아아악.

낮은 기합과 함께 하얀 검날이 튀었다. 순식간에 해왕은 하제에게 옆구리를 내주고 말았다. 검이 스쳐 지난 자리에서 붉은 피가 쏟아져 하얀 눈밭 위에 흩뿌려졌다. 분노한 해왕은 방천극을 하늘 위로 들어 올리더니, 외쳤다.

"이 망할 놈아! 너무 깊숙이 찌른 것 아니냐? 따가운 맛도 좀 보여 줘야겠구만!"

콰르르릉! 번쩍!

이윽고 방천극에서 쏟아져 나온 천둥 번개를 직격으로 맞은 하제는 그 자리에서 쓰러지고 말았다. 온몸에 힘이 들어가지 않을 정도로 무너졌는데도 악으로 바득바득 억지로 몸을 추슬렀다.

'여기서…… 여기서 쓰러진다면 은소를 지킬 수 없다. 일어나야 한다.'

오로지 자신만이 은소를 지켜낼 수 있다는 생각이 하제의 마음을 가득히 채웠다. 그 마음에 의지를 더하여 하제는 조금 더 힘을 내어, 간신히 바닥을 짚고 일어섰다. 해왕은 방천극의 날카로운 창끝으로 하제의 목을 위협하듯 다가섰다.

그 순간 은소의 전언이 또렷하게 하제의 머릿속에 전해져 왔다.

[하제…… 하제…… 빨리 내 곁으로 돌아와 줘! 나, 나 지금, 당신이 필요하단 말이야.]

그러자 씨익 입가에 걸리는 미소. 하제는 은소의 그 말에 응답했다.

[……반드시 돌아가겠다.]

드디어 완전히 일어선 하제는, 남은 힘을 끌어모아 전신으로 살기를 흘렸다. 잔뜩 날이 선 살기에 기세가 등등하던 해왕마저 움츠렸다.

파앗!

섬광처럼 날래게 움직인 하제는 일월에 두루미의 기운을 담아 그대로 휘둘렀다. 급히 펑, 소리와 함께 해왕이 거북의 등껍질 안으로 온몸을 쏙 집어넣었다. 그러나 등껍질에는 오롯이 그 충격이 전해지고 말았다.

검광에 얻어맞은 해왕의 등껍질이 데구르르, 굴러가 눈 속에 처박히는 것을 확인한 하제는 곧장 동굴의 입구로 걸어갔다. 그 때 한참 옥황과 대치 중이던 노루 할멈이 전언을 날렸다.

[절벽 위로 올라가서 리리를 찾아라!]

대답할 겨를도 없이 절벽 위로 날아간 하제는 아래를 내려다보기가 무서워 바위틈에 숨어서 바들바들 떨고 있는 리리를 찾을 수 있었다.

"저, 전하!"

"노루 할멈이 너를 찾아가라고 했다."

그러자 리리가 품 안에서 액체가 든 유리병과 도화나무 가지 하나를 건네주었다.

"이것을 전해드리면 아신다고 하셨어요. 우리 왕후마마를 부디 잘 부탁드립니다. 전하."

"고맙다. 왕후마마는 내가 반드시 지킬 것이니 걱정 마라."

처음으로 자신에게 감사하다고 미소를 지어준 임금의 태도에 리리는 신기하면서도, 절벽 아래의 상황이 너무나도 무섭고 두려워 아직도 오금을 저리고 있었다.

"네 소임은 다했으니 이만 돌아가도 좋다! 가능한 이곳에서 멀리 도망가라."

"예, 예!"

리리는 그리 말하고 쏜살같이 그 자리에서 달아나기 시작했다. 하제는 받은 것들을 품속에 넣고는 곧장 날개를 펼쳐 동굴 입구로 향했다. 그러자 염라와 옥황도 하제를 주목하고는 다가오려 했으나, 노루 할멈이 거미줄처럼 달라붙는 보호 결계를 치기 시작했다. 하여, 하제에게 일정 거리 이상 다가갈 수 없었다.

"하제! 어서 가라!"

"버틸 수 있겠느냐?"

"어서!"

"알았다."

하제가 고개를 끄덕이며 급속히 결계를 열더니 동굴 안으로 들어갔다. 하제가 들어가자마자 노루 할멈의 결계가 무너지고 옥황과 염라, 다시 일어난 해왕마저 모여서 동굴에 집중 공격을 퍼붓기 시작했다. 서서히 동굴의 결계가 흔들려 일렁거렸다.

곧장 은소를 찾은 하제는 거의 탈진한 채로 쭉 뻗어 있는 그녀의 모습에 기함을 할 뻔했다. 온몸에 식은땀을 흘린 것인지 파리한 낯빛에 많이 지쳐 보이는 기색이었다.

"……은소! 어떻게 된 것이냐?"

"……하……제?"

하제를 알아본 은소의 입가에 희미하게 미소가 그려졌다.

"도, 돌아와 줬구나…… 당신."

은소의 눈에서 눈물이 왈칵 쏟아져 내렸다.

"나…… 당신 없이 해냈어."

숨을 할딱이면서 은소가 하제를 바라보았다. 정신이 아득한 얼굴이었다. 무슨 말인가 싶었는데 은소가 누워 있던 둥지를 들여다본 하제는 그제야 이해하고 깜짝 놀랐다. 안에는 은소가 양털을 끌어다가 커다란 알을 품고 있었던 터였다. 크고 둥근 알은 무척 건강했다.

"이것 봐…… 아기 심장 소리가 들려."

알에 귀를 대고 있으면 쿵쾅거리는 심장 박동이 들려올 정도였다. 둥지에 들어가 알에 귀를 댄 하제의 붉은 눈동자에도 어느새가 눈물이 차올랐다. 이 어려운 순간에 낳은 소중한 아기였다. 말할 수 없는 감동에 하제는 지그시 눈물을 훔쳤다.

은소의 얼굴을 몇 번이고 보듬으면서 하제가 말했다.

"……은소, 참으로 고생했다. 고맙다. 혼자서 잘 해내주었다."

"당신이야말로 무사히 돌아와 줘서 고마워."

은소가 힘겹게 몸을 일으키곤 하제를 끌어안았다. 그러고 나서야 하제의 엉망진창이 되어버린 몰골을 알아보았다. 하제의 상처는 이루 말할 수 없을 정도로 처참한 지경이었다.

"……대체 무슨 일이 있었던 거야. 왜 이렇게 당하기만 했어……."

하제는 대답하지 않았고, 은소도 인상을 쓰면서 치유의 인을 사용하기 시작했다. 그러나 하제는 고개를 저었다.

"치유할 시간이 없다. 밖에 그들이 와 있다. 노루와 사우가 간신히 버티면서 시간을 벌고 있다. 이 동굴의 결계가 무너지는 것도 시간문제다. 속히 이곳을 떠나야 한다."

"……방법은 있는 거야?"

알을 소중히 품은 채 은소가 말했다. 이제 새끼를 지키는 어미의 눈빛을 하고 있었다.

"물론이다."

하제는 은소에게 안심하라는 듯 이마에 깊게 입술을 맞추었다. 그러고 나서 도화나무 가지의 향기를 맡고는 세 번을 흔들었다. 그러자 눈부시게 반짝이는 빛과 동시에 도화나무 가지에서 익숙한 목소리가 흘러나왔다.

―감히 내 단잠을 깨우다니 대체 무슨 일이냐? 노루?

날카로운 호통의 주인은 다름 아닌 서왕모였다.

"……노루가 아니라, 나다. 하제. 지금 옥황과 염라, 해왕이 감로화를 가지러 왔다. 부탁한다. 반도 정원으로 가는 길을 열어줘."

*　　*　　*

사방에는 나른한 기운과 함께 연두색이 만연해 있었다. 향긋한 복숭아나무의 냄새가 코를 찔러오자, 하제는 정신이 들었다. 서왕모가 흔쾌히 자신의 요청을 받아들여 선계의 반도 정원으로 자신과 은소를 소환했다.

다행히도 알은 무사했다. 양털로 감싸여진 알을 하제는 품 안에 꼭 안고 있었다. 그러나 하제는 문득 제 곁에 은소가 없다는 것을 알아차리고 당혹스럽게 눈동자를 굴렸다.

"……은소는 다른 장소에 떨어진 것인가?"

하제가 그리 중얼거리자 구천현녀를 대동한 서왕모가 나타났다. 하제가 까칠한 말투로 물었다.

"은소는 어디 있지?"

서왕모가 눈을 흘기고 혀를 차면서 대답했다.

"이놈 좀 보게나. 힘들게 도와줬더니 감사하단 말은 못할망정 도리어 성을 내는 것이야? 흥!"

하제는 문득 떠오른 것이 있었는지 눈을 빛내며 말했다.

"……고맙다, 서왕모. 그래서 은소는?"

"네 부인 잘 피어 있으니 걱정 말아라. 이놈아!"

역시 그랬다. 이곳 선계의 반도 정원에 발을 들이면 은소는 본래의 모습인 감로화로 피어 있게 된다. 은소가 무사하다는 사실을 확인한 하제는 그제야 한숨을 폭 내쉬었다.

"어서 안내해라. 끄윽."

몸을 일으키던 하제가 신음을 흘렸다. 종전의 전투에서 무참히 당했던 상처가 아직 쓰라렸다. 특히 가슴 부근의 깊숙하게 파인 상처는 뼈가 보일 정도로 심했다. 보통 사람이라면 일찌감치 죽었을 만큼 커다란 상처였다. 그곳에서 피가 쿨럭이듯 쏟아졌다. 고통 때문에 조금 날이 선 표정의 하제를 보고, 서왕모의 곁에 있던 구천현녀가 말했다.

"저기. 하제 님, 너무 걱정하지 않으셔도 돼요. 아주 곱고 아름답게 잘 피어 계시니까요. 생전 처음 감로화님을 뵈었는데 그만 넋이 나가는 줄 알았답니다. 참, 몸이 불편해보이시니 알은 이리 주시면 제가 옮겨드릴게요."

구천현녀는 감로화에게 흠뻑 빠진 얼굴로 재잘거렸다.

"괜찮으니 앞장서라."

하제는 어서 안내하라는 눈빛을 쏘면서 그들의 발길을 재촉했다. 스르륵, 두루미로 변신한 하제는 알을 움켜쥔 채 낮게 날면서 그들을 따랐다. 이윽고 서왕모의 발길이 수풀로 뒤덮인 야트막한 땅에 다다랐다.

"감로화는 여기 있다…… 이곳이 가장 양분이 많은 곳이라 옮겨 심었다."

서왕모가 말을 덧붙였으나, 이미 하제의 귀에는 아무것도 들리지 않았다.

무지갯빛 감로화로 피어난 은소의 모습은 가히 고왔다. 물론 은소의 원래 모습에 비견할 바는 아니었다. 그러나 꽃 따위의 모양을 보면서 여흥을 즐긴 적 없는 하제가 보기에도 무지갯빛 감로화는 매우 아름다웠다.

새벽이슬만을 맞으면 저리 깨끗하고 함초롬하게 피어날 것인가? 달의 자장가만을 들으면서 잠들면 저리 화사하고 뽀얀 자태를 가질 것인가?

만개 전 감로화의 모습과는 분명 차이가 있었다. 본래 감로화는 일곱 장의 하얀색 꽃잎이 마치 여인의 치마폭처럼 겹겹이 포개져 있었다. 그러나 만개한 감로화의 꽃잎은 활짝 펼쳐져 있었다.

마치 금방이라도 하늘로 날아오를 듯 나풀거려, 나비 날개 같았다. 쉴 새 없이 반짝이는 것이 별 가루를 뿌려놓은 듯 작은 은하수 같았다. 둘레에는 둥글게 무지갯빛 오로라 띠가 둘러져 있어 신비함을 더했다. 하제는 한 발자국 다가서면서 꽃을 살폈다.

사르르.

어찌 된 영문인지 부르르 떨던 감로화의 꽃잎이 한 장 바닥으로 떨어졌다. 혹시 은소에게 무슨 변고가 있는 것인가 싶어 크게 놀란 하제의 동공이 흔들렸다. 하제는 서왕모를 돌아보며 물었다.

"이, 이게 어찌 된 일이냐? 꽃잎이 하나 떨어졌다."

그러자 서왕모도 놀라운 듯, 꽃을 자세히 들여다보았다. 빛깔이나 꽃잎, 줄기의 상태를 보았을 때 분명 꽃은 아무 탈 없이 건

강한 상태였다.

"글쎄다. 내 눈에는 정상으로 보이는데."

그때 하제의 머릿속으로 매우 행복한 목소리가 날아들었다. 어쩐지 설렘에 부푼 목소리처럼 들리기도 했다. 그래서 하제는 처음에는 그것이 은소의 목소리라는 것을 쉬이 깨닫지 못했다.

[하제…… 하제, 이리 가까이 와줘. 우리 아기, 당신이 데리고 있었구나. 눈에 보이지 않아서 불안했어.]

아기를 걱정하는 은소의 전언을 듣고, 하제는 경이로움에 가득 찬 얼굴로 감로화를 들여다보았다.

"은소? 우리 모습이 보인다고?"

[바보. 말로 하지 말고 전언으로 하도록 해.]

그제야 하제가 고개를 끄덕이며 서왕모와 구천현녀에게 말했다.

"잠시 은소와 대화를 하겠다. 놀랍게도 전언이 왔다."

"호오, 그러냐. 얼마든지 하도록."

그러자 서왕모와 구천현녀가 빙긋 웃으면서 고개를 끄덕거리곤 걸음을 옮겼다. 하제는 알을 들고 감로화에게 한층 다가섰다. 은소가 알을 자세히 볼 수 있을 만치 가까이. 그러는 동안, 알이 통통거렸다. 엄마를 만나서 기쁜지 갑작스레 움직임이 커져서 하제는 순간 품 안에서 알을 놓칠 뻔했다. 하제는 다시 정신을 집중하고 전언을 보냈다.

[여길 봐라, 은소. 알은 건강하다.]

이윽고 꽃이 바르르 떨면서 은소의 전언이 전해져왔다.

[다행이다. 내가 곁에서 품어주어야 하는데…… 우리 아가에게 미안해서 어쩌지?]

[걱정 마라. 내가 잘하고 있으니까. 헌데 너는 꽃잎이 떨어졌는데 멀쩡한 것인가?]

[응, 조금 간지러운 느낌이 든다 싶었는데 떨어져 버렸어.]

하제는 불안한 얼굴로 전언을 보냈다.

[설마 네가 돌아왔을 때 팔 하나가 없거나 그런 모습인 것은 아니겠지?]

[악담하지 마. 하나도 아프지 않은걸.]

[꽃이 된 너와 이야길 하다니 기묘한 기분이군.]

[응, 나는 아주 기분이 좋아. 마치 폭신한 이불에 누워 있는 기분이야. 그야말로 푹 쉬는 기분.]

[그것 잘되었군.]

[나보다는 당신이 더 걱정이야. 많이 다쳤잖아…….]

[나는 괜찮다. 너와 알만 무사하다면. 나는 아무래도 좋다.]

하제가 아주 소중한 이를 대하듯 하얀 꽃잎을 쓰다듬었다. 빤히 바라보는 하제의 눈빛에는 애정이 담뿍 담겨 있었다.

[하제, 내 떨어진 꽃잎을 삼키도록 해.]

하제가 감로화 아래에서 여전히 은은하게 빛을 발하고 있는 하얀 꽃잎 한 장을 주워, 손바닥 위에 올려놓았다. 보드랍고 여린 꽃잎이 닿자마자 손바닥 위로 온기가 전해지기 시작했다.

[하제, 그것을 삼켜.]

하제는 고개를 천천히 저었다. 그러고는 완전히 굳은 얼굴로 말했다. 분명 정색하고 있는 것이렷다.

[내가, 내가 어찌…… 너의 일부를 삼킬 수 있겠느냐? 은소, 그럴 수 없다.]

[괜찮아. 아무 일 없을 거야. 내가 바로 영약이라면서. 나도 당신을 돕고 싶어. 그렇게 해줘. 제발, 하제. 응?]

은소의 다그침에도 오랫동안 침묵을 지키던 하제는 손바닥 위에 올려진 꽃잎을 바라보았다.

[역시 안 되겠다.]

[내 부탁이야. 당신이 아픈 거 싫어.]

은소가 그리 간곡하게 말하니 안 먹을 수도 없었다. 하제는 눈을 질끈 감고는 입안으로 꽃잎을 넣었다. 이상했다. 분명히 매혹적일 만치 달콤한 향기와 맛인데도 하제는 그것을 맛있게 먹어치울 수 없었다. 하제의 붉은 눈에는 어느새 눈물이 차올라 있었다.

그 사이 은소의 전언이 날아들었다.

[어때? 감로화의 꽃잎을 맛본 소감은?]

[지금까지 먹어본 음식 중, 지독하게도 맛이 없더군.]

[거짓말쟁이. 어서 삼켜.]

꽃이 되고 나서 시야가 더 환해진 모양이었다. 하제는 은소의 말을 듣고는 입안에 든 꽃잎을 꿀꺽 삼켜버렸다. 목구멍을 타고 넘어갈 때까지는 심적으로 불편한 느낌에 멍하니 있었다. 이윽고 감로화의 효과가 극명하게 드러났다.

몸의 곳곳, 혈관 끝까지 빠르게 온기가 퍼짐과 동시에 하제의 피가 멎고 벌어진 상처들이 거짓말처럼 수초 만에 점점 낫더니 이제 완전히 흔적조차 남아 있지를 않았다. 몇 분이 흐르자, 전투하기 전 자신의 본래 몸보다도 수 배 정도 강해진 것을 느낄 수 있었다.

하제는 잠시 몸을 이리저리 움직여 보고 주변을 휘둘러보았다. 확실하게 느낌이 달랐다. 모든 것이 상승되어 있었다. 감각은 물론, 체내의 힘도 월등하게 늘어났다. 솔직히 말해 기운이 펄펄 솟기에 당장이라도 무언가를 부수고 싶은 기분이 들 정도였다. 이것은 천 년 전에 감로화를 통째로 삼켰을 때의 그 힘과 거의 비등했다.

'이것이 만개한 감로화의 힘.'

하제가 감로화의 생명력과 치유력에 감탄하고 있을 때, 머릿속에 다시 은소의 전언이 들려왔다.

[하제, 나는 이 정원에서 기다리고 있을게. 그동안 무녀님과 가막사우를 구해줘. 우리 때문에 무고한 사람들을 희생시킬 수는 없잖아.]

하제가 고개를 끄덕였다. 안 그래도 다시 얼음 동굴에 가보려던 참이었다. 하제도 노루 할멈과 사우가 걱정이 되던 참이었다.

[알겠다. 이곳에서 편안히 지내고 있도록. 빨리 돌아오겠다.]

[하제, 우리 아이 내가 지킬 테니까 곁에 놔두고 가줘.]

하제는 그 말을 듣고는 감로화의 곁에 흙을 우묵하게 파낸 뒤 조심스럽게 양털을 깔고 알을 놓았다. 감로화의 꽃잎이 일순 더욱 벌어지면서 꽃잎 한 장이 알 위에 고이 떨어졌다. 알 전체를 겹겹의 따뜻한 빛 무리가 감쌌다. 은소의 꽃잎이 한 장 더 떨어진 것을 보자 하제는 조심스레 말했다.

"그렇게 꽃잎을 떨궈도 되는 것인가?"

[걱정하지 마. 나는 아무렇지도 않아. 그저 우리 아기를 생각했더니 꽃잎이 저절로 한 장 떨어졌는걸.]

그제야 안심한 얼굴이 된 하제는 백색의 날개를 펼치곤, 그 길로 곧장 서왕모를 다시 찾아가 말했다.

"아라연에 다시 다녀와야 한다. 노루 할멈과 내 부하가 옥황과 싸우고 있다."

그러자 다과를 들던 서왕모가 부드러이 말했다.

"노루는 워낙에 준비성이 강한 이가 아니냐. 걱정 말아라, 하제."

"그게 무슨 말인가?"

"가만히 있어 보거라."

이상스럽게도 느긋한 어조로 말하는 서왕모의 태도가 하제는 이해가 가질 않았다. 그때였다. 파츠츠츳, 소리와 함께 먼 곳에서 푸른빛이 일렁이다가 이내 사라졌다. 반도 정원 쪽이었다.

"무사히 도착했나 보구나."

"도착이라고?"

"가 보자꾸나."

서왕모는 그리 말하더니 스르륵 모습을 감췄다. 순간이동을 쓴 모양이었다. 하제는 날개를 펼쳐 반도 정원 위로 날아올랐다. 수풀 사이로 서왕모와 다른 두 사람이 함께 있었다. 다름 아닌, 노루 할멈과 사우였다. 하제는 곧장 내려앉았다. 하제가 도착하자 서왕모가 말했다.

"도화나무 가지를 노루가 하나 더 가지고 있었다. 하여, 내가 이리로 소환했다."

"제가 받을 공격을 무녀님께서 대신 받으시고 이리되셨습니다."

사우가 고개를 떨구며 말했다.

사우는 다리에 찢어진 상처가 있는 것 외에 외상은 없었으나 노루 할멈의 상태는 좋지 않아 보였다.

"사우, 그대는 최선을 다해 주었다. 따지고 보면 전부 내가 받을 공격이었다."

"그런…… 말씀 마십시오. 전하와 왕후마마를 지키는 것이 제 의무입니다."

사우의 숙인 고개는 들려질 줄을 몰랐다.

하제는 조용히 하제의 어깨를 두드리면서 노루를 살폈다.

얼굴이 보랏빛으로 변해 있었고, 팔목에 날카로운 이빨에 물린 상처가 있었다. 하제는 그것이 염라의 짓이라는 것을 알 수 있었다. 과거 놈에게 당한 기억은 아직도 끔찍했다. 저대로 놔두면 몸의 독이 퍼질 터였다. 하제가 다급히 서왕모에게 말했다.

"염라의 독을 치료할 방법이 있나?"

서왕모가 고개를 저었다.

"염라의 독은 보통 맹독이 아니라, 반도를 먹여도 차도가 없을 것이다. 차라리 감로화에게 데려가 보자."

하제는 고개를 끄덕였다. 쓰러져 있던 노루 할멈이 힘겹게 입술을 열었다.

"하, 하제. 무사해 다행이다. 으, 은소는 어찌 되었누?"

"은소는 이곳에 감로화로 피어 있다."

그러자 노루가 나지막이 중얼거렸다.

"그래, 꽃으로 피어 있다는 말이냐? 은소를 만나고 싶구나. 쿠흡!"

노루 할멈의 입에서 피가 흘렀다. 노루 할멈의 눈가에는 한 줄기 눈물이 흘러 있었다.

"은소도 널 그리워했다."

"이 늙은이가 뭐 그리 예쁘다고, 쿠훌럭!"

그리 말하면서도 노루는 흐뭇한 기색이 비쳤다. 하제는 노루를 안아 들고는 감로화, 은소가 피어 있는 곳으로 날아갔다. 그 뒤를 가막사우가 따랐다. 서왕모는 조용히 그들을 지켜보더니 중얼거렸다.

"이제야 평온한 얼굴을 짓는구나, 노루."

*　　*　　*

파아아앗!

퍼억! 쿠구궁.

결계가 무너짐과 동시에 해왕이 얼음 동굴의 입구를 날려버렸다. 옥황이 손 안에 푸른 섬광을 동굴 안으로 흘려보냈다. 파동처럼 퍼져 나간 섬광은 투그르르, 하고 동굴 안쪽까지 내달렸다. 섬광이 지나는 자리마다 쩌저저저저적, 하고 얼음이 갈라지고 부서져 내렸다. 그러자 단숨에 동굴이 무너져 내렸다. 일부는 내부가 훤히 드러나 있었다.

스스슷, 염라가 비늘을 부딪치며 인간의 몸으로 돌아오더니 사안이 더욱 가늘어졌다.

"허면, 이 동굴 어딘가에 있겠구나. 그러나 조금 이상하지 않으냐?"

염라가 어느샌가 곰방대를 꺼내어 물면서 고개를 갸웃거렸다. 옥황이 붉은 눈을 빛내며 물었다.

"무엇이 이상해?"

염라가 후우 입속의 연기를 내뿜으면서 코를 킁킁거렸다.

"꽃 특유의 달콤한 내음이 거의 나질 않는다."

옥황은 순간 눈이 번쩍 뜨였다. 염라의 말대로 감로화 특유의 꿀 떨어지는 듯한 단내가 풍기지 않았다. 옥황은 믿지 못하겠다는 듯 중얼거렸다.

"그럴 리 없어."

해왕도 코를 벌름거리며 말했다.

"어허, 이놈들 혹시 도망친 것 아니냐?"

옥황의 붉은 눈이 더욱 새빨개져서 거의 형광색에 가까울 정도로 변했다.

"내 눈으로 직접 확인해야겠어."

옥황은 슈우욱, 날아가듯 발돋움을 하면서 달려갔다. 이윽고 도착한 가장 깊고 아늑한 방. 그곳에 아늑한 두루미의 둥지가 가지런히 틀어져 있었다. 옥황이 뭔가에 얻어맞은 듯한 얼굴로 우두커니 그대로 서 있었다.

"……꽃이 없다고? 마, 말도 안 돼."

뒤따라온 해왕이 인상을 팍 구기며 말했다.

"대체 이게 어찌 된 일이냐? 꽃은 물론이고 하제 놈도 보이질 않는다."

염라가 조소에 가까운 웃음소리를 내면서 제 비늘을 매만졌다.

"옥황, 처음부터 네가 빼돌린 것은 아니더냐?"

옥황이 눈썹을 까딱 치켜 올렸다.

"너, 지금 나를 의심하는 거야?"

염라의 노오란 눈이 더욱 빛을 발했다.

"허면, 동굴 속에 있던 꽃이 감쪽같이 어디로 사라졌단 말이더냐? 이번 일은 처음부터 네가 전부 나섰지 않은가. 게다가 꽃의 그림자 한 번 보지 못했으니 내가 믿을 수가 있겠느냐?"

"쿠쿡, 멍청한 짓도 적당히 하지그래? 스스로 그리 말하는 걸 보니 네놈이야말로 감로화를 뒤로 빼돌린 거 아니냐? 사실 네가 감로화를 탐하지 않겠다는 말을 믿을 수가 없었지. 어쩐지 처음부터 협조를 잘한다 싶었는걸……."

스솨사아아앗!

키오오오오!

염라가 뱀의 기운을 뿜어내자, 옥황 역시도 토끼의 기운을 풀기 시작했다. 주변은 이미 거대한 두 개의 기운이 부딪치는 탓에 먹구름이 드리워지고 하늘이 어두워졌다. 해왕은 그들을 말리고 싶었지만, 둘 다 말릴 수준으로 분노한 것이 아니기에 조용히 사라지는 길을 택하기로 했다.

"하, 하하. 꽃을 놓쳤으니 나는 이만 해랑궁 일이 바빠서 돌아가야겠다!"

그러자 두 쌍의 형형한 눈동자가 해왕에게로 향했다.

"잠깐, 해왕. 거기 서라!"

"해왕, 저 녀석이 가장 수상하구나."

바다를 향해 떠나려던 해왕의 목덜미가 염라의 뱀에게 사로잡히고 말았다.

"젠장! 진짜 해보자는 것이냐?"

해왕 역시 화가 나서 방천극을 거세게 쥐어 올렸다. 이윽고 세

왕이 서로를 노려보는 순간, 그 공간에는 자동적으로 황금빛의 거대한 진이 처졌다.

인간들의 땅 위에서 신들이 싸울 경우에 저절로 발동하는 진으로, 인간들의 환경이나 생물들에게는 아무런 영향을 끼치지 못하도록 되어 있었다. 신들의 세 왕이 싸우는 일은 무척 드물기도 했지만, 일단 한번 시작하면 그 끝을 보고야 마는 성질의 것이었다.

세 왕 모두 그 자존심을 전혀 굽히는 성정도 아니었고, 굽혔다가는 약하다고 스스로 인정을 하는 꼴이었다. 일단 한번 시작하면 그 끝을 보는 싸움이라. 하여 적당히 끝나는 싸움이 아닌지라 짧으면 며칠 만에 끝날 수 있지만, 길어지면 계절이 몇 번이나 바뀌어도 끝나지 않을 수가 있었다.

그리하여 황금진이 펼쳐졌다는 사실이 선계와 심해, 명부로 전해지자, 각각 반응이 달랐다.

선계 옥황궁의 사선녀들은 비상대책으로 옥황이 맡았던 업무를 나눠 가져야 해서 짜증이 솟구쳤고, 심해 해랑궁의 사장군과 해마 대신은 조용히 연회를 열었고, 명부 암연궁의 모든 움직이는 것들은 잠시 잠에 빠져들었다.

* * *

감로화의 세 번째 꽃잎은 노루가 먹었다. 이제 할멈이라는 호칭으로 부르기 어려울 정도로 그녀는 놀랄 만큼 젊어져 있었다. 맹독이 치유된 것은 물론이요, 중년의 아리따운 모습을 되찾았다. 완전히 젊음을 되찾은 것은 아니지만, 노루는 그것만으로도 소원을 이루었다며 기뻐했다. 기운을 되찾자 노루는 하제와 은소가 머무르고 있는 도읍의 습지로 찾아가 말했다.

"세 왕의 싸움으로 잠시 시간이 벌린 것뿐이다. 그들은 다시 감로화를 탐할 것이다. 그래, 결정은 한 것이냐? 은소의 세계로 떠날 것인지 말 것인지."

"아직 고민 중이다."

"하제, 너는 분명 이곳에서 얻은 많은 것을 모두 버려야 할 것이다."

노루의 말을 잠자코 들으면서 생각에 잠겨 있던 하제가 품속에서 투명한 유리병을 하나 꺼내 들었다. 노루가 주었던 그 약은 바닷물길이 열리는 아랫날에 삼키고 바다에 뛰어들면 이계로 갈 수 있는 묘약이었다. 은소를 아라연에 데리고 왔던 바로 그 약.

유리병 안의 액체를 조용히 바라보던 하제는 나직이 말했다.

"은소의 안전을 위해서라면 나는 그 무엇도 포기할 수 있다. 그러나 가장 중요한 건 그녀의 의사이다. 나라는 존재는 이제 오로지 은소에 의해서 움직이고 생각하도록 되어버렸으니까. 그러니까 그게 최선이다."

노루가 허허 웃으면서 말했다.

"정말이지 네놈을 이리도 변하게 한 것을 보면 은소가 참 대단하단 말이야."

"무슨 말을 하는지 잘 모르겠군. 그럼 쉬어라."

하제가 자리에서 슥 일어나 나가버렸다. 어색하면 모르는 척하면서 자리를 뜨려는 하제 특유의 행동이었다. 노루는 낮게 웃으며 중얼거렸다.

"저렇게 행복한 얼굴로 지내는 걸 보니 걱정은 안 해도 되겠구먼."

하제는 한달음에 은소에게 달려갔다. 어서 빨리 은소에게 이야기를 들려주고 싶었다. 그동안 어찌 참았는지 모를 정도로 갑자기 안달이 나 있었다. 그 예쁜 눈이 반짝거리고, 입술에서는 기뻐서 어쩔 줄 모르는 비명이 쏟아졌으면 좋겠다.

달빛에 동그마니 비치는 뒷모습이 사랑스러웠다. 은소는 꾸벅꾸벅 졸면서도 고집스럽게 알을 품고 있었다. 하제는 살며시 다가가 뒤에서 은소를 폭 끌어안았다. 매번 당하면서도 깜짝 놀라 움찔거리는 은소의 기척이 재밌었다.

"어, 하제?"

"많이 피곤한 모양이군? 은소, 네게 줄 것이 하나 있다."

하제는 함빡 미소가 머금어지는 것을 억지로 참으면서 은소의 눈앞에 투명한 유리병 하나를 내밀었다. 은소의 눈이 커다래지며 물었다.

"이게 뭐지?"

"너를 이 세계에 데려온 약이다. 이게 있으면 다시 돌아갈 수 있다.”

“뭐? 이게 대체 어디서 난 거야? 혹시 무녀님이?”

놀란 눈을 끔벅거리는 은소에게 미소를 지으며 하제가 가벼이 고개를 끄덕였다.

“……이걸로 정말로 집에 갈 수 있다고?”

“그래. 네가 결정해라. 나는 네 의사를 존중하고 따를 것이다. 너는 나의 전부니까.”

순간 은소의 눈에 눈물이 가득 차올랐다. 쉬이 어떤 생각도 나지 않았다. 그저 눈앞의 이 사람이 너무나 소중하고 사랑스러워서, 그를 억세게 껴안아버렸다.

二十五花
종장

이른 봄바람은 차가웠다. 정오가 지나서야 깊숙이 위치한 갈대습지 안쪽까지도 볕이 제법 들어왔다. 이제 갓 도착했지만 하제는 능수능란하게 둥지를 마련해 그럭저럭 쓸 만한 보금자리를 찾을 수 있었다.

삼월의 금강 하굿둑은 아직 갈색의 마른 풀로 뒤덮여 있었다. 은소는 하제가 알을 품는 동안 쏟아지는 햇살에 나른하게 기지개를 켰다. 조금 시야를 길게 내다보자, 저 멀리 아스팔트 건물이 보이고 도로로 지나는 차들도 보였다. 새삼 도시를 접하니 모든 게 새로우면서도 반갑기도 했다.

하제를 처음 마주쳤던 바로 그곳, 대한민국 군산이었다. 가온에 간 지 일 년 만에 드디어 자신의 원래 세상으로 돌아왔다. 그리 하염없이 풍경을 감상하고 있던 은소에게 하제의 목소리가 들려왔다.

"집에는 돌아가지 않을 건가?"

가슴 깃털까지 풍성하게 만들어 하제는 정성스럽게 알을 품고 있었다. 은소는 맑은 하늘을 바라보면서 대답했다. 바람에 나부끼는 은소의 머리카락은 그동안 많이 길었다.

"우리 아기가 깨어날 때까지는 여기서 둘이 지내자. 어차피 포란은 야생에서 해야 하잖아."

"그렇지. 포란하고 나면?"

하제가 고개를 끄덕이면서도 그 뒤를 다시 물었다. 은소는 마치 꿈꾸는 소녀 같은 얼굴로 말했다. 어쩐지 그 모습은 신나 있었다.

"우리 엄마를 만나 뵈러 가자. 어수선한 성격이시지만 분명 당신을 좋아하게 되실 거야. 우리 아기도 그렇고."

"그랬으면 좋겠군."

은소는 하제에게 다가와 그의 입술에 보드랍게 입 맞추면서 말했다.

"그러고 나서 제주도로 가서 살자. 모아둔 돈이 아직 은행에 있어."

그 이야기를 하면서 걱정스러운 표정을 짓는 은소에게 하제가 품속에서 묵직한 주머니 하나를 꺼냈다.

"돈을 구해야 한다면 이걸 팔도록 하자."

하제가 내민 주머니를 펼쳐보자, 그 안에는 갖가지 옥들이 종류별로 들어 있었다. 햇빛에 반사되어 청명하게 빛나는 보석의 빛이 찬란했다. 은소는 깜짝 놀라서 하제에게 말했다.

"이걸 언제 챙겨둔 거야?"

"천하의 하제가 빈털터리로 살 수는 없지 않나."

"그거야 그렇지만 팔기엔 아까워."

"내가 준 비녀만 팔지 않으면 나는 괜찮다."

그리 말하는 하제의 코를 손가락으로 콕 누르며 은소가 말했다.

"그건 말 안 해도 영원히 간직할 거야."

"그래, 이만하면 사는 것은 걱정하지 않아도 될 것인가?"

그러자 은소가 고개를 살랑살랑 저었다.

"그래도 당신은 일을 구해야 할 거야. 사람은 모름지기 직업이 있어야 해. 이제, 당신은 임금이 아니거든."

"어려울 것 없지. 문제없다."

기세등등한 얼굴로 하제가 말하자 은소가 조금 웃으며 물었다.

"정말로? 천하의 하제가 남의 명령을 듣고 움직여야 하는데?"

"너와 함께 사는 대가가 그것뿐이라면 아주 쉽다."

"그뿐만이 아닐 거야, 하제. 이곳에서는 우리가 두루미 환수 일족이라는 걸 숨겨야 해."

그러자 하제가 기가 막힌다는 얼굴로 말했다.

"그것은 나도 잘 알고 있다. 너, 나를 너무 무시하는 게 아니냐?"

"……그랬나. 미안해. 아무튼 당신이 배워야 할 게 한두 가지가 아니야. 말하는 법, 인사하는 법, 하물며 자동차나 지하철 타는 법까지 전부 배워야 해."

"그깟 거 하루쯤이면 충분할 터, 이리 오기나 해라."

"하루 가지고 안……."

은소를 잡아당기면서 하제는 순간 그녀의 아랫입술을 살짝 깨물었다. 달콤하게 열리는 입술 사이로 말캉한 촉감을 느끼면서 한참 동안 입을 맞췄다. 그때였다.

순간 통통! 하고 알이 튀어 오른 것이다. 둘은 그 움찔거림을 느끼면서 마주 보고 웃었다. 행복했다. 이제부터가 진짜 새로운 시작인 것 같았다. 그렇게 두 사람은 금강 변의 습지에서 포란을 시작했다.

* * *

하제는 은소가 혼자 포란하게 두지 않았다.

교대로 하자고 서로 약속은 했지만, 은소보다 하제가 알을 품는 시간이 더욱 많았다. 알을 품는 것은 생각보다 어려운 일이었다. 매서운 추위와 눈보라 속에서도 알 전체를 고르게 감싸 안아 주어야 했다. 잠도 자지 않고 한시라도 떨어지지 않고 세심하게 신경을 써 주어야 하는 것이다. 또한 허름하고 버려진 둥지에서 언제까지 지낼 수는 없는 노릇이었다. 하제는 부지런히 둥지를 새롭게 지었다.

어느 한 번은 은소가 졸다 지쳐 알이 데구르르 굴러가 몇 시간이나 추위에 노출되었는데, 둥지로 돌아온 하제가 겨우 발견하는 아찔한 순간도 있었다.

따지고 보면 보통 여자들은 열 달이나 고생하는 출산 기간이 자신은 넉 달도 채 되지 않았다. 그러나 알 속에 혼자 있을 아기를 생각하면 걱정이 자꾸 구름처럼 커졌다.

은소에겐 무척이나 긴 기다림이었다. 이윽고 봄비가 부슬부슬 내리던 날 작은 손님이 찾아왔다.

무엇보다 소중한 보물,

만나기도 전에 가슴 설레게 만든 유일무이한 존재,

태어나기도 전에 제 마음을 독차지한 아이,

하제와 자신을 더욱 단단히 엮어줄 하나뿐인 아이였다.

은소가 여느 날처럼 알을 품던 도중이었다. 따스하고 매끄러운 알껍데기를 통해 전해지는 아기의 움직임은 무척이나 컸다. 워낙에 움직임이 활발한지라, '오늘도 잘 노는 날이구나' 하면서 은소는 제 날개깃으로 깊숙이 감싸 안아 알을 따스하게 만들었다. 그럴수록 아기는 더욱 신나게 움직였다.

통통!

토독, 톡!

이윽고 들려온 미세하게 뭔가가 깨지는 소리에 은소는 알에서 떨어져 살펴보았다. 호박보다도 커다란 미색의 둥근 알이 움찔거리더니 가장 윗부분의 껍질을 그대로 뒤집어쓴 채 토도독 하고 아기가 머리를 쏙 내밀었다. 처음으로 만나는데 아무 마음의 준비도 하지 못한 것이 못내 아쉬웠다.

"어?"

은소가 놀라서 쳐다보자 아기도 동그란 눈동자로 엄마를 바라보았다. 머리만 내민 아기는 땀에 한껏 젖어 있는 상태였다. 토독, 이내 작고 오동통한 자그만 오른손이 나머지 알껍데기도 뚫고 나왔다.

"나…… 나왔다."

그렇게 중얼거리던 은소는 넋을 놓고 아기를 바라보았다. 신기하고 신기한 일이었다. 은소는 다시금 입술을 열어 아기에게 말했다.

"우리 아가, 고생했어."

은소는 조심스레 아기에게 손을 내밀었다. 그러자 알아들었는지 아기가 꼬물거리며 손가락을 가져다대었다. 순간 찌르르, 하고 가슴속에 무언가가 물결치는 듯했다. 은소는 자신을 톡 건드리는 자그만 손길에 너무나 사랑스럽고 기뻐서 그만 말을 채 잇지 못했다.

"세, 세상에나……! 하, 하제. 빨리 와봐!"

은소의 다급한 목소리를 멀리서 들은 하제는 곧 둥지로 향했다. 주변 시찰을 마치고, 안 그래도 오늘 종일 알을 품은 은소 대신에 자신이 알을 품으려 했다. 그렇게 아무렇지 않게 둥지로 날아든 순간이었다. 하제는 그만 발걸음을 떼지 못하고 그대로 우뚝 멈춰버렸다.

하제는 숨을 죽인 채 은소와 자신의 아기를 지켜보았다. 은소는 아기를 조심스럽게 안아 올린 뒤, 보드라운 천으로 몸을 감싸주었다. 너무나 작아서 안는 것조차 조심스러울 정도였다. 이제 갓 태어난 아기라고는 믿기지 않을 정도로 기운찬 모습이었지만, 은소는 혹여나 걱정이 되어 치유의 인을 사용했다. 부드러운 빛이 아기의 주변을 은은히 감싸자, 꺄르륵 하고 아기가 방긋방긋 웃었다. 기분이 좋은 모양이었다.

그러자 하제의 마음이 사르르 녹아서 닳아 없어질 것만 같았다. 은소도 하제를 돌아보면서 아기를 안고 다가왔다.

“우리 아기야. 예쁜 공주님이셔.”

“…….”

하제는 목구멍에서 쉬이 말이 나오지 않았다.

믿기 어려울 정도로 사랑스러운 생명체였다. 하제는 은소가 넘겨주는 아기를 품에 안아 들었다. 하제와 은소를 닮아서 눈처럼 하얀 백발과 루비처럼 붉은 눈동자를 지니고 있었다. 믿을 수 없을 만치 보드라운 살결과 발그레한 두 뺨, 앵두알처럼 작은 입술, 갓 태어났음에도 또렷한 이목구비를 가지고 있었다.

“아가, 여기 이 잘생긴 사람이 네 아빠란다.”

내내 은소의 얼굴만을 바라보던 아기는 그제야 처음으로 자신을 안아든 아빠의 얼굴을 확인했다. 게다가 아빠를 빤히 바라보는 아기의 얼굴이 어쩐지 하제를 꼭 빼닮았다. 은소는 주먹보다도 작은 아기의 얼굴을 바라보며 다시금 감탄을 흘렸다.

"어쩜, 어쩜 이렇게 작고 예쁠까."

갓난아기는 쭈글쭈글해서 못생겼다고 하던데 전혀 그렇지 않았다. 오히려 너무 예뻐서 걱정이 될 정도였다. 아빠의 좋은 유전자만 모아서 태어난 것일까.

"아가."

하제가 나직이 아기를 불렀다. 그러고 보니 아직 아기의 이름을 짓지 않았다.

"우리 공주님, 이름을 뭐로 하지?"

은소도 아차 싶었다. 매번 자기 전날에 이름을 열 개씩 댔으면서도 막상 태어나기까지 이름을 결정하지 못했던 것이다. 보람, 솔, 보매, 나예, 겨루, 진샘…… 하지만 그 어떤 이름도 완벽하게 마음에 차지 않았다.

"글쎄……."

이윽고 하제가 눈을 빛내면서 말했다.

"소은으로 하자."

"소은?"

"그렇다, 소은. 은소와 소은."

"내 이름을 뒤집은 거네?"

"그래. 내게 가장 중요한 존재가 은소 너였으니 이 아이는 내게 두 번째로 중요한 존재이지. 게다가 이런 뜻도 가지고 있다. 소중한 은빛 보물."

하제가 제법 진지한 말투로 말했기에 은소는 정말 그런 뜻이 있는 줄 알았지만 하제가 자진 신고를 했다.

"제법 그럴 듯했나?"

"……뭐야, 방금 지어낸 거야?"

"……응."

은소가 아기를 다시 안아 들고는 귓가에 속삭였다.

"그런 것치곤 멋진 뜻이네. 소은아, 소은아. 네 이름이 소은이래."

소은은 제 이름을 부를 때마다 똘망똘망하고 커다란 눈망울을 끔벅거렸다. 흐뭇한 얼굴이 된 하제가 은소의 뺨에 제 입술을 부드럽게 맞춘 뒤, 말했다.

"……참으로 고맙다, 은소. 내게 이런 행복을 안겨줘서……."

"나야말로 고마워, 하제. 아니, 여보."

"여보? 그것 참 듣기 좋다. 이리 와, 여보."

"알았어, 여보."

빙그레 마주 보며 웃던 두 사람은 소은이를 사이에 두고 부드럽게 서로를 껴안았다. 품 안에 가득 채워지는 따스한 체온들에 행복의 온도도 높아지는 것 같았다.

*　　*　　*

세 왕이 싸우는 동안 하얗기만 하던 설산의 눈은 녹아내렸고, 푸릇푸릇한 새순이 돋아나기 시작했다. 겨우내 얼어붙었던 눈길은 말끔히 가시고 보슬보슬한 흙길이 되어 사람들의 발걸음을 맞이하고 있었다.

아라궁의 사대문 앞에는 새로운 임금의 즉위를 축하하기 위해 많은 이들이 구름떼처럼 몰려와 있었다. 상덕과 가막사우가 구름무늬 교자를 준비해 놓았다. 교자 위에 갈매 임금이 올라앉자, 행렬이 시작되었다. 행렬의 가장 앞에서는 아라연을 상징하는 푸른빛의 깃발이 너울대었다.

—**갈매 임금님 만세!**

백성들의 함성이 크게 울려 퍼졌다.

그 뒤를 따라서 유배되었던 연 가문의 사람들과 가막 가문의 남은 사람들도 모두 풀려나 함성을 지르고 있었다.

아라궁에 도착하자 갈매는 새삼스럽게도 뜨거운 눈물이 흘렀다. 제 것이라고 생각했던 왕위는 아니었지만, 한시도 자신이 연씨 가문의 왕족임을 잊었던 적은 결코 없었다. 유배 생활로 더욱 수척해진 제 아비, 연제비를 부둥켜안고 울던 갈매는 이내 엎드려 절하며 강건하게 말했다.

"아버님, 다시는 제 곁에서 멀어지게 하지 않겠습니다. 저는 반드시 이 나라를 잘 다스릴 것이옵니다."

"일어나라. 갈매야. 내가 잃은 왕위를 네가 되찾았다. 고맙구나."

"하제 전하가 아니었다면, 사실 아라연이 어찌 되었을지 모릅니다. 그분이 우리 왕가를 점령하긴 했으나, 가막의 독주를 막을 수 있었습니다. 또한 새로운 시대를 열기도 했습니다. 거기에는 또 다른 사람도 큰 보탬이 되었습니다. 아버님도 기억하시지요?"

"누구 말이냐?"

"은소라는 아가씨 말입니다."

"아아…… 감옥에서 우릴 도와주었던 아가씨였지. 그 아가씨가 왕후가 되어 하제와 떠났다는 이야긴 들었다."

"……예. 두루미가 되더니 그렇게 새처럼 훌쩍 떠나버렸습니다."

갈매는 은향궐 쪽을 바라보았다. 얼마 전 마지막 인사를 하러 왔다면서 아라궁에 들렀던 은소의 얼굴이 아직도 눈에 선하게 그려졌다. 끝까지 누나로만, 친구로만 남겠다면서 고운 덕담만 남겨놓고 소리 없이 바람처럼 그렇게 먼 길을 가버렸다. 겨우 잊었다고 생각했는데 아직도 어쩐지 마음이 시렸다. 첫사랑이긴 하였나 보다. 갈매는 뒤돌아 곧장 녹옥궐로 들면서 제 뒤를 따르던 상덕에게 말했다.

"은향궐을 깨끗이 치우고, 아무도 들어갈 수 없도록 하세요. 그리고 배꽃을 많이 심어주세요. 멀리서 하얗게 꽃만 보일 수 있도록……."

"예, 전하."

상덕이 명을 받는 모습을 먼발치에서 지켜보며 송송이와 함께 산책을 하던 노루의 시선도 은향궐에 닿아 있었다.

"……나도 그 배꽃 구경을 해야겠구먼."

* * *

귀중한 이에게 줄 양으로 단영은 몇 번이고 고심 끝에 비단 보자기의 빛깔을 골랐다. 무엇이든 가장 고급스러운 것으로 해야겠다 싶어 검은색으로 골라 펼친 뒤, 남빛의 도포 한 벌을 정성껏 접어 넣은 뒤 싸매어 붉은 실로 매듭을 지었다.

그 길로 포목점을 나선 단영은 실로 아주 오랜만에 궁궐의 문 앞에 섰다. 마침 익숙한 그림자가 다가오더니 단영의 손을 꼬옥 쥐었다. 단영은 느닷없는 행동에 놀랐지만 이내 얼굴을 보지 않고도 체온과 그의 체취만으로도 알 수 있었다.

"사우 오라버니, 어찌 알고 마중 나왔어?"

"네가 포목점 일을 마치고 나면 늘 이 시간이지."

"어머, 생각보다 신경 써주고 있었네? 자, 이것. 실례지만 아라궁의 호위무사님에게 전달해주시지요."

단영이 보따리를 쑥 내밀었다. 그러자 사우가 이게 무엇인가 싶으면서도 시치미를 딱 떼었다.

"아라궁의 호위무사라면, 이제 그런 사람 안 계십니다만?"

"뭐? 그게 정말이야?"

단영이 눈을 동그랗게 뜨면서 놀라 말했다.

"하제 전하와 왕후마마가 떠나시니 나도 이제 아라연을 뜨려고."

그러자 단영의 얼굴이 자못 심각해졌다.

"그래서? 어디로 가려는 건데? 날 두고 혼자서 떠날 거란 말이야? 안 돼. 못 가."

"너도 같이 가잔 말을 하러 온 것이다."

"……잠깐, 구체적인 계획은 있는 거지?"

"그런 걸 정하고 떠나면 재미없다."

"그럼 둘이서 정처 없이 수십 년 돌아다니자는 건 아니겠지?"

사우가 낮게 웃음을 터뜨렸다. 그러자 작은 눈이 더욱 가늘어져 사라져버렸다. 그 모습이 귀여워 그만 단영은 사우의 턱을 매만졌다. 까슬한 수염이 느껴졌다. 제 턱을 매만지던 단영의 손을 붙잡은 사우가 말했다.

"기억해, 단영아. 일 년 뒤다."

"응? 무엇이 일 년 뒤라는 거야?"

"네가 나에게 시집오는 날."

"뭐엇? 누, 누가 벌써 시집간댔어?"

단영의 얼굴이 잔뜩 새빨개졌다.

"허면 안 올 테냐?"

"……."

"올 거잖아."

단영의 고개가 끄덕끄덕 움직였다. 사우는 그런 단영의 이마에 한 번, 입술에 한 번 가볍게 입을 맞추고는 뒤돌아서며 말했다.

"그리고 네가 어릴 적에 그랬다. 이 담에 열아홉 살이 되면 혼인할 거라고."

"내가 언제!"

"참, 옷 고맙다."

"……빨리도 말한다!"

사우가 뒤로 손을 흔들었다. 소리를 빽 질렀지만 단영은 그 모습을 눈에 새기면서 포목점을 향해 총총걸음을 옮겼다.

* * *

오 년 후 제주도.

눈을 뜨면 바다가 보이고, 눈을 감아도 바다가 들렸다. 은소는 이 집이 너무나도 마음에 들었다. 자갈이 깔린 해변가 위로 파도가 치는 푸른 지붕의 하얀 집. 커다란 창문 너머로는 마당이 훤히 보였다. 은소는 노트북 앞에 앉아서 밀크티를 마시면서 이

따금씩 타자를 두드리며, 창밖을 향해 눈길을 주었다. 어느새 오후의 불그스름한 노을이 집안을 가득 채웠다.

마당에는 푸릇푸릇한 잔디 위에 돗자리를 깔아 놓고 부녀가 한창 놀고 있었다. 하제의 무릎 위에 올라앉은 여섯 살짜리 소은이 이제는 아빠에게 책을 읽어주고 있었다. 은빛 머리를 갈색으로 염색한 세 사람은 마치 외국인처럼 머리색이 옅고 예뻤다.

"……그래서 무지개 꽃은 빛을 잃었지만 사랑하는 사람과 행복하게 살았대요."

소은이 동화책을 덮자, 하제가 소은의 머리칼을 빗어 넘겨 주곤 말했다.

"그렇군. 참 잘 읽었어요. 결말이 마음에 든다."

"나도, 나도! 아빠, 근데 세상에 무지갯빛이 나는 꽃이 있어?"

소은의 호기심 가득한 질문에 하제는 잠시 망설이다가 말했다.

"있었지…… 아니다. 있을 거야. 소은아, 저기 깊은 바닷속 어딘가에는 그런 꽃이 피어날 지도 모른다."

"아빠는 바다에 가 봤어?"

"당연히 가 봤지……."

"피이, 수상한데? 선생님이 그러는데 바다에는 꽃이 아니라 산호가 자란대."

"……그건 모르는 거야. 선생님도 아주아주 깊은 바닷속은 안 가봤을걸?"

"앗, 그런가? 내일 가서 물어봐야겠다."

노트북의 파일을 저장한 뒤 저녁거리를 준비하던 은소가 창밖을 향해 소리쳤다.

"자, 이제 저녁 먹을 준비 하세요들."

"엄마가 부르신다. 들어가자!"

"네에!"

아빠의 몸에서 한시도 떨어질 줄 모르던 소은이 그제야 일어났다. 저녁 식사를 마치고 TV를 보던 소은은 어느 순간 새근새근 잠이 들었다. 하제가 소은을 안아 들어 침대에 데려다 눕히고는 이불을 덮어주었다. 가장 좋아하는 곰 인형도 넣어 주었다. 또래의 아이와 크게 다른 점 없이 소은은 잘 자라주었다. 다만, 머리카락이 너무 빨리 길어서 한 달에 한 번씩 잘라주고 염색을 시켜주어야 했다.

"마감은 친 건가?"

식탁에 앉아 있던 은소에게 하제가 물었다.

"물론이지. 으, 찌뿌둥하다."

하제가 냉큼 다가와 은소의 뭉친 어깨를 주물러 주었다. 은소는 잡지사에서 일했던 경력을 살려 정기적으로는 사보를 맡고 있었고, 재작년부터 시작해 책을 세 권 낸 신인 작가로 활동하고 있었다.

반면에 하제는 처음 이 년 동안은 쉽사리 사회에 적응하지 못하다가, 재작년부터 일을 제대로 하기 시작했다. 막노동 같은 힘

쓰는 일도 했고, 레스토랑이나 카페에서 서빙을 하기도 했다. 타고난 외모 덕에 길거리 캐스팅으로 몇 번 잡지에 실린 적도 있었지만 연예계로 진출하지는 않았다. 지치지 않는 체력 덕분에 문제는 없었지만 사람들과 두루뭉술하게 섞이지 못하는 점이 문제였다. 그리고 현재는 동양화를 접목한 캘리그래피를 그리고 있었다. 하제가 아라연에 있던 시절 그림을 잘 그렸던 사실을 떠올린 은소가 제안한 아이디어였다. 그래서 지금은 세 식구가 부유하진 않지만 적당히 먹고 살 만은 했다.

"잠깐 밖에 나가서 산책 좀 하자."

"좋아."

하제의 제안에 은소가 따라나섰다.

어느새 어둔 밤이었다.

휘영청 떠오른 달 아래, 여전히 화사하게 피어 있는 한 떨기 어여쁜 꽃, 아니 꽃과 같은 은소의 고개를 제 강인하고 넓은 어깨로 눕힌 하제의 붉은 입술이 열렸다. 오랜만에 분위기를 잡는 남편 탓에 은소는 괜히 설레었다.

"……은소."

오랜만에 하제가 제 이름을 불러 주었다.

하면서 돌연 눈을 빛내는 하제의 입술에 장난기가 가득 담겨 있었다. 이렇게 오랫동안 살을 부대끼면서 살아왔어도 하제는 언제나 같은 얼굴을 하고 있었다. 그 유혹적이고 도발적인 얼굴을 보노라면, 가슴 가득히 뿌듯하게 차오르는 심장 박동 소리가 들려온다.

두근, 두근, 두근.

은소는 심장의 두근거림을 느끼면서 뒤늦게 대답했다.

"우리 소은이 외로우니 남동생이 있음 좋겠다. 그치, 여보?"

"그렇지! 그러면 우리가 동생을 만들어 주는 수밖에 없겠군."

하제가 능청스럽게 은소를 품에 와락 당겨 안았다. 일순 몸이 당겨짐과 동시에 입술에 느껴지는 하제의 따뜻한 입술, 그리고 그의 심장 박동 소리.

두근, 두근, 쿵쿵.

마치 헤어 나올 수 없는 미로처럼 저 붉은 눈을 보고 있자면 온몸이, 심장이 사로잡히고 만다. 이윽고 서로를 향한 눈빛이 옭아들며 입맞춤은 더욱 진하고 깊어졌다. 저 밤처럼.

〈감로화 완결〉

後日譚

"쉬잇, 애들 깨겠다."

은소가 입술에 손가락을 가져다 대며 속살거렸다. 이른 새벽이었지만 오늘도 어김없이 하제는 눈을 반짝이며 아직 잠결에 취한 은소에게 입을 맞췄다. 하루의 시작은 늘 이런 입맞춤 세례였다. 은소의 주의에도 불구하고 하제는 자꾸 소리를 냈다.

쪽, 쪽, 쭈웁!

달콤한 액체를 하나도 남김없이 빨아 마실 요량인 사람처럼, 하제는 입맞춤을 거두지 않았다. 이만하면 아침 인사로는 과하다고 생각되는데도 하제에게는 그것만으로는 못내 부족한 모양이었다. 입맞춤은 멈추기는커녕 도리어 더욱 깊어지기만 했다. 하여, 요란한 소리가 계속해서 방 안 가득 퍼졌다.

끝없이 우물을 마시는 짐승처럼 하제의 혀가 부지런히 단물을 빨아들였다. 물기란 물기는 샅샅이 다 훑어가려 들었다. 촉촉한 혀와 미끄럼틀을 타고 나서는 한참 동안 꼬리잡기가 이어진다. 이제는 아예 통째로 삼켜 버릴 것처럼 탐닉의 키스가 이어진다. 더욱 졸졸 흐르는 꿀을 서로가 맛보고 탐한다. 보드랍고 찐득한 젤리처럼 맞닿은 입술은 떨어지질 않는다.

하제의 손바닥이 천천히 궷바퀴를 그리다가 은소의 목덜미를 쓸고, 점차 아래로 내려갔다. 보드랍고 탄력 있는 살결에 닿은 손길은 원을 그리며 가슴을 주물러 갔다.

이제 은소의 몸에 능숙해진 하제는 언제나처럼 최선을 다하는 손길로 그녀의 몸을 연주했다. 하제의 눈동자는 이내 아늑한 쾌락감으로 가득 차올랐다. 자신의 아내는 어느 한 군데 사랑스럽지 않은 곳이 없었다. 이러기도 쉽지 않은데 말이다.

하지만 이내 부부의 달콤한 아침 인사는 깨지고 말았다.

찰그락, 잠긴 문을 힘겹게 돌리는 소리가 들려왔기 때문이다.

세 살배기 제하가 칭얼거리며 안방 문을 잡아당기려 애썼다. 하지만 안에서 잠갔기에 열릴 리 없었다. 이번에는 고사리 같은 작은 양손으로 온 힘을 다해 문을 두드렸다.

콩콩!

이제 겨우 세 살. 반곱슬머리가 귀엽게 앞이마까지 내려온 제하는 수려하고 의젓한 생김과 다르게 한가득 울상을 짓고 있었다.

"……엄마아…… 엄마아아, 히이잉."

엄마를 부르던 제하의 커다란 눈망울에 금세 눈물이 그렁그렁 맺혔다.

"……어어, 제하야. 잠시만, 엄마가 갈게."

아들의 칭얼거림에 남편을 얼른 밀어내고, 얇은 속옷 위에 가운을 걸친 은소가 재빨리 달려가 문을 열었다. 그러자 김이 빠졌다는 얼굴로 하제가 느릿하게 몸을 일으켰다. 짧게 친 머리카락을 쓸어 넘기며 나가자, 제하를 품에 안아 달래고 있는 은소의 모습이 보였다.

"우리 제하, 잠 못 잤어?"

"으어헝…… 우웅…… 이상한 소리 나서 무서워쪄……."

"어이구, 그랬어? 착하지, 우리 제하. 울음 뚝…… 응?"

제 따스한 품에 고개를 파묻은 제하가 깃털을 푸드덕거리며 아기 두루미의 모습으로 변했다. 사람들 앞에서 함부로 변신하면 안 된다는 규칙을 은소와 하제가 늘 알려 주었지만, 이렇게 순식간에 변신하는 제하를 보면 조마조마 했다.

하지만 요 귀염둥이의 얼굴만 보면 잔뜩 혼을 내주려다가도 그럴 마음이 쏙 들어가서 퍽 곤란할 적이 많았다. 무에 그리 서러웠는지 이제는 갓난아기처럼 목을 놓고 엉엉 우는 제하를 은소가 한참 토닥였다.

무던하고 얌전하게 자라준 큰딸 소은이와는 다르게 제하는 엄마아빠를 밤낮으로 괴롭혔다. 갓난아기 시절부터 서너 시간

간격으로 깨는 것은 약과였고, 입맛도 까다로워서 엄마 젖이 아니면 잘 먹지를 않았다. 게다가 이제 세 살인데도 종일 엄마만을 찾으면서 안아달라고 하는 통에 하제는 제하가 태어난 후, 은소를 빼앗겨버린 것만 같았다.

은소가 제하를 품에 안은 지 십여 분이 지나도록 토닥이자 제하의 입술에서 자그맣게 중얼거리는 말이 흘러나왔다.

"엄마아…… 제하 졸려."

"그래? 그럼 엄마랑 같이 잘까?"

하루 이틀 보는 풍경이 아니었기에 자신을 쏙 빼닮은 아들, 제하를 보는 하제의 시선에 시샘이 가득 묻어 있었다. 은소가 제하의 손을 잡고 안방으로 쏙 들어가자 하제는 문득 외톨이가 되어버린 느낌에 애꿎은 턱만 문질렀다.

"제하야, 이제 원래 모습으로 돌아와야지?"

"헤헤, 조금만 더 놀구 잘래!"

그오오!

제하는 두루미의 기운을 있는 힘껏 풀어냈다. 어린아이치고는 상당한 기운이었다.

"제하야……."

금빛 머리를 가진 제하는 미색의 자그만 날개를 활짝 펼치더니 종종 걸음으로 다시 방에서 거실로 나와 뛰어다녔다. 심지어 파드닥, 하고 잠깐 날기도 했다.

"제하, 엄마 말 들어야지!"

은소의 목소리에 노기가 서리자, 그대로 동작을 멈춘 제하가 얌전히 다시 엄마에게 안겼다. 은소의 품에 안긴 제하가 커다란 눈망울을 끔뻑거리며 아빠를 멀거니 바라보더니 이내 자그만 혀를 쏙 내밀면서 해맑게 웃었다. 그러곤 스르륵 변신이 풀리며 아이의 모습으로 돌아왔다.

'제하 저 녀석…….'

어린 나이에 아빠를 약 올리는 법을 확실히 아는 것 같았다. 이내 제하는 엄마를 온전히 독차지했다는 승리감에 도취된 위풍당당한 얼굴로 마음껏 은소의 보드라운 품을 파고들었다.

"으흠……."

하제의 기척이 가까워지자 은소가 뒤를 힐끔 보았다. 그러곤 고갯짓을 하며 손을 내저었다. 안방으로 들어오지 말라는 뜻이다. 그렇게 한참 힘차게 뛰어놀던 녀석이 거짓말처럼 잠이 솔솔 오는 모양이었다. 제하의 눈꺼풀이 서서히 내려갔다. 조금만 더 지나면 색색거리며 잠이 들 것 같았다.

"……쳇."

하제가 불만 가득한 얼굴로 한숨을 폭 쉬고는 뒤로 물러섰다. 곧장 냉장고 문을 열어 알록달록한 아이스크림 통을 꺼냈다.

아이스크림 통을 팔에 낀 채 하제는 소파에 늘어지듯 상체를 기대어 앉았다. 아직도 탄탄하게 근육이 오른 몸은 몹시 섹시했다. 두 아이의 아버지라고 하기에는 지나칠 정도로. 게다가 머리를 짧게 잘라 예전보다 더 어려 보이는 인상이 되었다.

부루퉁한 입술로 아이스크림 스푼을 쪽쪽 빨아먹으면서 아침에 마무리 짓지 못한 일과에 대한 아쉬움을 달랬다. 그런 제 남편의 비틀린 심사를 아는지 모르는지 은소는 여전히 제하의 가슴만 토닥이고 있었다. 곱슬곱슬 자라난 머리카락은 아직 염색하지 않아 은색으로 빛났다. 그 때문에 데리고 나가면 외국아이인 줄 아는 사람도 있었다.

제하는 장난기와 어리광이 심한 점만 빼면 하제와 판박이처럼 닮았다. 아기임에도 불구하고 잘생긴 이마와 커다란 눈동자, 오뚝한 콧날을 지녔고 가느다란 붉은 입술은 뭐가 못마땅한지 꼭 다물려 있었다. 제하가 웃을 때는 엄마의 품에 안길 적뿐이었다. 게다가 하제를 닮아서 유난히도 짙은 눈썹과 풍성한 속눈썹은 감탄스러웠다. 큰딸 소은이는 어렸을 때 아빠를 더 닮았는가 싶었는데, 점점 자라면서 은소를 더욱 닮아 갔다.

이윽고 제하가 새근새근 평온한 숨소리를 내면서 깊이 잠들었다. 잠이 들기까지도 엄마의 손가락을 오동통하고 자그만 손으로 꼭 붙들고 있었다. 아들을 귀엽게 바라보던 은소는 이불을 잘 덮어주곤 천천히 손가락을 빼내었다. 어찌나 꼭 붙들고 있는지 자면서도 놓아주지 않았지만, 은소는 인내심을 가지고 손가락을 천천히 빼내었다.

제하의 방을 나온 은소가 주방으로 가다가, 아이스크림을 퍼먹고 있던 남편의 모습을 발견했다. 저기에도 큰 애가 하나 더 있구나 싶어서 그 모습에 은소는 웃음을 지었다.

은소의 세계에 내려온 하제가 아이스크림을 처음 맛보았던 그 표정이 떠올랐기 때문이었다. 늘 서늘한 눈매로 어떤 음식에도 무심하던 하제가 동그랗게 커진 눈동자로 아이스크림을 한 입, 두 입 먹던 그 얼굴은 아직도 기억에 생생했다.

눈처럼 차갑고 시원한 것이 꿀이 잔뜩 들어간 듯 달콤하여 입에 넣으면 오래도록 행복감을 맛보게 해 준다고 했다. 혀끝에 닿아 녹아내리는 감촉이란 아라연에서 먹었던 그 어떤 진귀한 음식들보다도 맛이 좋았다고 했다. 아이스크림을 처음 맛본 하제의 감상은 이러했다.

'가히 천상의 맛이다. 마치 너와 입맞춤을 나누던 맛과 흡사하군.'

이제는 그가 가장 즐겨먹는 간식 중 하나가 바로 아이스크림이었다. 은소는 남편의 뒤로 가서, 그의 목을 끌어안으며 말했다.

"여보, 아침부터 아이스크림이야?"

하제가 슬쩍 뒤돌아 은소를 바라보곤 입술을 삐죽 내밀면서 말했다.

"……아침부터 하던 입맞춤의 여운이 가시지 않아서 말이다."

하제는 종종 둘이 있을 때는 아직도 자신이 아라연의 임금인 것처럼 그 시절의 말투를 쓰곤 했다. 물론 그때보다 눈빛은 훨씬 더 부드러워졌지만 무게감은 여전했다. 까마득할 만치 강력한 어떤 힘으로 자신을 붙들어놓는 재주가 있었다.

입맞춤 운운하는 것을 보니 역시 제하가 깨버려서 자신은 뒷전이 된 것이 서운한 모양이었다. 세월이 흘러도 한결같이 자신을 갈구하는 하제의 모습을 은소는 미워할 수가 없었다. 소녀 같은 웃음을 보시시 지으며 은소가 장난스럽게 말했다.

"그럼 여운을 달래볼까?"

곧장 손을 뻗어 탄탄한 근육으로 차오른 그의 가슴을 쓸었다. 야들야들한 감촉에 하제는 부루퉁 나왔던 입을 집어넣고, 입가에 가느다란 미소를 품었다. 그러곤 아이스크림을 한입 떠먹고 뒤를 돌아서 소파 위에 무릎을 대고 일어섰다.

"으음……."

붉게 열리는 은소의 입 안 가득히 아이스크림을 밀어 넣었다. 차갑고 부드러운 감촉이 두 사람을 감쌌다. 금세 달아오른 탓일까.

슷, 스슷!

목깃을 살짝 부풀린 하제가 은소를 번쩍 들어 올려 소파 위로 올렸다. 순식간에 몸이 붕 뜨자 은소는 절로 소리가 나오려는 입술을 제 손으로 막았다. 겨우 잠든 제하가 또다시 깬다면 무척 곤란하리라.

하제가 은소를 소파 위에 그대로 눕히려는 순간, 종종걸음으로 다가오는 작은 발소리가 들려왔다.

"아빠아, 뭐해……세요?"

하제가 흠칫 놀라서 뒤를 돌아보자 제하가 자그만 손으로 눈을 부비적거리며 물었다. 하제가 엄격하게 존댓말을 하도록 가르쳐서, 엄마에게는 어리광을 부리다가도 아빠에게만큼은 꼭 존댓말을 쓰는 제하였다. 하제가 냉큼, 아이스크림 통을 들어 보이고는 말했다.

"아이스크림 먹고 있지. 제하도 한입 줄까?"

"녜!"

제하가 고개를 끄덕이며 다가왔다. 은소는 소파에 누운 채로 자는 척 연기를 해야 했다. 이내 들통이 났다. 엄마를 발견한 제하가 반갑게 외쳤다.

"어, 엄마다아!"

"쉬이이이."

하제가 손가락을 입술에 가져갔다. 그러자 제하도 아빠를 따라서 똑같이 '쉿'을 하면서 하제의 다리를 붙잡고 입을 아 벌렸다.

"제하야, 잠깐만."

고 깜찍한 모습에 하제가 제하를 안아 들고 새로 티스푼을 가져와 아이스크림을 먹여주었다. 제하가 살짝 몸서리를 치면서 헤헤하고 웃었다.

아빠에게는 가끔씩만 보여 주는 환한 웃음이었다. 하제가 제하의 머리칼을 쓰다듬으면서 나직이 속삭였다.

"이제 엄마가 깨지 않도록 제하도 쿨쿨 자자."

"녜! 제하 쿠쿠 잘게요."

하제가 제하를 안아 들고, 방 안으로 데려가서 침대 위에 눕혔다. 토끼와 거북이, 사슴, 용 따위가 달린 작은 모빌이 팽그르르 돌았다.

소파 위에서 몸을 일으킨 은소가 풋, 하고 작게 웃음을 흘렸다가 제하의 방을 살짝 열어보았다. 하제가 제하를 토닥이며 그 옆에서 졸고 있는 게 보였다. 스르륵 입가에 떠오르는 미소. 은소는 조용히 방문을 닫고 나갔다.

* * *

운전대를 억세게 잡은 하제의 몸은 잔뜩 움츠러져 있었다. 조금만 더 힘을 주면 운전대가 부서질 듯했다. 잘생긴 얼굴에는 잔뜩 긴장한 낯이 짙었다.

차선 중간으로 이동하는 것조차 버거웠다. 앞차와의 거리 신경 쓰랴, 슬금슬금 옆으로 쏠리는 차선 중앙에 맞추랴, 여기저기 신경 쓰다 자연히 시야가 좁아졌고 바짝 긴장한 탓에 신호등 볼 여유가 없었다.

끼이이익!

노란 차선에 놀라서 급히 브레이크를 밟았더니 사거리 중간에 덩그러니 서고 말았다. 모든 차들이 잠시간 정적이 있더니 이

옥고 경적이 미친 듯이 울리기 시작했다. 순간 민망함에 땀이 삐질삐질 흘렀다.

'여보, 오늘은 내 차 끌고 나갈 테니까, 이따 거기에서 만나자.'

하제는 자신이 했던 말을 깊이 후회하고 있었다. 그리 호언장담하는 것이 아니었다. 하지만 다른 사람은 다 하는 이까짓 운전, 별거 아닐 줄 알았음이었다. 그러나 그건 자신의 크나큰 착각이었다.

현대의 다른 것은 다 잘 적응할 수 있었지만 이 차라는 기계인지 괴물인지는 도무지 적응이 되질 않았다. 차라리 말처럼 살아 있는 생물이라면 적당히 길들이면 될 터인데……

운전 강사라는 작자에게 배운 대로 똑같이 했을 뿐인데 왜 차는 제 마음대로 곧장 움직이지 않는 것인지 귀신이 곡할 노릇이었다.

아니, 왜 차만 타면 머리와 손발이 따로 움직이는지 모르겠다.

하제는 마른침을 삼키면서 도로 한쪽에 차를 세웠다.

도로 위를 쌩쌩 달리는 다른 차들이 그저 부러울 뿐이었다. 겁이 나서 차마 저렇게 달리지는 못하겠고, 빨리 가고는 싶고…….

"젠장……."

운전대를 잡은 지 한 시간이 지나서야 하제는 자신의 공방에

도착했다. 또다시 끙끙대면서 무사히 주차를 마치고 하제는 절로 한숨을 내쉬었다. 은소가 차로 데려다주었을 때는 15분이 채 걸리지 않는 거리였다. 운전을 하느라 그야말로 진땀을 뺐다. 차에서 내리자, 땀에 젖은 하얀 셔츠가 달라붙어 울퉁불퉁한 하제의 등 근육이 그대로 비쳤다. 그러자 인근 카페에 있던 손님들의 시선이 쏟아졌다.

하제는 운전에 미숙한 자신에게 그저 역정이 날 뿐이었다. 오늘만은 멋지게 운전하는 모습을 보여 주고 싶었는데. 지금 생각하면 솔직히 도로주행시험에 통과한 것도 기적이나 다름없었다.

눈썹을 일그러뜨렸지만, 잘생김까지 일그러지진 않았다. 일을 하기 전에 잔뜩 오른 열을 식힐 시원한 음료가 필요했다. 카페로 시선을 주던 하제는 이윽고 문을 열고 안으로 들어왔다.

휘적휘적.

긴 다리가 움직이면서 카페 안으로 들어서자 일순 뜨거운 시선들이 느껴졌다. 이런 시선들은 아라연에서도 있었기에 하제는 대수롭지 않게 생각했다.

"……어머, 혹시……?"

혹시 연예인이나 배우가 아닐까 싶을 정도로 수려한 외모에 쭉쭉 뻗은 기럭지, 범상치 않은 아우라를 뿜어내는 미남자의 출현에 카페 안 손님들의 호기심 안테나가 그에게로 삐죽이 솟았다.

하제가 카운터로 가서 말했다.

"카페 모카 한 잔요."

사장이 익숙한 듯 주문을 받았다.

"네, 감사합니다. 테이크아웃하시죠?"

"예."

늘 하제 덕분에 싱글벙글한 건 카페 사장이었다. 그가 출근하는 시간대에 여자 손님들이 따라 들어와 매출이 자연스레 뛰었기 때문이었다. 지금도 밖을 지나던 손님 대여섯 명이 힐끔 곁눈질을 하더니 카페 안으로 들어왔다.

음료를 기다리는 동안 하제는 잠시 자리에 앉아 휴대폰을 꺼냈다. 은소와 함께 커플로 맞춘 핑크색 휴대폰을 꺼내서 터치 게임이라도 하려는데 훼방꾼이 나타났다.

낯선 여자가 다가온 것이다.

하제에게는 낯선 존재였지만, 사실 그 여자에게 하제는 익숙했다. 일부러 그의 출근 시간에 맞춰서 찾아왔으니까.

"……저기, 이 근처로 출근하시나 봐요? 자주 뵙는 것 같아요!"

"글쎄요……."

제법 예쁘장한 여자는 하제의 무심한 대답에 당황한 모양이었다. 하지만 하제 앞에서는 예쁘다는 명함을 내밀기 어려운 사정이었다.

"……저어, 시간 괜찮으시면 잠깐 대화라도 나누실 수 있을까요?"

휴대폰만 내리 향하던 하제의 눈길이 그제야 여자의 얼굴에 닿았다. 배우도 울고 갈 수려한 미모에 여자는 심장이 저격당하는 걸 느끼며 헉하는 신음을 삼켰다. 하지만 하제는 일말의 동요도 느끼지 않은 채 건조하게 말했다.

"시간 낭비 말고 가세요."

"카페 모카 나왔습니다."

그의 얼굴에 빠져 있다가 점원의 말을 제대로 듣지 못한 여자는 하제가 일어서서 음료를 받으러 가자 뒤늦게 따라가서 말했다.

"네에……?! 저……."

하제가 더 이상 설명이 귀찮다는 듯, 휴대폰의 액정을 몇 번 터치하더니 사진 하나를 여자에게 보여 주었다. 사진 속에는 은소와 아이들이 뽀뽀하고 껴안는 모습이 들어 있었다.

"제 안사람인데 정말 예쁘지 않습니까?"

단호한 거절도 모자라서 진지하게 자기 부인의 미모를 칭찬하는 하제의 말에 충격을 심하게 받은 여자가 당황해서 말을 버벅거렸다.

"……아, 네, 네에. 그러네요. 죄, 죄송합니다. 유부남이신지 모르고."

"괜찮습니다. 실례했습니다, 그럼."

마무리까지 깔끔한 인사에 여자는 하제보다도 먼저 카페를 부리나케 떠났다. 하제는 곧장 카페를 빠져나와 자신의 공방 앞에 도착했다.

'두루미 씨의 글 공방'이라는 간판이 달린 소박한 한옥집이었다.

가게 이름은 아내인 은소가 지어주었고, 삐뚤빼뚤한 글씨는 딸 소은이가 써준 것이었다. 간판을 보며 웃음 짓던 하제는 집 앞에 쌓여 있는 수십 장의 편지와 선물들을 발견하고는 고개를 설레설레 저었다. 대부분 누가 보냈는지 모르는 것들이었기에 관심이 없었다. 가끔 은소가 와서 뜯어 보고 확인해 주는 정도였다.

여덟 평이 채 되지 않는 자그마한 공간은 무척 아늑했다. 책장을 제외한 벽면 여기저기 액자가 걸려 있고, 크기가 다양한 붓도 수십 자루 걸려 있었다. 액자에는 마치 새가 날아가듯 힘 있는 필체로 그려진 다양한 캘리그래피 작품들이 들어 있었다.

붓과 벼루, 화선지와 한지가 정갈하게 정리되어 있는 책상 한쪽에는 가족사진이 놓여 있었다. 환하게 웃고 있는 은소와 아이들의 사진을 보면서 입술을 늘이던 하제는 일을 시작했다.

의뢰가 들어오면 보통 아이디어 구상에 이틀, 글씨체를 결정하고 연습하는 데 사흘 정도 공을 들인다. 그리고 그중에서 가장 잘 쓰인 것을 채택해서 컴퓨터 작업을 한다.

"이런…… 또 쌓였다."

메일을 확인하려고 컴퓨터를 켜자 줄줄이 와 있는 의뢰 메일들을 보던 하제는 수려한 눈썹을 슬쩍 들어 올렸다. 나날이 들어오는 의뢰가 늘어나는 탓에 요새는 부쩍 곤란해졌다. 하제의 인생관은 '가정에 충실하자'였기에 그는 늘 정해진 분량의 의뢰만을 맡았다. 하지만 그런 탓에 그의 일정을 기다리던 사람들이 계속 늘어나고 또 늘어나서, 지금은 밀려 있는 의뢰만 수십여 개에 달하는 실정이었다.

초반에 인터넷에 사진과 함께 캘리그래피 작품 여러 점을 올렸던 것이 화근이었다. 이제 그는 캘리그래피 업계 쪽에서는 알아주는 유명 작가가 되고 말았다. 거리를 지날 때마다 연예인 제의나 모델 캐스팅 제의를 받았던지라 조용하고 소소한 삶을 살고 싶었는데, 의도치 않게 유명세를 타서 곤란스럽긴 했지만 아직까지는 나쁘지 않았다.

[하제…….]

붓펜을 잡고 종이에 열심히 글씨를 한 자 한 자 적던 하제는 순간 머릿속에 떠오른 기운에 글씨를 망치고 말았다. 그것은 무척 오랜만에 들려온 노루의 전언이었다. 다른 세계에 있더라도 일족이라면 상대에게 전언을 보내는 것이 가능했지만, 일반 전언보다는 더 많은 기운이 필요했다.

[하제…… 나다, 노루. 잘 지내고 있누?]

하제가 붓펜을 놓고 전언에 집중했다. 이윽고 들려온 반가운 목소리에 그의 입가에 미소가 지어졌다.

[노루 할멈? 어쩐 일이냐?]

[흥, 아직도 그 할멈 소리냐. 겉모습은 아니란 말이다!]

[성질머리가 여전한 걸 보니 건강히 지내는가 보군.]

[흥, 그놈 참. 버르장머리 하고는…….]

[반백 년쯤 흐르고 나서야 연락할 줄 알았는데, 무슨 일로 전언이지?]

[……거참 무심하기가 하늘을 찌르는구먼. 모두가 너같이 불로불사로 사는 것은 아니지 않느냐?]

[노루, 본론만 말해라. 이렇게 쓸데없이 다른 세계로 전언을 보내는 것은 기운 낭비다…….]

[……크흠, 모두가 소식을 궁금해하고 있으니 한번 아라연으로 오라는 것이다.]

하제는 순간 노루 할멈이 돌았나, 하는 생각을 품었다. 그곳에 다시 간다면 신들이 은소와 자신을 가만두지 않을 터였다. 사실 그들이 움직이기만 한다면 이곳 제주로 손길을 뻗치는 것도 아주 불가능한 일만은 아니다.

다만, 시간이 좀 걸릴 것이다. 지금 은소는 만개한 감로화 상태가 지나 휴식기에 접어들었다. 과거 세 장의 꽃잎을 떨어뜨린 뒤 제하를 낳고 나서 치유의 인을 사용하자, 만개 상태에서 발산하던 무지갯빛이 더 이상 몸에서 흐르지 않은 터였다.

하지만 여전히 은소를 안으면 기운이 넘친다. 완전히 감로화의 힘을 잃은 것은 아니란 뜻이었다.

하제가 쉬이 대답을 하지 않자, 노루 할멈이 전언을 다시 보냈다.

[이봐, 하제. 네놈이 궁금한 것이 아니라, 은소와 아이들이 보고 싶은 것이다.]

[……그곳에 가면 은소가 위험하지 않은가. 신들은 여전히 은소를 노릴 것이 아니냐?]

[……아, 그건 걱정하지 않아도 좋다. 이리 전언으로 길게 이야기해 줄 수 없으니, 만나서 이야기하자. 은소가 와도 이제 안전하다.]

[……안전하다고? 믿을 수가 없다.]

[믿어도 좋다. 신들이 더는 감로화를 탐하지 않을 것이야.]

[퍽 재미없는 농담이다. 어찌 되었건 나에게는 그 약이 없으니 가온에 갈 방도가 없다. 그냥 이 세계에서 평생 살 수밖에…….]

솔직히 고백하자면 가고 싶은 마음이 없었다. 아라연이 그립긴 했지만, 하제에게는 은소의 안전이 최우선이었다. 그런데 노루는 아라연이 안전하다 말하고 있었다.

신들이 더 이상 감로화를 탐하지 않는다고? 과연 정말 그럴까? 그들이 바보가 되지 않은 이상에야…….

생각에 잠겨 있는 동안 노루의 전언이 끊겼다가 다시 날아왔다. 전언을 보내느라 힘에 부치는 모양이었다.

[그건…… 며칠만 기다려라.]

[……잘 살고 있는데 귀찮게 하는군.]

* * *

"……후우, 후우! 아이고, 이 망할 놈…… 기껏 어렵게 전언을 보냈더니, 말하는 투가 어찌 그래? 찬 서리가 뚝뚝 떨어지누? 차라리 은소에게 할 것을 그랬다."

하제와의 전언을 마친 후, 기운을 쏙 뺀 탓에 숨을 몰아쉬던 노루가 투덜거렸다. 곁에 바짝 붙어 앉아 고개를 들이밀던 리리가 궁금증을 참지 못하고 여쭈었다.

"왜요? 뭐라고 말씀하시길래요?"

"흥, 하제는 아라연에 그다지 오고 싶지 않은 모양이다. 아마 알콩달콩 재미가 퍽 좋은 모양이지?"

그러자 리리가 고개를 주억거렸다.

"하제 선왕 전하 성정이시면 그리하시고도 남지요. 왕후 마마를 얼마나 아끼셨는데요. 남들이 왕후 마마를 보는 것조차 좋아하지 않았던 분이시지 않습니까."

"그래, 그놈의 광적인 집착증과 소유욕 하나는 이길 자가 없었지."

노루가 혀를 차면서 말하자 리리는 제 뺨을 감싸 안고는 중얼거렸다.

"어머, 선왕 전하 말고 그런 자가 어디 또 없을까요?"

"자네가 길거리에 나가면 그럴 사내가 줄을 이을 게야. 후후. 자네를 졸졸 따라다닌다던 이는 어찌 되었어?"

"아유, 말씀도 마세요. 그자는 수염도 많고 몸에 털도 너무 많사옵니다. 산짐승이나 다름없다니까요. 저번에는 글쎄 저더러 물 한 바가지를 달라고 하더니 자기 몸에 뿌리는 게 아니겠어요? 하얀 적삼이 다 물에 젖어서 민망해 죽을 뻔하였답니다."

"뭐 잘되어 가고 있나 보구먼. 좋을 때구나."

"그런 게 아니어요."

노루는 흐뭇한 미소를 지었다. 8년이란 세월이 흘러 은소를 모시던 소녀 궁인 리리도 이제 제법 성숙한 여인의 자태를 뿜어내고 있었다. 발랄하기만 하던 소녀티는 벗은 지 오래였다.

노루는 은소와 하제가 어찌 변하였을지 자못 궁금했다. 은소가 낳은 아기씨들은 또 어떨꼬. 마치 멀리 있는 손주를 그리워하는 마음으로 소식이 들려오기만을 기다렸는데, 고얀 하제는 내내 아무런 소식이 없었다.

기어이 자신이 먼저 연락하고 또 찾아가야 만날 수 있겠다 싶은 것이다. 하지만 그리 서운한 마음과 동시에 어서 그들 부부를 보고 싶기도 했다. 그만큼 짧은 시간 내에 많은 정이 들었던 터였다.

* * *

쏴아아아아!

상쾌한 바닷바람이 폐부 깊숙이 찔러온다. 탁 트인 해안 도로를 흰색의 오픈카가 쾌속으로 가로질렀다.

"꺄악! 우와아!"

너무 신이 난 탓일까. 이제 아홉 살짜리 숙녀가 된 소은이는 환호성을 지르며 일어서서 질주의 자유를 온몸으로 느꼈다. 마치 제 작은 몸이 통째로 휘말려 날아가 버릴 것만 같았다.

오목조목한 이목구비가 들어찬 자그만 얼굴에는 좋아서 어쩔 줄 모르는 아이 특유의 천진난만함이 가득 묻어 있었다.

"끼야아아우우!"

카시트에 올라타 있던 제하도 누나가 소리를 지르자, 비명인지 울음소리인지 모를 환호성을 함께 질렀다. 워낙에 말썽꾸러기인 제하인지라 카시트로 팔다리를 단단히 고정시켜 놓았다.

소은이가 일어나자 은소는 차의 속도를 좀 줄인 채 달렸다. 아무리 강한 두루미 일족이라 해도 아직 어린애였다. 물론 놀고 싶은 소은이의 마음을 모르는 바도 아니었다. 소은이는 이제 고작 아홉 살, 게다가 오늘은 여름방학을 맞이한 첫날이었다.

어떻게 신나지 않을 수가 있을까. 하얀 백사장과 넘실넘실 푸른 파도가 저 멀리서부터 맞아 주고 있는데 말이다. 한참 동안 두 팔을 벌리고 바람을 맞이하던 딸아이에게 은소가 나긋하면서도 엄한 목소리로 말했다.

"소은아, 다 놀았으면 이제 그만 앉아야지?"

"……벌써 앉아요?"

"벌써 오 분 됐는걸. 더 이상 하면 제하가 샘낼 거야."

운전석에서 날아든 엄마의 목소리에 소은이 흥분을 가라앉히고 다시 자리에 앉았다. 아쉽긴 했지만 뺨을 때리는 바닷바람에 마냥 기분이 좋았다. 게다가 이따가 더욱 신나는 일을 할 예정이니까 참기로 했다.

"뉴나. 재밌어?"

제하가 커다란 눈동자를 굴리면서 소은이에게 물었다. 이때는 시치미 뚝 떼고, 거짓말을 해야 한다.

"아니, 아니! 너무 무서웠어! 제하는 절대로 하면 안 돼!"

소은이가 머리를 절레절레 흔들었다. 양 갈래로 땋은 머리카락 꽁지가 바람에 흔들렸다. 소은이가 우는 척을 하자, 제하의 눈에도 눈물이 그렁그렁 맺혔다.

"……응. 제하 시러!"

은소가 겁먹은 제하를 백미러로 살피면서 속도를 점차 줄였다.

"너무 빠르지, 제하야? 좀 천천히 갈까?"

"……끼잉. ……네. 천처니 가 쥬데요."

엄마에게도 존댓말을 하는 걸 보니 제하가 진짜로 겁을 먹긴 했나 보다. 늘 이런 식으로 해야 제하의 막무가내 행동을 그나마 조절할 수 있었다.

해안 도로를 씽씽 달리던 차를 천천히 몰아, 은소는 인적이 드문 해안 절벽으로 향했다. 그곳에서 하제와 만나기로 한 터였다.

'하제가 잘 찾아올 수 있을까?'

내심 걱정이 앞서긴 했다. 오늘은 하제가 미루고 미루다가 처음으로 차를 몰고 출근 했던 날이었다. 연수를 받고 나서 살짝 자신감이 붙었는지, 공방으로 출근하는 건 물론, 곧장 자신이 차를 몰아 이 구석진 해안 절벽까지 오겠노라며 패기 넘치는 선언을 하고 나갔다. 하지만 그 말을 곧이곧대로 믿을 수가 없었다.

하제는 아무리 좋게 생각해도 운전에 소질이 있는 편은 아니었다. 도로주행시험에서도 세 번이나 떨어진 악질 전과가 있었다. 보다 못한 자신이 직접 연수를 시켜 준다고 해도 구태여 홀로 꿋꿋하게 다녀오곤 하던 그였다.

매사에 능한 그에게는 아마도 자존심이 조금 상하는 일이 아닐까 싶기도 했다. 하기야 하제는 정말로 운전 말고는 못 하는 것이 없었으니까.

그림, 승마, 스포츠, 요리, 집안일, 심지어 컴퓨터 게임마저도 현대에 살았던 은소보다 능했다. 하지만 글을 쓰는 일과 이 운전만큼은 은소가 탁월하게 하제를 뛰어넘는 실력을 가지고 있었다.

역시 먼저 도착한 건 은소의 차였다.

파도와 바람이 깎아서 만든 해안 절벽 앞, 언덕배기에 차를 멈춘 은소는 시원하게 부딪치는 파도 소리에 귀를 기울였다. 끝없이 몰아치는 푸른 파도 너머로 물새들이 끼룩거리며 바다 위로 솟은 바위 끝에 앉아서 털을 골랐다.

인적이 드문 이곳은 하제와 은소 가족이 종종 사람들의 눈을 피해서 비행 연습을 즐기는 곳이기도 했다. 은소는 곧장 눈을 감고 전언을 보내려다가 운전 중인 그에게 방해가 될까 봐 기다리는 쪽을 택했다.

오후 3시 50분.

약속한 시간까지는 아직 10분 여유가 있었다. 세차게 불어오는 바닷바람이 은소의 긴 갈색 머리카락을 한껏 흩뜨려놓았다. 무릎까지 내려오는 흰색의 슬리브리스 원피스가 유난히 하얀 그녀의 피부와 어울렸다. 이대로 그냥 있기에는 눈이 너무 부셨다. 은소는 차 서랍에서 선글라스 세 개를 꺼냈다. 소은이는 분홍색, 제하는 노란색, 은소 자신은 검은색 테가 둘러진 선글라스였다.

"자, 우리 꼬마들. 이거 받아요. 아빠 올 때까지 기다려야 해."

선글라스를 냉큼 받아 하나는 제하에게 주면서 소은이가 물었다.

"엄마, 아빠는 언제 와?"

"곧 오실 거야. 잠시만 기다려 보자."

아빠가 오시지 않자 걱정에 잠긴 소은이가 풀이 죽었다. 그때였다.

다그닥, 다그닥!

이내 귀를 의심케 하는 말발굽 소리가 이어졌다.

"엇! 아빠다!"

소은이가 귀를 쫑긋 세우며 외쳤다. 소은이 말한 대로였다. 내달려왔던 해안 도로 쪽을 바라보자 하제가 말 한 필을 구해서 열심히 달려오고 있었다. 그 모습에 기가 막히고 어이가 없으면서도 또한 오죽하면 말이라도 타고 왔을까 싶어 그만 웃고 말았다.

이내 말발굽이 은소의 차 앞에서 멈췄다. 다급하게 달려오던 하제의 얼굴에 샐쭉한 미소가 어렸다.

"다행이다. 늦지는 않았군……."

"어서 와."

단추를 서너 개 푼 하얀 와이셔츠에 찢어진 청바지 차림. 숨 가쁘게 말을 타고 달려온 탓에 아직도 숨을 고르는 하제의 모습이 부서져 내리는 햇살에 맑게 비쳤다.

"당신, 차는 어쨌어?"

"내 공방 주차장에 고이 있다."

"……어떡해. 오늘 차로 출근하긴 한 거야?"

하제가 짧게 고개를 끄덕이고는 말했다.

"한 시간쯤 걸렸다."

"뭐? 풉!"

"내 마음과 다르게 도로 상황이 좋지 않았다."

"아이고……."

"택시를 탈 수도 있었지만 그건 내 자존심이 허락지 않았지."

'핑계도 가지가지십니다, 전하.'라는 말을 하려다가 삼킨 은소는 입을 틀어막은 채 끅끅거리기 시작했다.

그런 은소의 모습에 하제가 얼굴을 붉히며 불만 가득한 얼굴로 팔짱을 끼고 중얼거렸다.

"쳇, 자꾸 그렇게 웃을 건가?"

"……너무 웃기잖아. 아니, 당신 오늘 아침에는 그렇게나 호언장담하면서 나가 놓고…… 결국에는 말을 타고 왔잖아. 에구, 그렇게 운전하는 게 무서웠어요?"

"……."

은소의 말에 하제는 아무 대답도 하지 못했다. 맞기는 맞는 모양이었다.

"어라? 진짜구나…… 대답을 못 하는 걸 보니."

하제가 슬쩍 다른 곳으로 시선을 내던지며 대답했다.

"……크흠, 진심으로 달리고 싶었을 뿐이다."

은소가 하제의 시선을 따라가 얼굴을 들이대며 물었다.

"에이…… 너무 궁색한 변명인데?"

"진짜다. 말은 기름으로 달리는 자동차와는 비교할 수 없다. 내 마음을 알고 달리거든. 자고로 말이란 내가 천천히 가자 하기도 전에 내 마음을 읽고 살살 가기 시작하고, 궁둥이를 걷어차기도 전에 빨리 달릴 수도 있는 동물이다."

"……예에, 아무렴요, 전하."

말은 청산유수였다. 실상 가만히 들어 보면 엉터리 궤변이지만. 죽어도 저 자신이 운전이 겁나서, 못해서가 아니다, 라는 것을 증명해 보이려고 부단히도 노력한다. 이 바보 같은 사람. 자신 앞에서만큼은 완벽해 보이고 싶은 걸까? 그렇게 서로를 기대면서 살아도 믿음직한 남편으로 보이고 싶은 걸까?

그때 차 밖으로 고개를 쏙 내밀고 있던 소은이가 아빠를 향해 손을 뻗었다. 제하와 다르게 소은이는 아빠를 잘 따랐다.

"아빠 말 타고 오니까 꼭 왕자님 같아. 엄마는 그럼 공주님이야?"

하제가 웃으면서 대답했다.

"아니. 왕자님은 우리 제하, 공주님은 우리 소은이지. 아빠 엄마는 임금님과 왕비님이고. 우리 공주님, 이리 가까이 와서 말 한번 타볼래?"

그러자 소은이가 눈동자를 반짝거리며 대답했다.

"응! 1분만 탈래."

"그렇게 짧게 타려고?"

"응. 사람들 없을 때 빨리 두루미로 훨훨 날아다니고 싶어. 소은이는 하늘을 날아다닐 때가 제일 좋아."

소은이가 당차게 말하자 하제는 뿌듯함을 느끼면서도 한편으로는 어린 소은과 제하에게 미안함을 느꼈다. 이 세상에서 살려면, 일족의 피를 이어받았지만 그것을 감추고 살아야만 한다. 이 아이들에게 자유롭게 날 수 있는 자연을, 아름다운 가온의 자연을 보여 주고 싶다는 생각이 들었다.

하제는 문득 노루의 전언이 떠올랐다.

'모두가 소식을 궁금해하고 있으니 한번 아라연으로 오라는 것이다.'

'믿어도 좋다. 신들이 더는 감로화를 탐하지 않을 것이야.'

은소가 이 이야기를 듣는다면 무어라 할까. 하제는 잠시 고민하다가 일단 이 생각은 접어 두기로 했다. 정말 가능한 일이라면 노루가 다시 전언을 보낼 것이다. 지금은 가족의 오붓한 시간을 보내는 데에만 집중하고 싶었다.

눈에 넣어도 아프지 않을 귀여운 아이들과 죽는 날까지 사랑해 마지않을 아내 은소. 이들과 함께하는 매 순간이야말로 하제에게는 선물이고, 축복이었다.

하제가 생각에 잠겨 있는 사이, 말의 갈기를 쓰다듬고 있던 소은이가 아빠를 재촉했다.

"아빠, 60초 다 됐어. 빨리, 빨리!"

"그래, 잠깐만 기다려."

하제가 소은이의 머리칼을 부드럽게 쓰다듬고 나서는 먼저 말에서 내려주었다. 이어서 하제는 자신도 말에서 내리며 날카롭게 주변을 살폈다. 인적이 드문 곳이긴 했지만 그래도 훤히 드러내놓고 비행을 할 수는 없었다.

그오오오!

이윽고 하제는 제 기운을 잔뜩 풀었다. 곧장 주변 일대로 투명하고 둥근 결계가 쳐졌다. 오늘은 컨디션이 좋아서일까, 결계의 범위가 제법 넓었다.

"자, 다 됐다."

소은이의 입이 금세 함지박만 해졌다.

"고마워요, 아빠!"

소은이가 아빠의 뺨에 뽀뽀를 하자, 하제가 소은이를 꼭 끌어안으며 물었다.

"그렇게 하늘을 나는 게 좋아?"

"응, 너무 재밌고 신나. 바람이랑 막 부딪치는 것도 좋고 내가 모든 것들 위에 있어서 좋아. 소은이는 두루미인 게 정말 좋아요. 친구들은 몰라서 조금 슬프지만."

종알종알 쉼 없이 말하던 소은이의 뒷말이 하제의 가슴에 살짝 걸렸다.

"친구들한테 알려 주고 싶어?"

"응. 두루미가 얼마나 멋진지 자랑하고 싶어."

똘망똘망한 눈망울을 굴리며 말하는 딸에게 하제가 웃으며 말했다.

"비밀은 지켜질 때 훨씬 소중하고 값진 거야. 소은이는 똑똑하니까, 잘 알겠지?"

"알아요. 우리들만의 비밀이야."

아빠를 물끄러미 바라보던 소은이가 고개를 끄덕였고, 뒤에서 부녀를 바라보던 엄마도 옅게 미소를 지었다.

"이제 날아볼까."

그리 말한 하제가 입고 있던 옷을 은소의 차 안에 던져 넣으면서 스르륵 변신을 풀었다. 우아한 백색의 두루미로 변한 하제를 시작으로, 아이들도 모두 옷을 벗어던지고 두루미로 변신했다.

"소은아, 힘차게 날고 와."

"응!"

예쁘고 탐스러운 금빛 머리털을 가진 소은이는 이제 제법 늘씬해진 몸체를 쭉 펼치고는 훨훨 날아올랐다. 유려한 비행 솜씨였다. 엄마인 은소보다도 훨씬 뛰어났다. 아마도 타고난 듯싶었다. 절벽 일대를 빙 가로지르고 다시 언덕으로 날아온 소은이가 기분이 좋은지 뚜루루 소리를 질렀다.

하제는 아직 잘 날지 못하는 제하를 등에 태운 채 날아올랐다. 제하는 자신이 직접 날 수 없지만 하루라도 빨리 날고 싶은 모양이었다. 노란빛이 도는 머리를 끄덕이면서 자그만 날개를 열심히 파닥거렸다.

은소가 아이들이 벗어던진 옷가지를 챙겨 정리해 놓고 흐뭇하게 그 모습을 바라보았다. 제하를 태운 하제가 은소가 있는 언덕으로 우아하게 착지하더니 고갯짓을 했다.

"타라고?"

"제하 녀석이 좀 불안하니까 안고 있어."

"그렇긴 하지……. 제하야, 엄마랑 같이 타자."

은소가 제하를 끌어안은 채 하제의 목깃을 단단히 붙잡았다. 그러자 순식간에 날아오른 하제가 절벽으로 고꾸라지듯 회전하면서 날았다.

"……어, 엄마아. 제하 무셔어요……."

하제는 한 바퀴 더 회전을 선보이려고 했지만, 이어진 제하의 한마디에 그냥 유유히 날기로 했다. 대체 사내 녀석이 누굴 닮았는지 겁이 많다 여기며 하제는 천천히 바다 위를 날았다. 소은이 아빠의 꼬리를 잡을 듯 말 듯 따라다녔다.

*　　*　　*

아까까지만 해도 떠들썩하던 거실이 조용해졌다.

아이들이 TV 애니메이션 시리즈를 보다가 하나둘 잠이 든 모양이었다. 소은이와 제하를 각각 방으로 데려다 놓고 이불까지 덮어주고 나오니 아직 이른 저녁이었다. 부부에게는 오랜만에 여유로운 저녁이랄까.

은소가 싱긋 웃으면서 말했다.

"……모처럼 한가한 저녁이네. 나는 그럼 원고 쓰러 가 볼까……."

그러나 은소의 마음대로는 되지 않을 듯했다. 서재로 들어서려던 은소의 손목을 하제가 곧장 낚아챘다. 하제의 눈이 붉어지면서 그녀의 목덜미를 살짝 잡아당겼다. 은근한 둘만의 사랑 신호였다.

"……와인이나 한잔 할까."

마침 사다놓은 향긋한 와인이 한 병 있었다. 아침부터 인사가 과하더니 제대로 분위기를 낼 모양이었다. 하지만 은소는 눈웃음을 보내면서 말했다.

"……한 번만 봐줘. 나 정말 원고 써야 해."

완곡한 그녀의 거절이었다. 하지만 하제는 제 아내를 놓아줄 생각이 없었다. 무려 아이들이 평소보다 두 시간이나 일찍 잠든 시간이란 말이다.

"무슨 장면이지? 애정 신이라면 감정 이입이 잘 되게 해 줄 수 있는데……?"

저런 능글맞은 말투가 튀어나왔다. 작정하고 덤벼드는 말투에 은소는 정색하며 말했다.

"농담도 정도껏 하셔야지요. 나는 동화 작가라고."

"으음, 나는 말이지, 우리 여보가 성인 로맨스 소설도 아주 잘 쓸 것 같은데 말이야."

하제가 은소의 손등에 쪽, 하고 입을 맞췄다.

"그것도 고수위로."

느른하게 올라간 입술이 묘하게 자극적이었다. 입맞춤을 부를 만큼. 하지만 여기서 그에게 넘어가면 원고 집필은 날아가고 말 것이다. 은소는 미치도록 섹시한 하제의 입술을 애써 무시하면서, 시선을 떨어뜨렸다.

"……여보."

그만해 달라는 말이 뒤에 숨어 있었다. 하지만 하제는 자신이 이 정도로 하는데도 은소가 넘어오지 않자 빈정이 상해 버렸다.

"……알았다. 원고가 나보다 중하다면 그리해라."

"핏, 그런 말이 어디 있어?"

"모른다."

하제가 은소의 고개를 들고는 그대로 입맞춤을 할 듯 코앞까지 다가왔다가 그녀의 목덜미를 살짝 깨물고 나직이 귓가에 속살거렸다.

"그러니까 포기해. 어차피 몸은 원하고 있는 거 다 안다."

하제의 양손은 어느새 그녀의 허리를 바짝 당겨 안은 채였다. 맞닿은 피부가 가없이 달아올랐다. 두근거리는 심장 박동이 느껴지는 동시에 하제가 사악한 미소를 지으면서 제 기운을 내뿜었다.

파아아앗!

강렬하고 짙은 사내의 기운을 흩뿌려놓고서 하제는 주방으로 향했다. 은소는 그 자리에 붙박이가 된 듯 서서 그가 사라진 쪽을 쏘아보았다. 보통 여자라면 그대로 다리에 힘이 풀려 주저 않았을 터였지만 은소는 그러지 않았다.

은소가 곱게 눈을 흘기며 제 남편에게 툭 던지듯 말했다.

"치사해…… 하제."

분홍빛 티셔츠 하나만을 걸친 은소가 입술을 뾰로통하게 내밀었다. 저럴 때면 영락없이 아이들 엄마가 아니라 어린 아가씨인 것만 같다. 싱싱하게 뻗어 있는 그녀의 두 다리에 눈길을 주면서 하제가 지르듯 말했다.

"진짜 치사한 건 너다, 은소. 항상 너를 원하는 건 내 몫이니까…….”

하제의 눈동자가 일순 불타오르는 듯 뜨거워졌다.

‘……아무리 마셔도 갈증이 나는 것을 나더러 어쩌란 말이야.’

하제는 뒷말을 삼키면서 주방으로 가서 와인병과 잔 두 개를 나무 쟁반에 받쳐서 가지고 나왔다. 하지만 그가 향하는 곳은 거실 테이블이 아니었다. 욕실 쪽이었다.

“……어디 가?”

은소의 대답에도 아무 말이 없던 하제가 욕실을 나오더니 그대로 번쩍 그녀를 안아 들었다.

“……설마 욕실에서?”

“그 설마가 맞다.”

“…….”

“욕실에서 하면 끝내준다는군. 기대된다.”

어린애 같은 말투였지만 욕망으로 끈적거리는 그의 눈빛이 은소의 몸에 와 닿았다. 정말 욕실에서 할 작정인가 보다. 은소가 거품 목욕을 좋아한다는 것을 캐치한 하제는 종종 함께 목욕하기를 원했다. 하지만 이렇게 본격적으로 욕실에서 하자고 한 적은 없었는데……

이번에는 또 뭘 본 것일까? 하여간 컴퓨터, 인터넷이 사람을 다 버려놓는다니까.

“역시 당신은 변태 기질이 좀…….”

철컥.

욕실로 들어서자마자 하제는 문부터 잠갔다. 언제 채워놓은 것인지 욕조에는 물이 가득 받아져 있었고, 하얀 거품까지 풀려 있었다. 이렇듯 그가 치밀한 남자였던가. 밤일에 관해서는 하제는 누구보다도 치밀했다.

"……벗겨줘."

하제가 붉은 입술로 말했다. 은소가 다가가 그의 셔츠를 벗겨내는데 아래쪽에서 뭔가가 그녀의 다리를 건드렸다. 와인 잔을 부딪치기도 전에 그의 것이 이미 단단해져 있는 모양이었다.

은근슬쩍 은소 쪽으로 하체를 더 붙이던 하제가 말없이 그녀를 응시했다. 은소가 그의 것을 살짝 주무르자, 하제가 옅은 신음을 내뱉었다.

"아……!"

그의 눈빛이 여지없이 흔들리는 걸 보자, 은소의 손길도 대담해졌다. 하제가 이렇게 욕망에 무너지는 모습은 항상 즐거웠다. 원고 핑계를 하던 은소는 이미 어디에도 없었다. 그녀 역시 붉게 반짝이는 눈으로 하제를 애무하고 있었다. 이번에는 속옷 속으로 손을 넣어 만져주었다. 힘줄이 잔뜩 불거진 남성의 끝은 보드라운 손길이 닿자, 까딱거리며 잔뜩 흥분해 있었다.

"당신 잔뜩 흥분했구나."

은소가 씩 웃으며 손길을 멈추고 세면대로 가서 손을 씻자, 하제가 아쉬운 얼굴로 바라보았다. 물기 어린 촉촉한 눈. 원하는 것이 있는 눈. 원초적인 본능에 물든 그의 얼굴은 순수했다. 여전히 꼿꼿이 고개 들고 서 있는 하제의 것은 더욱 부풀고 있었다. 실로 강대했다. 누가 짐승 아니랄까 봐.

은소가 그걸 가리키며 장난스레 중얼거렸다.

"짐승……."

"같은 짐승끼리 무얼 그리 따져……."

"그래, 나도 짐승이라 할 말은 없네."

"이제 욕조 안에 들어가자."

"응."

"이리 와."

하제가 익숙한 손놀림으로 은소의 티셔츠를 걷어 올렸다. 볼륨 있게 솟아 있는 가슴선과 쏙 들어간 허리, 매끄러운 하얀 속살이 싱그럽고 아름다웠다. 풍성한 레이스가 달린 속옷에 하제가 '흐음' 하고는 감상하면서 미소 지었다.

로맨틱한 분위기를 낼 때면 은소의 속옷이 화려해지곤 했다. 게다가 이 속옷은 지난 기념일에 백화점에 가서 하제가 직접 골라준 것이 아니던가.

"……은근히 기다린 거지?"

"아닌데. 그냥 집히는 대로 입었다구."

이윽고 브래지어를 수초 만에 벗겨낸 하제가 그녀의 마지막 속옷까지 슥 벗겨냈다.

그러곤 자신의 속옷도 훌렁 벗어 던졌다. 아직도 성난 맹수가 잔뜩 팽창한 채 기다리고 있었다. 그걸 본 은소가 물었다.

"괜찮겠어?"

참을 수 있냐는 뜻이었다. 하제가 뒤돌아 작은 협탁 위에 놓아둔 와인 잔에 와인을 따르며 대답했다.

"……안 괜찮다."

환장할 지경이지만 참는 중이라는 걸 알면서. 하지만 애간장을 태운 후에 깊은 사랑을 나누는 것도 나쁘지 않았다. 무엇보다 오늘은 로맨틱한 분위기를 내고 싶었다.

매일 일과 아이들에 치여 사느라, 하루하루 눈코 뜰 사이 없이 바빴다. 그래서 이렇게 아이들이 일찍 잠든 날은 더욱 소중했다.

스파 기능이 있는 욕조 안에 몸을 담근 채 두 사람은 와인 잔을 들어 마셨다. 블루투스 스피커에서 은은하게 퍼져 나오는 재즈 선율이 감미로웠다. 장미 꽃잎까지 띄워져 있었고, 구석에는 소이캔들까지 켜두었다. 하제가 저렇게 섬세한 소품까지 준비해 뒀다는 게 신기했다.

은소는 자신이 너무 튕긴 것 같아 미안함을 느끼면서 감탄의 말을 흘렸다.

"마술이라도 부린 것 같아. 언제 이렇게 다 준비한 거야? 여보."

"오늘 비행 연습하느라고 애들이 유독 피곤한 것 같았지. 애니메이션 틀어주고 나서 작업 착수했고. 누구 때문에 그 계획이 다 수포로 돌아갈 뻔했다만."

"……그래도 이렇게 당신 계획대로 되어 가고 있잖아."

은소가 하제의 품 안으로 파고들었다. 하제가 만족한 미소를 머금으면서 붉은 입술을 벌렸다.

"입술 줘."

은소가 다가와 입술을 포개자, 하제는 단단히 벼르고 있었던 듯 흡입하듯이 그녀의 입속을, 말랑한 속살을 빨아들였다. 수면 아래의 몸은 자연스럽게 서로 겹쳐졌고, 하제의 손은 은소의 탄력 있는 가슴을 매만지기 시작했다.

하지만 은소는 몸 주변에 둥실둥실 떠다니는 거품을 모으는 데 매진하고 있었다. 부드러운 거품을 한가득 퍼올려서 하제의 머리 위에 올려놓았다. 그러고 나서 분홍빛 입술이 열렸다.

"전하, 왕관이 마음에 드시옵니까?"

"오냐. 마음에 든다. 나에게 가까이 기대라."

방긋 웃음 짓는 은소의 얼굴에 어여쁜 교태가 어렸다. 저를 유혹하는 그 얼굴에 하제의 심장은 쿵하고 널을 뛰었다.

하제의 탄탄한 가슴 위로 은소가 완전히 축 늘어져 기대었다. 이렇듯 온몸을 그녀가 맡겨 올 때면 하제는 견딜 수 없이 행복했다. 자신의 보호 아래서 안온하게 숨 쉬는 그녀의 모습은 영락없이 아직 어린 짐승이었다. 유약하고 가녀린 짐승. 그에게 잠재된 보호본능을 자극하는 것 같다고 해야 할까.

그러면서도 은소는 아이들을 낳고 기르는 엄마로서의 역할도 잘하고 있었다. 다정하고 친구 같은 엄마로. 하제가 은소의 머리칼을 빗기듯 귀에 걸어주면서 입을 맞췄다.

"여보……."

"으응?"

"오늘 안 한 말이 있군."

"뭐 말이야. 사랑한다는 말? 나도 사랑해."

"내가 더 사랑한다."

늘 확인해도 또 듣고 싶은 말. 질리지 않는 말. 은소는 하제의 말에 아이처럼 웃음을 터뜨렸다.

"……아흣."

이윽고 웃음은 신음으로 바뀌어갔다. 미끌미끌한 제 몸을 은소에게 바짝 붙이던 하제는 그녀를 꼭 끌어안고는 목덜미에 키스를 퍼부었다. 전부 눌러 담은 뒤 터뜨려버릴 것처럼, 하제는 부지런히 입술을 움직였다.

입술이 천천히 그녀의 어깨를 타고 내려갔다가 등으로, 그리고 가슴으로 옮겨졌다. 이윽고 귀엽게 부푼 분홍빛 가슴을 혀로 살살 굴리다가 이로 콕 깨물었다. 달콤한 사탕처럼 쪽쪽 빨아먹었다. 은소는 점차 흥분감으로 차오르는 탓에 깊은 신음을 흘렸다. 하제가 은소의 몸을 일으켜 세웠다. 매끄러운 그곳은 이미 축축하게 젖어 있었다. 하제가 그곳으로 입술을 향했다. 그가 헤집어 놓는 강렬한 촉감이 전신을 미친 듯이 두드려댔다. 은소는 더 이상 참을 수가 없어 그의 몸을 밀어 버렸다.

"왜 그러지?"

"……너무, 너무 자극적이란 말이야."

"너무 좋아서?"

"너무 강해……."

"느낌이 어떤데?"

"……민망하게 그런 거 묻지 마."

"아무래도 아직도 먼 것 같군."

아이를 둘이나 낳고도 그렇게 귀엽게 행동하면 어쩌란 건지. 하제는 입 안에 남아 있는 액체를 삼킨 뒤, 아쉽게 입맛을 다셨다.

하제가 은소의 손을 끌어 보다 부풀어 있는 제 것을 만지게 했다. 매끄럽고 보드라운 감촉에 금방이라도 자신을 놓을 것처럼 몽롱해졌다.

이제 더는 못 참을 것 같았다. 하제가 욕조 안에서 은소를 데리고 나왔다. 그리고 향한 곳은 샤워부스였다.

쏴아아아. 쏟아지는 물줄기에 몸을 맡긴 채 두 사람은 기다렸다는 듯 입을 맞추기 시작했다. 하제는 그녀를 안아 올린 채 차가운 벽 가까이로 갔다. 들어 올린 탐스러운 허벅지 사이로 진입을 시도하자, 뜨거운 교성이 물줄기 사이로 흩어졌다.

그 어느 때보다 뜨거운 숨결에 몸은 쾌락과 전율로 떨었다. 부둥켜안은 몸이 끝없이 흔들렸다.

"아…… 아, 여, 여보. 살려줘…… 응?"

애원하듯 그의 목에 매달리는 은소가 사랑스러워서 하제는 더욱 거칠게 몸을 놀렸다.

평소보다 강한 그의 것이 너무나도 생생하고 강하게 느껴졌다. 까무라칠 정도로 강렬한 느낌에 은소는 그의 머리털을 잡아뜯었다. 아무리 참아도 끝까지 가버릴 것만 같았다.

하체에 전해지는 느낌에 하제도 죽을 것만 같았다. 부드럽고 따뜻하고 빨려 들어가는 듯한 느낌.

하제는 자신에게 확실히 변태 기질이 있다는 것을 확인했다. 은소가 원하지 않을 때 그녀를 살살 꼬셔 사랑을 나눌 때면 왠지 더욱 그 만족감과 쾌락이 짙었다. 이윽고 절정에 다다른 순간, 고른 숨을 고르던 둘은 격정적인 입맞춤을 나누었다. 하제를 받아들이는 게 너무 힘들어서 숨을 몰아쉬던 은소와는 다르게, 하제는 아직 그만둘 생각이 없어 보였다.

"……아! 좋아서 죽을 수도 있는 건가?"

"헉헉…… 이제 그만……."

"엄살 부리지 마. 두 번 남았다."

하제가 씩 웃음을 물고 말했다.

그 순간만큼 은소에게 하제가 악마처럼 보이는 때가 없었다. 욕실 문은 그 후로도 한참 동안 열리지 않았다.

* * *

새하얀 구름 위에 걸터앉은 그림자가 있었다. 어린 토끼 한 마리가 그의 손바닥 위에서 꼼지락거렸다. 깡충 뛰지도 못 할 정도로 어린 토끼는 하얀 귀를 뒤로 젖히며 나타의 얼굴을 빤히 들여다보았다. 새빨간 오른쪽 눈이 석류처럼 빛났지만, 다른 한쪽에는 얼굴에 맞게끔 검은 안대를 차고 있었다.

"상제마마! 어째서 인간의 모습으로 돌아오시지 않는 것이냐고요. 게다가 이렇게 작고 보잘것없는 모습으로 쭈우우욱 계시는 겁니까, 네에?"

"……."

"뭐라고 말씀이라도 해 보십시오. 이리 한 말씀도 못 하시니 제가 너무 답답해 돌아버릴 지경이라니까요!"

"그만두세요. 나타 대장군님…… 그 아기토끼가 상제마마라는 증거도 없지 않나요?"

뾜뾜뾜.

흰 구름을 타고 나타난 나래가 답답하다는 듯 말했다. 나래의 말이 아주 틀린 것은 아니었다.

7년간의 긴 싸움.

황금진이 사라진 후, 세 왕은 그 자리에서 발견된 것이 아니었다. 몇 달간 행방이 묘연해진 것이다. 그러다가 작년에 옥황강 주변에서 이 조그만 토끼가 발견되었다. 한쪽 눈을 잃은 조그만 토끼가…….

분명히 토끼는 옥황상제의 강한 기운을 품고 있었다. 그러나 말도 하지 않고, 특별한 행동을 하지도 않는다. 인간의 모습으로 돌아오시지도 않는다. 그러니 곁에 있던 이들은 답답할 노릇이었다.

이렇게 된 것은 옥황상제뿐만이 아니었다. 심해 조가비 옥좌 위에는 등껍질을 잃어버린 볼품없는 남생이 한 마리가 꿈틀대었고, 명부에는 꼬리 잃은 가느다란 새끼 뱀 한 마리가 깊은 잠을 자고 있었다.

마치 누군가 장난이라도 친 것처럼…….

세상에서 가장 강력하던 환수 일족이자 신들인 그들이 왜 그렇게 되었는지는 아무도 몰랐다. 다만 반도정원을 지키는 서왕모가 이렇게 추측할 뿐이었다.

"필시 자업자득인 것이지. 그들 스스로가 자초한 일이다. 제 아무리 단단한 다이아몬드라도 같은 다이아몬드와 부딪치면 금이 가서 깨어지기 마련이다. 그토록 강한 힘들이 충돌하고 수년간 싸우기까지 했으니 기어이 서로의 힘을 멸하고 기운을 앗아간 것이다. 내 반도를 먹어도 회복이 어려울걸? ……만개한 감로화의 꽃잎이라면 모를까."

서왕모의 이야기를 들은 노루는 웃으며 말했다.

"그들에게는 감로화의 향기를 맡게 하는 것조차 아깝사옵니다."

서왕모가 고개를 주억거렸다.

"그래, 그놈들은 신들의 왕이라고 부르기에도 창피한 짓을 하였다. 그러니 저토록 벌을 달게 받은 것이야."

"허면, 새로이 왕을 선출해야 하는 것 아니옵니까?"

"아직은 때가 아니다. 왕을 바꾸는 것이 말처럼 쉬운 게 아니다. 그 꼬물거리는 것들이 그래도 왕의 기운은 품고 있으니 어찌저찌 세계는 유지될 것이야. 밑의 것들이 고생 꽤나 하겠구먼. 하지만 언젠가 왕이 바뀔 것이다. 한 삼천 년 내로는 바뀔 것 같구나…… 후후."

"허허, 이 늙은이는 그 구경을 못 하겠습니다."

"뭐어, 잘하면 할 수도 있지."

서왕모의 말에 노루가 의아한 말투로 물었다.

"허…… 서왕모님, 그게 무슨 말씀이시옵니까?"

서왕모가 뒤에서 잠자코 기다리고 있던 구천현녀를 불렀다.

"구천아, 바구니 가져오너라."

"예."

구천현녀가 가져온 바구니에는 탐스러운 반도가 세 개 들어 있었다. 노루가 놀라서 입을 다물지 못했다.

"……이것을 어찌 저에게…… 받을 수 없사옵니다."

"받아라. 네 몫으로 전부터 생각해 둔 것이다."

"허나……."

"너는 끝까지 너 자신을 희생하고 감로화를 지키려 했으니 이것을 받을 자격이 있느니라. 그리고 다시 선계로 오너라. 이 반도정원에서 나를 도와주었으면 한다."

서왕모의 말에 노루는 깊이 감복한 듯 한동안 말이 없었다. 선계에서 쫓겨난 뒤로, 쭉 선인의 지위를 잃고 인간세계에서 살던 그녀였다. 그러나 이렇듯 단번에 선계로 다시 가게 되다니 마치 꿈처럼 아득하기만 했다. 노루는 이 모든 일이 하제와 은소의 덕택인 것만 같았다.

"감사하옵니다. 감사하옵니다."

이내 노루의 뺨을 타고 눈물이 흘렀다. 늘 엄격하기만 하던 서왕모도 노루의 등을 토닥이며 말했다.

"인간 세상에서 덕을 쌓았으니 마땅히 내리는 상이니라. 참, 두루미가 된 하제와 감로화는 잘 살고 있는 것이더냐? 자못 궁금하구나."

"예, 실은 그것 때문에 청이 있사옵니다. 옥황과 염라, 해왕을 피해서 쫓기듯이 다른 세상으로 건너간 그들이 아니옵니까? 그들을 다시 한 번 가온으로 초대를 하고 싶사옵니다."

서왕모가 고개를 갸웃거렸다.

"초대하고 싶으면 하면 될 터이지. 헌데 그것을 왜 나에게 고하는 것이야? 노루, 무녀인 너라면 그들을 데려오고 또한 보내는 방법을 알고 있지 않았더냐?"

"아니옵니다. 하제에게 준 물약이 다른 세상의 문으로 가는 마지막 약이었습니다."

"흐응, 그렇다는 말이지. 허면, 네가 직접 가거라. 선계 옥황강에서 이 배를 펼쳐서 타고 폭포수 아래로 낙하해 가거라. 허면 그쪽 세계와 파장이 맞는 맑고 깨끗한 물가 어딘가에 다다를 것이다."

노루는 서왕모가 준 은빛의 자그만 종이배를 소맷자락에 잘 넣어 두었다.

*　　*　　*

흐드러지게 핀 배꽃이 미풍에 흩날렸다. 하얀 꽃잎들이 연달아 난분분히 떨어져 남빛 비단신 위에 올라앉았다. 저 새파란 하늘의 빛깔처럼 청아하고 맑은 임금의 얼굴에는 익숙한 그리움이 쌓여 있었다. 이윽고 얇게 퍼지는 미소에 궁인 상덕이 그 의중을 여쭈었다.

“전하, 좋은 추억이라도 떠오르셨사옵니까?”

“……벌써 해가 여덟 번이나 바뀌었네.”

깊이 묻지 않아도 알 수 있음이었다. 이 곱고 어진 젊은 임금의 마음속 깊이 자리했던 한 여인이 떠난 지 8년이란 세월이 지난 것을 상덕도 모르지 않았다. 자신이 직접 모신 선대 임금과 왕후가 아니던가.

그야말로 전설처럼 강했던 두루미 임금 하제 전하와 단내를 머금은 꽃, 은소 마마를 어찌 잊을 수 있으랴. 두 분과 함께했던 세월은 짧았으되, 그 흔적은 결코 지워지지 않는 것이었다. 자신조차 그러하니 이 가련한 갈매 임금의 마음은 오죽할까.

가슴에 아로새겨진 첫사랑, 결코 함부로 바라볼 수조차 없었던 품에 넣지 못한 사람.

한때는 그녀만 생각하면 머리부터 발끝까지 저렸지만, 이제는 웃으며 추억할 수 있게 되었다. 그분과 함께라면 반드시 행복하실 터였다.

그리 마음을 굳게 다잡고 버텨온 것도 벌써 수년째. 이제는 제발 짝을 찾으시라는 대소신료들의 말에도 그저 아직은 때가 아니라며 중언부언 핑계만 대었다.

갈매가 그리 생각에 잠겨 있을 때였다.

"오라버니! 여기 계셨군요?"

갈색 머리카락을 높다랗게 묶은 활발한 소녀가 친척 오라비를 향해서 손을 흔들며 달려오다가 그만 그의 발치에서 털썩 넘어지려 했다.

"아쿠쿠……."

하지만 넘어지지 않았다. 푹신하고 단단한 두 팔이 소녀가 넘어지지 않도록 배를 받쳐주고 있었다.

"……죄, 죄송해요. 오라버니, 아니 전하."

"괜찮은 거냐?"

"예, 덕분에요. 끄떡없어요!"

배시시 분홍빛 웃음이 부끄러워하는 기색도 없이 당차고 맑다. 갸름한 갈색 눈망울이 아기처럼 어여쁘다.

"끙차!"

하더니 이화가 날랜 동물처럼 발딱 몸을 일으켰다. 같은 연씨 가문의 사슴 일족이나, 15년 전쯤 얼굴을 보았을 뿐인 먼 친척이었다. 그녀의 가족은 요수국에서 살다가 작년에 돌아왔다. 그래서일까. 이화는 늘 자유롭게 눈을 굴리면서 재바르게 돌아다니는 아이였다.

"전하! 헌데 이곳에 자주 오시네요? 실은 저도 이곳에 자주 와요."

이화가 이곳에 머무른 지도 몇 개월이 지났는데 금시초문인 일이었다.

"……어째서 이곳에 자주 오는 것이지?"

갈매가 다정한 어조로 물었다.

"저 배꽃 때문이지요!"

갈매의 눈이 순간 휘둥그레졌다.

"배꽃이라고?"

"네에. 참말로 곱고 순수하고 예쁘잖아요. 저는 배꽃이 좋아요."

"그렇구나. 나도 배꽃을 보러 온단다."

"오라버니도요?"

갈매를 올려다보던 이화의 뺨이 붉게 물들었다. 갈매는 어쩐지 그 모습이 마치 하얀 배꽃 같다고 생각했다. 그러고 보니 이 아이의 이름, 연이화. 배꽃이란 뜻이었다. 갈매가 눈을 부드럽게 휘면서 이화에게 시선을 맞추었다.

이화가 활짝 웃으며 하얀 손을 내밀었다.

"허면 우리 같이 구경할까요?"

티 없이 맑고 고운 기운이 이화에게서 느껴졌다. 갈매는 이 손을 잡지 않으면 안 될 것 같았다. 이화의 손 위로 갈매의 손이 겹쳐졌다. 보드라운 감촉이 손끝에서 온몸으로 퍼졌다.

"그러자꾸나."

두근, 두근.

낮게 울리는 고동이 두 사람의 가슴에 동시에 전해졌다.

*　　*　　*

아무래도 욕실에서 나눈 사랑이 좀 과한 탓일까. 하제와 은소 모두 진이 다 빠진 얼굴로 침실 위에서 나란히 누워 뒹굴거리고 있었다.

멍한 눈동자로 눈을 감았다, 떴다를 반복하던 하제가 그제야 떠오른 듯이 중얼거렸다.

"……참, 노루에게서 전언이 왔다."

생각지도 못했던 하제의 말에 은소가 늘어져 있던 몸을 일으키면서 말했다.

"뭐? 그게 정말이야? 잘 계신대?"

"그 할망구 성질이 여전히 고약한 걸 보니 무탈한 것 같더군. 오히려 쌩쌩해서 더 걱정이지."

"당신도 참. 왜 그렇게 무심한 듯이 굴어. 그리고 또 뭐라셨어? 응?"

은소가 채근하자 하제는 졸림 가득한 목소리로 말했다.

"이제 신들이 너를 탐하지 않으니 놀러 와도 된다나 뭐라나. 아, 이리로 온다더군."

"……그게 정말이야? 당신 혹시 꿈꾼 거 아니야?"

"……꿈 아니……."

정말 고단하긴 했나 보다. 하제는 말을 하다 말고 그대로 잠이 든 것 같았다. 어떻게 그리 중요한 말을 이제야 해 주는지, 아니 그 이야기를 하면서 잠이 들 수나 있을까. 역시 하제의 뇌 구조가 궁금했다.

그야말로 믿을 수 없는 말이었다.

신들이 이제 탐하지 않는다고? 하기야 그들이라면 끈질기게 이 세상까지 손을 뻗칠 수도 있었을 터이지만 그러지 않았다. 필경 무슨 이유가 있는 것이다.

다시 가온, 아라연에 가게 된다니 가슴이 두근거리기 시작했다. 그리웠던 모두를 만나게 된다니 흥분감이 일어났다.

모두 잘 지내고 있을까.

아라연에서의 일 년은 어느새 자신의 인생에서 가장 파란만장하면서도 가장 그리운 시절이 되어 버렸다. 다시 한 번 갈 수만 있다면, 하고 생각한 것이 한두 번이 아니었다. 하제에게는 애써 티를 내지 않았지만…….

새로운 자신을 발견했던 곳이자, 소중한 이들을 만나게 된 곳이다. 하제와 사랑에 빠졌고 수많은 위기를 넘겼지만 또 행복함을 맛보았던 곳이다. 어찌 그립지 않을 수 있을까.

가온, 아라연국, 아라궁.

아라궁의 아름다운 하늘과 산과 바다. 백성들.

무녀 노루와 리리, 상덕, 가막사우와 단영, 자신을 도와준 생명의 은인 서왕모님. 그리고 언제나 자신을 걱정하고 도와주었던 친구 갈매까지.

현대 사회에서는 절대로 맛볼 수 없는 자유롭고 또 아름다운 세상. 그곳을 떠올리고 상상하는 것만으로도 가슴이 벅차올랐다. 은소는 설렘으로 가득 차서 잠이 달아나 버렸다.

소은이와 제하에게도 그토록 시리고 푸른 하늘을 보여 주고 싶었다. 장대한 하늘을 마음껏 날아다니게 해 주고 싶었다.

* * *

"하!"

상대를 노려보며 거침없이 파고들었다.

어린아이치고는 기백이 남다른 소년이었다. 이제 일곱 살이나 되었을까. 작지만 단단한 손에는 목검이 쥐어져 있었다. 얼마나 훈련을 많이 했는지 손때가 묻어 닳아빠진 목검이었다.

상대인 볏단으로 만든 허수아비 인형은 지푸라기가 여기저기 튀어나와 있었다. 옆구리에 쑤셔 넣은 목검을 다시 빼어 들자 뒤쪽에서 낮은 음성이 들려왔다.

"잘했다. 윤아, 이리 와라."

"네, 스승님!"

수련을 할 때는 아버지라 부르지 않고 스승님이라 부르는 게 규칙이었다. 윤은 처음으로 듣는 제 아버지의 칭찬에 웃음을 참으며 그에게로 달려갔다.

"윤아."

"예."

"누가 수련 중에 그리 실실 웃으라고 했더냐."

"잘못했습니다."

푹 수그린 까맣고 맨질맨질한 뒤통수가 영락없이 단영을 꼭 빼닮았다. 그 모습에 자신도 슬쩍 웃음이 나왔지만 사우는 꾹 참은 채 윤의 어깨를 두드렸다.

"이제 집으로 돌아가자."

"예!"

윤이 앞장서서 포목점으로 향하기 시작했다. 도읍에서 가장 큰 포목점이 바로 제집이었다. 문턱에 들어서자마자 반겨주는 건 외할아버지였다.

"아고, 우리 병아리! 이제 오는 게냐?"

"예, 할아버지."

"수련은 열심히 했고?"

"그럼요. 오늘도 허수아비 옆구리가 다 튀어나왔지요."

"녀석, 이 담에 엄청난 무장이 되겠구나."

손주를 바라보는 왕승의 눈에는 애정이 흘러넘쳤다. 사우와 단영이 여행을 마치고 돌아오면서 불쑥 커다란 손주 아이를 데려왔다. 깜짝 놀랐지만 윤을 보자마자 흐뭇하고 어여삐 여길 수밖에 없었다. 얼굴 생김은 단영이처럼 올망졸망 귀엽게 생겼으되, 성격은 사우를 많이 닮은 듯했다. 아이답지 않고 어른스러웠으며 묵묵히 제 할 일을 다 했다.

왕승은 주머니에 슬쩍 손을 넣더니 몰래 동전꾸러미를 꺼내어 윤에게 쥐어 주었다.

"윤아, 시장에 가서 맛있는 거라도 사 먹으렴."

사우는 모른 척 넘어간 듯했지만, 안채에서 나오던 단영의 눈에는 딱 걸렸다.

"아니 되어요, 아버지. 그리 큰돈을 주시면 어찌해요?"

흑단처럼 긴 머리를 하나로 묶어서 내린 단영은 이제 소녀가 아닌 여인이라는 말이 잘 어울리게 되었고, 아들 윤까지 낳아 훌륭하게 잘 기르고 있었다. 늘 철없이 굴던 단영이 아니었다. 사우와 함께했던 여행이 그녀를 성장하게 만들었다.

단영이 동전꾸러미에서 두 닢만을 빼내어 윤에게 주고는 나머지는 왕승에게 돌려주었다. 윤은 당연히 이런 일이 있을 줄 알았다는 듯이 얌전한 모습이었지만 도리어 왕승이 안절부절못했다.

단영은 사실 윤이 글을 공부해 훌륭한 관리가 되기를 바랐지만, 타고난 피는 속일 수 없는 모양이었다. 윤은 여섯 살이 되던

때부터 사우가 검을 잡는 것을 본 모양인지 그를 어설프게 따라하기 시작했다. 대신에 책 보는 것은 싫어했다.

사우는 윤이 검을 잡는 것을 응원하고 지지해 주었다. 검을 한시도 곁에서 떨어뜨린 적 없는 사우로서는 당연히 제 자식이 훌륭한 무사로 자라나길 원했다. 제 몸을 지키고, 언젠가 소중한 누군가를 지킬 수도 있으므로.

저녁 식사를 물린 후, 단영이 사우에게 말했다.

"윤에게 아무래도 좋은 글 선생님을 붙여줘야 하지 않을까?"

"글쎄다…… 윤이 글공부보다는 검 잡는 일을 좋아하는데 억지로 그리할 필요는 없다고 본다."

"그래도 문관 아들을 꼭 두고 싶었는데……."

단영이 화사하게 웃으며 말하자, 사우가 그녀를 품에 끌어당겼다.

"자식의 미래를 우리가 선택하려 하지 말자. 직접 선택하게 하는 거야. 그러니까 윤이 동생을 둘쯤 더 낳으면 그중에 글공부를 좋아하는 아이가 하나는 있을 거다."

차분하게 들려오는 사우의 목소리에 고개를 끄덕이던 단영은 결국 결말이 그거야, 하면서 그의 목을 끌어안았다. 두 사람의 입맞춤이 더욱 농염해졌다. 사우가 이불을 뒤집어썼다. 이불 밖으로 옷가지가 하나씩 나왔다.

이윽고 단영의 보드라운 속살을 헤집은 사우가 말없이 그녀의 온몸을 핥기 시작했다. 단영이 자지러지는 음성을 냈다가 민망해 그만 제 입을 꽉 막아 버렸다. 사우가 그 손을 떼고는 정성스레 입을 맞추면서, 제 것을 단영의 안으로 천천히 넣기 시작했다. 한동안 방 안은 두 사람의 소리로 가득히 젖어들었다.

*　　*　　*

고요한 옥황강 위로 노루는 작은 은빛 배를 띄웠다. 강물에 닿자 종이배가 쑥쑥 자라더니 이내 노루를 태우고도 세 사람 정도 더 탈 여유가 있을 만치 커다래졌다. 노루는 조심스레 옷자락을 잡고 배 위에 올랐다. 그러자 배는 순식간에 옥황강을 가로질러 폭포수가 떨어지는 곳까지 격렬하게 달렸다. 노루는 그만 급류에 휩쓸릴 것만 같아서 고개를 푹 숙이고 배의 난간 부분을 꾹 잡았다.

쏴아아아아-

폭포수에 떨어지기 직전.

번쩍! 새하얀 빛이 흐르더니 노루는 배와 함께 흔적도 없이 사라져 버렸다.

[은소야, 내가 왔다. 허허, 사방이 맑고 푸른 물이로구먼.]

새벽잠을 깨우는 목소리가 머릿속에 울렸다. 은소는 정신을 차리고 일어나 앉았다. 생생하게 들려온 목소리는 노루의 것이었다. 놀란 것도 잠시, 이윽고 은소도 집중해 전언을 보내기 시작했다.

[……정말 노루 무녀님이세요?]

[옳지! 전언을 제대로 쓸 줄 아는구나. 애야, 시간이 없다. 나는 지금 너희 세계에 와 있기는 한데, 바다 한가운데서 회오리바람 같은 물기둥에 휘말려 있다가 간신히 빠져나왔다.]

[하제의 말이 진짜였군요. 잠시만요. 회오리바람? 물기둥? 바다인가요?]

사방이 바다뿐인 곳이라면 분명 군산은 아니었다.

[그래, 초록색 물이 참 맑기도 허구나.]

초록색으로 보일 만큼 물이 맑은 바다, 게다가 한가운데서 회오리바람이라니……. 제주도에는 종종 용오름이라는 것이 생길 때가 있다. 바다나 호수 위에 회오리바람이 생겨 수면에서 구름까지 물기둥이 형성되는 것을 용오름이라 불렀다.

[생각보다 일찍 만날 수 있겠어요. 이렇게 와 주시다니…….]

[그래, 하제를 깨워서 내 기운을 읽고 이리로 오너라. 이 회오리바람 속으로 다시 들어가야 하니 너희들이 와야 한다. 아라연으로 다시 갈 준비는 되었겠지?]

[저야 얼마든지 그렇지만 일단 하제와 아이들을 깨울게요.]

은소는 기쁜 얼굴로 하제와 아이들을 흔들어 깨우기 시작했다. 부스스 일어난 하제가 중얼거렸다.

"기어이 왔군. 시간이 없으니 모두 내 등에 타고 가자."

갑자기 시작된 여행에 아이들도 어리둥절한 얼굴이었다. 하제의 등에 함께 탄 은소는 아이들을 끌어안으면서 말했다.

"아빠의 원래 세상으로 놀러가는 거야."

"엄마, 그럼 우리 지금 가온으로 가는 거야? 아라연국으로?"

예전에 아빠가 들려준 이야기를 기억한 소은이가 말했다.

"맞아."

"우와아! 다른 세계로 가는 거네? 꼭 만화 같아."

마냥 들뜬 얼굴의 소은이 엄마를 꼭 끌어안았다. 마치 만화영화 속 주인공이 된 것만 같아서 소은이도 가슴이 쿵쿵 뛰었다.

이윽고 채 몇 분이 지나지 않아서 은색의 커다란 종이배를 발견할 수 있었다. 그곳에는 선녀처럼 성스러운 기운을 뿜어내는 노루가 타고 있었다.

"허허! 너희들이로구나. 고 녀석들 참 예쁘게도 생겼다."

"선녀님이세요?"

동그랗게 뜬 눈망울로 소은이 묻자 은소가 대답했다.

"선녀처럼 정말 미인이시지? 아빠 엄마를 많이 도와주신 노루무녀님이셔. 마중 오시느라 수고 많으셨어요. 노루 무녀님. 근데 더욱 젊어지셨는걸요?"

"그럴 일이 좀 있었지. 후후."

아이들을 배에 태우던 은소가 칭찬하자 노루가 밝게 웃으며 말했다. 하제가 제하를 안아든 채 스르륵, 사람의 모습으로 돌아왔다. 그는 재빨리 긴 가운을 걸친 후, 배 위에 다리를 올리고 앉았다.

"그래 봐야 말투는 여전히 할멈 같은데……."

"뭐야? 애들 앞이니 참도록 하자꾸나. 흠흠. 두고 볼 것이야, 하제. 아무튼 시간이 없다."

배 위에 모두가 안전히 올라타자, 노루가 지팡이를 노 삼아서 용오름 쪽으로 젓기 시작했다. 그러자 이내 배는 순식간에 안쪽으로 빨려 들어갔다.

좌륵!

예상치 못한 속도에 하제가 날개를 펼쳐 배 위로 보호막을 치듯 덮고는 아이들을 꼭 감싸 안았다.

좌아아아!

옥황강 폭포수 아래서 은빛 조각배가 솟구쳐 올랐다. 머리 바로 위에 있던 고운 달님이 단잠을 자다가 놀란 양 서서히 멀어져 갔다.

소은은 눈을 끔벅거렸다. 마치 동화 속 세상처럼 아름다운 풍경에 할 말을 잃었던 터였다.

남색과 보라색, 분홍색이 섞여든 오묘한 색깔로 뒤덮인 하늘색. 세상에 이런 곳이 있는 줄 몰랐다. 소은이의 입이 헤 벌어지고 눈은 반짝거렸다. 기분이 좋아진 탓에 저절로 두루미로 변신하고 말았다. 제하도 누나를 따라서 짧은 날갯짓을 해 보았지만 턱도 없었다. 아름다운 선계의 하늘을 빙글빙글 도는 소은이의 모습을 올려다보던 노루가 감탄하듯 중얼거렸다.

"틀림없이 두루미 일족이로구나. 저 하늘을 나는 자태를 좀 보아. 곱구나."

파드닥파드닥!

아직 날 수 있을 정도로 자라지 않은 제하를 바라보던 노루가 휘파람을 휙 불었다. 그러자 하늘을 떠돌던 커다란 구름에서 퐁, 하고 떨어져 나온 작은 흰 구름이 뽈뽈뽈뽈 소리를 내면서 제하의 앞에 나타났다.

정녕 타도 되는 것인지 엄마의 얼굴을 한 번 쳐다보던 제하는 은소가 고개를 끄덕이자, 크게 외치면서 구름 위로 올라탔다.

"고맙숩니다아!"

몽실몽실한 흰 구름 위에 올라탄 제하는 두루미의 기운을 팟, 흘려보냈다. 그러자 구름이 타타타 빨라지며 씽씽 달렸다. 금세 누나 소은이가 솟구쳐 올라간 하늘 끝까지 따라 올랐다.

두 아이들은 달님과 별님들, 구름 사이를 오가면서 한참 동안 비행을 즐겼다. 저렇게 마음껏 뛰노는 모습을 보니 하제와 은소 부부도 행복해졌다.

"고 녀석, 볼수록 하제랑 꼭 닮았구나."

노루의 말에 하제는 흐뭇한 표정을 지었고, 은소는 의아한 얼굴로 물었다.

"그러고 보니 노루 무녀님하고 하제, 둘 다 선계 출신이었죠? 선계 어디에서 살았던 거예요? 두루미 일족이 사는 곳은 어떤지 이야기조차 못 들었네요."

"사는 곳이야 다 비슷비슷하지."

은근슬쩍 넘어가려는 하제의 말에 은소의 눈이 가늘어졌다.

"이왕 선계에 온 김에 당신 고향에 가보고 싶어. 그러고 보니 나 당신 집안에 대해서는 아무것도 모르네. 나한테는 시댁이 되는 건데……."

"……시댁은 멀수록 좋다지 않았나."

"그건 드라마에서 나온 말이고."

"허허, 하제가 역시 임자를 제대로 만났구나. 그래, 서왕모님께 감사 인사를 드리고 나서 함께 마천루에 가 보도록 하자. 두루미 일족의 수장을 만날 수 있을 것이야……."

그리 말하면서 노루가 두루미로 변신을 하려할 때쯤이었다. 흰 구름 두 개가 슝, 하고 물가로 날아왔다.

아름다운 소녀의 모습을 한 서왕모와 구천현녀였다. 반짝거리는 선계의 비단옷이 바람에 휘날리면서 세 사람 앞에 섰다. 서왕모가 인자한 미소를 지으며 입술을 열었다.

"나에게 감사 인사까지 드리러 오지 않아도 된다. 오랜만이로구나. 하제, 그리고 감로화. 아니, 이름이 은소라고 했더냐?"

"오랜만이다. 서왕모."

하제가 짧게 인사했고, 은소는 공손히 고개를 숙이며 인사를 올렸다.

"덕분에 이렇게 왔습니다. 감사합니다, 서왕모님. 정말 감사합니다. 이 세계에 꼭 한 번 다시 오고 싶었습니다."

감격스러움에 울컥한 탓일까. 어느새 은소의 눈에는 투명한 눈물방울들이 맺히기 시작했다.

"내가 진즉에 말했지 않느냐? 감로화가 내 소관은 아니지만 소중한 존재라고…… 네가 비록 다른 세상에서 태어났지만, 너의 진짜 운명은 이 세상에서 맞이한 것이 아니더냐. 앞으로는 세상을 오고 가는 것에 내가 도움을 줄 터이니 그리울 때면 언제든 찾아와도 된다. 편하게 마음의 고향이라고 생각하거라. 알겠느냐?"

서왕모의 다정하고 은혜로운 말에 은소는 그 자리에서 목을 놓아 울고 말았다. 이렇듯 자신을 아껴주는 신도 있었구나, 감사하고 행복해서 그만 아무 말도 잇지 못했다. 곁에 있던 하제와 노루가 은소의 등을 쓸자, 서왕모가 높은 톤으로 목소리를 바꾸면서 말했다.

"자, 이만 다들 가보아라. 저 귀염둥이들도 데리고 마천루로 가거라. 하제, 네 형 하늑이 너를 기다리고 있다."

"……형이 나를?"

"그렇다. 내가 넌지시 네 얘기를 했더니 자신을 꼭 찾아오라고 하더구나."

"어째서?"

"그거야 네 발로 직접 가 보면 알지 않겠느냐?"

하제는 의아스럽게 생각했다. 마지막으로 형을 만난 것은 벌써 천 년 전이 아닌가. 하제는 일족의 적통이 아니었다. 그의 어머니가 쓰러지던 날 그도 석씨 가문을 버리고 성도 버렸다. 아니, 깨끗이 지워 버렸다.

"흐음, 뭐 내키지는 않지만 어쩔 수 없겠군."

*　　*　　*

선계의 마천루(摩天樓).

두루미 일족들의 도시, 마천루. 하늘 위에 맞닿은 집이라는 의미답게 마천루는 과연 고요하고 고즈넉한 아취를 가득 담은 곳이었다. 구름이 융단처럼 깔리고 크고 작은 연녹색 동산이 동그마니 서 있다. 동산 아래로는 푸른 호수가 잔잔히 흘렀는데, 수면 위로는 하늘대로 이루어진 숲이 있었다. 바로 이 하늘대라는 은백색의 나무가 두루미 일족 특유의 오랜 삶의 터전이었다.

하늘대는 물을 좋아하며, 무척이나 높이 자라서 키가 50자부터 100자에 이르기까지 한다. 두루미 일족은 하늘대 여러 그루에 걸쳐 다리를 만들고, 으리으리한 가옥을 짓기를 좋아한다.

마천루의 집들은 언제든 커다란 창문으로 드나들 수 있는 구조인지라 창문이 무척이나 컸고, 집집마다 자신의 집을 표시할 만한 고운 천을 창문에 매달아 놓았다. 대신에 대문은 없는 구조였다.

그중에서도 가장 커다란 창문이 난 청람색 가옥이 두루미 일족의 가주, 석하늑의 집이었다. 창에 매달린 천은 하늘색이었다. 집 내부에는 방 칸칸마다 별불이라는 아롱진 별빛을 담아다 놓은 유리 등잔이 켜있어 따스한 기운과 함께 안을 환히 비추고 있었다.

책상머리에 반듯하게 앉아 허리를 꼿꼿이 선 채 생각에 잠겨 있던 하늑은 문득 제집을 향해 다가오는 한 무리의 기운을 느꼈다.

두루미 일족의 기운이다. 그것도 아주 강한 기운…… 마천루 내에 있는 일족의 것은 아니고, 외부에서 다가오는 기운이다. 하늑은 깃털을 스스스 부풀렸다가 다시 접었다. 이렇듯 강한 기운이라면 아마도…….

"하제, 그 애가 온 건가."

수려한 얼굴에 언뜻 빛이 비쳤다. 이윽고 채 1분도 되지 않아서 아내 수진이 다급하게 그의 방에 대고 말했다.

"여보! 여보! 이리로 좀 나와 보셔요. 세상에, 누가 왔는지 좀 보세요."

창문으로 날아든 다섯 손님의 등장에 하늑은 기운을 확인했고, 서왕모가 이야기를 해두었음에도 불구하고 적잖이 놀랐다.

짧게 친 머리를 하고 있었지만 얼굴과 눈동자만은 그대로였다. 배다른 동생 하제. 일순 방 안에는 어색한 분위기가 흘렀다. 하늑이 먼저 입을 열었다.

"어서 와라, 하제. 노루 당신도 오랜만이군요. 그리고 처음 뵙겠소……."

하제와 노루가 고개를 끄덕였고, 하늑의 시선이 이내 은소와 아이들에게 닿았다.

하제가 무슨 말을 해야 할지 모르겠다는 얼굴로 서 있자 은소가 입을 떼었다.

"하제의 아내, 김은소라고 합니다. 너무나 늦게 찾아뵈었습니다."

과연 감로화라고 하더니 향긋한 내음부터 온몸에 감도는 범상치 않은 빛과 기운까지 갖춘 여인이었다. 그녀는 조신하게 하늑의 아내인 수진에게도 고개를 숙였다.

"아니오. 이제라도 이렇게 만나서 반갑소. 여보, 마실 것이라도 좀 내어오시오."

"아고, 내 정신 좀 봐. 잠깐만 기다리세요."

넋을 놓고 손님을 바라보던 수진이 곧장 차를 가지러 갔다. 일족의 수장이라도 시종을 두고 살지는 않는 모양이었다. 그 모습이 도리어 자유롭고 소박해 보였다.

입술을 굳게 다물고 있던 하제가 드디어 입술을 열었다.

"잠깐 둘이서 이야기를 하는 게 좋겠군."

"그게 좋겠다. 따라 와라."

자리를 옮긴 하늑과 하제는 대화를 계속했다.

"어쩐 일로 나를 불렀지?"

"……그동안 있었던 일에 대해서 서왕모님께 들었다. 너를 돕지 못해서 미안했다."

"형이 사과할 일은 아닌 것 같군."

"……그리고 네가 한 번 보고 싶었다. 네가 가정을 꾸리고 살아가는 모습이. 우리가 비록 친형제는 아니지만……."

"……그런 핑계를 듣고 싶어서 온 건 아니야. 말해두지만 결코 형 때문에 여기 온 게 아니야. 내 아이들에게 두루미 일족의 세상을 보여주기 위해서지."

그러자 하늑이 깊은 미소를 지었다.

"피도 눈물도 안 날 것 같던 네가 달라졌구나. 진정한 아버지가 된 모양이다. 잘 와 주었다, 하제."

하늑이 손을 내밀었지만 하제는 무시한 채 슥 지나가 버렸다. 그렇게 긴 세월 간 남으로 살아왔는데, 이제 와서 새삼스럽기도 했다. 성큼 집안으로 들어가 버린 하제의 뒷모습을 바라보던 하늑이 멋쩍은 듯 느릿하게 따라 들어갔다.

수진은 좋은 사람인 것 같았다. 은소의 손을 꼭 잡아주고는 두루미 일족이 되어 아이들을 낳은 일에 대해서 장한 일을 했다며 칭찬했다.

다 같이 저녁을 먹고 나자 하늑의 아들 하예가 밤중에 귀가해서는 천기탑 구경을 시켜주었다. 천기장 자리를 하예가 물려받은 것이다.

눈구름, 비구름, 무지개와 선들선들 부는 바람까지 보여주자 소은이와 제하는 천기탑에서 나오려고 하지를 않아서 애를 먹었다. 시간이 한밤중이라 하루는 마천루에서 자고, 내일은 아라연의 궁으로 떠나기로 했다.

아이들을 먼저 재운 은소는 하제와 함께 하늘대의 가장 높은 꼭대기 위로 올라갔다. 커다랗고 밝은 빛을 내는 별들이 우수수 쏟아져 내렸다.

"여기에 오길 잘했다, 여보."

"……."

하제가 은소를 바라보고는 말없이 피식 웃었다.

"당신도 여기 오길 잘 했다 생각했지?"

"……너와 아이들이 좋아하는 걸 보니 뭐……."

"솔직하지 못한 건 여전하다니까."

"흥, 내가 뭘 솔직하지 못하다는 거지?"

하제가 눈을 빛내면서 다가오더니 은소를 와락 껴안았다.

"이렇게 솔직한 남자가 어디 있다고."

부드럽게 맞닿는 입술이 촉촉했다. 은소는 반문하지 않은 채로 그의 입술을, 온기를 그대로 느꼈다. 별빛 아래 그와 입을 맞추는 이 순간, 하나하나가 모두 소중해서 심장이 끝없이 두근거린다.

* * *

기쁜 소식을 알리러 상덕의 걸음이 부지런해졌다.

"전하, 전하!"

전하께서는 휴사당에도 아니 계시옵고 뒤뜰에도 아니 계시었다. 녹옥궐의 방을 하나하나 다 찾아보아도 아니 계셨다. 오늘은 오후 정무가 있는지라 오전에는 회랑에 가실 일도 없을 터. 대체 어디를 가셨을꼬.

"옳지. 전언을 보내면 되려나?"

그러나 이내 상덕은 고개를 설레설레 저었다. 전언보다는 직접 두 눈으로 확인하시는 것이 좋을 것이다. 상덕 역시 마음이 들떠 있었다. 어서 빨리 은향궐로 가서 선왕 부부 내외를 만나고 그간의 회포를 풀고 싶었다. 상덕은 어딘가로 사라진 갈매 전하를 찾는 것을 포기하고, 혼자 냉큼 은향궐로 걸음을 옮기고 말았다.

설렘으로 가득 찬 얼굴을 차마 감추지 못한 채.

* * *

아침 햇살이 청명했다. 자신만의 비밀 정원에 누워서 몰래 서책을 보고 있던 갈매는 문득 들려온 날갯짓 소리에 귀를 쫑긋 세웠다.

푸드드드.

"어라."

궁궐 안에서 저렇게 커다란 날갯짓 소리가 들려올 리는 없는데 이상했다. 갈매는 내심 하제 전하나 은소 누님의 날갯짓 소리가 생각이 나서 엷은 미소를 띠었다. 하지만 그럴 리 없다. 사우도 이제는 궁궐에 오지 않는다. 아무래도 헛것을 들은 모양이었다.

푸드드.

헛것이 아닌 모양이다.

쿵!

"꺅!"

짧은 비명과 함께 모습을 드러낸 건 작은 두루미였다. 아주 새끼도 아니고, 다 큰 것도 아니었다. 옅은 금빛 머리를 가진 두루미는 몸체가 하얀색이라 귀여워 보였다.

갈매가 후다다 달려오더니 두루미가 떨어진 곳을 올려다보았다. 아무래도 저 나무 위에서 떨어진 모양이었다. 두루미는 다리가 삐었는지 바르작거리며 떨었다.

"……힝. 아, 아파."

두루미가 나타난 것도 신기한데 말을 했다. 당황한 나머지 몰랐는데 이제 보니 이 아이도 일족의 기운을 가지고 있었다.

"괜찮니? 나무에서 떨어졌구나."

아홉 살 소은이의 얼굴에 아픔보다는 놀라움이 번졌다. 엄마 아빠가 살던 궁궐 구경을 하다가 나무가 울창한 곳에 다리가 걸려 떨어졌다. 그랬더니 나타난 사람은 저 비현실적으로 예쁘게 생긴 소년이었다. 제 나이보다 몇 살 더 많은 오빠처럼 보였다.

화아악.

얼굴이 제멋대로 달아오르는 것 같았다. TV에서 맨날 보던 아이돌 오빠들보다도 더, 만화책 속 남자 주인공보다도 더 잘생겼다.

두근, 두근.

갈매는 눈물을 머금은 어린 두루미에게 점점 다가왔다. 많이 다친 것처럼 보였다. 여린 다리가 살짝 꺾여 있었다. 접질리기라도 한 모양이었다. 갈매가 눈을 찌푸리면서 정원에 있던 풀 한 포기를 가져와 돌로 찧었다. 그러고는 그걸 다친 부위에 발라주고 옷을 쭉 찢은 뒤 단단히 동여매주었다.

갈매가 걱정스러운 얼굴로 두루미를 살폈다.

"어쩌다가 이렇게 된 거야?"

"……구, 궁궐 구경을 하다가……."

"궁궐 구경? 어디 사는 애니? 궁궐에서 낮게 날아다니면 위험하단다. 되도록 걸어 다니는 게 좋을 텐데 우리 꼬마 아가씨에게 그건 어려웠을까?"

어쩐지 은소 누님을 처음 만났을 적이 생각나 버려서 갈매는 자꾸만 두런두런 말을 하게 되었다.

한편 다정한 갈매의 목소리에 소은이는 폭 빠져 버린 듯했다.

"배 타고 다른 데서 왔어요. 아주 먼 곳."

"배를 탔다고? 그럼 요수국에서 왔을까?"

"요수국이 뭐예요?"

"으음, 아닌 것 같구나."

갈매가 골똘하게 고민을 하는데 그 모습도 수려한지라 소은이는 넋을 놓고 보더니 이윽고 용기 내어서 말했다.

"오빠, 여자 친구 있어요?"

갈매의 얼굴에 작은 파문이 일었다. 여자 친구란 무얼 말함이지? 딱히 친구처럼 지내는 여인은 없는데. 아, 한 사람 있었다. 은소 누님!

"있었는데 멀리 가 버렸지."

"헤어진 거예요?"

"그런 셈일까. 이제 다시는 볼 수 없거든."

"그럼요, 나랑 사귀어요."

소은이가 물기 어린 눈망울로 갈매를 올려다보았다. 새끼 두루미에게 고백을 받다니…… 자못 웃음이 났다. 그러자 갈매가 팽그르르 돌았다.

소은이가 깜짝 놀랐다. 헉, 하는 숨소리가 티 나게 들렸다.

"다만 나는 사슴인데 괜찮겠어?"

반짝반짝 빛나는 뿔을 가진 늠름해 보이는 사슴이었다. 소은이는 뒤뚱거리면서 일어나서 갈매에게 가까이 다가왔다.

"아직 걸으면 안 될 텐데……."

"사슴이라도 좋아요."

성큼성큼 우아한 두루미답게 걸음을 옮긴 소은이의 부리가 쪽, 하고 갈매의 주둥이에 닿았다.

"나 방금 첫 키스니까 잊어버리면 안 돼요!"

갈매가 무어라 말하려고 할 때였다.

"소은아, 소은아!"

정원 바깥에서 익숙한 고음의 목소리가 들려왔다.

"엇, 엄마 목소리다."

갈매는 비밀 정원의 구멍을 통해 나가는 길을 소은이에게 안내해 주었다. 그리고 부딪치는 시선.

갈매의 눈이 한참 동안 흔들린다. 그제야 어린 두루미가 은소의 딸이라는 것을 알아챘다. 은소는 오랜만에 보는 갈매와 눈을 맞추면서 밝게 웃었다.

"오랜만에 뵙습니다. 전하."

꿈인 줄 알았다. 떠났던 그날 모습 그대로였으니까. 비록 머리 모양이나 옷차림이 아라연 사람 같지 않았지만, 은소 누님은 여전히 은소 누님이었다. 갈매가 입술을 뗐다.

"어찌 누님께서 이곳에……. 오신 줄 몰랐습니다. 잘 계셨지요? 헌데 그리 말씀하시니 어색합니다. 둘이 있을 땐 평소처럼……."

하지만 소은이가 둘 사이에 고개를 빼꼼 내밀고 있었다. 아이의 모습으로 돌아온 소은이는 놀랄 만치 은소와 닮았다.

"엄마, 이 사슴 오빠랑 잘 알아?"

"엄마 친구야."

"나 엄마 친구랑 사귀는데!"

"뭐어?"

은소는 소은이가 귀여워서 그만 웃음을 풋 터뜨리곤 갈매에게 물었다.

"정말 그러기로 했어? 소은아, 이분은 이 나라 임금님이셔. 귀찮게 굴면 못써."

"사귀기로 했습니다."

갈매가 싱긋 웃으며 그리 말하자, 은소가 장난스럽게 대답했다.

"갈매 너라면 난 일단 허락하겠지만, 소은이 아빠의 허락은 기대하지 마."

소은이는 뭐가 그리 좋은지 벌써 갈매 곁에서 맴돌았다. 그러다 갈매가 성인의 모습으로 돌아오자 소은이는 충격을 받은 듯했다.

"이게 나의 본모습이란다. 이 모습도 허락을 받아야겠지?"

"……이 모습이 제일로 맘에 들어요."

거침없는 소은이의 고백에 갈매의 얼굴에도 웃음이 만개했다. 갈매는 소은이를 번쩍 들어 올리고는 말했다.

"그럼 궐 안으로 들어가실까요."

* * *

가히 오랜만에 모두가 정답게 모인 자리였다.

갈매 임금은 하제, 은소 선왕 부부와 아이들을 위해서 은향궐에 그들만의 연회를 마련했다. 궁인들이 산해진미 요리를 대접해 올린 상은 그야말로 진수성찬인지라, 모두들 입이 떡 벌어졌다.

대체 얼마 만에 입어보는 아라연의 비단옷인지. 의복까지 갖춰 입자 정말로 과거로 돌아온 듯한 기분이 들었다.

은소와 리리는 만나자마자 서로를 부둥켜안고 펑펑 울고 말았다.

"이렇게 다시 만나는 날이 오게 될 줄 몰랐어요, 은소 마마. 어쩜 세월은 저 혼자 먹었나요? 하제 전하도 그렇고 은소 마마도 그렇고, 오히려 더 창창하고 어려 보이십니다."

리리는 울먹이던 끝에 웃음 지었다. 그런 리리를 한참 동안 보듬어주던 은소가 말했다.

"리리도 이렇게나 예뻐졌는걸. 정말 다시 만나서 너무 좋다……. 보고 싶었어."

애틋한 모습을 보면서 상덕도 남몰래 눈물이 줄줄 흘렀다. 그 모습을 본 하제가 상덕의 어깨를 토닥이며 말했다.

"……상덕, 그리 감수성 풍부한 사내인 줄 몰랐군."

"하제 전하…… 실은 아까 처음 뵙자마자 큰절을 올리고 싶었사옵니다."

상덕이 그리 말하며 절을 올렸다.

"전하, 항상 강건하시고 만수무강하셔야 하옵니다."

"고맙다, 상덕. 너도 건강해라."

이제는 어색한 전하 소리였지만 듣기 싫지는 않았다.

갈매 임금의 옥좌는 어느새 제하 차지가 되어 버렸다. 버릇없는 행동에 은소가 냉큼 제하를 내려놓았지만, 갈매는 장차 제하가 정말로 임금이 될지도 모르는 일이라며 웃어넘겼다.

리리는 아이들을 보는 순간 예뻐서 기절할 것 같은 얼굴로 따라다녔다. 그 모습을 흐뭇하게 지켜보던 노루가 한마디 던졌다.

"리리, 너도 어서 시집을 가야 할 터인데……."

그 이야기가 나오자 리리가 은소에게 최근에 만난 사내들의 이야기를 쏟아 내기 시작했다. 그리 여인들의 수다와 아이들의 웃음소리가 장한 가운데, 궁인의 목소리가 들렸다.

"전하, 이화 아가씨께서 드셨사옵니다."

그러자 일순 관심이 그리로 쏠렸다.

"이화 아가씨라니 누구시지요?"

"안녕하셔요, 갈매 오라버니, 아니 전하의 먼 친척 이화라고 합니다. 선왕 전하와 왕후 마마님께서 오셨다고 해서 실례를 무릅쓰고 이리 찾아뵈었습니다. 다른 세상에서 오셨다면서요? 저도 한번 그곳에 가보고 싶어요."

들어오자마자 대뜸 갈매의 팔짱을 쑥 끼는 쾌활한 이화의 모습에 모두들 그렇구나, 하고 고개를 주억거렸다.

다정한 갈매와도 참 잘 어울리는 밝은 아가씨라는 생각이 들어 은소의 입가에도 미소가 어렸다.

혼자서 입이 쑥 나와 있는 것은 소은이뿐이었다. 저리 예쁜 언니가 곁에 있을 줄은 몰랐던 터였다. 기분이 나빠서 이제 더 이상 갈매에게 말도 걸지 않았다.

"갈매 전하와 이화 아가씨. 참 잘 어울리는 한 쌍이십니다. 혼인은 언제 하실 건가요?"

"네? 누님, 아직 그런 관계는 아닙니다……."

은소의 농담 어린 말에 갈매가 손을 휘휘 내저었지만 이화는 생긋 웃으며 대답했다.

"오라버니의 나이가 다 차셨으니 저는 언제라도 좋습니다."

그 대답을 들은 하제마저 웃으며 갈매에게 축하인사를 건넸다.

"역대 가장 화통한 왕후를 맞이하시겠군."

"……하하, 아직 그런 사이 아니라니까요."

갈매가 얼버무렸지만 이미 혼인이 확정 난 것처럼 분위기는 경사스러웠다.

* * *

이튿날은 뒤늦게 사우와 단영이 여행을 마치고 돌아와 산다는 포목점에 들렀다. 포목점에 들어서는 순간 마주친 사우가 하제와 은소 앞에 무릎을 꿇었다.

"살아생전에 다시 전하와 왕후마마를 뵙습니다."

세월 때문일까. 호위무사의 얼굴은 더욱 강직해 보였다. 하제가 사우를 일으키려고 몸을 숙였다.

"일어나라, 사우."

하지만 사우는 쉬이 일어서지 않았다. 제 충심이 그걸 허락지 않았다. 방에서 목검을 들고 나오던 윤이 낯선 손님들을 뵈옵자,

고개 숙여 인사했다.

"안녕하십니까."

"윤아, 이리 와서 함께 무릎을 꿇도록 해라. 내가 평생을 지키겠다고 약조한 분들이 오셨다."

어린 윤까지 무릎을 꿇자 하제는 대견하면서도 마음이 뭔가 뭉클하였다. 하제의 옷자락 뒤에서 얼굴을 슬쩍 내밀고 있던 소은을 흠칫 바라본 윤은 순간 눈이 휘둥그레졌다.

새하얀 살결에 올망졸망 귀여운 인상을 가진 여자애였다. 크면 분명 대단한 미녀가 될 것 같았다. 윤과 눈이 마주치자 소은이는 냉큼 고개를 돌렸다.

은소가 사우와 윤을 바라보곤 감탄하며 말했다.

"사우, 어찌 이리도 든든한 아드님을 두었나요? 우리 철부지 소은이와 제하하고는 다르네요."

"그저 검을 좀 익히게 했을 뿐입니다."

"이리 어린 나이에 검을 쓸 줄 아나요?"

이윽고 사우가 아들 윤에게 검술을 보여 드리라 말했고 윤은 평소보다 열심히 찌르기와 베기를 선보여 주었다. 하제가 제하를 무릎에 앉혀놓고 말했다.

"제하."

"……네."

"제하도 검술을 배워보는 게 어떠냐?"

커다란 눈망울을 굴리며 윤이 하는 양을 지켜보던 제하가 고개를 끄덕거렸다. 윤에게 걸어가서 제하가 손을 내밀었다. 검을 빌려달라는 뜻이었다. 윤은 저보다 머리 하나는 작은 제하에게 검을 조심히 들려주었다.

부웅!

슈웅!

제하가 이리저리 검을 휘둘렀다. 어설프긴 했으나, 순간적으로 느껴지는 두루미의 기운에 하제와 사우는 흐뭇하게 그 모습을 바라보았다.

하제가 제안을 하나 했다.

"이거 어떤가. 우리가 하루씩 번갈아 가면서 아이들 검술 선생을 하는 게."

"그거 좋겠습니다."

하제와 사우가 마주 보며 웃었다. 웃음소리가 낮게 퍼지는 가운데 단영이 나왔다. 단영은 이제 몰라보게 성숙해져 있었다. 그간의 인사를 나누고 나서 단영이 말했다.

"네 분 다 치수를 재어 드리겠습니다."

"치수요?"

"예, 언젠가 뵙는 날이 오면 꼭 다시 한 번 제대로 마음을 담아서 옷을 지어 드려야겠다 결심했지요. 그리 훌쩍 떠나실 줄 몰랐어요."

선하게 웃는 단영은 그 옛날, 탐이 많던 모습이 아니었다. 이제는 현명하고 정숙한 한 사람의 여인이 되어 있었다.

"아라연에는 얼마나 계시나요?"

단영의 물음에 은소가 하제의 눈치를 슬쩍 보았다.

"글쎄요…… 한 열흘 정도 더 있고 싶은데……."

"열흘이라……."

"열흘이면 너무 긴가?"

"개학 아직 멀었어요."

소은이가 냉큼 손을 들면서 말했다. 소은이도 아라연이 마음에 든 눈치였다. 그러자 하제가 못을 박듯이 말했다.

"그럼 개학 사흘 전에 돌아가는 걸로 하지. 검술 연습도 시켜야 하니까."

"우와, 아빠 고마워요."

"와아!"

소은이와 제하의 얼굴도 활짝 피었고, 사우네 가족들도 함께 기뻐했다. 소은이를 몰래 훔쳐보던 윤도 살짝 미소 지었다.

"맞아. 아직도 리리와 단영 아가씨하고 못다 한 이야기들이 너무 많아. 우리 소은이하고 제하에게 못 보여 준 곳들도 많고."

은소도 설렘 가득한 얼굴로 덧붙였다. 가족들 모두가 같은 마음을 먹고 있었나 보다.

아라연에서 오래오래 머물고 싶다는 마음.

이곳에서 머문 시간들이 언제나 반짝이는 추억으로 빛날 거라는 그런 마음.

다 함께 궁궐로 돌아가면서 은소는 해질녘 하늘을 바라보았다. 서서히 땅거미가 지고 있었다. 붉게 물든 빛살들이 서서히 어둠에 가리어진다. 언제나처럼 밤이 시작되고 있었다.

이 모든 일들은 언젠가 추억으로 잊히겠지만, 이 순간을 경험했던 몸이, 감각이 기억할 것이다. 폐부로 깊이 들이마시는 지금의 이 달콤한 공기처럼 영원히 몸속에 간직될 것이다. 은소는 문득 곁에 있는 이 남자에게 또다시 말하고 싶어졌다.

"고마워, 하제."

하제 역시 행복한 얼굴로 미소 짓는 은소의 뺨을 보듬으며 말했다.

"나도 고맙다. 늘 이렇게 예쁘게 있어 줘서, 사랑하는 아이들과 있을 수 있게 해 주어서, 매일매일 고마움을 표시해도 부족해. 사랑한다, 은소. 영원히."

〈後日譚 완결〉